ボニーとクライドにはなれないけれど

アート・テイラー

コンビニ店員のルイーズは、学費のためにその店へ強盗に入った青年デルと恋に落ちた。ふたりはトレーラーハウスで暮らしていたが、デルの学位取得をきっかけに、デルの姉の仕事を手伝うという犯罪とは無縁の人生を始めることにする。だが旅に出たふたりには次々に事件が降りかかり、そのたびにあらたな土地へ向かう羽目に……。窃盗を疑われたり、ワイン泥棒に加担したり、結婚式を挙げようとした教会では強盗の人質にされてしまう。はたしてデルとルイーズは安住の地を見つけられるのか？　チャーミングな恋人たちを描く連作ミステリ短編集。

ボニーとクライドにはなれないけれど

アート・テイラー
東野さやか訳

創元推理文庫

ON THE ROAD WITH DEL & LOUISE

by

Art Taylor

目次

ボニーとクライドにはなれないけれど

タラ・ラスコウスキーへ
この本の旅のきっかけとなった車の旅と執筆への挑戦を思い返しながら。
それから三歳のダッシュへ
その幼さにして、きみは毎日が冒険だと教えてくれる——ただし車がからむものにかぎる。

ルームミラー

Rearview Mirror

デルウッドを殺そうなんて考えたこともない。本気では。けど、もうやってられない、と思うことは誰にだってある。だから、ルート66にある安モーテルの前にとめた、彼のおんぼろシボレー・ノヴァのなかで〝殺してやる〟と言ったのはそういう意味――つまりあくまで比喩《ひゆ》表現ってことだけど、そう言ったそばから彼のピストルをハンドバッグに滑《すべ》りこませたんだから矛盾《むじゅん》してると思われちゃうかもしれない。

それに、お金の半分を、あわよくば半分より多めにもらおうと、本気で考えてたのは事実だけど――こっちはさっきとちがってそのまんまの意味で、文字どおり、もらうってこと――それを裏切りだなんて思わない。ただの離婚とか離婚調停みたいなもの。まあ、あたしたちは結婚してるわけじゃないけど。でも、そういうことが言いたいんじゃない。

人はときに、互いの望むものがまるでちがってしまうことがある――ママからそう教わった。なにをやってもうまくいかないときもあるって。

あたしが言いたいのはそういうこと。

「きょうは一日休みにしようよ」その日の朝、ニューメキシコ州タオスで、あたしはデルに持ちかけた。土曜日で、太陽はだんだんと高くなっていたけど、まだうだるほどの暑さにはなっていなかった。二週間単位で家を借りてるトレーラーパークは、あいかわらずひっそりしていた。「あんたのスーツを買ったり、あたしの新しいワンピースを買ったりするの。で、ディナーに出かける。〈ジョゼフズ・テーブル〉とか。ちょっとしたお祝いに」

デルは鼻を鳴らした。「ルイーズ」彼はいつもの口調で言った。「どう思われるかわかってるのか？　こんなところで寝泊まりして、生活はぎりぎり、ひかえめに言っても、つましい生活をしてるおれたちが――」彼は〝つましい生活《エコノミカル》〟というところを強調した。三音節以上の単語の響きがとにかく好きなのだ。「――突然、めかしこんで町いちばんのレストランなんかに出かけたりしたら」彼はあたしをしばらく見つめ、それから頭を振った。

「べつに町いちばんのレストランじゃなくたっていい」あたしはなんとか歩み寄ろうとして言った。歩み寄るのは、良好な人間関係の証だ。「〈タオス・イン〉のバーで、高級バーボンを飲んでステーキを食べるだけだっていい」彼がステーキ好きなのは知ってるから、ほくほく顔でステーキをながめ、ほおばる姿が目に浮かんだ。それに、はち切れんばかりのお腹を抱えて大満足のあたしたちの姿も。まあ、〝はち切れんばかり〟っていうのは、もちろん比喩表現だけど。

「きょうの午前中にはここを出ていくとハルに伝えたろ。そう約束したじゃないか」

ハルというのは、このトレーラーパークの経営者だ。デルは一週間前、ようやく学位を取れたので カリフォルニアに引っ越すこと、そこには姉が住んでること、向こうで家を買うつもりでいることなど、なにからなにまですっかりハルに話していた。「お姉さん？」ふたりの会話が漏れ聞こえたとき、あたしは思わず口走りそうになった。「家を買う？」けど、デルは地ならしをしてるんだと気がついた。あたしたちがここを発《た》っても、ずいぶん急だとかあやしいとか思われないよう、先手を打ってるんだって。あれは話をでっちあげてるだけ——彼はそうやって説明したつもりなのだ。あたしには説明してくれなかったけど。

彼はときどき、そういうことをする。計画を立てるけど、なにかをちゃんと伝えるタイプじゃない。そういうのを寡黙《かもく》というんだと本人は言っている。彼はそうやって、つまり、自分からはなんにも説明せず、あたしがなんにも訊《き》かないのをいいことに、同意を取りつけたことにしてしまう。今回はトレーラーパークを出ることに決めてしまったのだった。

「わかった」あたしは言った。「じゃあ、出発しよう。でも、恰好《かっこう》いい車を借りようよ。コンバーチブルとかさ。色は青で、すてきなやつ」目に浮かぶようだ——陽光がさんさんと降りそそぐ午後、サングレ・デ・クリスト山脈のふもとをゆっくりと走り抜けるあたしたち。ルーフを全開にして、あたしはシートごしに彼にもたれかかる。足をあげ、サイドウィンドウから外に出したりして。頭を彼の肩にあずけ、風がつま先をなでる。南西部の六月はすでに灼熱の暑さだから、エアコンはフル稼働してるはず。

それも悪くない。

「思いがけず手にしたこの金をそんなものに浪費しなくたっていい」彼は言った。「いらぬ注意を引くまでもない。いまの車だって、ちゃんと走るじゃないか」

そう言って彼は車に向かった——おんぼろのシボレー・ノヴァに。ドアの下部やホイールウェルの上のほうがあちこちさびている。シートのスプリングがだめになってて、いつもお尻に食いこんでくる。最近になってルームミラーもちょっとぐらぐらしはじめた——デルウッドが見るぶんには困らないけど、でこぼこ道を走るとフロントガラスにぶつかってやかましい音を立てる。

デルはバンパーの下に間に合わせのフックを取りつけ、ひらべったいトレーラーを連結していた。車のトランクにおさまり切らない荷物を運ぶために借りたものだ。いまは上から防水シートをかぶせてある。

あたしは腰を片方に傾《かたむ》けて腕を組み、ステップに立った。ルームミラーに映るあたしの姿を見れば、あたしが本気なのがわかると思ったからだ。けど、彼は車に乗りこむと、シートに腰をおろしてまっすぐ前を向いたままだった。振り返って見るものなど、なんにもないんだろう。彼はあたしが眠ってるあいだに、トランクとトレーラーに荷物を積み終えていた。うしろのトレーラーハウスには、あたしたちの数少ない持ちものはなにひとつ残っていない。

「あらたな一日の始まりだ」一時間前、彼はあたしを起こしてそうささやいたけど、そんな科白《せりふ》はもうとっくに聞き飽きていた。あたしは車に乗りこんで助手席に腰をおろすと、必要以上にいきおいをつけてドアを閉めた。どこかのボルトが一本、ゆるむ音がした。

「ほうら、やっぱり」ゆるんだボルトがかたかたいう音を聞きながら、あたしは言った。シートのスプリングが即座に左のお尻にかみついた。

デルはなんの反応も返さなかった。ただギアを入れて車を発進させた。


あたしたちがはじめて会ったのは、デルがイーグル・ネストにある〈セブン-イレブン〉に強盗に入ったときで、当時あたしはそこで働いてた。一年くらい前のことだ。あたしがカウンターのなかにすわって、棚にあった《コスモポリタン》を読んでると、ジーンズと白いシャツとスキーマスクの彼が入ってきた。ピストルをかまえながら。

「危害をくわえるつもりはない」彼は言った。「おれは悪党なんかじゃない。一時的に収入を増やしたいだけだ」

あたしは雑誌を伏《ふ》せてカウンターに置いた。この仕事を失いたくなかった。「あんた、強盗?」

「そうだよ、奥さん《マアム》」

あたしは唇をかんで、かすかに頭を振った――ちょっとちょっと、やめてよ。

「あたし、まだ二十八なんだけど」

彼はドリトスの棚のほうに目をやった――商品を見るんじゃなく、なにか考え事をするときに宙を見つめる人がいるけど、そういう感じでそっちに顔を向けたってだけ。彼は口ひげと顎《あご》ひげをたくわえていた。スキーマスクの下と口の穴から、もじゃもじゃの毛がはみ出ているのが見えた。

「え？」あたしのほうに目を戻すと、ようやく彼は言った。その目は松のような緑色だった。「奥さんなんて歳《とし》じゃないって言ってんの」

彼はあいてるほうの手、つまりピストルを持ってないほうの手で髪をかきあげた——これもまた、考え事をしてるサインだ——けれど、スキーマスクをかぶっているからウール地をなでただけだった。「いいから、さっさとしてくれないか？　おれにも予定ってものがある」

彼がいらだってるのには、いろんな理由があるんだろう。なんと言っても、夏のニューメキシコでウールのスキーマスクをかぶらなきゃいけないわけだし。

彼は店の外に目をやった。ガソリンの給油エリアは閑散としている。道路をはさんだ反対側には暗闇以外なんにもない。夜のこの時間帯ともなると、交通量はそんなに多くない。あたしは肩をすくめてレジをあけた。

「ねえ」渡す現金を入れる袋を取ろうとしてしゃがみながら、あたしは言った。「この店にあたしひとりしかいない時間をねらったんでしょ。お母さんが決めた門限までにピートが帰らなきゃいけない時間と、夜中の十二時から朝の六時まで勤務する夜勤の店長が出勤してくる時間のあいだをねらって」

「ああ。きみを見てたからな」それから、はにかんだように息をのんだ。「変な意味じゃないぞ。おれはのぞき趣味なんかない」彼は〝のぞき趣味《ヴワーユリスティック》〟という単語をはっきり発音した。

その次の単語も。「観察《サーベイランス》してたんだ。おれは変態じゃない」あたしはレジのなかの現金を袋に入れつづけていた。「あたしには見るほどの価値はないってこと？」

はっきりとはわからないものの、スキーマスクの下の顔がまたも赤くなったみたいだった。

「そうじゃない。価値がないなんて思っちゃいない」彼は言った。「きみはとてもきれいだ」

あたしはうなずいた。「ここには従業員が自由にできる現金はそんなにないの。わかるよね？ ほとんどは金庫に直行しちゃうから。そういう決まりになってるの」

「おれはそんなに贅沢《ぜいたく》をするわけじゃないが」と彼は言った。「ときどき、余分に金が入り用になるんだよ……授業料とか」

「授業料？」

「ほかにも、勉強するにはいろいろ金がかかる」

「勉強するにはいろいろ金がかかる」あたしはオウム返しに言ったけど、今度のは質問じゃなかった。この人はいい声をしてる。だから、彼にそう伝えた。「あんた、いい声をしてる。それに、目がすてき」あたしは自分の携帯電話の番号を教えた。防犯カメラに映っちゃうから紙には書かず、電話してと言って、彼が覚えられるよう、番号を二回繰り返した。「あと、あたしの名前はルイーズ」

「ありがとう」彼は言った。「ルイーズ」

「勉強、がんばって」彼の背中にそう声をかけたけど、ドアはすでに閉じていた。彼が給油機があるほうに駆けていき、その向こうに消えるまで、体の動きやジーンズが描く曲線にうっとりしながら見つめていた。暗闇のなかで、その姿を見分けられるかぎり。そうやって彼を逃がしたのち、あたしは911に緊急通報した。

自分がどう思われてるかはわかってる。風船ガムを膨《ふく》らませては、ぱちんと弾《はじ》けさせ、《コスモポリタン》を読んでる退屈し切った女で、世の中に幻滅し、おとなでいることにすでに疲れ、行動をともにしてるのは、悪い男、というか、まぎれもない犯罪者、しかも……。たしかに、全部が全部、うそってわけじゃない。でも繰り返しになるけど、あたしが言いたいのはそういうことじゃない。

彼がコンビニエンスストアに強盗に入ったのは、すごくもなんともない。あのあと、勇敢にも電話をかけてきたのはすごいと思った。なにしろいまは発信者番号が表示されるから、電話してきた彼の番号と名前なんかすぐにわかるわけで――名字はグレイソン、名前はデルウッド――警察を彼のところに向かわせることだってできたんだから。《コスモポリタン》の記事？　彼がスキーマスク姿で入ってきたときに、あたしがなにを読んでたかって？　〝ロマンチックな仕種《しぐさ》が恋を実らせる：彼がどんなふうにわたしを求め、ゲットしたか、信じられないような本当の話〟。

その記事に書いてあったことはどれも、電話から聞こえる彼の声の足もとにもおよばなかった。「やあ、ルイーズだよね？　えっと……こないだの夜、きみが勤めている〈セブン-

イレブン〉に強盗に入った者だけど、以来ずっと、あのときの会話が頭を離れなくてさ。いま、話せる？」

それでこそ、男のなかの男ってあたしは思った。それに――勉強するにはいろいろお金がかかるって言ってたことも忘れちゃいけない――この人といればなんとかなりそうな気がした。


けど、ふたりでいればすぐになんとかなるなんて思うのはひさしぶりだった。

あたしたちはタオスからハイ・ロードで南に向かった。思ったとおりだ。制限速度が時速四十五マイルの二車線道路。

「スピード違反で捕まるのを心配してんの？」あたしは訊いた。

「ひとつなにかあると、つづくだろ」彼は言った。「そうでなくとも、トレーラーを連結してるときは制限速度以上出したら危険だと、レンタカー屋からうるさく言われたしな」

彼は車を走らせながら何度もルームミラーをのぞいては、トレーラーの様子を心配そうにうかがった。いまにもパトカーがサイレンを鳴らし、銃をぶっぱなしながら、猛烈ないきおいでカーブを曲がってくるとでもいうように。グローブボックスにはデルのピストルが入っている。ティッシュを取ろうとしたら見えたのだ。

「警察にとめられたら、あれを使うの？」

デルは答えず、またルームミラーに目をやっただけだった。でこぼこ道やカーブにさしかかるたび、フロントガラスにぶつかってかたかた音を立てるルームミラーに。

あたしも、ちらちらルームミラーをのぞいていた。

でも、聞いて。デルに幻滅したとしても、失望はしていない——いまのところは。

つまり、さっきも言ったけど、彼は計画を立てるタイプ。ママがつき合った相手なんか、考えることと言ったら、次はテレビのチャンネルをどこに替えるかってことばかり。もっとも、よっぽど大事な用があるときはべつだけど、それでも、そいつらの計画なんて、友だちの分のトルティーヤチップスをもうひと袋とディップを買っておいてと、ママに頼むくらいのものだった。あたしがつき合った男どもは、家まで迎えにきてキスをすると、こう訊いた。「で、今夜はなにをしようか?」どいつもこいつも、最後は車の後部座席か、そいつらのアパートメントにたどり着くこと以外、なんにも考えていなかった。認めるのも情けないけど、そのうちの何人かとはほぼ毎回、そういうことになった。

それに対し、デルはどうだったか。はじめてふたりで出かけた日、あたしは単刀直入に訊いた。「やけになった犯罪者は最初のデートで、たったひとりの目撃者をどこに連れてくの?」あたしは、あのスキーマスクを脱いだ彼の顔立ちにうっとり見とれていた——顎ひげは思ってたほどぼさぼさじゃなくて、むしろきちんと整えてあったし、ひげに覆《おお》われた顔は、いわゆる彫りが深いタイプだった。あの緑色の目も、ハンサムな顔におさまっているといっそうすてきに見える。おまけに彼はめかしこんでいた。ボタンダウンのシャツに、すてきなカーキのパンツ。思ってたほど若くなくて、あたしよりは歳上みたいだった。たぶん三十代。もしかしたら三十代後半かもしれない。顎ひげに白いものが交じってる。でも、そういうところもひっくるめて気に入った。

「着いてからのお楽しみ」デルはそう言うだけで、くわしくは教えてくれず、車でイーグル・ネストを出て六十四号線を走りだしたんだけど、そこであたしはふと思った。ちょっと待ってよ。やけになった犯罪者、たったひとりの目撃者。心臓がばくばくいいはじめた。いい意味じゃなく。でも、やがて車はエンジェル・ファイアの町に入り、あたしたちは〈アワ・プレイス〉で食事をした。（あたしたちの家《アワ・プレイス》！　本当にそういう名前の店だった）。そのあとは、あたしの心臓は、いい意味でばくばくしはじめた。

それからほどなく、彼はコミュニティ・カレッジで学位を取った。自律心と集中力のたまものだ。そしてお姉さんのこととか、あたしたちが引っ越す理由とかをひねり出した。つじつまを合わせるための話をあらかじめ用意しておく。いつも先を見越しているのだ。そして、大金強奪の計画も立てていた――彼はそれを〝でかいヤマ〟で〝最後の計画〟だって言ってたけど、あたしだってばかじゃない。前の年はずっと、授業料の支払期限が近づくたび、彼は〈セブン-イレブン〉やガソリンスタンドやDVDショップに押し入った――〝手口《モウダス・オペランデ》を一新させる〟って言い方がかっこいいと思ったけど、たぶんうちのDVDで見た映画で覚えたんだと思う。それを見るためのプレイヤーも、彼が盗んだものだった。

夜はだいたいそうやって、ふたりで映画を見ながら過ごした。そのときはもう、あたしは〈セブン‐イレブン〉の仕事を辞めていた。ああいうところは危険だってデルが言うから――皮肉な話だけどな、って言いながら――町のギフトショップで働くことにした。それなら、夜は家にいられる。家といっても、デルのトレーラーハウスだけど。ちょっと前に彼のところに引っ越したから。

ふたりで夕食の仕度をして――箱から出すだけだけど、あたしはあんまり料理がうまくないからね――あたしは大好きな『コートTV』（裁判所の裁判を放送するケーブルテレビの番組）を見て、デルはコミュニティ・カレッジで取ってるビジネスのクラスの課題をしたり、その日の新聞を読んだりした。チャンスがめぐってきたときのために世の中の動向を追ってなきゃいけないからって彼は言ってた。仕事と学校とあたしとのあいだでバランスを取ってるんだって。そのあと、ふたりで映画を見る。たいていは『バンク・ジョブ』とか『ミッション：インポッシブル』みたいな犯罪がテーマの作品で、そうじゃなければ、昔の作品で『スティング』とか『明日に向って撃て！』とか、これまであたしがつき合った男たちと同じように『ゴッドファーザー』三部作とか。『俺たちに明日はない』を見ようって提案したのは、見え見えの理由からだったけど、そういうのは好ましくないんじゃないかって言われたから、けっきょく見ていない。

「ぼうっとすわって映画を見てばかりいるわけ？」ママが何度となく電話でそう訊いてきた。

「少しは出かけてるよ」あたしは言った。

「いっぱいは出かけないの？」ママはそう訊いたけど、あたしは質問の意味がよくわからなかったので、そう伝えた。

「彼はときどき意外なことをして驚かせてくれるよ」あたしは言った。「ディナーに連れてってくれたりとか」

（それは本当。「サプライズ・ディナーに行こう」彼はときどきそう言ってくる。もっとも、そのサプライズはいつもおんなじ。〈アワ・プレイス〉に行くだけだから。でも、それで充分。だってそこは本当に、あたしたちの家みたいなものだしね——文字どおりの意味でも、比喩的な意味でも——そう考えるとロマンチックな気分になれるから）

「彼はあたしを愛してるの」ママにそう言った。「夜はぎゅっと抱きしめてくれるし、どんなに愛しているかとか、きみがいないと生きていけないとか言ってくれる」

ママは低くうなった。ママはノースカロライナ州に住んでる。ここの時差は二時間で、ほとんどアメリカの端と端だ。それでも、ママががっかりしてるのが伝わってきた。同じ部屋のすぐそこにいるみたいに。

「誰だって最初はそう」ママはつづける。「〝きみがいないと生きていけない〟とか言うんだよ」あたしの声色をまねた。「〝きみがいないと生きていけない〟なんて言ってたやつも、だんだん態度がえらそうで怒りっぽくなって……」

ママの声がだんだん小さくなった。最後には暴力をふるうようになる。ママはそう言いたかったんだろう。

ママがなにを考えてるのか手に取るようにわかるし、このあいだまでつき合ってた彼氏がママにどんな仕打ちをしたかもわかってる。だって、あたしはこの目で見たんだもん。それが、ママの家を出た理由のひとつ。あそこじゃなければ、どこだってよかった。

「あんたは新しい人生を始めるんだと思ってたけどね」そう言ったママの声からは、さっきとはべつのがっかりした気持ちが伝わってきた。「テレビを見たりビールを飲んだりなんて、どこでだってできるじゃないか。こっちにいたって、負け犬とデートできるよ。いま、やってるみたいにね」

あたしは電話のコードを手でもてあそんだ。この会話を終わらせたいと思いつつ、電話を切る勇気はなかった。いまのところ。

「つましい、ね」ママは言った。あたしはデルについて話したあれやこれやを後悔した。

「つましいって、しみったれのもったいぶった言い方だよ」

「いつか状況は変わる?」ある夜、デルにそう訊いたことがあった。ふたりでベッドに横たわり、彼はあたしに背中を向けていた。訊きながら、あたしは指で彼の肩をなぞった。

「変わるって?」デルが訊いた。

「こういうんじゃなくなるって意味」

はじめのうち、彼は答えなかった。あたしは彼の肩をなぞりつづけ、そのまま手をそっと肩ごしにのばし、胸の上のほうをなぞった。うんとそっと。彼がそうされるのを好きだと知ってるから。窓があいていて、そこから吹きこむそよ風が薄いカーテンの裾《すそ》を揺らしている。窓のすぐ外に、背の低い街灯が立っていた。トレーラーパークの経営者が設置したんだけど、そのせいであたしはときどき眠れなかった。夜どおしついてるその街灯の光は、あたしの顔をもろに照らして、眠らせないようにしてるとしか思えなかった。

しばらくしてようやく、デルには答えるつもりがまったくないってわかった。あたしは彼の胸をなぞるのをやめて寝返りを打った。

その夜眠れなかったのは、街灯のせいじゃなかった。

さっき言ったでかいヤマ、最後の最後のヤマのため、デルは自動車修理工場での仕事を終えると、タオスのダウンタウンにある画廊をいくつかまわった。展示会初日を告げる広告をじっくり観察して、〝支払いは現金のみ〟をうたう、えらそうな画廊をひとつ見つけた。えらそうっていうのは、たいていの人は芸術作品を買うのに、その場で一括で支払うんじゃなく、分割払いにするものだから。でも、その画廊はそういう人たちは相手にしてなかった。デルは画廊のオーナーの住所、つまり自宅の住所を調べ、車で前まで行ってみた。

あたしはデルが頭を働かせてるところを見るのが好きだ。たとえば、〈タオス・プラザ〉のなかを歩いてるときや、その隣の〈ジョン・ダン・ショップス〉とのあいだの遊歩道を歩いてるとき、なにか大事なことに気づいたみたいに、突然、小さくうなずく様子。あるいは、画廊のオーナーが住んでる界隈《かいわい》を車で流しながら、細めた目をすばやく目的の家に走らせる様子。そんなとき、彼は車のスピードは落とさず、顔はまっすぐ前に向けたまま、特定のものを見てるようには見えないようにやってのける。

画廊の展示会初日そのものは楽しかった。少なくとも初めのうちは。青いブレザーを着たデルウッドは賢そうに見えた。着古して、肘《ひじ》のところがてかてか光ってたけど。彼は作品キャプションに赤い丸がついてる——奪う現金がいっそう増えるってことを意味する——のを目にするたび、うれしそうな顔をした。もっとも、最初に、この赤い丸はどういう意味かと質問しなくちゃならなかったけど。

画廊のオーナーは赤丸の意味を教えてくれたけど、そのときの口調があたしは好きになれなかった。デルやあたしがプラスチックのカップに注がれたワインを飲んだり、チーズを食べたりしてるのが気に入らないみたいだった。そいつは光沢のあるスーツを着てて、薄くなった髪をジェルでぴっちりとうしろになでつけ、紫色の四角いフレームの眼鏡をかけていて、デルの質問に答えながら、その眼鏡ごしにこっちを値踏みするような目を向けてきた。だからどうしても、そいつにちょっとばかり反感を持った。けど、そこで思った。この四角眼鏡は相応の罰を受けるんだって。わかる人にしかわからないと思うけど。そしてもちろん、そいつは罰を受けた。

「この絵、いいな」数あるなかの一枚の絵の前であたしは言った。シンプルな作品で、ギャラリーの奥の隅《すみ》に追いやられていた。一面の青い空の下に異なるトーンの青で海が描かれていて、海は波しぶきがあがっているのか、ぼんやり霞《かす》んで見える。男の人と女の人がビーチにすわっている。互いにもたれかかるようにして海をながめるふたりの姿に、あたしはデルと自分を重ね合わせ、なつかしい気持ちがこみあげてきた。なつかしく思うものなんかないのにね。その絵には赤丸はついてなかったけど、値段は書いてあった。三千ドル。「お金が手に入ったら」あたしはデルにささやいた。「またここに来て、一枚買おうよ。大胆でしょ？　皮肉だよね？」

「ルイーズ」彼はまたも例の口ぶりで言った。そのひとことで、言いたいことは充分伝わった。

「言ってみただけ」あたしは答えた。「この絵みたいに、海辺にいるあたしたちを想像できないの？　お金が手に入ったら、遠くまで行けるんでしょ？」

「いいから、おとなしくワインを飲んでろ」彼は小声で言い、隣の絵に移動したけど、絵そのものは見てなくて、作品のキャプションだけに目を向けた。

「わかった」あたしは彼の背中に向かって言い、このままおとなしくして、彼が下調べするのを見ていることにした。でもそのとき、ひと組のカップルがうしろにやってきた。

「この絵は〝S〟でいくわよ」女のほうがささやいた。

「〝S〟だね」男が答える。「わかった、〝S〟でいこう」ふたりはビーチの絵に目をやり、あたしはそんな彼らを見つめながら、〝S〟でいこうってどういうことだろうって考えていた。男はおでこにしわを寄せて目を細め、顎をかいた――デルが考え事をするときと同じだ。でも、この男の場合は、考えるふりをしてるだけみたいだった。「感傷的《サッピー》」しばらくして男の人は言った。

「情緒的《センチメンタル》」女の人が即座に言った。

「うーん……甘ったるい《シュガリー》」

「甘美《サッカリン》」

「ずるいぞ」男の人は言った。「ぼくの言葉をまねてるだけじゃないか」

女の人は彼に向かってにやにや笑った。きれいな顔をしてる、とあたしは思った。きらきらした青い目と高い頬骨《ほおぼね》、その頬にはそばかすが散っている。透けるほど薄いトップスはリネンの一種なんだろう。薄い生地だけど、質感や彼女の着こなしから、そこそこ上等なものらしい。そこでふと気がついた。あたしがデルとはじめて会った夜、彼が〈セブン‐イレブン〉で盗んだ額以上の値段らしいってことに。あたしもああいうトップスがほしいってことも。

「わかった」女の人は口をとがらせるふりをしながら言った。「じゃあ、これならどう？情感たっぷり《シュマルツィ》」

「いいね！じゃあ……わびしい《サッド》」

「ちがうわ、わびしいのは、これ」女の人がワインの入ったプラスチックのグラスを掲《かか》げた。

「たしかに」男の人は笑った。

「安酒《スウィル》」女の人がSの音を引きのばすように発音し、指で男の人の手に軽く触れながら小声で言うと、ふたりはくすくす笑いながら次の絵に移動した。そして文字も次に移った。

色《ターニッシュド》あせた、低俗《トラッシー》、悲劇的《トラジック》の〝T〟だった。

デルは隅々までひとまわりしていた。画廊の反対側からでさえ、彼のブレザーの肘のところがてかてかしているのがわかる。彼は振り返ってあたしに気づくと、頭を小さく横に傾けてドアのほうを示した。引きあげる時間だった。

あたしはもう一度、ビーチのカップルの絵に目をやった。さっきもとてもいい絵だと思ってた。やっぱりすてき。

それに、ワインもなかなかいい味だと思っていた。

だけど突然、口のなかにいやな味がひろがった。

いやな味は、いまこうして南に向かっているときもまだ残っている。タオスを出て急カーブと急坂を走っていくと、村が、日陰になった道路に建つ小さな家々が見えてきた。人々は元気に歩きまわり、それぞれの人生を生きていた。サントワリオ・デ・チマヨ教会を示す案内板が目に入った。こっちに越してきたとき、まず訪れた教会だ。引っ越し先にニューメキシコ州北部を選んだのは、あたしが育ったところとはなにもかもちがってる気がしたからだ。チマヨ村の教会のことはインターネットで注文したガイドブックで知ったのだけど、そこには奇跡の砂というのがあって、病気が治ると言われてた。だから、教会を訪れたときに砂を少しもらってママに送った――病気だからじゃなくて、不幸せだったから。ママがその砂をどうするかはわからなかったけど、胸にこすりつけるとかするんじゃないかと思った。「泥をありがとね」受け取ったママはそう言った。

「四角眼鏡はもう見つかったかな？」

「四角眼鏡？」

「画廊のオーナー」あたしは言った。「見つけたのは掃除の女の人かな、それともお店のお客さんかな？」

車はまたカーブに差しかかっていて、デルはノヴァの速度を落として慎重に曲がった。

「いまごろはもう、見つかってるだろうよ。ゆうべも言ったが、そうとうしっかり縛りあげたからな。自力でほどくのは無理だ。でも、いまごろは……」

彼はほんの少しスピードをあげた。わざとかどうかはわからないけど、とにかくあたしは気がついた。

しばらくしてからあたしは訊いた。「あのお金でなにか楽しいことでもする？」

「たとえば？」

「さあ。服やアクセサリーを買うとか……大画面テレビを買うとか、バカンスに行くとか。なにか楽しいことに使うの」

デルはひげをぽりぽりかいた。

「無駄遣いだな」

「なんでもかんでもあんたが決めるの？」

「おれはまともな判断ができるからな」彼は言って、ひきつった笑いを漏らした。「おまえは将来ってものを考えたことはないのか？」

でも、このときも、彼はあたしが言ってることがわかってなかった。あたしはその将来のことを考えてたのに。

サンタ・フェ市内を迂回《うかい》したのち、車はふたたび二車線の長い道路をアルバカーキに向かって進んだ。行けども行けども裸の山と低木の茂みばかりで、まだ人が住んでいそうな家と崩れかけた家がたまに見える程度だった。はるか遠くにオルティス山脈が見える。あたしたちよりものろのろした埃《ほこり》まみれの古いピックアップのうしろについてしまったこともあったけど、うしろにトレーラーを連結してるせいで、デルは怖くて追い越せなかった。ピックアップが土埃の舞う道に曲がるまで、あたしたちも一緒になってのろのろ進むしかなかったけど、一マイル走るごとに、体じゅうの血が煮えたぎるのを感じた。

デルがなにを考えていたかはわかる。州間高速道路が封鎖されているかもしれないとか、ヘリコプターが低く飛んで、あたしたちのノヴァみたいなおんぼろ車がふつうではない動きをして自滅するのを待ちかまえているとか、そういうことだ——画廊のオーナーが自由の身になったと思うかってあたしが訊いてからは、ますますそんな事態を考えるようになった。

でもしばらくすると、あたしはとにかく「行け！　行け！　行け！」って叫ぶか、手をのばしてハンドルを奪い、脚をのばしてアクセルを踏みこみ、ひたすら車を進めてこんなこととはおさらばしたい気持ちがわいてきた。そのとき、頭に浮かんだ。トランクのなかにはお金があること、それがあればできるはずなのに、するつもりのないことが。一度か二度、あのピストルを出してデルにねらいをつけようかとも考えた。「危害をくわえるつもりはない」そんな科白を言ってもいいかもしれない。彼みたいに。「言ったとおりにして。いい？」それが、デルを殺そうってはじめて考えたとき——そのときは本気じゃなかったけど。

それでも、あたしは、いらだちや不安や神経の高ぶり、そういったものすべてを隠すのがせいいっぱいだった。どれひとつとして、ルームミラーがフロントガラスに当たって立てるかたかたという音でやわらぐことはなかった。皮膚が裏返しになっちゃいそうな気がした。

「おしっこがしたい」とうとうあたしは言った。

「次のサービスエリアまで待て」デルは言い、あたしをちらりと見て、それからまたルームミラーをのぞいた。うしろには道路以外、なにも見えなかった。あたしはまっすぐ前を見た。道路以外、なにも見えない。車のなかを見まわした。あたしとデルと、いまいましいルームミラーだけ。ルームミラーがかたかたいう音は数秒つづき、それが数分になり、数分が数時間になり、それからもずっとつづいた。

あたしたちはマドリードに立ち寄った。スペインにある同じ名前の市とはちがい、最初の音節にアクセントを置いて発音する。マドリード、みたく。ゴールドラッシュの時代は鉱山の町だったけど、すっかり掘りつくされ、ゴーストタウンになった。いまは芸術家たちの一大コミュニティになっている。車をとめたときはまったく知らなかったけど、パンフレットにそう書いてあった。

町はずれにある休憩施設――というより屋外トイレって感じだったけど――の前の道に縦列駐車した。デルは車で待ってたけど、あたしは用を足して戻ると運転席側の窓をたたいた。「ちょっと散歩してくるね」そう言うと、彼になにか言われるより先に、通りをぶらぶら歩いていった。彼がついてきてもこなくてもかまわなかったけど、すぐに足を引きずるようにして歩く音がうしろから聞こえてきた。あたしは本当に休憩が必要で、ほんの一分か二分、車の外に出るだけでもいくらか気分が安らいだ。たとえ、デルがうしろからついてきていても。そんなふうにしてあたしたちは歩きつづけた。彼はあたしのうしろを、足を引きずるような歩き方で黙ってついてきた。あたしはさっきのパンフレットをもらい、いくつかの店のショーウィンドウをのぞいては、骨董品や陶器やヴィンテージのカウボーイブーツをながめた。絵や彫刻もあった。「最後の最後の仕事をしない？」冗談のつもりだった。半分くらいは。「今度はあたしのためになにか盗んでよ」

あたしは一軒の店に入った。デルもついてきた。あたしは棚のものをぶらぶら見てまわった。外の看板は〝地元職人の店〟とうたっていて、店内には、この手の店にありがちな突飛《とっぴ》な品々が並んでいた。リサイクルしたバイク部品を使ったひょうきんなカウボーイ像、さびの浮いたガソリンスタンドの給油機とキイチゴの茂みを接写で撮った写真、手作りのソイキャンドル、透ける生地のスカーフ。そのスカーフを見て、ゆうべ、画廊で見かけた女の人を思い出した。そういったものを端から端まで、時間をかけて見てまわった。背中に息を感じるほど、すぐうしろにデルがいるのはわかってた。

ひとつの棚に、靴下でできたサルのキーホルダーが山のように入ったボウルがあった。ボウルの前に置かれた厚紙には、〝ハンドメイド。三十ドル〟と書いてある。

「すみません」あたしはカウンターの男の人に呼びかけた。彼はずっとなにかを磨いていて、片手に赤い布きれを持っていた。「この値段はボウルの値段、それともサルの値段?」

「えっ」彼は驚いた声を出した。そんな誤解をする人がいるとは想像もしていなかったというように。「サルの値段です」そう答えてから言い直した。「サルひとつ分の」そしてさらにつづけた。「ボウルはそもそも売りものじゃないんです」

あたしはデルを振り返った。

「これがほしい」サルをひとつ掲げて言った。

つとめて何気なさそうに言ったけど、それは挑発だった。声ににじむその気持ちを、あたしもデルもちゃんと聞き取ったように思う。カウンターの男の人にも伝わったはず。もっとも、彼はなにかを磨く仕事に戻ったふりをしてたけど。

「なんだってそんなものがほしいんだ?」デルは言った。

「女ってたまにプレゼントがほしくなるもんなの。自分が特別な存在だって思えるから」あたしはサルを指に引っかけ、デルの顔の前でぶらぶらさせた。彼はサルが揺れるのをじっと見つめた。催眠術をかけられてるみたいに。あるいは、合点がいかないみたいに。「それとも、愛情なんてもうなくなっちゃった？」

「キーホルダーにしてはちょっと値が張りすぎじゃないか」

あたしはすばやく彼に体を寄せてささやいた。「だったら、こっそりポケットに入れちゃえばよくない？」

デルはカウンターの男の人に目をやり、それからあたしに向き直った。その表情は〝黙れ〟と言っていた。「きのうの晩で最後だと言っただろ」低い声でうなるようにそう言った。

あたしはただサルを前後に揺らした。

ドアのベルがちりんと鳴って、緑色のワンピースを着た女の人が入ってきた。彼女はカウンターに歩み寄った。「取り置きをお願いしてたんだけど」彼女がそう言うと、男の人はなにかを磨いてた布をおろして、ふたりでおしゃべりを始めた。

目撃者がいなくなったので、デルはほっとしたらしい。「なあ、ルイーズ」彼は言った。「冗談はやめろ」

で、あたしはどうしたかって？　よくも悪くも要求の水準をあげた。

「たとえばこのサルが――」あたしは指でちっちゃなサルの胴体を揺らした。「――あたしへの愛情を示す指標だとしたら？」

「愛情？」

「潜在的な愛情」わかりやすく言いかえた。「愛情の可能性」

「どういうことだ？」

「パパがね、といっても最後にパパを見たのはまだ六歳のときだったんだけど、部屋に入ってきてあたしを寝かせ、靴下でこしらえたサルの人形をくれたの。このサルより大きかったけど、見た目はそっくりだった」（だって、手作りだろうとなかろうと、サルの見た目なんかみんな同じだもの）「で、パパはこう言った。『ルイーズ、パパはしばらく留守にするけど、パパがいないあいだは、このちっちゃなおサルさんがおまえの面倒をみてくれるからね。パパのことが頭に思い浮かんだり、心配になったりしたら、このおサルさんをぎゅっと抱きしめるんだよ。そしたら、パパはおまえと一緒にいることになるから。どこにいたって、パパはおまえのそばにいるよ』そう言ってパパは、自分の胸に手を置いたの」

大きな声を出してたわけじゃないけど、カウンターの男の人とお客の女の人はいつの間にか黙りこんで、あたしの話に耳を傾けていた。それでもまだ、聞いてないふりをしてたけど。小さい店だから、聞こえちゃうのはしょうがない。デルは実際には汗をかいてたわけじゃないけど、一身に注目を浴びてる——あたしたちの会話を耳にしてるふたりから——せいで、いつ汗が噴《ふ》き出してもおかしくなさそうに見えた。

「ママはパパのうしろで、ドアにもたれてあたしたちを見てた」あたしは話をつづけた。「そのときのママの顔を見れば、パパが戻ってこないことくらい、誰にだってわかったはず。しかもそれはママのせいで、そのことでママは責任を感じてることも。でも、あたしはまだちっちゃかったから、そのときはわからなかった。あたしはもらったサルを毎日、肌身離さなかったし、毎晩一緒に眠ったし、ぎゅっと抱きしめた。でも、とうとうママに捨てられて、それで現実を思い知った。サルを捨てられて泣いてるあたしにママはこう言った。『男にはがっかりさせられるだけ』って。ママはそのときつき合ってた彼氏との仲がだめになったばかりで、ママのハートも壊れてたから。『男にはいつだってがっかりさせられる』ママはそう言った。『それを忘れてばかを見るんじゃないよ』それであたしは泣きやんだ。それでも、ママがなにを言おうが、パパが戻ろうが戻るまいが、あたしは信じてた——というか、知ってた。パパがサルをくれた瞬間には愛があったんだって」

デルは目を店主と客からそらして、壁のほうに向けた。それから、うしろ脚を蹴《け》りあげた恰好のブロンコ（アメリカの半野生馬）にまたがったカウボーイ像——鉄のオブジェ——に見入った。かすかに傾けた頭と神経質そうな目の表情を見て、あたしは〈セブン - イレブン〉ではじめて会った夜を、〝奥さん《マアム》〟と呼びかけられて、自分の歳を教えたことを思い出した。本当ならここで彼は躍起《やっき》になってべつの話をするはずだけど、このときはなにかちがう理由で怯《おび》えてるように見えた。

「だからね、もしかしたら」あたしは助け舟を出すつもりで言った。「ほんと、もしかしたらだけど、あんたがこれを買ってくれたら、あたしにはわかると思うの。あんたがいつも心からあたしを愛してるってことが。これで——」あたしは先をつづけた。「あんたの鈍《にぶ》い頭でも理解できたよね？」

目の隅に店主の気まずそうな顔が見えた——デルに対しても、そしてたぶん、あたしに対してもいたたまれない気持ちなんだろう。緑色のワンピースを着た女の客が咳払いをした。

店主は彼女に言った。「では、取り置きしていたものを持ってきます」

デルは下顎を横にずらした――これもまた、頭を働かせてなにか検討してるときの癖《くせ》だと学んでいた。いま彼は汗をにじませながら、うしろ脚を蹴りあげたブロンコ像をあいかわらず見つめている。それにまたがったカウボーイに親近感を抱いてるかのように。じっと見つめていれば答えが見えてくるかのように。

「サルはなんて名前だったんだ?」彼は訊いた。

あたしはいらだちがたっぷりこもった、長いため息をついた。いつものことだけど、この人ったら、大事なことがまったくわかってない。「えっとね」あたしはそう言い、もう一度ため息をついた。「マーフィ」

そのとき彼の表情が変化して、しわが一本うっすらとおでこに現われ、眉がほんのちょっとあがった。「おサルのマーフィ?」彼はもうカウボーイ像を見ていなかった。もう怯えてもいないらしい。「ルイーズ」そう切り出す。「このサルがおれたちの愛情の証とは思えないし、正直言って、こいつが三十ドルというのはいくらなんでも――」

でも、あたしはそこから先は聞いてなかった。サルをボウルに戻し、くるりとまわって外に出ると、ドアを叩きつけるように閉めた。この日の朝、ノヴァのドアを叩きつけるように閉めたみたいに。

戻ってこいと声をかけるとか、あとを追ってくるとか、そういうドラマチックなことをしてほしかったかどうか、自分でもわからないけど、そんな行動を望むのは自分をごまかすことそのものだ。ママに釘を刺されたじゃない。デルはそんなんじゃない。あたしは車に乗りこんで、ウィンドウごしに彼がゆっくり引きあげてくるのを——足を引きずるわびしい音をさせながら歩いてくるのを見ていた。あたしが待ってるってわかってるんだろう、急ぐそぶりはまったくなかった。

そのあと、あたしたちは黙ったまま車を走らせた——重苦しい沈黙だった。言ってる意味、わかるよね。さらにいくつかのゴーストタウンを通りすぎた。かつては夢と希望に胸を膨らませた人たちが暮らしていた場所。いまは壊れた建物と、どこまでもひろがる荒涼とした土地以外、なんにもないところ。あたしはもう、腹を立ててさえいなくて、拍子《ひょうし》抜けしてがっかりしてた。「男ってのはそういうものなんだよ」べつのときにママはそう言った。「しばらくすれば、ためしてみる価値すらないってわかるから」ママの言いたいことは頭ではわかっていた。今度のことがあって、べつの形で理解できた。

ほどなく二車線道路はひろくなって、ショッピングモールやファストフード店が見えてきた——都会だ。〈ウェンディーズ〉が目に入り、寄ってもいいか、デルに訊いた。

「いちばん安いのにするから」あたしは嫌みったらしく言った。

デルはなんとも言わず、ただ車をドライブスルーのレーンに進め、あたしがほしいと言ったものを注文した。自分の分はなにも頼まなかった。ただの当てつけだと思う。

夕方近く、車はアリゾナ州ウィンズロウを走っていた。ほとんどの人がイーグルスの曲「テイク・イット・イージー」を思い浮かべる場所だろう。歌詞に、アリゾナ州ウィンズロウの街角に立ってとか、そんな一節がある。でも、あたしは、自分の過去と高校時代の恋人を思い出した。その彼はウィンズロウって名前で、みんなからはウィンと呼ばれてた。過去に置いてきたあらゆることについて、あのときああしていたらと考えずにはいられなくなった。短いあいだのことだった。もちろん、ウィンとのときもそれなりに問題を抱えてたけど、あたしはひどく打ちのめされ、そのときの状況やまわりの人たちに不満を覚え——イーグルスの「テイク・イット・イージー」の歌詞じゃないけど、車を飛ばしながら、心の重荷を解き放とうって考えていた。

夕方、キングマンにあるモーテルで車をとめた。ルート66が単なる観光スポットになる前の、味わい深い道路だったころからある安モーテルのひとつだ——その手のモーテルはいま、施設の内容に無頓着な人たちに時間貸しされてるらしい。

デルはチェックインすると、あたしたちの部屋にいちばん近い階段の前までノヴァを移動させ、区画をいくつかまたいで横向きにとめた。そうとめるしかなかったのだ。

「楽しもう」あたしは言った。

「楽しむ？」デルはわけがわからないという顔をした。

「ルート66を楽しもうって曲があるでしょ」あたしは標識を指さした。「〈ホリデイ・イン〉に泊まるお金はないんだよね？」

彼はまっすぐ前を見ながら、ハンドルを指で軽く叩いた。下唇を少しまるめて上の歯で顎ひげをかんだ。

「おまえが見てる裁判の番組があるだろ?」デルはようやく口をひらいた。「あれに出てくる連中のなかにはばかなのがいると、おまえ、よく言ってるよな? 連中の話に笑いころげながら、こう言うよな? 〝それがまちがいの始まり〟とか〝まったくわかってないんだから〟とか」

「それって」あたしは言った。「コンビニエンスストアに強盗に入って、店員にピストルを向けておきながら、あとになって電話してきて、その店員をデートに誘った男の話?」あたしはそう言ったそばから後悔した。そのおかげもあってあたしは彼に恋をしたのに、いまはそれに文句をつけてる。

「あのときは、やむをえない事情があったんだ」彼の声には警告の響きがにじんでいた。いままでこんな声は聞いたことがなかった。「おれとしては、いまはなにをするにしても、そうとう慎重にならないとだめだと言ってるんだ。わずかな判断ミスが、本物の裁判官の前に立たされる事態を招くかもしれない。笑い事じゃないぞ。それはたしかだ」彼はあたしに向き直った。「ルイーズ」また、さっきの口調だ。「おまえのことは愛してるよ、ルイーズ。けどな、ときどき……なんというか、お嬢ちゃん、おまえは先のことを考えてないように思えるんだ」

〝お嬢ちゃん〟という言葉にかちんときた。それとも、〝やむをえない〟とか〝慎重に〟という言葉にだったかもしれない。もしかしたら、あたしがおばかさんだとほのめかしたからかもしれないし、それら全部、きょう一日のなにもかものせいかもしれない。

「デル」あたしは歯を食いしばりながら、苦々しい思いをこめて彼の名前を呼んだ。彼があたしの名前を呼ぶときの調子で。「あたしはあんたを愛してる。あたしがそう言うときは、本気で言ってるんだよ。でもときどきはね、デル、ときどきは、殺してやるって思う」

彼はうなずいた。「そんなことをしたら、おまえも刑務所行きだ」いつものように、ゆっくりとした冷静な声で言った。でも、さっきの警告するような響きは残ってた。彼はあたしに部屋の鍵を渡した。「部屋に入っててくれ。おれはトレーラーが荷崩れしてないか確認しておきたい」

「わかった」どう思ってるかをわからせようとして、あたしは強めの口調で言った。彼はちょっとあたしに目を向けてから、手荷物を出しにうしろにまわった。トレーラーを覆う防水シートをめくるデルがルームミラーごしに見えるようになっても、あたしは助手席にすわったままでいた。

このときのあたしの気持ちを、どう表現すればいいんだろう。怒り？　悲しみ？　だいたい、なにを考えてたのかもわからない。これからどうしよう、と考えてたのかもしれない。このまま部屋に入って、計画してたとおりにことを進めようか。デルはそうするものと思ってるみたいだし。それとも、こんなことから完全におりることにして、文字どおり車を降りて、べつの方向に歩きだすか。

でも、あたしが本当にいなくなったら、デルは追ってくるだろう。メロドラマの主人公みたいにするわけじゃないし、すがりついたりもしないけど、絶対にわかれようとはしないだろう。おまえなしじゃ生きていけない。彼はそう言っていた。ママの言葉じゃないけど、そういう愛情はときに、あっという間に醜《みにく》いものに変わってしまう。あたしも、この目で見たことがある。

「いつまでもそこにすわってるつもりか？」デルの大声が飛んできた。

トランクがあいてるせいで、あたしのところからは彼の姿が見えず、うしろから声がするだけだった。また、トランクのなかを整理してるらしい。

「ううん。部屋に行くよ」あたしは叫び返した。車を降りるとき、グローブボックスをあけて銃をハンドバッグにこっそりしまいこんだ。

部屋に入ると、浴室に錠《じょう》をおろしてハンドバッグを置いた。そしてお湯の温度をうんと高くしてからシャワーの下に立った。もうもうと立ちこめる湯気のなか、ちっぽけな石鹸を全身にこすりつけ、二車線道路やのろのろ走るピックアップのうしろを長いこと走ったせいで埃が厚く積もっているかのようにごしごし洗った。

シャワーを出たあとはどうなるだろう。「人はときに、互いの望むものがまるでちがってしまうことがある」そう言ってやってもいい。「あんたのことは愛してるけど、先に進まなきゃいけないときもある」そう告げればすむ。簡単なことだ。何年も前、同じことをウィンに言ったことがあるし、そのときは、ピストルなんか必要なかった。でもピストルがあれば、あたしがべつの意味で真剣なんだとわかってもらえる。しかも身を護《まも》ることもできる。「あのお金を全部いただくつもりはないから、デル」そう言ってもいい。「そんな話をしてるんじゃない。大事なのはそこじゃないの」彼がいままでに一度でも、大事なことをわかってくれたことがあるみたいに。

シャワーを出て、ふたり分のタオルを取った。湯気が充満する浴室で、体を拭いた——一枚のタオルを体に巻きつけ、もう一枚で髪の毛を包んだ。デルのタオルはなし。

彼はばかなことはよせと説得してくるだろうか？　ピストルを取りあげようとするだろうか？　タオスでデルが置き去りにした画廊のオーナーみたいに、あたしもデルを縛りあげなきゃいけないだろうか？　そんなこと、考えるだけで悲しくなる。

浴室を出ると、デルが部屋の椅子に腰をおろして、なんにも映ってないテレビの画面を見つめていた。画面はうっすらと埃で覆われている。あたしはまだピストルを出してはいなかったけど、手に持ったハンドバッグにピストルの重さを感じていた。これを使うことになるかもしれないと考えながら。そこでふと、先に服を着ておけばよかったと思った。だって考えてもみて。二枚のタオルで体を覆った恰好でピストルをかまえるんだよ？　すばやく逃げるなんてとてもじゃないけど無理。

デルの表情はと言えば……〝思案に暮れている《ペンシブ》〟って言葉が頭に浮かんだ。彼に教わった言葉だったはず。彼がいなかったら、こんな言葉を知ることはなかった。そんなことを考えてたせいで、言うべきことがすぐに口から出てこなかった。あたしはその場に突っ立っていた。頭に巻いたタオルからしずくが一滴したたり落ち、背中をいきおいよく伝い落ちた。「いままで一度も、親父さんのことを話してくれなかったよな」彼は沈黙を破った。「おまえが六歳のときに家を出ていったのは本当なのか？」

「うん」あたしは答えた。そのとき、パパが出ていったのは、あたしのせいでもあるかもしれないと気がついた。

デルはなにも映ってないテレビを見つめた。あたしもそっちに、カーブを描く灰色の画面のほうに顔を向けた。そこに少しゆがんで、心ここにあらずというデルの顔が映っていた。

「出ていくとき、親父さんは本当に靴下のサルをおまえにやったのか？」

あたしは思い出そうとしたけど、けっきょく、頭に浮かんだのはデルがこれまでしてくれたことだった。

「ううん」自分の声に冷たい響きが聞き取れた。「でも、ママの話では、そういうことだった」

あたしは埃に覆われたテレビ画面を、そこに映ってるデルをじっと見つめた。すると彼がこぶしを握《にぎ》っているのが見え、あたしの答えを聞いて、握った手にさらに力がこもるのが見えた。あたしは全身がこわばるのを感じた。きっとピストルがないのに気づかれたんだ。あたしはテレビ画面に映るデルから目を離さないようにしながら、ハンドバッグのストラップをたぐり寄せた。彼がすばやく立ちあがって、襲いかかってきた場合にそなえて。でも、彼は顔を少し伏せた。そのせいで画面に彼の横顔が映った。つまり、こっちを向いて、あたしをまっすぐ見てたのだ。

「じゃあ、うそをついたのかよ？」彼はこぶしをきつく握っていたので、ふたりの距離がもっと近かったら、あたしはあとずさっていたと思う。でも、ふたりのあいだにはベッドがあった。しかも、いまやハンドバッグの口はあいている。

「そう思いたいんなら、それでもいい」

彼の目があたしの顔を穴があくほど見つめている。例の緑色の目。間近で彼を見たときにまず気づいたのが、その緑色の目だった。

「コーラが本当のことを言ってると思うのか？」――コーラっていうのはあたしのママ。ママの名前だ。

「さあ。あんたはどう思う？」

緑色の目が細くなった。また考えている。そこでふと思った。彼が考え事をしてるときの仕種なら、どんなささいなことでもほぼすべてをリストアップできるって。壁を一心に見つめるときもあれば、遠い目でぼんやりと宙を見つめながら、髪をなでつけたり、ひげの先をいじったり、下唇を少しまるめて上の歯で顎ひげをかんだり、あるいは顎を右か左にずらしたりもする。ううん、そうじゃない、たいてい左だ。いつも決まって左。そしたら思ったとおり、彼が顎を左にずらして、いつもの位置でとめた。

あたしは思わず笑いそうになった。「男にはいつだってがっかりさせられる」ママはそう言ってたけど、デルが予想どおりに顎を左にずらし、あたしの期待に応えてくれたから。この点に関しては彼は裏切らない。そう思ったら急に、グローブボックスから銃を盗んだことが恥ずかしく思えた。タオルを巻いただけの恰好で外に飛び出し、もとに戻したくなった。

「サプライズはいるかい？」彼に訊かれて、あたしはまた笑いそうになった。

「〈アワ・プレイス〉に行くんなら、かなり戻ることになるよ」

「新しいサプライズだ」

「いいよ」と、あたし。

「トレーラーパークにいるときに話したろ。ヴィクターヴィルに姉貴がいるって」彼はつづけた。「あれは本当だ。しばらく話をしてなかったけどな。疎遠《そえん》になってたんだ」彼は〝疎《イスト》遠《ウレインジド》〟という単語を引きのばすように発音した。「姉貴は不動産業をしていてね。で、扱ってる担保物件を安く売ってくれるって言うんだ。家をね。しかもおれが学位を取ったから、姉貴のところで、姉貴の事務所で働かせてもらえることになった。ってことで、とんとん拍子に話がまとまった。家の頭金が必要だったから、もうひと仕事しようと考えた。最後にひとつでかい仕事をしたら、終わりにするってな」彼は椅子の横を、手でとんとん叩いた。普通なら指で叩くところだけど、手全体で叩いた。というのも、まだぎゅっと握りしめてたから。彼がこんなにたくさんの言葉をひと息でしゃべったのは、これがはじめてだった。「以上がおれからのサプライズだ」

　彼のもとに駆け寄りたい気もしたけど、やめておいた。「それを忘れてばかを見るんじゃないよ」ママの声が聞こえた。あたしはあいかわらず床に、全身にしずくを垂らしながら、浴室を出たところに立っていた。

「おまえがほしがってたあの絵も盗んだ」デルは、認めるのが気恥ずかしいみたいに言った。「だが、家を買っても飾るわけにはいかない。少なくともリビングルームには当分無理だろう。他人に見られる恐れのある場所には飾れないが、おまえがそうしたいなら、ときどき取り出してながめるくらいはかまわない。いまは車のトランクに入ってるが、取ってきてほしいならそうする」そう言って彼は大きくため息をついた。深夜、あたしとの会話を切りあげるとき、一日の締めくくりに漏らすたぐいのため息だった。でも、このときの彼の顔には、それとはちがう表情が、逡巡《しゅんじゅん》してるような表情が浮かんでいた。黙りこみたいけど、まだ言いたいことがある、みたいな。「だが、あれが最後というのはうそじゃない」彼はようやく口をひらいた。「あらたなスタートを切ると決めたからには、ちゃんとやりたい。だから、これには金を払った」

彼は握ってたこぶしをひらいた。手のなかには靴下でできたサルのキーホルダーがあった。握ってたせいでちょっとつぶれているけど、たしかにあった。

「親父さんの話がうそなのはわかってた」デルは言った。「おまえが話してるときから感づいてた。だが、本当だろうとうそだろうと、大事なのはそこじゃない、そうだろ?」

あたしはにっこり笑って、首を縦に振った。そう、そう、そう。大事なのはそこじゃないって思いながら。そして、そう、そう、そう。そのとおりだって。

言わなくてもわかると思うけど、あたしはデルを殺さなかった。お金の半分を持ってハイウェイに乗ってもいない。

翌日、ふたたび車に乗りこむと、ホイールウェルのさびはほとんど気にならなかったし、ドアをそっと閉めたから、はずれた金属がなかで転がる音も聞こえなかった。デルがトランクに荷物を詰め、防水シートをかけた荷物の位置をあれこれ直してる隙に、あたしはグローブボックスにピストルを戻した。はじめからそこにあったみたいに。そして、二度とそのピストルには手を触れなかった。

デルの運転でルート66を走りながら、あたしはウィンドウをおろし、両足をダッシュボードに乗せて、彼にもたれかかった。

トランクに積んだ三千ドルの絵と、これから手に入れる家に心を奪われたと思う向きもあるかもしれないし、たしかにそれもないわけじゃないけど、それはわかってない証拠。あたしがいちばんうれしかったのは靴下のサルだ。安もので軽いけど、べつの意味の重みがある。サルをルームミラーに吊《つ》りさげると、ミラーのかたかたという音がささやき程度にまでおさまり、この先しばらくは、快適なドライブが楽しめそうな気がした。

手数料

Commission

あんたは堅実な相手を見つけなさいよ——ママは口癖《くちぐせ》のようにそう言っていた。それに、ごく普通の人。普通であればあるほどいいって。「夢ばかり追いかけてる人とくっついたりしたら」ママは指を振りたてながら一度ならず警告した。「その人の夢はあんたの悪夢になるんだからね、ルイーズ。ママの言ったこと、よく覚えておきなさいよ」

デルを夢ばかり追いかけてる人と言っていいのか、あたしにはわからない。計画を立てて、それを実行に移してるのはたしか。何事も最後までやり通す人であり、片手にビール、もう片方の手にはテレビのリモコン、ジーンズのいちばん上のボタンをはずした恰好《かっこう》で、ぐだぐだ考えてるような男じゃない。

それと、彼は普通の人なんかじゃない。あたしとはちがって。

でも、ときとして夢は、あると思ってたところにないことがある——そういう意味では、計画のつもりでいたものが夢になっちゃう場合もあると思う。そうでなければ、ほかの人の計画や夢に自分の計画や夢が巻きこまれ、どれが誰の夢で、誰の計画がなんなのかわからなくなる。思いもかけないときにこっそり近づいてきて、倒れるほどの強烈な一撃を見舞ってくるのは、他人の夢じゃなくて自分の夢ってこともある。

ブレンダのオフィスに警察官が現われたときには、誰がなにを望んで、誰に責任があって、それはどうしてなのか、あたしはさっぱりわからなくなっていた。でも、いま言いたいのはこういうこと——誰のせいでもない、自分の責任。

警察がやってきたのは、あらたなスタートを切るというデルの考えでカリフォルニア州ヴィクターヴィルに移って二カ月ほどたった午後のことだった——その二カ月のあいだ、デルは姉のブレンダの不動産会社でただ働きをした。販売リストにひとつでも多くの物件を載せ、あわよくば売りこもうと必死になって宣伝してまわった。ブレンダの家では、あたしとデルはべつべつの寝室をあてがわれた。デルの犯罪人生をはるか彼方《かなた》に押しやろうと、あたしもデルもいろんな犠牲《ぎせい》を払っていた。

というか、あたしはそう思ってた。

ブレンダのオフィスのドアからふたりの刑事——私服だけど、いかにも刑事然として見えた——が入ってくると、あたしの頭には三つの考えが浮かび、デルはたちまち体をこわばらせ、ネクタイをまっすぐに直し、顎《あご》ひげの先端に軽く触れ、裏口にちらりと目をやった。

体にしみついた反射的な行動。それがまず頭に浮かんだ。習性。

「グレイソンさんにお会いしたいのですが」片方の刑事が言った。「いらっしゃいます?」

ふたりの刑事は、ほぼ瓜ふたつだった。身長も同じ、がっしりした顎も無難な髪型も同じ、自信たっぷりな態度も同じ。でも、先に口をひらいたほうの顔は、もうひとりよりもごつごつしてた――左の頬骨《ほおぼね》が右よりもちょっとだけ高かった。ジキルとハイド。二番めに浮かんだのがそれで、自分でもおかしくなったけど、それもデルの顔が気味悪いくらい青ざめているのに気づくまでだった。

あたしとデルが答えるより先に、かぎ鼻のブレンダが奥の部屋から顔を出した。また、いつもと同じ花柄《はながら》のワンピースを着てる。たぶん、まとめ買いをしたんだろう。「ブレンダ・グレイソンです。ご用件はなんでしょう？」

「よろしければ、奥さん《マァム》」ごつごつ顔の刑事が言った。「少しお時間をいただきたいのですが」

「わかりました」ブレンダは例のつくり笑いを浮かべた――誰もが顧客になる可能性があるんだからと、何週間にもわたってデルに教えこんだ笑い方だ。「どうぞ、お入りください」

ブレンダの部屋に入りしな、ジキルのほうがデルを振り返ってまじまじと見つめた。三人がなかに入り、ドアがいきおいよく閉まった。

デルはもう一週間もあたしと口をきいてなくて――ふたりの状況はそこまで悪くなっていた――さらによくないことに、あたしのほうも彼の沈黙に沈黙で応えていた。でも、いまこそ、その沈黙を破るときだ。

「なんの用かな？」あたしは訊《き》いた。

デルは肩をすくめたけれど、例によって下唇を少しまるめて上の歯で顎ひげをかんでいた。

「デル」あたしは呼びかけた。「あの人たちはニューメキシコからあんたを追ってきたわけじゃないよ。もしそうなら、あんたがいるか尋ねたはずでしょ?」

「ニューメキシコは関係ない。ここの問題だ」

次の話題を持ち出したくはなかった。これまでずっと、あえて避けてきた話題だけど、あたしは口にした。「差し押さえ物件での夜のことを心配してる?」

デルはまたも身をこわばらせた。

「あれはもう忘れてもいいんじゃないか?」

「あたしはただ、どうしてあれが——」あたしはブレンダの部屋を指さした。「——あんたと関係あるのか、理解したいだけ」

「ルイーズ」デルは例の〝頼むよ、ルイーズ〟という表情をした——要するに、どうとでも取れる表情ってこと。それから頭を左右に振ったけど、あんなに顔色が悪いんだから、頭を振ったりしちゃまずかったんじゃないかと思う。

そのときブレンダの部屋のドアがまたあいたので、デルはあたしにすばやく「しっ」と言い、ジキルとハイドのふたりは出てくるなりデルを露骨《ろこつ》に見つめた。そのとき、三つめの考えが、デルは犯罪とは無縁の人生を歩むつもりでいるけど、それを完全には受け入れてないんじゃないかという考えがあたしの頭に浮かんだ。そう思ったとたん、次々と疑問がわいてきた。彼を昔の彼に戻してしまったのはあたし? あたしがあれこれ話した夢のせい? そして、いちばんの疑問——なんであたしに話してくれなかったの?

ニューメキシコ州タオスのトレーラーパークから、ここヴィクターヴィルのデルのお姉さんの家までの道のりを思い返すと、これからの人生について、自分があまりにおめでたい白《はく》昼夢《ちゅうむ》に浸《ひた》っていたのがよくわかる。そのときは、白昼夢だなんて思ってなかったけど。「ロサンゼルスで映画スターに会うとしたら、誰がいい？」ニードルズの町を過ぎてすぐ、あたしはデルに訊いた。「美人女優でもいいよ。嫉妬《しっと》なんかしないから」

旅に出て二日めのことだった。デルはごつい大きな手を、おんぼろノヴァのハンドルの十時と二時の位置にきっちりと置き、助手席のあたしは行けども行けどもつづくモハーヴェ砂漠が流れるように過ぎていくのをながめていた。ようやくまた、スピードがあがりはじめたのだ。

アリゾナのブラック山脈のふもとの急カーブをトレーラーが曲がるたび、デルがひどく緊張するのを見ていたときの気分を説明するのは勘弁《かんべん》してほしい。あたしは二度、ルームミラーにぶらさげた靴下のサルをはずして、ぎゅっと握《にぎ》りしめた。前の晩にデルがくれたキーホルダー――デルはすでに、きみのお守りと呼ぶようになっていた。

「LAまでは行かないぞ」デルは道路から目を離さずに言った。

「わかってる」だって、あたしの膝に地図がのってるんだもの。しかもあたしは地図を読むのがすごく得意。「でも、うんと離れてるわけじゃないでしょ。ヴィクターヴィルにしろLAにしろ、誰かがあたしたちを捜《さが》してるわけないよ」誰かっていうのは、もちろん警察のこと。「ちゃんと逃げられるって。ふたりとも」

「今夜はブレンダがおれたちの到着を待っている。日曜のディナーだ。明日は朝早くから仕事だ」

「あらたなスタート」あたしはデルがそれまでさんざん言ってた言葉を繰り返した。「あらたなスタートをするのは火曜にしてもいいんじゃない？」

彼は考えこんで、それから顎ひげをかんだ。

「おれとブレンダの関係はいつも良好ってわけじゃなかった」デルはそう言って深いため息をついた。「子どものころ、ブレンダはおれの世話をあれこれ焼かないといけなかった。なのにおれは……おれは恩をちゃんと返したとは言えない。日曜のディナーに間に合うよう、そっちに行くとブレンダに言ってしまった以上、計画どおりにやりたいんだ。姉貴に言ったことは守るってことを、家族の一員として誠実な行動を取るってことを証明したい」

この会話に対する反応はふたつ。その一。デルはこれまで出会ったなかでいちばん誠実な男性だから意外だった。その二。デルのお姉さんにちょっとばかり不安を感じた。彼はすでに、知りたくなかったようなことを言外《げんがい》にほのめかしてたから。

ならばしょうがない。デルがどうしてもと思うのなら……無理にとは言わない。あたしは映画スターの誰に会いたいかという話題さえ、二度と持ち出さなかった。

ちなみに、知りたいかもしれないから言っておくと、あたしの答えはホアキン・フェニックスだ。

夜の街を想像するのはあきらめ、お姉さんがどんなふうにあたしたちを大歓迎してくれるのか、あれこれ頭に思い描きはじめた。あたしたち、つまり弟と、その新しい……えっと、デルはあたしのことをどう説明してるんだろ？　ガールフレンド？　パートナー？　デルはいろんな言葉を知ってるけど、フィアンセって言葉はまだ彼の語彙《ごい》に入ってない気がする。あたしもそっち方面におさまりたいタイプじゃないけど、それでもやっぱり、身持ちの悪い女《フルージー》って思われるよりも、家族《ファミリー》の末席にくわえてもらえたらすてきよね。

「お姉さんが用意してくれた家だけど」あたしは言った。「ポーチに揺り椅子を置くスペースはあるの？」

デルは肩をすくめた。「ブレンダは、そういうことをぺらぺらしゃべるタイプじゃない」

寡黙《かもく》。こむずかしい言葉を使うのを好むデルは自分をそう評してる。あたしに言わせればぶっきらぼうなだけだけど。

「キッチンに背の高い食器棚があるといいな。前面がガラスで、調理台は花崗岩《かこうがん》がいい。部屋は——なんて言うんだっけ？　主寝室。キングサイズのベッドを置く部屋」

要するに、夢を語っただけ。言い負かされるのがおちだったけど。

そのあとデルがどう思ったか知らないけど、あたしは家がないことで彼を責めたりしなかった。全部、ブレンダのせいだし、ついに彼女と顔を合わせたときには、その懸念はますます大きく、不快なものになった。

「ああ、デルウッド。あの物件は売らざるをえなかったのよ。絶好のチャンスだったから」はじめて会った夜、ブレンダは何度もため息をついたり、頭を振ったりしながらそう言った。バブルがはじけ、抵当《ていとう》物件が差し押さえられ、あっちでもこっちでもショートセール（住宅の所有者がローンを返済できなくなったとき、ローン残高未満の値段で住宅を売却すること。売却額とローン残高の差額は免除される）がおこなわれ、誰もがわれ先にと決済し、損を覚悟で住宅を売却している状況に心を痛めている、と。「家を手放す人たちはみんな、絶望して腹を立てている。なかには、立ち退《の》きを通告されたあと、かつてのわが家に押し入ってなかをめちゃくちゃにする人もいるわ。知ってた？　仕返しをするために……相手は誰かは知らないけど。銀行？　わたしたち不動産業者？　だって、そうなったら売れないものね」そう言ってまた頭を左右に振った。「絶好の機会が訪れたら……この市場でやるべきことをするしかないのよ、デルウッド。ええ、あなた自身がまったく逆の意見だとしても、やるしかないときもあるの」

ずっと笑みを浮かべたまま、頭を振ったりなんだりする姿は、まさにブレンダそのもの。情動感染だって、あとになってそう説明してた。情緒的コミュニケーションだって。そういう本を何冊か読んだのだろうけど、その程度では、悪い知らせを告げられたときのあたしの気持ちには気づけなかったようだ。

ブレンダが送っていて、あたしたちにも待ち受けている生活にデルは目をきらきらさせていたけど、あたしはそのことも責めたりしなかった。〈スワーブ〉のヘアケア製品で整えた髪型といい、ほぼ全部の指にはめた指輪といい、自宅ではなくお出かけのときに着るような青いシルクのワンピースといい、ブレンダは成功というイメージそのものだった。家の前にはレクサスがとまり、家の裏からはスプリング・ヴァレー湖が見渡せる。湖の水は真っ青で、しゃれたボートが浮かんでいる。おまけに家のなかは、あたしが〈セブン－イレブン〉で遅番のときに読んでた雑誌から抜け出たみたいだった。壁にかかった絵はどれも金色の額縁《がくぶち》、それも本物の金箔《きんぱく》が使われてるように見えたし、カーペットは縦方向にも横方向にも掃除機がかけてあったし、クッションはダイヤモンドが並んでるみたいに角を上にしてソファに置かれていた（背もたれのない長椅子みたいなそのソファを、ブレンダは〝ディヴァン〟と言ってた――この弟にしてこの姉あり）。家のいたるところに、磁器の牛、鹿、猿、その他いろいろな置きものが飾ってあった。焼きものの動物園が爆発して、その敷地を動物園ごと引き取ったみたいだった。

前にも言ったけど、あたしだって、あたしなりに目をきらきらさせてたけど、疑問が頭をもたげたことで、かなり居心地の悪い思いがしはじめていた。疑問のいくつかはあたしだけが感じたものだった。たとえば、あたしが〝ディヴァン〟に腰をおろそうとすると、ブレンダがじろりとにらんできたこととか。あたしのお尻になにかついてるといわんばかりだった。青と白の豚の置きものを手に取ったときなんか、気を揉《も》むようにあたしのほうをしきりに見ていた――落とすんじゃないかとか、ポケットに入れるんじゃないかとか、なんだかわからないけど、とにかく心配だったみたい。どんな大歓迎を受けたかって？　そんなものはなくて、チーズとクラッカー、それに何種類かの野菜とディップだけだった――銀のトレイにのってた（本当だってば）けど、一日長く冷蔵庫に入ってたみたいな味がした。

その最初の夜、デルはようやく仕事の話を切り出そうとして、お祈りをするみたいに両手の指を組み、マホガニーのコーヒーテーブルをはさんですわるブレンダに目を向けた。「はじけたバブルを最大限に活用するという作戦の全体像を教えてくれないか？」ブレンダは彼の視線を受けとめた。

「デルウッド」彼女は言った。「あなたはあなたの仕事をすればいいの。わたしに言えるのはそれだけ。自信を持つことが大事よ。あなたはやるべきことをやって。それぞれがやるべきことをやるの」

正直に言って、この点についてはデルを責めてもいいと思う。だって、こんなの本当の答えじゃないのは誰にだってわかるもの。

「あの」あたしはとうとう言った。「デルとあたしは、とりあえずホテルに部屋を取ったほうがいいですか？」

「ばかなことを言わないで！」ブレンダは言った。「ふたりとも、ここに泊まればいいでしょ」

「でも、それだとご迷惑かと」あたしはブレンダにそう言いつつ、デルが察してくれることを願った。

「迷惑なんてことないわ」ブレンダは満面の笑みをデルに向けた。「なんだかんだ言っても、デルは家族なんだから」

彼女がデルの名前だけを口にしたことで、当然のことながら、あたしがファミリーとフルージーのどっちに該当するかがはっきりした。まあ、予想はついてたけど。

あたしは肩をすくめた。ため息をついた。

「あたしたちの寝室はどこですか？」

そう尋ねると、ブレンダはひどく驚いた。「あら、やだ！」と言い、つづけて「あたしたち、ですって？」と訊き、さらに「そんなこと、考えてなかった……」

そのときのデルは、《プレイボーイ》誌を読んでるところを見つかった十代の少年みたいな顔をしていた。あたしは、〝ちょっと、しっかりしてよ！〟って叫びそうになるのを必死でこらえなきゃならなかった。

けっきょく、たいした問題じゃなかった。あいているのはブレンダの子どもたちが使ってたふた部屋だけで、それぞれにツインサイズ（幅約九十九センチ、長さ百九十センチ）のベッドがあったから。片方には〈スーパーマン〉のシーツ、もう片方には〈スターウォーズ〉のシーツがかかってた——こんなの、子どもたちは家を出るはるか前に飽きてたんじゃないかな。

「お姉さんはあたしのこと好きじゃないみたい」次の日の夜、ブレンダのオフィスでの初仕事を終えたあと、あたしはデルに言った。ふたりで貸倉庫に荷物を運び入れてるところだった——デルが借りたその倉庫は、もちろんブレンダが勧めてくれたところだ。ここでもまた、ブレンダが段取りをし、デルはそれにきっちり従っていた。

「姉貴はおまえを気に入ってるよ、ルイーズ」

「そう思うんなら、なんであたしの顔を見て言わないの？」

「荷物を置く場所を見てるからだよ」

「荷物を置く場所！　どこでも好きなところに置けばいいじゃない！」あたしは腕をさっと動かした。倉庫は充分にひろくて、トレーラーをバックで入れて扉を閉められそうなほどだった――もしかしたら車まで入るかもしれない。あたしは荷物をおろすデルを手伝わなかった。へそを曲げてたんだと思う。「ところで、なんでこんなひろい倉庫を借りたの？」

「空いてるのがここしかなかったんだよ」デルはもごもごと答えた。彼はトレーラーからまた箱を持ちあげ、隅《すみ》まで運んでからどさりとおろした。「ルイーズ、姉貴がおまえを好きじゃないとして、それがなんだっていうんだ？」

「ほうら、やっぱり！」あたしは言った。「認めたじゃない！」

「いまのは理論上《セオレティカル》の質問だ」仮定《ハイポセティカル》の質問というほうが正しいのか、あたしにはなんとも言えなかった。

「お姉さんはあたしがあんたにふさわしくないと思ってるっていうのがあたしの見立て」女のきょうだいと母親。彼女たちはいつだってそう。あれこれ粗探《あらさが》しをしては、舌打ちをする。まるで男たちの方――つまり彼女たちの男のきょうだいや息子――が、あたしとデートしてやってるんだといわんばかりだ。

「姉貴のおかげでおれはちゃんとした仕事ができる」デルは言った。「しかも、おまえにまで仕事をくれたじゃないか」

その日の朝食のときに、ブレンダから受付のスキルはあるかって訊かれ、気がついたら、あたしも一緒に事務所に連れていかれてた。

「デルウッド」あたしは、彼のファーストネームを略さずに呼ぶという、ブレンダと同じことをしてる自分に気づいてうんざりした。「あれは仕事なんかじゃない。あたしに言わせれば、居候《いそうろう》させてもらうための交換条件——というか、奴隷《どれい》労働よ」

あたしはデルに伝わるよう、〝奴隷労働〟という言葉をはっきり発音した。彼は動揺しなかった。

「それに、とっさの思いつきで気前のいいところを見せてくれたわけでもない」あたしはつづけた。「最初からそのつもりだったんだと思う。あの接客マニュアルだって用意してあったじゃない」ブレンダはピンク色のインデックスカードに指示内容をあらかじめ書き出していた——カードのいちばん上には〈シャーピー〉の黒のマーカーで〝受付〟と書いてあり、その下にあたしがやることになる電話の応対が走り書きしてあった。〝おはようございます／こんにちは。グレイソン不動産です。本日はいいお天気ですね。どちらにおつなぎいたしましょう？〟。ブレンダはその下にこう書いていた。〝店頭にいらしたお客さまには、いらっしゃいませ、と声をかけること〟。

「雨が降ってたらどうするの？」あたしが訊くと、ブレンダはあたしを憐《あわ》れむように頭を振った。

「すべては心がまえ《アティチュード》よ、ルイーズ」

そして、デルはいまおそらく、心がまえがよくない《バッド・アティチュード》、と考えてる。

彼はグローブボックスから銃を出し、持ってきた古いテレビ——デルがかつての人生と訣《けつ》別《べつ》したことの象徴——のうしろに隠した。戻ろうよって、あたしは言いそうになった。戻る先が、ときに罪を犯す人生だとわかっていながら。

「きのうの夜、倉庫にしまいたいものがいっぱいあるってあんたが言ったとき、ブレンダがなんて言ったか覚えてるよね？」

「自分が使ってる倉庫を使えばいい、と」

「こう言ったんだよ。言ったとおりに繰り返すよ。〝身軽に旅をする女の人なんているのかしら？〟そう言いながらあたしのお尻のあたりに目をやったんだから」

「考えすぎだ、ルイーズ」

「なんでお姉さんは倉庫なんか借りる必要があるのかな？　あの家になんでもかんでも詰めこんでるのに。牛の置きものを順ぐりに飾ってるとか、そういうこと？」

「ルイーズ」デルは言った。そして、例の〝頼むよ、ルイーズ〟という顔をした——〝頼むよ、ルイーズ〟の始まりだった。

「あたしのことだけじゃないってば、デル。あんたへの扱いを考えてみてよ。マルティプル・リスティング・サービス（複数の不動産屋のあいだで情報を閲覧できるサービス）の使い方を、一から説明してたじゃない。あんたがいままで一度もパソコンにさわったことがないみたいな態度で。使いなさいって渡してくれたこの立派なスマートフォンも、名義変更しちゃだめってはっきり言われたよね。気前よく見せてるだけ。ロックボックス（家の外壁などに設置する、鍵を収納する金庫のようなもの）の鍵の使い方の説明をしたときだって、ここにしまってとか、なくさないでとか言ってさ、小学三年生に向かって話してるみたいな口ぶりだったし」

ブレンダがオフィスを留守にしてるときに、あたしは彼女のまねをしてみせた。これはウォーキートーキーに見えるけど、じつは金合金でできていて、魔法の力があるの！　どんなドアでもあけられるだけでなく、正しく使えば壁を抜けることだってできるんですから！　でも忘れてはだめ。強い力を持つということは、大きな責任もともなうということなんですからね……。

あのときもデルはおもしろがってくれなかったけど、いまはもっといやそうな顔をした。

「おれのためにいろいろお膳立《ぜんだ》てをしてくれただけだろうが」

「それはそうだけど」あたしは言った。「それを言うなら、あたしたちのためだよ」

〝あらたなスタート〟や〝よりよい人生〟を強調するデルの話も、あたしのために盗んでくれたあの絵をトレーラーからおろさなければ、もっと説得力があったように思う。ビーチに腰をおろし、体を寄せ合いながら、目の前の広大な海と空を見つめるカップルを描いた絵。

ノスタルジーっておかしいよね。経験したことのないものにも抱くことができるんだから。

ブレンダの家に戻ると、あたしはルームミラーにかけておいた靴下のサルをはずした。このあとなにが起ころうとも、これだけはあたしの手元に残る。

つづく数週間、ブレンダとデルの話を聞いていると、すぐに景気が上向くような気がした。ショッピングセンターのベンチや屋外の大型看板に、いわゆる、おばかツーショット写真を載せる準備をしてるのでは、と思う人もいたかもしれない。にっこり笑って〝販売きょうだい！〟みたいなへんてこなキャッチフレーズをつけた写真を。ブレンダはデルのお尻を叩いて、どんなことも前向きに考えるよう仕向け、綿密なスケジュールに沿って仕事をさせた。この時間帯は物件の把握《はあく》につとめる、べつの時間帯はリストに載せる物件探し、日曜の午後はリストにのってるオープンハウスの確認と決められていて、その行動を逐一、渡されたつやつやの業務日誌に記録しなくてはならなかった——しかも週に二度、記載内容をブレンダみずからチェックした。学校の先生みたいに、ちっちっと舌を鳴らしながら。

「これがセールスの電話をかける予定表」ある日、ブレンダが言った。「火曜の午後に二時間、木曜の午前に二時間。ちゃんと時間を守るのよ」

デルは自分の耳たぶを引っ張った。

「そうは言うけどブレンダ、そんな時間に誰が家にいるっていうんだ？　主婦くらいなもんだろ」

「主婦も立派なターゲットよ」ブレンダは力強くうなずいた。

とはいえ、かつてヴィクターヴィルはアメリカで二番めに急成長した町だったとブレンダがどれだけ言いつのろうと、やるべき仕事とそのための戦術をどれだけデルに助言しようと、デルもあたしも現実に顔を張られつづけた。ブレンダの事務所はしゃれている（「見栄えをよくしようと思って壁にチェアレールを施した」そうだ）けど、事務所の両隣には〝空き室あり〟という色あせた看板がかかってるし、町全体が乾燥して埃《ほこり》っぽいし、もう町の体《てい》をなしてないように思えるときがある。彼女はのべつまくなしにオールド・タウンの〝再開発〟計画とやらを語るけど、そうした動きが活発におこなわれてる様子はなく、まともな商売が成り立ってるのはリサイクルショップと生活困窮《こんきゅう》者向けに食料品を安く売る店だけ。不動産物件紹介には〝大幅値下げ〟とか〝お急ぎください〟という言葉が並び、〝お気軽にご相談を！〟というフレーズからは藁にもすがりたい気持ちは伝わってこなくて、むしろいまひとつ熱心さに欠けてる感じがした。デルはとうとう、差し押さえ予定の物件を数えるのをあきらめた。売りこみ電話はどれも相手から切られるか、でなければ身の不運を嘆く話、たとえば莫大《ばくだい》な借金を抱えているのに家にはろくな価値がないとか、自宅はすでにずいぶん前から売りに出されているとか、失業したとか、この状況はいつになったら変わるのかとかいった話をえんえんと聞かされて終わるのだった。

最後の質問は、あたしもずっと自分に問いかけていた。

あたしの仕事はわりと簡単だった。電話をブレンダにつなぐか、電話をかけてきた不動産業者の名前とその時間を書きとめて、ブレンダのリストにある物件に案内する予定を組むことくらい——形ばかりの仕事だったけど、おかげでこの業界の人たちをたくさん知ることができた。といっても、名前だけだけど。スタンリー・ワイスブラッテン、マーゴ・ジョンソン、ケヴィン・ミドルトン、デラ・ブッシュ――たくさんの名前、それだけ。あと、その人たちの声ににじむ絶望も。
ブレンダから渡されたスマートフォンは彼女の名義だったから、ゲームをダウンロードして課金するわけにはいかなかった。でも、〈ハングマン〉の無料版を見つけたので、あたしは夢中でプレイした。ブレンダのほうもスマートフォンを手に、オフィスにこもって長い時間を過ごしてて、閉じたドアの向こうから怒鳴るような声が聞こえてくることもあった。「差し押さえ市場の頂点に立たなきゃだめなの」とか「荒らしに先んじられたですって？どうしてそんなことになるの？」とか「だめ、だめ。その窓はきれいにしておかないと」ブレンダは最後の件についてはそうとう怒っているらしかった。「〈ウィンデックス〉を使うといいですよ」部屋から出てきた彼女にそう教えてあげたかったけど、あたしは黙っていた。

あたしは電話をかけてきたお客や来店したお客をデルの担当にしようとあれこれやってみたけど、あまりうまくいかなかった――ブレンダとしか話さないっていう、とことん失礼なお客もひとりいた。勝手知ったる顔で奥に向かったその人は、脂《あぶら》ぎった髪をくしでなでつけ、自己中心的な感じがした。一度なんか、デルがいないときを見計らって、あたしに「スイートハート」と呼びかけもした。マーヴィンという名前のその男が訪ねてくるたび、ブレンダは例のつくり笑いを浮かべたけど、どんな物件を見せても彼が買うことはなさそうな気がした。

ブレンダはデルを寄せつけないときもあれば、日によっては、いかにも緊急事態だといわんばかりに、外での仕事にいきなり引きずり出すこともあった。たとえば、突然の内装確認、コンペの準備、測定などだったけど、それらが実を結ぶことはめったになかった。

「たしかにいろいろ勉強にはなってるよ」デルは言った。「でも、これはどうも……不平等な見習いとしか思えない」

「見習いはたいていお給料をもらえないいんでしょ？」

「契約が取れたら手数料の一部がもらえる」デルは答えた。「知ってのとおり、不動産仲介業者は手数料のために働いてる。そしてブレンダはその点については頑固なんだ」

あたしなら冷酷って言葉を使うと思う。

話をするたび、ママはこう訊いてくる。「不動産王は元気にやってる？」一度、それをデルに伝えた。「ご支援に感謝しているとコーラに礼を言っておいてくれ」彼はいやみったらしくそう言った。

成功するには時間が必要だ、とデルは言う。それに、忍耐も。そうこうするあいだに、昼と夜がどんどん過ぎていった。はじめての夜にブレンダが出してくれたしけたクラッカー、チーズ、野菜とディップのプレートの正体が、ほどなくわかった――ブレンダが見込み客相手に週に何度か開催してる〝夜会〟で出した残りだった。「このビジネスにおける大事な部分よ」彼女はそう説明した。特別なお客には、アスパラガスのピクルスまでふるまった。

ブレンダがあたしたちに見せようとしたのは、見込み客にうまくアピールして買う気にさせる、すご腕女性の姿だったのだ――お手本を見せようとしていたのだ。でも、数え切れないほど何度も同じ話を繰り返してばかりいた。急流下りという冒険に挑《いど》んだ話、彼女なりの〝リスクと報酬に関するあらたな見解〟、離婚によってより強くなったこと、これまでに成立させたいちばん大きな契約（「サザビーズのリストにのっていた物件なのよ」とブレンダは声をひそめた）とその経緯。前にも聞かされたお客もいたらしい——何度となく目をそらしたり、聞いてるふりをしたりしてた——けど、少なくとも、軽食程度とはいえ、食べものがあるのは喜んでいた。あたしはもっぱら窓の外に目を向けて、湖に浮かぶ何艘《そう》ものボートを、うんと近く見えるのに実際にはすごく遠いところを航海灯が行き交うのをながめてた。ブレンダですら気のなさそうな顔をしてるときもあった。終わる時間を心待ちにしてるみたいに、何度となく腕時計に目をやってるのが見えた。

「これもひとつの投資なの」次のグループに出すため、チーズにラップをかけたり、クラッカーを袋に戻したりしながら彼女はそう説明した。「ちょっとした世間話がどう利益に結びつくのか、あなたたちにもいずれわかるから」

あたしたちの会話の多くはこんな感じで、助言、感想、激励が大半を占めていた。ブレンダはデルをロータリークラブに加入させようとしたし、あたしにはブリッジの同好会に入ったらどうかと勧めてきたけど、あたしは生まれてこの方、ブリッジなんかしたことがなかった。それに彼女は、ノヴァを売って新しい車を買いなさいよとデルに何度となく持ちかけてきた。「デルウッド、成功したいなら、成功しているように見せなきゃだめ」

「あたしが直したほうがいいところってあります？」あたしはにやにやしながら訊いた。でもブレンダは皮肉を理解するのが苦手だった。

「ビジネスの世界では長めのスカートのほうが受けるわ」彼女は言った。「それと、ときどき、だらけた恰好で椅子にすわることかしらね」

そんな感じで六週間が過ぎたけど、なんにも変わらなかった。仕事の面でも、家庭生活の面でも。少なくとも、いい意味での変化はなかった。家賃は払わなくてよかったけど、それでも最後の盗みで手に入れた〝将来のためのたくわえ〟はかなりのスピードで目減りしていき、いい家が買えそうになったときのための頭金――でなければ、こんな生活をつづけても先がないとデルが気づいた場合の引っ越し費用――にするつもりだったお金にも手をつけるようになっていた。

他人の家に長期間滞在するのは、けっして楽なことじゃない。デルは毎日、時間をかけて新聞を読みたがったけど、例のスケジュールだの戦略だのに追われて、一分たりとも心安まるときがなかった。あたしが『コートTV』を見ようとテレビをつけると、ブレンダは必ず天を仰《あお》いで、もっといい番組をやってるでしょとつぶやくのだった。たいていの場合、おとなしくすわってるだけで、なにひとつさわらないのがいちばんに思えた。

そんなこんなで、デルとあたしの心の距離はどんどんひらいていった――べつべつの部屋で寝てるせいだけじゃないかもしれないけど、それが理由の大半を占めていた。精力旺盛なアメリカ人の男はみんな、女はセックスしなくても生きられると思ってるかもしれない。でも、精力旺盛なアメリカ人の女はみんな、あたしたちだってセックスなしなんて耐えられないと、口を揃えて反論すると思う。ブレンダがいないときに〈スターウォーズ〉のシーツの上でちゃちゃっとするセックスにはくすくす笑いたくなるような背徳感なんか微塵《みじん》もなく、あわただしくて集中できず、しかもわびしい感じがした。

一時的のはずのものがあっという間に永久的なものになるなんて、おかしな話だと思うけど、本当はおかしな話なんかじゃない。あたしが知るなかで、いちばん悲しいことのひとつだ。

デルがついにマンネリ化した毎日からの脱却をはかった日……まあ、それがすべての始まりなんだけど、その日の夕方、彼は事務所に戻ってくると声高らかに告げた。「ルイーズ、いいことを思いついた」ニューメキシコ州にいたころ、どこかディナーに行きたくなったときもそうだった（行き先はきまって、エンジェル・ファイアにある〈アワ・プレイス〉で、いまとなってはなつかしい）。

その日は金曜日で、ブレンダが遅くまで事務所をあけておく日だった。外はすでに暗くなりはじめていた。デルは〝物件をよく理解するため〟外回りをしてるはずだったけど、コロンのにおいをさせてたので、家に寄ってきたんだろう。

「おめかししなきゃだめ？」

「そんな心配はしなくていい」デルは言った。「必要なものは全部用意してある」それじゃ答えになってない。

「ディナーに行くの？」オフィスから出てきたブレンダが言った。

「デート」デルは言った。この町にやってきて以来、彼がブレンダにそんなそっけない返事をしたのははじめてだった。「ちょっとしたサプライズ」デルはブレンダのほうを見もせずに言い、あたしのほうは、彼女がどんなデートか探りを入れてくるあいだ――お気に入りのレストランのいくつかを教えてくれて、予約を取ってあげましょうかと申し出ておきながら、〝遅くなっちゃだめよ〟と冗談めかして指を振り振り言ってきたけど、本当は自分も誘ってもらいたくてうずうずしてたんだと思う――にやけた顔をしないようがまんしてた。

「起きて待ってなくていい」デルがめずらしくブレンダにたてつくのを見て、あたしは気分がすかっとした。「もう出かけられるか、ルイーズ？」

ドアを出ないうちからあたしは好奇心を抑え切れなかった。ふたりでディナーに行くの？ そんなようなものだな。ここから遠い？ 遠くない。長くいられる？ ひと晩。ひと晩！ お泊まりの仕度をしなくていいの？ そういうのは彼が用意してくれていた。歯ブラシ、化粧品、ナイトガウン（たしかにそれだけはロマンチックだった）。

「朝食つきのホテル？」

「ちがう」

「郊外の宿？」

「近い」

「コテージ？」

「〝サプライズ〟だと言ってるだろ」

七番ストリートをまたいでかかってる〈オールド・タウン・ルート66〉のアーチ看板をくぐると、このルート66でタオスからやってきたときにずっと感じていた冒険心と可能性――少なくとも道中の後半は感じていた――が、ひさしぶりによみがえった。今度こそあらたなスタートになるかもしれない。とりあえず、今夜のスタートにはなる。

そのあと起こったあれやこれやを考えると、あたしとデルが出かけた正確な場所を明かしたくないけど、不動産バブルがはじける直前に地価が高騰した一帯の、比較的新しい再分譲地区の近くとだけ言っておく――洗練された外観の家々は、未入居のままのものもあれば、すでに銀行のものになってるものもあった。到着したときにはすっかり陽が暮れていた。無人の家は墓場のように真っ暗だったけど、売れた家からは明かりが漏れていて、窓ごしに見える色合いからして、テレビがついているのだとわかった。

突然、デルは車を路肩《ろかた》に寄せてとめた。

「準備はいいか？」

「ここ？」あたしは訊いた。

「おれを信じろ」デルはいつもの少年のような笑みを浮かべ、グローブボックスから懐中電灯を出して車のドアをあけた。

あたしはデルを信じてた。それでも、左右にきょろきょろ目をやったり、うしろを振り返ったりしながら歩く彼の姿は、いやでも目についた。彼は急ぐと同時に集中した様子で、左にある一軒の家に向かった。正面に〝売家〟と〝銀行所有〟と書かれた看板が出ていた。大きな正面ポーチをあがるとき、デルがあたしの腕に軽く触れた——愛情からなのか急《せ》かそうとしてのことなのかはわからなかった。正面玄関には例のロックボックスが取りつけられていて、デルはウォーキートーキーみたいな電子機器を使ってそれをあけた。

家のなかは空っぽだった——広い部屋、なにもかかってない壁、音が反響する感覚。窓から射しこむ月明かりと街灯の光が室内を不気味に照らしている。電気のスイッチを入れてみたけど、明かりはつかなかった。

「差し押さえ物件だからな」デルは言った。「電気はとめてあることが多い」彼は懐中電灯をつけると、あたしをキッチンに連れていき、ステンレスの調理器具や光沢のある花崗岩の調理台が見えるよう、懐中電灯を高く持った。とてもすてきだった——しかも、すぐに気がついたけど、こんな家がいいなとあたしが前に説明したような家だった。さっきあがってきたポーチに、揺り椅子をふたつ並べて置いた光景が目に浮かんだ。きっと大きな主寝室もあるにちがいない。暗いなかでも、家全体が未来のように、誰かが引っ越してきて命を吹きこむのを待ってるように感じた。

次の瞬間、サプライズの意味がわかった。

「ブレンダが言ってたんだけどな」デルが話しかけてきた。「差し押さえ物件の多くは、腹を立てた持ち主がなかをめちゃくちゃにしてから出ていくが、この家はそういう目にあわずにすんだ。なにもかもがきれいで、きちんとしてる。しかも、ここは……」彼の手がまたあたしの腕に置かれ、触れられたところがむずむずした。「足もとに気をつけて」

キッチンを出てすぐのところは、一段低くなったリビングルームになっていた。月の光を浴びる部屋の真ん中に、寝袋がふたつと背の高いキャンドルとピクニックバスケットが置いてある。横に目をやると、光の先っぽにあたしのスーツケースが見えた。デルが詰めてくれたのだ。

デルがかがんでキャンドルに火をともすと、カリフォルニアに到着したときに感じたのと同じ、本物の幸せがいっきにこみあげた。わかってる、ちゃんとわかってるってば。デルはまだ一軒も売ってないし、ブレンダは意地悪だし、あたしは、もうヴィクターヴィルを出ていくとほぼ決めていた。なのに家を買うって？　でも大事なのは、デルがちゃんと話を聞いてたことだ。

「キャンドルなんてロマンチック」あたしは言った。

「これを使うしかないからな」

「まだ電気を引いてないもんね」

「まだ？」彼はそう言っておかしそうに笑った。「電気を引くには魔法を使わないとな。だが電気がきてるとしても、明かりをつけるわけにはいかない。隣近所とか、いろいろあるから」

「あたしたちのご近所さんだよね、デル？」

デルはぱっと顔をあげた。

「なにを言ってるのかわからない」

「デル」あたしは言った。「この家を買うつもりなんだよね。それがサプライズなんでしょ？」

「おいおい」彼は言った。ほの暗いなかでも、彼の表情であたしはすべてを察した。「いまはおれたちにこの物件を買う余裕なんかない。なにしろ、景気がこんなだからな……。だが、おまえが言ったように、夢を見るくらいかまわないんじゃないか？」

あたしは、理解したというように、そうだねというようにうなずいた。でも、このときはじめて悟った。夢が人を傷つけることもあるってことを。抱いた夢のすべてに頭をぴしゃりとはたかれた気分だった。それに、頭をかすめたほかのこと、つまり、高校時代につき合ってたウィンとの思い出をデルに話したくなかった。ふたりの愛は本物だとか、結婚して子どもを育てようとか、そういう十代の子らしいことを考えてたとは話したくなかった。いまここにいるのはデルで、彼は床に膝《ひざ》をついている。このポーズはあれだ。男の人がプロポーズを――。

「今夜のことは」あたしは言った。「プロミスリングみたいなもの。そう考えてたんじゃない？」

「言おうと思ってたこととは厳密にはちがう。でも、そうだな、試運転というか、いつかこんな人生を送れるかもしれないという、ひとつの見本みたいなものだ。こっちに来る途中、おまえが話していたあらたな人生の始まりだ」

デルに見えてるものをちらりとでも見ようと思って、あたしはまわりを見まわした。でも、だだっぴろい部屋はどれも未来というよりも、いまはむなしい約束にしか見えず、どの部屋もはるか遠くにある未来に向かって、うつろな音を響かせてるだけだった。

「おいで」デルはシャンパンを手に取って、キャップシールをはがした。「今夜はふたりで楽しい時間を過ごそう」

月の光とキャンドルと栓を抜いたシャンパンとくれば、デルはあたしが駆け寄って抱きつき、女子高生みたいにくすくす笑うと期待してるにちがいない。でも、あたしは動かなかった。動けなかったのだ。とうとうデルが立ちあがった。

「ほら」彼は言った。自分のグラスをあたしのグラスのほうに傾《かたむ》けた。「おれたちふたりに乾杯」

あたしは飲みたい気分じゃなかったけど、とりあえずグラスに口をつけた。

「室温で飲むのがいちばんおいしいよね」声に意地の悪さがにじんでいるのが自分でもわかった。「ぬるくて新鮮。シャンパンはこうじゃなきゃ。でしょ?」

デルはあたしに顔をひっぱたかれたみたいな目を向けてきた。実際、そうしたも同然だった。

「ルイーズ、おれは楽しんでもらおうと思ったんだぜ」訴《うった》えるような彼の声音に、あたしは胸がちょっぴり痛くなった。

「デル」そう言いかけたものの、なにを言おうとしたのか自分でもわかっていなかった。

「デル、あたし――」

あたしがなにか答えるより先に、青い光が月明かりを切り裂いた。窓のすぐ外で、パトカーの青色灯がぐるぐるまわっていた。

デルは床に屈んで、唾《つば》を飛ばしそうないきおいでキャンドルに息を吹きかけた。「伏《ふ》せろ」彼は叫ぶような、ささやくような声で言い、あたしが動かずにいると、手をのばして腕を引っぱった。グラスが傾いてシャンパンがこぼれ、ぬるい液体がカーペット一面に広がった。当然のなりゆきで、あたしはこぼれたシャンパンの上に倒れこみ、シャンパンがパンツ全体にしみて、体の片側がしゅわしゅわしゅわした。

なのに、デルがスーツケースに詰めてくれたのはナイトガウンだけ？

もちろん、考えてたのはそれだけじゃない。いろんなことが頭を駆けめぐっていて、パトカーの青いライトのせいで、高校時代のウィンとの思い出がますますよみがえった――どこでもいいからふたりきりになれる場所を求め、湖の近くだか埃っぽい道端だかにウィンのカマロをとめてたら、アール保安官だか保安官助手の誰かだかに運転席側のウィンドウをノックされたっけ。あたしとウィンは、いわゆる〝いけてる〟カップルじゃなかったけど、まじめにつき合っていて、大げんかすることなく学年末のパーティを二年つづけて一緒に過ごした。当時は誰もが、あたしたちはずっと一緒にいるものと信じてた。

でも、プロミスリングをもらった翌日、あたしはそれを彼に返した。「中学生じゃないんだから」そう言って立ち去った。

あたしは隣にうずくまるデルに目をやった。

月の光といきおいよくまわる青い光が、デルの顎ひげに早くも交じりはじめた白いものに反射していた。あたしは思った。あたしたちは歳《とし》をとるけど、成長はしないんだなって。

デルは特殊部隊員《コマンドー》みたいな動きで窓まで這《は》っていき、外をのぞいた。それからくるりと体の向きを変え、壁にもたれた。手の甲で額《ひたい》を拭《ぬぐ》った――汗を拭ったのかもしれないけど、問題なしと伝えたかっただけかもしれない。数分後、彼は勇敢にも這って戻ってきた。

「パトカーが通りの反対側にとまっただけだ」あいかわらずひそひそ声だ。

「あたしたち、ついてるね」あたしは体を起こしながら言った。

「言えてる」デルは笑った。「一瞬、今夜は警察の手入れがあるのかと思ったよ」そう言ってあたしの手を握った。「やつがいなくなるまで、キャンドルに火を灯すのはお預けだ。なにしろ、おれたちの夜は長いんだから。で、なんの話をしてたんだっけ?」

「デル」あたしはあらためて切り出した。今度は言うべきことがちゃんとわかってた。「実のところ、なんの話をしてたかも、これからなにを話すのかもあたしにはわからない。家に帰りたいって言いたいところだけど、あたしたちがいま住んでるのは自分たちの家じゃないし、寝るのはべつべつの部屋で、おまけにベッドには子ども向けのシーツが敷いてあるし、いまは、これまた自分たちのものじゃないし、この先も絶対に自分たちのものにならない、よその家で身をひそめてる。家のなかは真っ暗で、外には警察がいて、ぬるいシャンパンにひとつだけいい点があるとすれば、少なくともお尻は冷たくないってことで、しかも――」

「ルイーズ、愛してる」デルが言った――あたしはつかの間、われに返った。寡黙な性格の彼は、めったにそんなことを言ってくれない。「それに、すまなかった。おれだってわかってる……」

そのあとデルが言ったことも、ほかになにを言うつもりだったのかも、あたしにはわからないけど、想像はつく。デルはその夜を演出しようと一生懸命だったのだ。あたしを喜ばせようとして。なら、彼に時間をあたえよう。

最後まで言わせるわけにはいかない。

「最近、あんたの口から出ることと言ったら、デル、中身のない言葉ばかりだった。あんたの顔を見ても、あたしが愛した男がいたはずの場所に穴がぽっかりあいてるだけだった」

この一件のあと、デルはますますよそよそしくなったけど、あたしは干渉《かんしょう》しなかった。

事務所でめったにかかってこない電話を受けるとき、あたしを生涯の恋人じゃなく、口うるさい同僚扱いして、前かがみで受話器を手で覆《おお》うようになったときも、あたしは気に病《や》んだりしなかった。彼が前よりも頻繁《ひんぱん》に事務所をあけることが増えても――買い手なんかどこにもいないはずだけど、なぜか忙しくしていた――あたしへのあてつけとは思わないようにした。

デルが〝夜会〟に参加しなくなっても、なんの用事でどこに行くのかと尋ねる役はブレンダにまかせて、あたしは「行ってらっしゃい、デル」とだけ言って、干からびたチーズをトレイに並べる仕事に専念した。

「少しはわたしの言うことも聞いてもらいたいものだわ」デルが出ていくとブレンダはそうこぼした。「なんと言っても、それが大事なのに」あたしが答えないでいると、ブレンダはクラッカーを袋から大皿に出して、古くなって色の変わった野菜を並べた。「あんなふうじゃ、よくないわ」

あたしはデルのことでもっとカリカリしてもよかったのかもしれない。こういうことがママの身に起こるのは、もちろん見たことがある――あたしの身に起こったこともある。自宅で妻なりガールフレンドなりに小言を言われるよりは、バーでバドワイザーを飲むほうを選び、そのうち家に帰ってこなくなる男。

でも、デルが――あたしたちふたりが――実際にはどんなことに巻きこまれてるかなんてことは、頭をかすめもしなかった。

でもそれも、警察がやってくるまでのことだった――つまり、それで全体像がはっきりと見えてきた。要求ばかりするあたしと、それに応えられないデル。差し押さえ物件で仲違《なかたが》いした夜以来、留守がちになったデル。

「それでしたらすぐにはっきりさせられます」ブレンダがジキルとハイドを引き連れ、オフィスから出てきた。「デルウッド、あなたのロックボックス用の鍵はある?」

「なにか問題でもあったんですか、刑事さん?」デルは警察に車をとめられたものの、どのくらいスピードを出してたのかわからないふりをするときの口ぶりで訊いた。

「押しこみ強盗ですって」ふたりの刑事が口をひらくより先にブレンダが答えた。「何者かが空き家に侵入しては盗み出しているそうなの……ええと、電子レンジでしたっけ?」

「小型の電化製品をいろいろと」ジキルが言った。「造りつけの器具も。蛇口《じゃぐち》、ドアノブ、食器棚の取っ手。最高級のものもいくつか含まれています」

「花崗岩の調理台までひっぺがされた」ハイドのごつごつした顔がいっそうきわだった。

「このところ、差し押さえや立ち退きの物件で、こういう事件が多くてね。もとの持ち主が窓を壊したり、金てこで錠《じょう》をこじあけたりして、自分たちのものを取り返そうとするんだよ」

「しかし、このところの事件はどれも押し入った形跡がありません」ジキルが言った。「犯人の男は――」

「あるいは女は」ハイドがつけくわえた。

「たしかに」ジキルはうなずいた。「とにかく犯人はドアをあけて侵入したと思われます。同じ手口でいくつかの家が被害にあっています」

ブレンダは腕を組んだ。

「不動産業者がかかわっている可能性もあるらしいの。信じられる?」

ジキルはまたも、デルを穴があくほど見つめた。デルの顔色はいくらかましになっていたけど、まだ気分がすぐれないみたいだ。

「こうして立ち寄ったのは、ロックボックスの鍵を失くした人がいないか、確認するためなんだよ」ハイドがにっこりと笑った。「そこからなにかわかるかもしれないのでね」

ジキルはほほえまなかった。「鍵の使用履歴の提出を求める令状はすでに取得しています」

ふたりの話を聞くうち、過補償という言葉が一瞬頭に浮かんだ。見てくれのいいジキルは感じよくする必要がない。それとは反対に、ハイドは魅力的に見せる努力をしなくちゃならない。あるいは、テレビドラマでよくやってる〝いい警官と悪い警官〟戦術なのかも。

そしてブレンダも彼女なりに過補償しようとしていた——やたらと陽気にふるまい、えらそうな態度を取るというやり方で。いい歳をして、弟のことを気にかけすぎだ。

「デルウッド」ブレンダは手品の仕上げよろしく、手をひらひらさせた。「こちらの刑事さんにあなたの鍵をお見せして」

デルはデスクに手を入れ、カード形の鍵を掲《かか》げた。「ちゃんとあります」彼はそう言ったけど、なくなってたらよかったのにと思ってるのが伝わってきて、あたしは気が滅《め》入《い》った。

「使っていないときは各自のデスクで保管する決まりなんです」ブレンダが説明した。

「デスクには鍵をかけているのですか?」ジキルが訊いた。

デルは肩をすくめた。「かけ方も知りません」

「建物を施錠していますから」ブレンダが割って入った。「事務所に人がいないときは、ですけど。デルウッドとわたしの両方が外出する場合でも、ルイーズがいます。そうよね、ルイーズ？」

あたしは答えたくなかったけど、そうですと言った——ブレンダとあたしとで、デルをはめてるような気がした。彼女のほうは無意識《アンウイツテイングリー》に、あたしのほうは不本意《アンウイリングリー》ながら。「おしっこに行くのに、ドアに鍵をかけずに奥に引っこむことはありますけど」そう言ったのは、デルに少し考える時間をあげようと思ってのことだ。「でも、お客さんなんかめったに来ないし——」

〝おしっこ〟という単語を聞いて、ブレンダは首を横に振りはじめた。「心がまえがなってないわね。そんな心がまえでいるのも、そこまで気がゆるんでいるのも、容認しがたいわ。あなたの前に雇っていた女の子に辞めてもらった理由がまさにそれ。もしあなたが——」

「ブレンダ」デルが割って入った。「まるで、ルイーズのせいだと責めてるみたいじゃないか。ロックボックスの鍵はここにあるんだぜ」

「でも、ずっとそこにあったのかしら。だってわからないでしょ？　なにしろ——」ブレンダの鋭い視線がすでにあたしのほうに向いていた。

そこでジキルが口をはさんだ。ようやく彼もほほえんだ——ぞっとするような笑顔だったけど。

「わたしの理解が正しければ——」ジキルは言った。「弟さんの鍵がそこになかった可能性があるということですね」

ブレンダはうなずき、デルは頭を左右に振り、あたしはどうしていいかわからなかった。

いずれにしても悪いニュースだ。

「刑事さん、ひとつ話しておきたいことがあります」デルが言った。「おれは、えっと、これまでかなりの時間を物件の確認についやしてます。昼間はたいてい外に出て、家を見てまわってて――」

ブレンダは相手が誰でも最後まで言わせることができない性分らしい。「万が一、デルウッドの鍵がその……押しこみ強盗とやらに関係しているとしても、彼の仕業《しわざ》ではないと断言できます。弟は日中の行動をすべて詳細に記録しているんです。どの時間でも、彼の所在はすべてわかるようになっています」

ジキルがまたも不気味にほほえんだ。「それを拝見しても?」

「実は」デルはあたしのほうにすばやく目を向けた。「なにもかも書きとめてるわけじゃなくて。夜、ある家に、空き家に立ち寄ったことが何度かありますが――」

これでなにもかも終わりだ――デルは差し押さえ物件でのことを白状しようとしている。そうとしか思えない。

先にブレンダが話をさえぎって、手続きやら手順やらについてあれこれまくしたてはじめた。ジキルとハイドが割りこんで、どこにいたのか、なにを見たのかなど、さらにつっこんだ質問を浴びせた。目当ての人物はこの男だろうかと考えているのは火を見るよりもあきらかだけど、どっちも口に出しては言ってない。たくさんの会話とたくさんの疑念があたりにただよってたけど、そんなのはどうでもよくなっていた。ぴんときたから。

ニューメキシコにいたときのデルには、犯罪に手を出すときはちゃんとした理由があった。ほんの少し余分にお金が必要な場合だけで、誰も傷つけないときにかぎられた。だったら、今回の押しこみ強盗だって同じじゃない？　ここでは歩合制で働いてるから、デルはお姉さんから一セントももらってない。まったく冗談じゃない。彼がヴィクターヴィルで稼いだお金より、あたしが勤めてた〈セブン‐イレブン〉に強盗に入って得たお金のほうが多いんじゃないかと思うもの。だから、こうなったのも当然と言えば当然。でしょ？　常習的な犯行。デルの言葉を借りればそういうことだ。


刑事ふたりが帰ったあとも、デルとあたしはすぐに話ができなかった。ブレンダがあたしたちの配慮が足りないとか、ちがうやり方ができたはずだとか、彼女のためにするべきだった（けどあきらかにしなかった）とか、とにかくありとあらゆることをわめいていたからだ。彼女は足を踏みならし、指を振り、ドアを乱暴に閉めた。同業の友だちに電話をかけて情報交換をする声が聞こえてきたけど、どの相手もひどく腹を立てているようだった。「ただでさえ、この業界は大変なのに」ブレンダの叫ぶ声が壁を通して聞こえた。

「いつ話してくれるつもりだったの？」あたしはデルに訊いた。

「話すって、なにを？」

「わかってるくせに」

「わからないね」でも表情は反対のことを言っていた。

「ねえ、デル」あたしはブレンダに聞かれないよう、声をひそめた。「あんたが犯罪者でも、あたしはこれっぽちも気にしないよ。そのくらいのことでだめになるなら、そもそもあんたとつき合ったりしないもん」あたしはデスクごしに身を乗り出した。「でも、あたしにはいつ教えてくれるつもりだったの？　警察があんたを逮捕しにきたとき？」

デルは歯を食いしばって聞いていた。

「いいかげんにしろよ、ルイーズ。おれはトースターなんか盗んじゃいない」

「どっちの刑事もトースターなんてひとことも言ってなかったけど」あたしは言った。「ほかに話しておいたほうがいいことは？」

デルはため息をついた。「少しは信用してくれ」

あたしは彼を指さした。「デル、あんたはいつもピントがずれてる」

でも、このときにはもう、彼はあたしの声を閉め出していた。

で、この話のポイントはなにかって？

思うんだけど、男の人が小型家電を盗んだことを恋人に打ち明けられないなら……そんな関係はうまくいきっこない。

で、あたしたちの関係がうまくいってない場合、どう修復すればいいんだろう？

具体的な説明をするつもりはないけど、監視技術に関してはＣＩＡは〈ラジオシャック〉

にかなわないってことは言っておく。

数日後、ブレンダに渡されたあたしのスマートフォンをデルのものとすり替え（ふたつともそっくり同じに見えたから）、ちょっと買いものをしてくると言って仕事を抜け、〈ヴィクターヴィル・ショッピングセンター〉に向かった。店舗に入って十五分後、あたしは追跡装置を手に店を出た。昼食のときにスマートフォンをまたすり替えたけど、デルはまったく気づかなかった。

〝買いもの〟に出たついでに、デルが借りてる貸倉庫に立ち寄った。あまりにひろいから、これまでもずっとあやしいと思ってたけど、いまはデルがどの段階から押しこみ強盗を働こうと考えてたのかが気になりはじめていた。シャンパンとキャンドルの夜に思いついた？それとも、追い出された持ち主が自分の家で破壊行為を働く話をブレンダから聞いたとき？でなければ、ニューメキシコ州からここまで車を走らせてるあいだ？デルはうんと先まで計画する人で、あたしはいつもびっくりしてばかりだ。彼は最初から、この計略を練っていたのかもしれない。

でも、倉庫には電子レンジも蛇口も見当たらなかった。あたしたちが持ってきたものと、広大な空きスペースがあるだけだ。しかも銃はテレビのうしろに押しこまれたままだった。彼が使った可能性はゼロ。

デルがなにを計画してるかはわからないけど、あたしの計画はゆっくりと鮮明なものになっていった。

さて、デルには次の行動に移ってもらわないと。

つづく二、三日は、デルもだいたいおとなしくしていて、セールスの電話をかけ（このときばかりはみずから進んで）、デスクで仕事に没頭し、なにもかも正常に、というか、外を通りかかる人が正常と思う程度に戻った。あたしに言わせれば、口にされない言葉が増え、不信感がただようなか、ひたすらじっとデルを見張る日々だった。

ある日の午後、ハイドがひとりで事務所にやってきて、デルにいろんな家の写真を見せ、どこそこの住所の家に行ったことはあるかとか、なにかあやしいものを見なかったかとか質問した——あくまでデルがなにか目撃したかもしれないという態度を崩さず、最重要容疑者ではないというふりをしながら。べつの日には——具体的な日付は覚えてないけど——事務所の大きな窓ガラスの向こうに、通りの角《かど》に立っている、もしくは道路わきにとめた車のなかにすわっているハイドあるいはジキルの姿が見えたことがあった。デルが物件の確認や見込み客の再訪で出かけるたび、ふたりは彼のあとをぴったりつけていくようだった。

もちろん、デルの行動を追ってるのは警察だけじゃなかった。あたしは来る日も来る日も、手に入れた追跡装置を扱う実地練習に励んでいた。

〈ラジオシャック〉の店員の言うとおりだった。デルの行き先はあたしのスマートフォンで簡単に追跡できた——小さな輝点が地図上に表示されるのだ。あたしがやるのは、日誌に記載された名前や住所と彼の動きを照合することだけ。デルはまた急にこまめに日誌をつけるようになっていた。もちろんブレンダの命令だ。最終目的地はいつも合ってたけど、かなり不可解なルートをたどることもよくあった。ジキルとハイドを振り切ろうとしてのこと？あるいは、途中でどこかに寄ってるの？　どっちにしてもあやしいけど、まだ具体的な行動を起こすレベルじゃなかった。

その週末、デルはブレンダの〝夜会〟をサボろうとしたけど、ブレンダはそれを許さず、怒鳴ったりわめいたりした。「あなたにもいてもらわないと困るの」彼女は言った。「今夜は同業者の何人かで集まって、いまの状況について話し合うんだから」そして案の定、電話でしか知らなかった名前と声の持ち主たちが次々にやってきた。連れだってやってきたスタンリー・ワイスブラッテンとデラ・ブッシュは一緒に（ふたりがカップルなのをこのときに知ったのだけど、どっちもものすごく体が大きくて、顎が思いっ切りたるんでた）、ヘアカラーで染めたのがひと目でわかる赤毛のマーゴ・ジョンソン（ごてごてした指輪はブレンダといい勝負）、そして背が低く、眼鏡の分厚いレンズの奥で目をひっきりなしにぱちぱちさせてるケヴィン・ミドルトン。

ぽっちゃりさん一号と二号はチーズにねらいを定め、むしゃむしゃと食べ、ほかの三人はジキルとハイドから聞かされた話の内容を教え合った。ふたりの刑事は誰のところでも同じ説明をし、同じように記録の閲覧を求め、令状を取る可能性があるとほのめかし、同じような疑念を述べたそうだ。そのせいでみんな、ひどく頭が混乱していた。

「足を洗おうかと思っている」まばたきくんが目を落ち着きなく動かしながら言った。「この商売からきっぱり手を引こうかと。もう何週間も一軒も売れてないし。おまけに刑事が顔を出すようになってはね」

「あたしはこうなるってわかってた」赤毛が言った。中指にはめた四カラットのダイヤの指輪を神経質にくるくるまわしてる。「押しこみ強盗の新聞の取りあげ方を見てすぐ、どういうことになるかわかったもの。記者たちがあんなふうにネタを追いはじめたら――」

「だけど、どうしてわたしたちを訪ねてきたのかしら」ぽっちゃりママが言った。「景気がよくなったとたん、誰もかれもが不動産に関する講座に申しこんで、試験を受け、免許を取るようになったわよね。金の亡者やら、手っ取りばやくお金を稼ぎたい欲の皮の突っ張った連中やらが」彼女はそう言うと、またも分厚いチーズに手をのばした。「そういう新規参入してきた連中なんかに、倫理のかけらもあるもんですか」

「デラの言うとおり」赤毛が言った。「そういう人たちって、あたしたちみたいに必死に仕事をしてきたのか疑問だわ。あたしたちがこの町を築くためにどれだけ努力してきたと思ってるの？　そうやって信頼を築いてきたのよ」

「警察は全員から話を聞かなきゃいけないのよ、きっと」ブレンダは素っ気なく言った。「それと、デルも新規参入組のひとりですからね。忘れないでちょうだい」

忘れてた人なんていないと思う。その話をしてるあいだ、何人かがデルをちらちら見てたもの。あたしは、刑事がやってきたときのことをブレンダが全部話したかどうかが気になっていた。鍵はどこにあるのか。オフィスは出入り自由なのか。そういう質問をされたことを。

夜会の参加者を前にしたブレンダは、それについてはひとことも触れてないし、事務所ではあたしたちに発破《はっぱ》をかけたり怒鳴ったりするくせに、いまはそんなそぶりをまったく見せていない。自分が他人からどう思われるか、主導権を握ることしか頭にないのだ。

デルはどうしてたかと言えば、まったくしゃべらなかった。ところどころうなずくだけで――〝新規参入組〟と言われたときでさえ――何度となくすわり直したり、落ち着かない様子で全員の顔を見まわしていた。あたし以外の全員ってことだけど。

あたしがじっと見つめてるのにデルも気づいてたと思う。彼がなにを考え、本当はどこに行くつもりだったんだろうと疑問に思いながら見つめてることに。

どうやらチャンスを逃したようだ――あたしも彼も。

「なんと言っても、家を荒らす人たちがいちばん悪いわよ」赤毛が言った。「もとの家の持ち主が。なにもかも、あの人たちが始めたんだもの。もとはと言えばあの人たちのせいで、それで火の粉があたしたちにも降りかかってるんだから」

「ぼくが気に入らないのは令状を取ると脅《おど》されたことだね」まばたきくんの目が、またもせわしなく動きはじめた。「あれは脅し以外のなにものでもない。ぼくたちの権利の侵害だ。潔白と証明されるまでは犯罪者として扱うとはね。弁護士に相談しようかとも考えているくらいだ」

「やめるつもりだと思ってたけど?」ぽっちゃりママが笑いながら言った。「それに、そもそもなにを心配することがあるの?」

「強盗にあった家に行ったことがあるかどうか、わからないんだよ。新聞で目にしたのをべつにすれば、どの家がいつ被害にあったかも把握してなくてさ。でも、これからはちゃんと気を配るよ」

「なにより大事なのは警戒することだわ」ブレンダが言った。「信頼することもね。やるべきことをやる。全員がそれを心しておかないと」今度はブレンダがデルに目を向けた。彼はこのときも、うなずいただけだった。

「このチーズ、もっとある?」ぽっちゃりパパが訊いた。彼が巨体の向きを変えると、ディヴァンに置かれたクッションがひとつ、ぺちゃんこにつぶれた。ブレンダは顔をしかめたけれど、なにも言わなかった。


ある日の夕方、あたりが暗くなりはじめたころ、デルに電話がかかってきた——事務所の電話じゃなく、ブレンダに渡されたスマートフォンのほうに。デルが口もとを手で覆って、長いことひそひそ話すのを見て、あたしはいよいよだと思った。

「ちょっと出てくる。ブレンダにそう伝えておいて」電話を終えるとデルは言った。「あと、夕食は先に食べてていい」彼はあたしがなにか言うと思ったのか、あたしのデスクのそばで足をとめたけど、目はべつのところを向いていた。

「なにかあったら電話する」あたしは言った。「スマートフォンを忘れないで」

計画その一の始動だ。

十分待ってから電話でタクシーを呼び、一ブロック先の角まで来てもらうよう手配してから、ブレンダの部屋のドアをノックした。

「デルは出かけました。あたし、美容院を予約してたのをいま思い出しちゃって」

ブレンダは目をぐるりとまわした。「わたしに留守番しろっていうの？」その声にはいらだちがにじんでた。

「どのみちそろそろ閉める時間でしょう？」ブレンダが〝責任〟とか〝信頼〟とか〝わたしにも都合ってものがあるとは思わなかったの？〟とか叫ぶ声がうしろから飛んできたけど、あたしは急ぎ足でその場をあとにした。

通りに出てGPS追跡装置を起動させると、デルの居場所が表示された。まだ、それほど遠くまで行ってなかった。タクシーは三分後にやってきた。

近ごろでは、〝あの車を追って〟という言いまわしはまったく新しい意味を持つようになったと思う。あたしはタクシーの運転手に、行き先を変更してデルのあとを追ってほしいと頼まなくてはならなかった。〈オールド・タウン・ルート66〉のアーチ看板をくぐって七番ストリートをまっすぐ進み、テニスコートのところの急カーブを曲がり、さらにいくつか角を曲がると、〈マクドナルド〉とドラッグストアの〈CVS〉がある大きな交差点が現われた。そこを越えると、頭上の高いところに送電線が走ってるだけの低木地がひろがっていた。交差点に差しかかるたび、あたしはうしろを振り返り、ジキルとハイドがいないか確認したけど、誰もいなかった。

「お客さん、どこに向かってるのか、ちゃんとわかってます？」

「いまのところは、まだ」あたしはそう言って、運転手にスマートフォンを見せた。「でも、ちゃんと行けるから」前にも言ったけど、あたしは地図を読むのが得意だ。

「旦那も気の毒にな」運転手の声が聞こえ、彼がどう思ってるのかが手に取るようにわかった。浮気な夫、執念深い妻。昔からよくある話だ。

「とめて」ようやくあたしは言った。なかなか開発が進まない広大な地区のひとつ——二、三軒は売れたもののほかは空き家で、残りは工事が中断されたままになっている——の近くで輝点がとまっていた。タクシーがとまったのは、デルの居場所を示す輝点から角を曲がってすぐのところだった。あたしは料金を払ってタクシーを帰した。

歩いて角を曲がったとき、まさか、正面に〝売家〟と書かれた看板がある家の前にデルの車がとまってるとは思っていなかった。彼はまだ運転席にいた。あたしは建築途中の家のガレージに飛びこみ、ぱたぱたはためく建築用防水シートで身を隠した。湿ったおがくずと、ブレンダが好きな箱入りの〈シャーピー〉の油性マーカーのにおいが合わさったような、ひどいにおいがしたけど、デルを見張ることはできた。彼はほぼ真っ暗ななかで、誰かを待ってるみたいに車にすわったままだった。

でも、誰を待ってるんだろう？　お客さん？　そういうありきたりなオチかもしれない。一瞬、今夜は無駄足だったと判断して、またタクシーを呼ぼうとした。

でもそれならどうして、デルは声を落としてこそこそ話してたんだろう？

デルが繰り返し言ってた言葉が頭によみがえった。大胆であることが大事だ。風景に溶けこむ。正面玄関からきびきびとなかに入って、電子レンジを持って出てくる。なにしろ、不動産業者が売り物件の外にいたって、なにもあやしくなんかないんだから。

でもそこで、またはたと気づいた。彼が待ってる相手こそ、貸倉庫に盗んだものがひとつもないことの理由じゃないかってことに。彼はべつの人が入るのを手引きしてるだけで、自分ではなにも盗まない——そこはほかの誰かにやらせてる。ジキルとハイドは両者に大きな違いはないと思うだろうけど、デルはそうやって真実から逃げているのかも。それで、自分はなにも盗んでないなんて、よくも言えたものだ。

あたしはまた周囲を見まわし、ジキルとハイドがやってきてないか確認したけど、ふたりがいる様子はなかった。一分後、デルが車をとめてる家のドライブウェイに車が一台入ってくると——デルよりも大胆——降りてきた女の人がデルに手を振ったのを見てあたしは驚いた。ブロンドで背が高く、脚も長く、緑色のつやつやしたワンピースを着ている人だった。デルは車を降りて、その女の人のほうに歩いていった。手に懐中電灯——差し押さえ物件にあたしを連れてったときに使ったのと同じもの——を持ってるのが見え、あの夜がさんざんだったことを思い出し、あたしは悲しさで体が震《ふる》えた。デルと女の人はちょっと話をしたあと、笑うような声がして、それから彼が女の人の腕に軽く触れると、ふたりはポーチをあがった。

あたしの腕に触れるのとまったく同じ触れ方だった。次の瞬間、体が震えるほどの悲しみがほかのものに変わった。デルは夕食は先に食べてていいと言った——サプライズのデートに出かけたあの日、先に寝ていていいとブレンダに言ったのと同じ口調で。

ふたりはポーチをあがって家のなかに入った。窓の向こうで懐中電灯の光がゆらゆらしているのが見える。家に近づいて、大胆にも窓からなかをのぞいてみると、ふたりはちょうど、主寝室とおぼしき部屋に消えるところだった。あたしは急いで裏にまわり、なかをのぞこうとしたけど、裏は斜面になってて窓が高く、のぞくのは無理だった。懐中電灯のぼんやりとした光があっちにこっちに動くのしか見えず、それもそのうち動かなくなった。

あの人はきっとお客さんよ——あたしはひたすら自分にそう言い聞かせた。それだけのこと。あるいは、あたしの想像どおり、本物の窃盗犯なのかも。その可能性だってあるよね？女だって盗みくらいできる、そうでしょ？　若いブロンドの美人だって。そうよね？

でも、問題はそこ——彼女は美人で、やせてて、若かった。デルだって、あたしにはものすごく魅力的に見えてたころもあった——その魅力で、俗に言う、あたしのハートをとりこにしたんだから。

あたしはずっと、デルがどこまでばかなまねをするのかってことばかり考えてた。考えるべきなのは、あたしがどれだけばかかということだった。

計画その二？　正直に認めるけど、どうひいき目に見ても、あいまいなものでしかなかった。押しこみ強盗に入るのを目撃したと警察に通報し、デルがいる家の隣か通りをはさんだ反対側の家の番地を伝えれば、デルはこのあいだのシャンパンと寝袋の夜のときみたいに取り乱す。実際そうなるかどうかはわからないけど、帰宅した彼は、あの夜のように一部始終を打ち明け、それから、愛してると言ってくれる。そのときはあたしも、もっとやさしく接してあげるつもりだ――最初のときとはちがい、もっと自分をコントロールして。

そしてよりを戻す。

でも、デルとブロンド美人がいつまでたっても主寝室から出てこないものだから、あたしは警察に電話をかけ、正しい番地を伝え、そのあとタクシーを呼んで家に帰ったのだった。

これで、すぐにもジキルとハイドに連絡が行くはず。デルにとっては自業自得、でしょ?

「髪が変わったようには見えないけど」帰ってきたあたしにブレンダが言った。彼女はディヴァンの真ん中に、ダイヤモンドの形になるよう置いたクッションにはさまれるようにすわり、スマートフォンを手にしていた。このあいだの会で出したチーズとクラッカーが、すでにコーヒーテーブルに並べてあった。

帰りのタクシーのなかで、あたしはいろんなことを考えていたから――デルとあたしのこと、あたしたちはどこに向かおうとしてたのか、このあらたな展開はなにを意味するのか――でっちあげた口実を思い出すのにちょっと時間がかかった。

「まちがえちゃった」あたしは言った。「予約の時間を」いろんなことをまちがえたとしか思えない。

ブレンダはふんと鼻を鳴らした。「デルウッドが何時ごろ帰ってくるかわかる？」

あたしは首を横に振った。警察はデルとあの女の現場を押さえただろうか？（なんの現場かは想像したくなかった）。警察はふたりを連行するんだろうか。それとも追い出すだけ？

そして、いちばん肝腎な設問。このあと、デルはどうするんだろう？ そしてあたしはどうすればいいんだろう？

「もう、みんなどこに行っちゃったのかしら」ブレンダが言った。「これが全部、無駄になっちゃうじゃない」彼女はずらりと並んだ食べものに目をやった。アスパラガスのピクルスまである。

「誰かが食べますよ」あたしは言った。そのときちょうど、呼び鈴が鳴った。

「出てもらえる？」スマートフォンのキーボードをタップしながらブレンダが頼んだ。

「いまは勤務時間外です」首だけうしろに向けて大声で言うと、廊下を歩いて自分の部屋に引きあげるまで、ブレンダのとげとげしい視線を背中にずっと感じていた。でも、ぐずぐずしてる時間はなかった。みんながどこに行ったかわからないというブレンダの言葉で、デルがまだあたしのポケットにいるのを思い出したのだ。

あたしはドアを少しだけあけておき、ブレンダがいつものプレゼンを始めるのを聞きながら追跡装置の地図を立ちあげた。デルはすでに移動中で、彼の動きがとまってそこに警察署を示す記号があるのを見たとたん、あたしは罪悪感に打ちのめされた。それから一時間ほど、輝点はそこから動かなかった。

こうなることを望んだんじゃなかったの？　だから警察に通報したんでしょ？　たしかに、かっとなってあんなことをしてしまったけど、事態は突然、ニューメキシコにいたとき、デルが仕事で出かけるたびに想像したような最悪なものになってしまった。ただし、今度のはあたしのせいだ。あたしの心は罪悪感と、デルが陥《おちい》ったやっかいな状況に対する恐怖と、デルがあのブロンドとしてたことに対する怒りと、自分が取った行動を正当化する気持ちとのあいだを、せわしなく行ったり来たりしたあげく、ぐるりとまわってまた罪悪感に戻った。あたしとデルはずいぶん遠くまで来てしまった、そうとうまちがった道を来てしまったという喪失感が、思わず知らずこみあげた。デルの計画、あたしたちの夢——少なくともあたしの夢、彼の身に起こっているけど、あたしにはもうかかわりのないことすべて。

地図を見ないようにしようと思って、あたしは窓の外に目を向け、以前、水平線に夢のように浮かんでいたボートを探したけど、見つからなかった。今夜は闇だけがひろがっていた。あたしは靴下のサルを出して、ばらばらになっちゃいそうなほどなですって、幸運を祈った。お守り。デルからのプレゼント。デルの言葉。いまはデルさえいてくれればいい。

ブレンダの夜会が終わるころ、ようやく輝点がふたたび動きだした。ほどなく、この家のほうに向かいはじめたけど、あたしはどう感じればいいのかわからずにいた。

ノヴァがドライブウェイに入ってくる音が聞こえ、あたしは部屋を出た。集まってたお客はみんな、すでに帰ったあとだった。ブレンダはキッチンで洗いものをしてる。デルの影が玄関ドアのガラス部分にぼうっと浮かびあがった。鍵がまわった。

なかに入ってきた彼は、あたしになんて言うだろう？　あたしは彼になんて声をかければいいんだろう？　ついに真実があきらかになる？　それとも、うそが重ねられる？　さあ、どっち？

結果から言えば、デルとあたしはろくに話せなかった。彼は無表情にあたしを見て、「警察に行ってきた」と抑揚《よくよう》のない口調で告げ、次の瞬間にはお姉さんが部屋に入ってきて、その場の主導権を握ったからだ。

「こうなるんじゃないかって心配してたのよ」ブレンダは顔をゆがめながら言ったけど、その言葉にこもっていたのは恐れとか落胆とかじゃなく、怒りだった。そういえば以前、彼女が情動感染がどうのこうのと言ってたのを思い出し、あたしは話のつづきを聞くのが怖くなった。「ふたりの刑事さんがうちの事務所に来て、あなたが物件に出入りしながらちゃんと記録に残していなかったのを知ってからというもの、こういうことになると覚悟していた。正直に言うとね、デルウッド、あなたたちふたりは事務所の戦力になってくれると思っていたの。どうしてわたしの言うことを聞かず、わたしの言ったとおりにしないのか、わけがわからない。ちゃんとしていたら、こんなことは起こらなかったのよ、なにひとつ」

ブレンダは拭《ふ》いていたスプーンをあたしたちに向けて振りまわし、キーワードを強調しながら熱弁をふるった。あたしはその顔に浮かんだ表情を見て、洗ってるのがナイフじゃなくて本当によかったと思った。

「このくらいのことに負けたりするもんですか」ブレンダは言った。「ええ、絶対に。このあいだの夜、この話をしたわよね。わたしはこれまで必死に働いてきた。あなたたちのせいでいろいろぶち壊しになったけど、ちゃんと立て直してみせる。それに、あなたが落伍者《らくごしゃ》になるのを黙って見ているつもりはないわよ、デルウッド。そんなことは絶対しないし、考えもしなかった。わたしはそんな人間じゃないもの」

ブレンダはキッチンに戻って、スプーンをシンクに放りこみ、チーズのトレイをごしごし洗いはじめた——目にもとまらぬ速さで肘《ひじ》を動かして。

「弁護士はもう手配したわ」ブレンダはあたしたちに背中を向けたまま、キッチンのドアごしに言った。「刑事がはじめて訪ねてきたあの日、すぐに弁護士に電話して、デルウッドは仕事を始めたばかりで、手順がよくのみこめていないことや、ルイーズには不注意なところがあるという話をしておいた。〝鍵をどこかに置き忘れたらしい〟と説明し、〝あの娘は目を光らせておくことってことすらできないの。なにか問題があったら、彼女のせいよ〟とも言っておいた」

「あたしのせい?」あたしはキッチンに足を踏み入れた。

ブレンダはくるりと振り返り、泡だらけの指をあたしに向けて振った。「あなたに決まってるじゃない、ルイーズ」彼女は〝あなた〟という単語を吐き捨てるように言った——あたしの名前も。「そう考えるのがもっとも筋が通っているんじゃないの? そうそう、弁護士はあなたが過去にもそういう失敗をしたことに興味を持ったらしいわ。ニューメキシコのコンビニエンスストアで、強盗に襲われてなにもできなかったんですってね。あなたのことをネットで調べて真っ先に出てきたのが、それを報じる新聞記事で――」

「あたしを調べたの？　あれもあたしのせいだって言うの？　で、今度はこれも？」コンビニエンスストアに強盗に入ったのは、ほかでもない、デルだって、そう指摘しそうになったところで口をつぐんだけど、それ以外はほぼ全部、ぶちまけてやりたい気分だった。

「ああら、驚くほどのことじゃないでしょ。わたしがあなたみたいな人をしっかり調べもせずに、この家に入れると思う？　調べたおかげで、まさかのボーナスまで手に入ったことも言っておくわ」

「ねえ、聞いた、デル？」あたしは訊いた。彼もキッチンに入ってきたけど、突っ立ってうなずいてるだけだった――こないだの夜、ブレンダと同業者たちの話にいちいちうなずいていたのと同じだ。というか、ここ最近はいつもこんなふうだ。「デル！」あたしはもう一度言って、彼をにらみつけた――こうすると彼は〝頼むよ、ルイーズ〟と言ってくることがある――けど、彼はあたしなんかいないみたいに押し黙ったままだった。あたしはブレンダに目を戻した。「あなたがあたしを犠牲にするのをデルが黙ってみてると思ってるなら――」

「デルがあなたの肩を持つわけないじゃないの」彼女の唇に笑みが浮かんだ。「あなたたちはお互いにがまんというものを知らなすぎる。まさか、気づいてなかったの？　黙りこんだり、いきり立ったり、おまけにデルはしじゅう出かけてばかり。べつの女がいたっておかしくないと思ったわ。それならそれで、べつのアリバイになってくれるでしょうし」

当然だけど、あたしはブレンダのその言葉で、脚の長いあのブロンドのことを、デルが彼女としてたことを、あたしが取った行動をいやでも思い出した。デルがひとことも口をきかず、あたしのほうを見もしないのは……おそらく、もう知ってるのだ。あるいは、あたしなんかいらなくなっただけかもしれない。

「心配しなくていいわ」ブレンダはつづけた。「警察は従犯の容疑であなたの身柄を拘束したりしないから。不注意だっただけで、すべての事件——あの鍵が使われた事件——の従犯というわけじゃないんだもの。それから、デル、あなたにどんな容疑がかかろうとも、証拠が身の潔白を証明してくれる。日誌をつけなさいとうるさく言われたおかげだと、感謝することになるわ。でも、書いてない日を、ちゃんと埋めておきなさいよ」ブレンダは舌を鳴らしながら考えた。「すべての日付と時間を確認しないとね。目撃者も用意しましょう。少しくらい記憶違いがあったとしても……」

ブレンダはそんな調子で話しつづけ、デルはただ突っ立って聞きながら、ときどきうなずくだけでひとことも発しなかった。寡黙——あたしはその単語に嫌気が差しはじめていた。ふたりにはさまれた恰好のあたしも、なにを言えばいいかわからず、あっけにとられたように黙りこんでいた。

そのとき、妙なことが起こった。感情をあらわにするかわりに話に耳を傾けはじめたところ、ブレンダの口から次々に繰り出される計画に、べつのものが聞き取れるようになり、デルの寡黙な性格にもいい面があるように思えてきた。

そもそも最初から、ブレンダはあたしとデルに指図しっぱなしで、それは単に威張《いば》り散らしたいからだとばかり思ってた。デルに対しては、なにを着て、どんな車に乗って、何時に営業の電話をかけるかを指示したかと思うと、藪《やぶ》から棒に事務所にいるよう命じたり、外出させたりしたし、今夜の夜会を忘れないでよと念を押しもした。あたしに対しても同様だ。でも考えれば考えるほど、これまで彼女が吹かせた上司風の多くがべつの様相を呈《てい》しはじめた。デルに対してやたらと口やかましかったこと、業務日誌をつけろとうるさく言ったこと、ワインとチーズの夜会を主催しておきながら、退屈し切ったように会話の途中で腕時計に目をやったこと、窓はきれいにしておかなくてはいけないと電話で話すのが聞こえてきたこと、てかてかの髪をなでつけたおべっか使いのあやしげな男が事務所に顔を出すこと、すでに弁護士に電話をして大法螺《おおぼら》を吹きこんだこと、〈セブン - イレブン〉に強盗が入った件を知ってご満悦なこと。

そういったもろもろが、いまはちがって聞こえてきた。

ようやくデルが口をひらいた。「鍵を置いた場所が変わってた」彼は言った。「事務所を出るときは必ず鍵をデスクの抽斗《ひきだし》にしまうようにしていた。戻ってくると、抽斗のなかで場所が変わってることがよくあった」

「警察が聞きたいのはまさにそういうことなのよ」ブレンダは大きな取引が成立したみたいに満面の笑みをたたえた。「そうよ、デルウッド。自信を持って。自信を！　わたしたちはお互いのため、するべきことをしましょう!」

「家族同士、面倒をみる」デルは言った。「そうすれば、なにもかもうまくいく、そういうことだよな?」

ようやくあたしと目を合わせたとき、デルの表情は悪路を百マイルも走ったか、十八層もの不幸という皮に覆われているみたいに見えた。でもこのときの表情はあたしに向けられたものじゃなかった。

デルがキッチンを引きあげて寝室に向かったあと、あたしはさらに数分、その場を動かなかった。ブレンダはあたしの前を素通りしてリビングルームに移動した。それから、汚れひとつ残ってないように見えるコーヒーテーブルをふきんで拭き、またもクッションをまっすぐに整えた。強迫観念に取りつかれたような行動と、現実を直視しようとしない彼女から目が離せない気持ちもあった。されたことの仕返しに、平手打ちをくらわせたい気持ちもあった。

でも、デルと顔を合わせたくない気持ちのほうがずっとずっと大きかった。

ママが言ってたみたいに、一分でいいから、ひとりの時間がほしかった——でも実際は、ひとりの時間を手に入れたところで、自分から逃れることなんかできない。まず無理。

ようやく寝室に引きあげると、デルがずっとあたしを待ってたらしく、〈スーパーマン〉のシーツの上にすわっていた。彼はベッドをぽんぽんと叩いて、あたしが腰をおろすと体を寄せてきた。こんなに近づいたことはしばらくなかったから、仲直りをしようというのか、別れを切り出そうとしてるのか、判断がつかなかった。若い美人の姿とふたりがしてたことが、ずっと頭のなかをぐるぐるまわってたけど、そこへブレンダの言葉までくわわって、ぐわんぐわん反響している状態だった。

「姉貴はひとつだけ正しいことを言った」デルはようやく口をひらいた。「おまえはするべきことをしろ」その言葉にはわずかに棘《とげ》が含まれてて、次の言葉を発するときもそれは消えてなかった。「ルイーズ、おまえに話しておかなきゃいけないことがある」彼は大きく息をついた。あたしは自分が震えてるのを感じ、真実を聞く心がまえをした。「一セントも稼げないものだから、差し押さえ物件――というか、所有者がひどく荒らした物件――のことでいくつかの銀行に接触した。ほとんどは雑用だった。便利屋みたいなものだ。このところ、昼間、ときには夜も事務所にいなかったのはそのせいだ。銀行の担当者の多くは、金を使う価値はないと思ったようだが、おれは安くてもいいと持ちかけた。ないよりもましだからな」

手を離してはじめて、あたしはベッドのへりを思いっ切り強く握ってたのに気がついた。思い違い――しかも二倍の思い違い――をしてたと知っていっきに安堵の気持ちが押し寄せたけど、その思い違いがとんでもない結果を招いてしまい、同じくらいいっきに自分に腹が立った。デルにも腹が立った。だって、根っこの部分では問題は同じでしょ？　コミュニケーションの欠如。議論の余地はない。

「デル、なんで話してくれなかったの？」あたしはとがめるような口調にならないよう気をつけながら訊いた。

「敗者になったことを認めろって？　あらたなスタートのために、なにもかも注ぎこんだってのに？」彼は両手を握り合わせていたけど、心あらずの様子で指をさすりはじめた。「警察に通報されてよかったと思わないといけないんだろうな。銀行の担当者と会ってたんだ。寝室の壁を蹴《け》って穴をあけたやつがいたんでね。そしたら、押しこみ強盗だと思ったんだろう、こないだと同じ刑事ふたりがやってきた。やつらが来なかったら……」

「あの人たちが来なかったら、真相はあきらかにならなかった」あたしは言った――もっとも、その真相の一部、つまりあたしが隠してる部分はいまも心に引っかかっている。まだ、そこに触れるわけにはいかない。「ブレンダがかかわってるって疑いはじめたのはいつ？」

「ブレンダ？」デルは言った。「刑事がはじめて事務所を訪ねてきたときかな――それよりも前だったかもしれない。でもそのときは、ほかの連中については確信がなかった」

「ほかの連中？」

「姉貴の同業者。頭の固い連中。スタンリーとデラ。ケヴィン。マーゴ」

「あの人たちもかかわってるの？」あたしは全員の顔を思い浮かべた。ぽっちゃりママとぽっちゃりパパ、まばたきくんと赤毛。あの人たちが犯罪者集団？　そんな頭が切れるようには見えなかったけど。

「おそらくな」デルは言った。「ブレンダが全員を一堂に集めたあの夜までは、どのくらい仲間がいるかわかってなかった。今夜ようやく確信が持てた。警察はあらためて彼らに対する令状を取ったよ」

「被害にあった物件はどれも、あんたの鍵が使われてたんでしょ？」

デルは鼻を鳴らした。「だったら、警察が帰らせてくれるわけがないじゃないか。鍵をすり替えられるのはブレンダだけじゃない。おれが今夜持って出たのは事件とは無関係の姉貴の鍵だ。でもそれを姉貴に知られるわけにはいかなかった。本人から話をちゃんと聞くまでは」デルは髪をかきあげた。「明日、警察がもうひとつの鍵を調べにやってくる」

「ブレンダなんか牢屋《ろうや》にぶちこまれればいい。右も左もわからない、注意力の足りない弟をはめようとするなんて。おまけに、弟にくっついてるふしだらな女への仕打ちときたら。強盗がお金を盗むのを指をくわえて見てた前歴があるってだけで」今度はあたしが鼻を鳴らした。「そういうことをするやつはどんな目にあったって自業自得よ」

デルが隣で身をこわばらせたので、あたしはまだ話のつづきがあるのだと察した。

「ブレンダだってそんなことばかりしてるわけじゃない」デルは言った。「というか、昔はそうじゃなかった。おまえには知るよしもないだろうけど……おれが子どもだったとき、姉貴はいつもそばにいてくれた。必要としたときに。だから残念でならない。姉貴はいつも、家族同士は助け合わなきゃいけないと言ってた。いまの姉貴にはそんな言葉はむなしく響くだけかもしれないが、おれにとってはいまでも意味がある言葉だ。でも、姉貴にはそんな言葉も、おれを——おれたちふたりを——はめるための道具でしかなくなってしまったようだ。おまえはおれの家族だ、ルイーズ。いまのブレンダよりもずっと大事な存在で、だから——」

もう、がまんの限界だった。「デル。あんたに話さなきゃいけないことがある」あたしは打ち明けた。彼のあとをつけたこと、彼を信用できなくなってたこと、あたしが警察に通報したこと——あたしがしでかした過《あやま》ち全部と、身勝手だったことを。

デルはただ耳を傾けていた。その表情からは、怒ってるにしろ、がっかりしてるにしろ、どんな気持ちでいるのかさっぱりわからなかった。これで捨てられたとしても、もうたくさんだと立ち去られたとしても、デルを責めるつもりはない。でも、そういうリスクがあるのがわかっていても、告白せずにはいられなかった。うそを抱えて生きてくなんて無理。ブレンダがそのいい例だ。

「ああ、ルイーズ」デルは言った。しばらくぶりに、あたしの名前が甘く美しくささやかれた。「ときにはべつのものがほしくなったり、べつの人がよくなったりすることもあるし、ハリウッド・スターに会ったりロデオ・ドライブで買いものをする夢を見ることだってあるだろう」彼は〝ロデオ〟を〝ロディーオ〟と発音した。おやおや。「夢を見るのはかまわない。けど、おれ自身はそんなに夢を追いかけるタイプじゃない。レクサスなんか乗りたくないし、でかい家もほしくない。大事なのは車や家の大きさじゃないからな。大事なのは……」

彼は緑色の目を、はじめてのときはスキーマスクごしに見たあの緑色の目をあたしに向けた——澄んで美しいその目はいま、大きく見ひらかれ、カリフォルニアに来てからずっと、そんなふうに見つめてくれたことはなかった。「おまえがおれの家なんだ、ルイーズ。声を大にして言いたい。おまえのそばにいたいし、おまえと一緒にいたい。ハリウッドの女優でも、着飾った専業主婦でも、ほかの誰でもなく」

たぶん、ママの言うとおりだ。デルのことを普通とは思ってないけど、堅実だし、地に足がついている。地に足がついた男。あたしはいま一度、自分にそう言い聞かせる。夢は胸のうちにおさめ、目の前にいる人に集中するのがいちばん、という場合もあると悟った。

「ブレンダをどうするべきか、さんざん考えた」デルは言った。「おまえは気に入らないと思うが、正攻法で行くつもりだ。だが、その場合、おれたちはここを出ていかなきゃならない。一緒に来てくれるか?」

その質問に答える必要がある?

荷物のほとんどはまだ貸倉庫に入れっぱなしだったから、デルもあたしも荷造りにはたいして時間がかからなかった。ふたりでリビングルームに戻ると、ブレンダはすでに落ち着きを取り戻してて、何度も何度も顔に笑みを貼りつけながら、デルが出ていってはいけない理由を説明した。でもそう説得したところでどうにかなるものではない――デルが鍵を返したところで、彼女もようやく察したようだ。

「今夜、警察がこれを調べた」デルは言った。「でも、これはおれのじゃなく、姉貴のものだ。きのう、すり替えた」

ブレンダはカード形の鍵を両手で持ち、検査でもするみたいに裏返した。とうとう笑顔が崩れた。

「これだとわたしの鍵が……まるでわたしが……警察は信じっこないわ……ねえ、デルウッド、あなたいったいなにを……？」

彼女が言いかけたことをあたしが補ってあげてもよかったけど、口は出さずにいた。

「自分でまいた種だろ、ブレンダ」デルはずっと抱えてた怒りを一気に爆発させたみたいだった。「姉貴は自分の家族よりも、血を分けた弟よりも、友だちを優先した。なんのためだ？　五人で山分けしたんだろ、手に入れたものを――」

「でもね、デルウッド、あなたが面倒に巻きこまれるわけじゃないんだから」ブレンダは心からそう信じてるみたいに言った。「わたしが言ったとおりにしていれば、計画どおりにしていれば」

「姉貴の計画は偶然に頼りすぎだ」デルはつづけた。「内部の人間に知られることなく鍵をあんなふうに持ち出したり、戻したりなんて、できるわけないだろう。なにからなにまで、愚《ぐ》の骨頂《こっちょう》だ。姉貴は犯罪者に向いてない」

〝犯罪者〟という言葉は〝おしっこ〟よりもブレンダには不快だったらしい。表情が一瞬崩れ、それをなんとか戻そうとするのが見てとれた。もとどおりの表情になると彼女は腰をおろし、いくつかある焼きものの象を並べ替えはじめた。きちんとまとめておかないと、象たちが立ちあがって逃げてしまうといわんばかりに指で動かしている。

「犯罪者」ブレンダは言った。「そう呼ばれることになるなんて、考えたこともなかった」

彼女はこれで見納めとばかりに室内を見まわした。「でも、バブルがはじける前から、業績は悪化していたの。夫が……夫は優秀な不動産業者で顧客対応を心得ていたし、営業トークも上手だった。彼がいたから、事務所はここまでになった。彼がいなくなって、わたしが事業を引き継いで……わたしはこれからどうすればいいの、デル？」

デルは両方の肩をまわして具合を直し、怒りを鎮《しず》めようとしたけど、あらわにしてしまった感情をひっこめるのは無理だった。

「家族を引き合いに出した話はどれも、姉貴にはどうでもいいことだったかもしれないが、おれには大きな意味があったんだ」デルは寝室でしたのと同じことを言った。「明日警察が来たら、おれが鍵をすり替えたって話してくれ――正直に本当のことを話せばいい」そこで〝はじめて〟とつけくわえてもよかったけれど、あたしはデルの話にびっくりしすぎて、言葉がまったく出てこなかった。「おれたちがいなくなれば、警察はおれたちの犯行だと考える。姉貴とお友だちは疑われずにすむ」

「あなたにそんなことをさせるわけにはいかないわ」ブレンダは言った。「家族なんだもの。あなたにそんなことを――」

「姉貴に言われてやるわけじゃない」デルの呼吸がまた荒くなり、胸が大きく上下しはじめた。「でも、これで貸し借りなしだ。いいな？　これで終わりだ。おれたちの関係も」

ノヴァに荷物を詰めこむあたしとデルを、ブレンダは離れたところからじっと見ていた。

彼女は玄関ステップに、あたしたちは暗いドライブウェイにいて、頭上の月が通りを照らしていた。夜の空気、ブレンダとの距離、沈黙、あいかわらず怒りをたぎらせているデル――

そのすべてが重苦しくて、緊張をはらんでいた。そうこうするうち、あたしはがまんできなくなって、家に駆け戻った。

「出発前にもう一回、おしっこ」あたしはデルにそう言って、ブレンダのわきをすり抜けた――最後にもう一度この言葉を使うことで、彼女に肘鉄をくらわせたつもりだ。

彼女がいるところで言ったのはそれが最後。三人とも、さよならの言葉も口にしなかった。

「〝これで貸し借りなし〟って、どういう意味？」デルが車を出すと、あたしは訊いた。

「べつの話だ」デルは答えた。「またの機会に話す。いまじゃなく」

声の調子から、それには触れないでほしいのがわかった。あたしは触れずにおいた。

遅い時間だったので、あいてるレンタカーの店は一軒しかなく、借りられるトレーラーも一台だけで、前に借りたものよりもだいぶ大きかった。デルはそれが不満だったみたいだけど、あたしは、借りようよ、贅沢《ぜいたく》したっていいじゃないと言った。

「荷物があっちにこっちに移動してもかまわないっていうのか？」

「デル、あたしの言うことを聞いてくれたっていいじゃない」

このときだけは、言うことを聞いてくれたけど、それ以外はすべて無視された。

「このＩＤを使うのはこれが最後だ」デルはそう言って身分証明証を高く掲げ、ここではじめて、この先に待ってる人生をあたしにそれとなく伝えた。でも、一緒に逃亡生活を送ってもいいと思える相手は、彼以外にいない。

あたしたちは貸倉庫まで行って、荷物を積みこんだ。デルがあたしのために盗んでくれたあの絵がちゃんとあって、それがとくにうれしかった。ノスタルジアは、過去から遠ざかったときじゃなく、過去とふたたびつながったときのほうがはるかにいいものに感じられる。

その一方、デルが銃をグローブボックスに戻すのが見えた——これもまた、近い将来を暗示するものかもしれない。

荷物をすべて積み終えて、デルが車に乗りこもうとしたけど、あたしはそれを制した。

「まだやり残したことがある」あたしは言って、扉六つ分行ったところにある、べつの保管部屋に向かった。

「なんだ？」

「なんだ、じゃなくて」あたしは言って鍵を見せた。「誰の、って言って」

あたしは鍵をあけて扉をあげた。なかには電子レンジ、真鍮《しんちゅう》の蛇口やドアノブがいっぱいに詰まった箱、磁器のシンクボウルが山積みになっていて、あたしが新居にあればいいなと思い描いたのと同じ、全面が花崗岩の調理台まであった。もちろん、あたしが思い描いたのは家にちゃんと設置されてるものだけど。

「ここはブレンダが借りてる区画だろ？」デルが訊いた。

「彼女はここの鍵をキッチンのフックにかけてたの。さっき家のなかに戻ったときにもらってきちゃった。あんたが強盗の罪をかぶるんなら、盗んだものをもらってもいいんじゃない？」

デルは盗品の山を見て、あたしの提案をじっくり考えてから言った。「半分だけもらう。

それで、最終決着としよう」

納得できる妥協案《だきょう》だった。

デルがバックでトレーラーを入れ、あたしたちはふたり一緒に盗品をできるだけたくさん積みこみ、車の前部座席に戻った。

「あの荷物、どこで処分すればいいか知ってる?」あたしはうしろを指さしながら訊いた。

「見当もつかない」デルはそう言いながらも車のギアを入れて、道路に出た。大きな手はふたたび十時と二時の位置に置かれていた。「どこに行きたい?」

地図はグローブボックスに入ってるけど、あたしは出そうともしなかった。「それがあらたな出発のいいところだと思わない?」あたしは言った。「どこにたどり着くかわからないところが」あたしはハンドルに手をのばして彼の右手を下におろし、自分の手で包みこむように強く握った。「しばらくはドライブを楽しみたいな。いいでしょ?」

来歴

Provenance

あたしの生まれ故郷のノースカロライナ州は、かつて全米でいちばんのワインの産地だった——植民地時代のことだ。その後、南北戦争があって、しばらく低迷《ゴー・サウス》した。ノースカロライナだけど。さらに禁酒法時代があって、そのあともノースカロライナ州の郡の多くは禁酒をつづける選択をした。そのせいで、経済の停滞がさらに長引いた。

あたしが大学生のころ、ワイン産業はふたたび盛りあがりを見せていた。ある夏の日の午後、女友だち何人かと連れ立って、ワイナリーにテイスティングに行ったのを覚えてる。何人かは二十一歳になったばかりで、ワインのテイスティングは、すごく特別なこと——あのころのあたしたち全員が行きたいと思うくらい特別なことに思えた。町をふたつ越え、新しいバイパスを行った先に開業したばかりのワイナリーがあった——正面には納屋《なや》みたいな建物、うしろの畑にはブドウ棚があって、ブドウの蔓《つる》が巻きついていた。あたしたちが訪れた日は、ブドウが鈴なりになっているのが見えた——少なくとも、あたしはそう記憶してるけど、それ以来、見えたはずがない、見えたのはブドウの葉っぱだけのはずって何度も言われた。

テイスティング料はひとり二ドルで、フルボトルのワインを一本買えば返ってくる仕組みで、ほとんどのワインはとても甘かった――十代のころ、ワインクーラーに出会ったあたしたちにすれば、あのべたべたした甘さは、あらたな飲酒の世界に足を踏み入れるにはいい手段に思えたから、甘いのは気にならなかった（サザンカンフォート（バーボンをベースに果物やハーブをミックスしたリキュール）との出会いは、これよりあとのことだ）。スカッパーノンという品種のブドウがあったのを覚えてるのは、女友だちとあたしが、それをジョークのネタにしたからだ。あの夏はワイナリーまで出かけたのをべつにすれば、男の子を品定めしてはささやき合ってばかりいた。「あの子の役立たずなモノ《ノン》を使いものにならなく《スカッパー》してみせる」そう言うと必ず、みんなしてくすくす笑った……まあ、まだまだ子どもだったってわけ。

くすくす笑うと言えば、ワイナリーを経営するおじさんもおかしかったな――ワインをちびちび注ぐたび、ワインがいかに健康にいいか説明したりしてさ。ワゴンのうしろにヘビの油を積んで売ってまわる露天商かと思ったもん。体のお悩みに効果てきめん！　頭痛、腰痛、関節痛、足の血行不良、消化不良、月経の痛み《メンストゥルアル・クランプス》を改善します！　最後のひとつは実際には〝クランプス〟としか言わなかったけど、どういう意味かはみんなわかってたし（クランプスだけで月経痛の婉曲表現として使われる）、おじさんは流し目を送りながらその言葉を口にしたって、友だちのシャーリーンが言ってた。

テイスティングの最後に、みんなで白ワインのボトルを二本買ったので四ドル返してもらい、家に帰ってから買ったワインをポーチで飲んだ。折りたたみ椅子にすわって、足を子ども用プールに浸《ひた》しながら。

次に飲んだときには、またワインクーラーのお世話になったけど、当時のワイン業界はまだ発展途上だったんだろう。少なくとも、あたしたちが住んでたあたりでは。

ワインのテイスティングをしたのは、その一度だけ。

そんな経験があったからって、ナパ・ヴァレーに向かう覚悟ができてたわけじゃない——デルだって、自分がなにに足を踏み入れようとしてるのか、わかってなかった。

ナパではじめてワイナリーを訪れたのは、そのあたりに到着して半日もたってないときだった。ヴィクターヴィルから車を六時間ちょっと走らせ、長期滞在用ホテルにチェックインすると、デルは昼寝をした。それも当然。すでに長い一日を過ごしたあとで夜通し車を運転しただけでなく、電子レンジ、花崗岩《かこうがん》の調理台、銅管なんかをいっぱいに積んだトレーラーをノヴァで牽引《けんいん》してたんだから。デルはハンドルを握《にぎ》ってるあいだ緊張しっぱなしで、あげくの果てには、不安でびくびくするまでになっていた——警察に捕まるんじゃないかと身がまえてる感じだった。というのも、トレーラーに載せた戦利品はやばいやつだったから。

〝戦利品〟とか〝やばい〟なんて言葉から、あたしが逃亡生活を楽しんでると思われるかもしれない——〝逃亡生活〟って言葉も、同じ単語リストに入るよね。でも言っておくけど、あたしは警戒を怠《おこた》らなかった。デルが昼寝から目覚めて、トレーラーをホテルに置いてちょっと息抜きに出かけたときも――デルもついてきてくれた――トラブルが待ちかまえてるかもしれないと考えずにはいられなかった。

「ここなんかいいじゃないか、ハニー」砂利《じゃり》の駐車場の奥にある平屋根の建物の前をゆっくり通りすぎながらデルが言った。

「どこもすてきよ、きっと」

　そのあとあんなことになったので、ワイナリーの名前はあかさないでおくけど、行ってみたくなる人のために説明すると、入り口の看板は紫で、両脇のポールにブドウの蔓が這《は》わせてあった。ぱっと見には蔓が本物かどうかわからなかったけど、全体的にノースカロライナのワイナリーで見たのとすごくよく似ていた。

「テイスティングするのにちょっと持ってくればよかった」

「現金ならある」デルが言った――それはあたしも知っている。いまはすべて現金払いだ。カードの利用記録は残せない。

　デルはノヴァを二台しかとまってない車のあいだにとめた――銀色のメルセデスのコンバーチブルと、光沢のある赤いアキュラ。あたしの側にとまってるアキュラにぶつからないよう、あたしは気をつけて車を降りた。ぴかぴかでものすごくきれいにしてあるのを見て、戻ってきた運転手がドアを確認する姿が容易に想像できた。

〝テイスティング・ルーム〟の案内に従って進むと、そこはわきの入り口で（なんで正面から入っちゃだめなのか、あたしにはわからなかった――たぶん、ただの飾りなんだろう）、建物の外側はなんの変哲もないものだったけど、なかがそれを補っていた。マホガニーのL字形カウンターが長くのび、その下にはカウンターと同じ長さの、足を乗せる真鍮《しんちゅう》製のバーが取りつけられている。贅沢《ぜいたく》な革の椅子やソファが何組か半円状に並べられ、そのうちのひと組が、ちりひとつないように掃除された暖炉の前に置かれてた。いろんな色で渦巻《うずま》きが描いてあるだけの巨大な絵が壁を飾り、四隅《よすみ》には背の高い燭台《しょくだい》が置かれていた。

カウンターには黒いスーツの男性がふたりいて、ひとりが二組のカップルに給仕してた。その人たちの前にはもう、ワイングラスが置かれてる。メルセデスとアキュラだろう。

もうひとりのバーテンダーがにっこり笑って片手をあげ、簡単に歓迎の意を伝えてきた。ハンサムな顔立ちで、本人もそれをわかってるらしい。ひろい肩幅に陽に焼けた肌、ブロンドの髪をうしろに流してムースで固めていた。

デルはこそこそとカウンターに近づいて、そのバーテンダーの正面に立った。「おにいさん、テイスティングをさせてもらえるかな」

「承知しました」バーテンダーは答えた(〝おにいさん〟なんて呼びかけられて、彼がどう感じたかはわからない)。「カウンターがよろしいですか、それともサロンになさいますか?」そう言って革の椅子を手で示した。

デルはあたしを見た。あたしは肩をすくめた。わかり切ってるでしょ?

「サロンがいい」デルの〝サロン〟と言うときの口調から、彼はこの店が気に入ったらしいとわかった。

バーテンダーはトレヴァーと名乗り、席に案内してくれた――大きな椅子が二脚、奥の窓に向けて置かれ、そこから見える小さなポーチの先にブドウの蔓がのびていた。

あたしたちが腰をおろすと、トレヴァーはデルに革装のフォルダーを渡した。「メニューに載せております二種類の〝フライト〟からお選びいただきますが、プレミアムコースには、ブリュッセル国際コンクールで金賞を獲得したヴィンテージワインが二種類、含まれておりまして、たいへんお勧めです。お決まりになったころ、おうかがいします」

あたしはまだ、外のながめに見とれていた――蔓には葉っぱが生い茂り、すぐ向こうには勾配《こうばい》の急な丘が見える――から、デルがフォルダーをひらいた。

「見ろよ、ルイーズ」彼はひそひそ声で言った。「ワイン三種類で二十五ドルもする。しかもひとりにつきだ。五十ドルあったら、食料品店でワインをひとケース買えるぞ」

あたしは手をのばして、デルの手からフォルダーを取った。「プレミアムコースじゃなくていいってば、デル。普通ので充分」

「普通で二十五ドルするんだよ」彼は言った。「プレミアムはひとり四十ドルだ」

実際には、普通のテイスティングのほうは〈巡航高度〉、プレミアムコースのほうは〈さらなる高み〉と名づけられていた。この店のいう、高度の低いコースの三種類のワインも賞を獲ってるものだった。サンフランシスコ国際ワイン・コンペティションで金賞、インターナショナル・ワイン・チャレンジでは銀賞、世界でもっとも影響力を持つワイン評論家のロバート・パーカーによる評価が九十二点（店を出る前にメニューからその紙を抜き取って、記念品としてバッグに突っこんだ——テイスティングを終えるころには、それぐらいしてもいいくらいのお金を払ったと思ったから）。

「なにかのまちがいよ、きっと」あたしはデルに言った。「これはワインをグラスいっぱいに注いだものが三種類出てくるんだと思う。ひとくち飲む程度じゃなく」

デルはそれを聞いても鼻を鳴らしただけだった。彼が正しいのはわかってる。メルセデスとアキュラのほうに目をやると、それぞれのグラスにワインがほんのちょっとだけ注がれてるのが見え——それっぽっちの量で満足してるみたいだ——顔をいろいろにゆがめたり、おかしな表情をしたりしながら、ひとくちをじっくり味わっている。

「昼すぎまで寝てればよかった」デルが言った。

「そんなことをしたら後悔したと思うけど」あたしは言った。「時差ぼけしてるときによく言うじゃない——ずっと起きてて、いつものリズムを取り戻すほうがいいって」

デルは頭を振った。

「いいか、ルイーズ。おれたちがいまいるところは、きのうの晩に出発したところと同じタイムゾーンに属してる。それにおれたちは飛行機に乗ったわけじゃない」

人間関係では往々にしてあることだけど、あたしたちの話はかみ合ってなかった。

「ひとり二十五ドルか」デルはおもしろくもなさそうに笑い、窓の外にひろがるブドウ畑を見やった。

「べつのところに行く？」あたしはそう訊《き》いたけど、デルはとっくに、べつのところに行っていた。ちょっともの思いに沈んでる。彼ならそう説明するだろう。深刻に考えこんでる場合は瞑想《めいそう》してる、となる。彼がなにを考えてるのか、この数カ月が彼にとってどんなものだったのか、あたしには想像がつく。切りつめて節約してもなにかとお金は出ていくのに対し、収入はなし。収穫と言えば盗品の山だけで、しかも、売りさばく手立てをいまだに思いつけないでいる。

「トレヴァーはお金のかわりに電子レンジを受け取ってくれるかもよ」あたしは受けをねらってひそひそ声で言ってみたけど、デルは聞こえないふりをしただけだった。

デルがあいかわらず窓から外をながめてるところに、トレヴァーが両手にそれぞれワイングラスを持って戻ってきた。

「お決まりになりましたか?」

「あの実は」どうすれば誰にも気まずい思いをさせずにここを出て車まで戻れるだろうかと考えながら、あたしは切り出したけど、勇気を振りしぼったのはデルのほうだった。

「〈巡航高度〉をふたつ」デルがあまりに平然とそう告げたので、あたしですら体面をたもつのにいくら無駄にするのか、わからなくなるほどだった。

声が聞かれないくらいトレヴァーが遠ざかると、あたしはデルのほうに体を傾《かたむ》けた。「あとで返す」

「おれたちの金はおれたちの金だ」デルは言った。「おれのでもなく、おまえのでもない」

そう言われて、あたしはまったく逆の見方をしてしまう自分を残念に思った。

いちおう説明すると、ワインは三種類ともとってもおいしかった——少なくとも、あたしはそう思った。さっきも言ったけど、あたしはワイン通なんかじゃないし、ニューメキシコでデルが画廊に盗みに入った展示会初日に味わった屈辱をいまも忘れられずにいる——無料のワインをちびちび飲んで、すっかり洗練された気でいたところへ、あのしゃれたふたり連れが、そのワインを安酒と言うのが聞こえてしまったあのときのことが。

ナパでの最初の日、あたしはこの店でまた同じことを感じた。メルセデスもアキュラも都会のすてきな店でディナーを食べるみたいに着飾っていて、女性はシルクのワンピース、男性はスポーツコートを着ている。デルとあたしはジーンズだった。

でも、ママはこう言っていた。「なにかを学ぶたったひとつの方法は、ばかな質問をすることよ」だからあたしは果敢に挑《いど》んだ——とくに、メルセデスとアキュラの二組がいなくなったあとは、声をひそめなくてもよくなった。

「ミネラル《ミネラリティ》風味って具体的にはどういうもの？」あたしはトレヴァーに質問した。「鉱石や地面なんかを、実際に味わわなくちゃいけないの？」

次の質問。「このワインにはブラックチェリーが少し入ってる？　チアワインみたいに？」チアワインがワインじゃなくて、チェリー風味のソフトドリンクなのはわかってるけど。

三つめの質問。「ここのワインと食料品店で七ドルで買えるワインって、本当にそこまでちがうの？」

トレヴァーはどの質問にも辛抱《しんぼう》強く答えてくれた——最後の質問にも。でもたぶん、質問したときにあたしがにっこり笑ったからだと思う。

「味覚を鍛《きた》えれば鍛えただけ、微妙なちがいも味わえるようになりますよ」トレヴァーがそう言って笑みを返してくれると、両方の頬《ほお》にえくぼができた。「お客さまなら、すぐにちがいがわかるようになるでしょう」

デルがすぐそばにすわってるから、軽く気を引くようなことを言っただけなんだろう。でも、デルはただワインをちびちび飲んでるだけで、ほとんどひとこともしゃべらなかった。たぶん、気持ちがほかに向いてたんだと思う。というのも、トレヴァーが使ってる単語をいくつか、口のなかでもごもごつぶやいてたから。ソムリエ、原産地《アペラシオン》、来歴《プロバナンス》――いつもやってる語彙《ごい》の収集だ。

かわいそうなデル。そうやって覚えても、その語彙に見合うだけの味覚がともなってるようには思えない。

「しっかりとしたミントの味がする。スペアミントかペパーミントかな?」テイスティングしたシュナン・ブラン（フランスのロワール地方原産の白ワイン）をデルはそう評したけど、あたしには心理的なものに思えた。というのも、彼はワインをリステリンを含んだときのように、口のなかでくちゅくちゅさせてたから。

トレヴァーはうなずいたけど、生徒が詩の解釈をまちがえていても、話の腰を折るようなまねはしないでおこうと思ってる英語教師のように口を堅くつぐんでいた。

「そうかな、ハニー」あたしは言った。「あたしは甘さを感じるけど。たとえて言うなら

――」そこでトレヴァーに目を向けた。「ばかばかしく聞こえるかもしれないけど、〈クリスピー・クリーム〉のドーナツみたい。上にかけたグレーズが甘くて、ぱりぱりしてるみたいな」

「とても鋭い分析ですね」トレヴァーがそう言ったのであたしはびっくりした。「甘みを感じるのは早い段階で発酵をとめるためで、そうすると糖分が多く残るのです」

デルはトレヴァーに渡されたテイスティング・メモという紙に、律儀になにかを書きつけた。

「こちらはいかがでしょう?」トレヴァーは次のワインをグラスに注ぎながら訊いた。今度は少し多めに注いでくれた気がした。

デルはまたもひといきに飲み、あたしはちびちび口に含んで、そのまま舌の上で転がした。メルセデスとアキュラがそうするのを見てたからだけど、あそこまで大げさにはしなかった。本当のことを言えば、味を楽しみたいと思っただけのこと。

あたしが口をひらくより先にデルが言った。「果実の風味が先に立つな」そんな言いまわしをデルはどこで覚えたのか、あたしにはさっぱりわからなかった。というのも、トレヴァーが使った表現じゃなかったからだ。「スイカ、それに柑橘系よりの果物の熟成香《ブーケ》だ」

デルがこの場で、いくらかプレッシャーを感じてるのがわかったので、スイカが熟成香には入らないことは指摘しないでおいた。

「ノースカロライナで春先に芝を刈ってるところを思わせる感じ」あたしは言った。「露《つゆ》が消えるまで刈るのを待たなきゃいけないけど、暑くなるから待ちすぎるのもいやなの。まだ濡れてる芝を刈ったにおい……ノスタルジアなのはわかってるけど、どうしてだか、それが頭にぱっと浮かんだの。幸せな思い出よ」

トレヴァーはまたもうなずいた。でも今度はうそ偽《いつわ》りのない熱意がこもっていた。「まったくそのとおりです。その芝を思わせる風味こそ、このソーヴィニョンのようなワインに求められるものなのです」

「ハイウェイ強盗にあったみたいな気分だ」支払いをすませて車に戻ると、デルが言った。

「ま、こいつをいただいたけどね」彼は助手席にすわるあたしの横に、ボトルをぽんと放った。

「いつ、くすねたの?」あたしはボトルを手に取った。カベルネ・ソーヴィニョンだ。

「おまえが新しいボーイフレンドになれなれしくしてるあいだに失敬した」デルはそう言い、ノヴァのギアを入れた。「おまえが〈さらなる高み〉のワインを試飲したいんじゃないかと思ってさ」

あたしたちが選んだ長期滞在用のホテルは、二十九号線――セント・ヘレナからヤントヴィルを通ってナパの町に至るナパ・ヴァレーのメインストリート――からそんなに遠くなかった。それに、そのときのあたしたちのニーズに、あらゆる点でぴったりだった。普通のホテルよりは安いけど、部屋を半永久的に借りるよりは高かった。デルは交渉の末、クレジットカードを提示するかわりに現金で保証金を払うことで合意させた。〝カードの利用記録を残さない〟ことが、このころのあたしたちの生活のほぼすべてを左右してる状態だった。それには泊まるところだけじゃなく、食事をするところも含まれていた――だから、部屋にキッチンとダイニングテーブルがあって助かった。

わが家のようとまでは言わないけど、それなりに居心地はよかった。デルがベッド際の壁にかかってた絵――ブドウの絵だ、もちろん――をおろしてクロゼットに押しこみ、ニューメキシコであたしのために盗んでくれた例のビーチの絵を飾ってからはとくにそう感じた。水平線、波、浜辺に生えるシーオーツ（イネ科の多年草）をながめるカップルを描いた絵。おかげで、ここは自分たちのものという感じが持てた。ホテルのスタッフは誰も、絵が替えられたことを気にしてないみたいだった――少なくとも、あたしたちに聞こえてきた範囲では。

ドーナツとコーヒーだけとはいえ、コンチネンタル・ブレックファストもついてたし、週に四日ほど、早めに訪れた客のためにハッピーアワーと称して、数量限定で先着順に軽い夕食を提供していた。たいそうなものではなかった――ミートボールをはさんだミニ・ハンバーガー、バッファローウィング（ニューヨーク州バッファロー発祥。素揚げした鶏手羽にホットソースをからめたもの）、ミニ・タコスなど、料理はその日によってまちまち――けど、かぎられた収入しかない（はじめのうちはまったくの無収入だった）あたしたちにはありがたかった。確実にありつけるよう、あたしとデルは五時ぴったりに現われるようになった。モーニングサービスを食いっぱぐれないようやってくる老人と同じ――もっとも、デルはあたしよりも歳《とし》を重ねてるから、この新しいスケジュールを心からありがたいと思ってたはずだ。

「ラズベリーが少し入ってるかも」滞在しはじめのある夜、ホテルがハッピーアワーに提供してくれたホワイト・ジンファンデルを味わいながらあたしは言った。「じゃなかったら、イチゴかもしれないけど、その奥にぴりっとした刺激がある。あんたはどう思う、デル？」

デルは唇をぴちゃぴちゃ鳴らした。「わからないよ、ハニー。漂白剤の味はするけど」

「厨房からにおいがただよってきてるからだよ」あたしはデルのうしろのドアを指さした。

「熟成香が台なしなのも当然。今度は反対側のテーブルにしよう」

「少なくともここが清潔なのはわかった」デルは言った——でも、ソーセージのパイ皮包み焼きにレモンのような香りがうっすら感じられ、このホテルは掃除道具を調理器具のすぐそばに置いてるんじゃないかと気になりはじめた。

口に残る漂白剤の味を消そうと、あたしたちは部屋に戻ると、デルが盗んだ例のワインをあけた。

「おれたちの未来に」デルは言った。

「その未来に起こるすべてに」あたしはつけくわえた。そこで、グラスを軽く触れ合わせた。ベルベットを液体にしたような舌触りだった——いい意味で。正直に認めるけど、デルがくすねてくれたせいで、そのワインが格別に高価なものに感じられた。

逃走人生もおもしろいかもしれない。

うれしいことに、あたしたちは、べつの意味でも浮かれ気分だった。またデルとあたしだけの居場所ができたからでも、デルのお姉さんのところみたいに部屋がべつべつでなくなったからでもなく、俗に言うところの、旧交をふたたび温めはじめたから。もっとはっきり言うと、かなり頻繁《ひんぱん》に旧交を温めていて、ヴィクターヴィルでの騒動をまねいた疑念と誤解を過去のものにできてすっきりしていた――あのひどい時期に、ひどい人間になっていた自分から解放《バケーション》された気分だった。

でも、いまは休暇《バケーション》だとしても、考えなきゃいけないことがある――これからどうするのか、それに、デルが言うところの、もっと経験を生かした仕事とはなにかのふたつだ。「コンビニ強盗は目的達成のための手段のはずだった」デルがそう言ったのは、旧交を温めるセッションの一回めを終えたところで、あたしたちはベッドに横たわって天井を見あげてた。「もっといい仕事について、もっといい生活を送るのに必要な学位を取るために支払わなくてはならない学費を手に入れる手段だった。こんなふうに、元に戻るはずじゃなかった」デルが言ってるのは、外にとめたトレーラーに積まれた品や、さっき飲んだばかりのワインのことだ――昔に逆戻りするのは本当にたやすい。

「あんたはまともな人間だよ、デル」あたしは言った。「正直だし。まともで正直な人生を歩みたいっていうあんたの気持ちは理解できる。でも……」

「でも?」あたしが先をつづけないでいると、デルがうながした。

「でも、あたしたちが目指してるあらたなスタートがどんなものにしろ、進むべき道はほかないろんな要素で決まることもある」

しばらくすると、枕が押しのけられ、デルが首を左右に振っていた。

「そうじゃない」彼は言った。「それでも選んでいることにかわりはない。姉貴の件に関してはおれが自分で選択したことだ。おまえがいま言った道は、そうやって選んだ結果でしかない」

こんな会話をしたあとは、あたしも彼もずっとうとうとするだけで寝つけないことがある。でもその最初の夜は、大変だった日々でへとへとだったんだろう、デルはあっという間に寝入ってしまった。

あたしは眠れなかった。しばらくしてベッドを出ると、ホテルの小さなビジネスセンターに向かった――パソコンとプリンターが一台あるだけの小さなスペースで、ルームキーでなかに入れるようになっている。ヴィクターヴィルで起こった出来事をいろいろ調べた。不動産がらみの犯罪、ブレンダとデルの名前。どこかに記事が出てるんじゃないかと思ってた。〝ヴィクターヴィルでの破壊行為、解決〟。〝地元の不動産業者を逮捕〟。〝押しこみ強盗犯の弟は行方不明〟。〝州全域で犯罪者カップルを捜索中〟みたいな。

なにもなかったし、そのあとも何度か夜に調べたけど、なにも見つからなかった。実を言うと、それでよけいに落ち着かなくなったみたいだ。あたしは前から、予想外のものに対処するより、自分の知ってるものに対処するほうが得意だった。

当面の進むべき道についてだけど、選び取ったものであれ、なりゆきであれ、結果的にそうなってしまっただけであれ、デルは次の行動のチェックリストを作成した。デルはいつもおもに現金で支払ってるから、記録をいっさい残さないのはむずかしくなかった。それに、ブレンダから渡されたスマートフォンは、とっくに処分した――あたしがやったように、いともたやすく追跡されてしまうから。ノヴァはかなり目立つ車だけど（同じ車が走ってるのをあまり見たことがない）、デルは手放すのを渋ってナンバープレートをべつの車のものにつけ替えた――彼によれば〝カモフラージュ〟ということらしい。また彼は、あたしたちふたりの新しい身分証、偽造の運転免許証や社会保障カードなども必要になると言った。それにトレーラーの荷物をどうするかって問題もある。

あたしたちは質屋《しちや》を何軒かまわり、盗品をいくつか売り払えるかと検討したけど、実際のところ、電子レンジを一台ずつ持ちこむなんてできるんだろうか？　ああいうところは警察が巡回してるはず。ある質屋は、〝警察関係者の方、利子の割引あり〟という大きな看板を掲《かか》げてた。銃や弾薬が棚の多くを占めていた。

そんなこんなで、あたしたちはナパのはずれにある場末のバーに向かった。デルがあらかじめ調べておいたところだ――「地元の人が安いビールやウイスキーを目当てに通ってる店を知らないか？」彼はホテルのフロントでそう訊いた。「高級じゃなくていい。むしろその正反対の店がいい」

教わったのはデルの希望どおりの店だった。

最初に訪れたワイナリーが、パイで言ったら表面のクラストなら、ナパのそのバーは、まぎれもなくパイの底だった。店内はとても暗くて、目が慣れるのに少し時間がかかった。奥の壁でネオンサインがちかちかしている——蝶ネクタイをかたどったおなじみのバドワイザーのマークに、〝ジャックはここに住んでいる〟の文字の下に〝Old No.7〟と書かれたジャックダニエルのマーク。薄暗い蛍光灯が奥の二台のビリヤード台を低い位置から照らしていた。数人がプレイ中で、ひとりめはミッドストロークの体勢を取っていて、ひげが緑色のフエルトに触れるほど台にかがみこんでいた。ふたりめ——コシのない髪を長くのばし、着ている機械工のシャツの胸に名札をつけてる——がその隣に立っている。近くにはあとふたりいたけど、見てるだけで、ほかの人はカウンターに寄りかかったり、がたついたスツールに腰をおろして、すわったたままゆらゆら揺れていた。

デルがふたり分のバドワイザーを買って、あたしたちは入り口にほど近いボックス席についた。椅子にクッションはなく、テーブルはどっしりした木製だった。あたしはテーブルの天板に彫られた文字に指を這わせ、CVはいまもDGを愛してるのかなと想像をめぐらした。

「デル、本当にうまくいくの？」

「やる意味はある」デルはそう言ってビールを傾けた。口ひげの真ん中に泡がくっついた。

「犯罪はビジネスだから、おれたちも実業家のように賢く考えなきゃいけない」

「で、ここで人脈をつくるんだよね？　なんて言ったっけ？　犯罪者コミュニティに溶けこむ？　ナパの暗部に飛びこむ？」

「そのメタファーはかなり矛盾《むじゅん》してるぞ、ハニー」デルは言った。「それに、おれが言ったのは溶けこむじゃなく、取り入るだ」

ジュークボックスから、懐かしのビリー・スクワイアの曲が流れるなか――おれをなだめてくれ、おれをなだめてくれ――ビリヤードをやってる男たちの笑い声が聞こえ、あたしはそっちに目をやった。男たちはキューを立てて持ち、思春期の男の子がよくやるように、それをごしごしこすってる。前も言ったけど、歳をとっても人間は変わらない。

「あのさ、デル。あの人たちが犯罪者ネットワークのメンバーだとはとても思えないんだけど。それに、いまどきの犯罪者ってスーツを着こんでネクタイを締めて、大きくてしゃれたオフィスでパソコンを前にしてるものなんじゃない？　それが一般的だと思うけど？」

そのとき、機械工のシャツを着たコシのないロングヘアの男が、こっちを向いた。あたしはにっこり笑った――目が合ったら絶対に引きさがっちゃだめだよって、ママにしょっちゅう言われてた――けど、正直に言うと、その人の蛇《へび》のように冷たい目を見た瞬間、あたしは身震《みぶる》いした。さっき言ったこととはちがうけど、ここは犯罪分子のたまり場なのかもしれない。

そこでジュークボックスの音楽がバラードに替わった。コシなしロン毛がキューを手にしたまま、あたしたちの席に向かってきた。

ビールを握るデルの手に力がこもるのがわかった。これからなにが起こるかわからないけど、あたしは思わず身がまえた。

コシなしロン毛はキューをマイクみたいにして口もとに引き寄せた。「レイ～ディ～」ジュークボックスから流れる声が歌うと、ロン毛はそれに合わせて大げさに口を動かした。自分は輝く鎧《よろい》を身につけた騎士で、あたしを愛してるとかなんとか、あたしを見つめながら口パクで甘い歌を歌った。おまけに、あっちでもこっちでも膝《ひざ》を軽く曲げ、大げさなお辞儀《じぎ》までした。それも大まじめに。とろんとした顔、怖いというより滑稽《こっけい》にしか見えないぎらついた目を見て、彼がどれだけ飲んだのかが、あらためてはっきりわかった。

コシなしロン毛がさらに詰め寄ってきたので、胸につけた名札に〝カール〟と書いてあるのが読めた。彼のうしろでほかの男たちがげらげら笑ってることから、これは一種の度胸試しだ、そうにちがいないとぴんときた。曲の間奏部分が始まると、カールは身を乗り出してきて、あたしの手を取った。

「踊ってもらえるかい？」彼は訊いた。

彼の息はホップのにおいがした。カウンターから口笛が聞こえ、ぱらぱらと拍手が起こった。デルはと見ると、頭に血がのぼりかけてるのがわかった。彼は乱暴な人じゃないけど、体格はいいし、本気を出せば確実に相手を叩きのめせる。

「ありがと」あたしは言った。「でも、彼氏とおいしくビールを飲んでるところだから――」

でも、カールはまた歌いはじめた。今度は声を出して、心が失意のどん底にいてどうしていいかわからないと、感情をたっぷりこめて。歌いながら大きく円を描くように動き、キューを持って踊りながら、またあたしのところに戻ってきた。

あたしはデルを振り返って、眉をあげた。どうしたらいい？　デルは、あたしが提案した覚えのない提案に賛成するみたいにうなずいた。彼が立ちあがったのを見て、事態は殴り合いに向けて動きだしたとばかり思った。

けれどもデルは拍手を始めただけだった。

曲はつづいてたけど、カールはもう歌っていなかった。うつろな表情は滑稽ではなくなっていた。

「おれはあんたに聞かせるために歌ってたわけじゃないぜ」カールの声は穏やかだった——穏やかすぎる気がした。デルがなにか言うより先に、カールは首を小さく振った。「そうだよ。おれは、あんたが連れてきた、そこのべっぴんなレディのために歌ってたんだ」

「どっちでもいいが、このバーで過ごす時間のハイライトだったものでね」デルは言った。

「でもあいにく、軽く飲もうと思って寄っただけなんだ」そう言って彼はほとんど空になったボトルを掲げた。「そろそろ引きあげる時間らしい」

「帰る前に、そこの彼女には少なくとも一回、おれと踊ってもらう。あんたたちのハイライトとやらを提供してやったのはおれなんだから、そのご褒美《ほうび》くらいはもらわないと」カールは〝あんたたちのハイライトとやら〟と言うときにひとひねりくわえた——身震いだか痙攣《けいれん》だかしたみたいに、キューを握る手に力をこめたのだ。「当然そうするべきだよな？」

「面倒はごめんだ」デルは言った。手に持ったバドワイザーのボトルをぎゅっと握りながら。

「だったら、ことを荒立てるなよ」とカール。

ボトルをカウンターに叩きつければ簡単に割れるのは知っている――映画で見たんじゃない。バーでのけんかを実際にこの目で見たことがあるし、原因はたいてい女の人だ。一度、その原因があたしだったことがあって、そのときは大混乱のさなかにもかかわらず、自分が特別な存在に思えた。でも、いまのあたしがそう感じることはないと思う。やっぱり人は変わるのかもしれない。少なくとも、一部の人は。

そのとき曲が終わってべつの曲が始まった。軽快ではやいテンポのギターが耳に心地いい。

「さあさあ、ふたりとも」あたしは立ちあがって、デルとカールのあいだに割って入った。「ダンスの誘いはとてもうれしかったわ」カールにそう言った。「それに、いまの歌も。とてもすてきだった。あたしのために、わざわざそんなことをしてくれなくてもよかったのに」

「ハニー」うしろからデルの声がした。

「さて、ビールを飲み終えたから」あたしはカールに言った。「あたしたちがちょっとくらい踊っても彼氏は気にしないと思う。なんの問題もないって、ちゃんと伝えれば」そこであたしはデルのほうを振り返った。今度はあたしがうなずき、デルはあたしがどういうつもりでいるのかさっぱりわからないという顔をした。「一曲だけ踊ったら帰るのでいい？」

デルはちょっとためらってから肩をすくめた。

カールの手を取るとバーの客から拍手がわき、あたしは彼にリードされながらボックス席とビリヤード台のあいだでちょっと踊った。これだけ顔が近いとホップのにおいがいっそうきつくにおったけど、そのくらいの犠牲《ぎせい》はしょうがない。彼にくるくるまわされて少しよろけ、それからぐっと引き寄せられたタイミングで、あたしは会話の口火を切った。

「ちょっと教えてほしいんだけど」彼の耳もとでささやく。「トレーラーいっぱいの電子レンジを処分してくれる人に心当たりはない？」

こんな格言がある——愛とはふたりが互いに見つめ合うことではなく、ふたり一緒に同じ方向を見つめること。

誰が最初に言った言葉か知らないけど、哲学者か人生相談担当のコラムニスト、じゃなければバレンタインデー向けに新しいメッセージを考えなきゃいけなかったグリーティングカード工場の人だと思う。真実はいろんなところで生まれる。

「おれが危ない橋を渡るよりもそうとうはやく済んだな」バーを出たところでデルが言った。「ともあれ、よくやった」というのも、カールが本当に役に立ちそうだとわかったから。

ニューメキシコでは、デルはいつもひとりで仕事をしてたから、あたしが共犯者になるのはふたりにとってあらたな段階だった。しかも共犯者はあたしだけじゃなく、ほかにもいる。それが危険なのはデルも認めた。なにしろ、あたしたちはカールのことをほとんど知らないんだから。彼はナパに住んで四年、大規模なワイナリーのひとつの保管倉庫で働いてて、酒に酔って暴れて逮捕されたことが二回あると本人が認めてるし、何度か盗みを働いたけど捕まらなかったことも話してくれた。

でも、こんなふうに全部を並べると、知ってることはいっぱいあるように思えてくる。カールはビールを飲むと、自己流のカラオケを披露《ひろう》するだけじゃなく、おしゃべりにもなる人で、あたしと踊ったあとボックス席で三人一緒に飲みながら、なにからなにまで話してくれた。それでも、誰かについて知ってるのと、誰かと面識があるのは、やっぱりべつだ。あたしたちはことを進めるのに慎重になっていた——カールはべつだけど。

「すげえ」デルがトレーラーをあけてなかのものを全部見せると、カールは声をあげた。トレーラーはまだホテルの裏にとめてあって、いまは駐車スペースを独占している。昼前なのに、太陽がすでにぎらぎら照りつけていた。「こりゃひと財産だな。どうやって手に入れた?」

デルは口ごもった。ここにある品にまつわる裏話を正直に話そうなんて人がどこにいるというのだろう。姉が犯罪者人生を歩もうと試みて失敗し、その罪をあたしたちに負わせようとしたなんて。その犯罪をめぐって、あたしとデルのあいだに誤解があったことや、夜に姉の家から逃げてきたことなんかを。

「出どころ《プロバナンス》はどうでもいいだろ」デルは言った。

カールはトレーラーのなかを指さした。「あんた、本物のプロだな。しかも、トレーラーをこんなところにとめておくとは度胸があるぜ」彼はそう言ってあたりを手で示した。あたしは誰かに見られてないか窓に目をやって確認し、あたりを流してる車がないか、建物の四隅に目を配った。

「ああ、まあな。もうドアを閉めてもいいか?」

「もちろんだ。閉めてくれ」

デルはトレーラーのドアを閉め、カールは満面の笑みを浮かべ、踊るみたいに軽く体を揺らした。

「これを引き取ってくれそうなやつに心あたりはないか?」デルは訊いた。

「ああ、あるとも。そいつとおれとでなんとかしてやる」カールはそう言ったけど、その人物が誰で、いつどうやってなんとかしてくれるのかは話そうとしなかった。デルはその相手とじかに会いたいと言ったけど、カールはここからは自分が引き受けると言って聞かなかった。

「役割分担しないとな」彼は言った。「あんたが黒幕で、仲介のあれこれはおれにまかせろ。けど、ひとつマジで訊きたいことがある。あんた、ワイン業界にはくわしいかい?」

カールは優秀な助っ人だった。彼が手配した故買屋《こばいや》から、思いがけず大金が得られたのだ——ヴィクターヴィルの隠し場所で見つけたときに期待したほどではなかったけど(どっちみち、電子レンジは高額で売れるものじゃない)、デルはあたしたちのものもいくらかカールに託《たく》した。「必要な合理化だ」彼はそう言った。カールはまた、自分の車でトレーラーをヴィクターヴィルまで返却しにいってくれ、おかげであたしたちの足取りは消え、トレーラーを借りたことを警察がつかんでたとしても、デルがレンタカー屋に顔を出さずにすんだ。

「ヴィクターヴィルでは万事うまくいったのか?」デルは訊いた。
「うまくいかないほうがよかったのかよ?」カールが訊き返す。
「なんの問題もなくトレーラーを返却して、保証金を返してもらったのかと訊いただけだ」
「そいつがおれの手数料かい?」カールはあたしたちをだまそうというのか、小ずるそうに笑った。少しばかりだけどな、とデルは言った。

カールは新しい免許証と社会保障カードまで用意してくれたけど、デルはその件をあたしにまかせたのを後悔したんじゃないかと思う。

デルに新しい身分証を見せたのは、ホテルのハッピーアワーのときだった。その日はバッファローウィングがふるまわれてて、デルの口ひげと顎《あご》ひげにはホットソースがべったりついていた。あたしはデルに汚されたくなくて、二種類の身分証を高く掲げた。

デルはそれをじっと見つめたのち、鋭い視線を向けた。「どっちの名前もちょっとばかり目立つと思わないか?」

「クライドはすてきな名前よ、デル。力強くて頼りがいがあって貫禄がある」

「で、おまえはボニー」

あたしは頬をゆるめた。「あんたがいつも言ってるじゃない。隠れるならありふれた風景の一部になるようにって。なにか言われたら、いつも同じことを訊かれるんですって言えばいい。現実はフィクションより奇なりって、言われるよ、きっと。あたしたちは運命によって引き合わされたって言うのもいいよね」

デルは首を横に振りながら、バッファローウィングをもうひとつ手に取った。

気に入らないのは、デルがもうひとつの点に触れなかったこと。身分証の名前はボニーとクライド――あたしとデルのことだ――で、名字は同じにした。これからはグレイスミスで、デルの本名とそうかけ離れていない。

あたしたちを夫婦にしたのに、デルはなんにも言ってくれなかった。


新しい身元と折り合いをつけたデルは、カールの紹介でワイン倉庫の仕事、要するに配達の準備としてケースの移動を手伝う仕事につくことができた。デルはフォークリフトを操作できたし、雇うほうも履歴書の提出を求めなかった。いまはおおまかな作業の流れを把握《はあく》して、作業がどんなふうにおこなわれてるかを確認し、デルを〝黒幕〟にするというカールの計画のお膳立《ぜんだ》てを進めているところだ。

朝は、あたしがデルを車で倉庫まで送った。夕方は迎えにいくこともあったし、カールが乗せてくれることもあり、そういうときは彼と三人でホテルのハッピーアワーに行くのだけど、カールはこれをものすごく気に入ってくれた（「金を払わずに食べるのは」彼はホットドッグをおいしそうに食べながら、すっかりご満悦だった。「金を払って食べるよりうまい」）。そのあとデルとカールは、あたしたちの部屋の簡易キッチンのテーブルで倉庫のことでメモを取り、地図や倉庫の図面を描くのだった――計画が動きだしていた。

「いろいろな観点から慎重に調べた結果、ワインのケースをひとつかふたつ倉庫から持ち出す作戦でいこう」デルは言った。「タイミングがすべてだ――それに運も。在庫チェックの日と、特定のマネージャーがシフトに入ってる日は避けなきゃいけない」

「誰のことかわかるぜ」カールは言った。「ジャッカスだろ」

「それと、抜き打ち検査にくるア《A》ルコール・たばこ・火《T》器および爆発物《F》取締局の役人が、ことをややこしくしないでくれるといいんだが」

「いつ来るか、あらかじめわからないもんな」カールは言った。「突然やってきて驚かせるのも検査のうちなんだろうよ」

「そうなると計画はすべておじゃんだ」デルはため息をついた。「とにかく、一度でより多くのワインを持ち出すにはどうしたらいいか、いま頭をひねってるところだ。輸送途中の荷物をいただくのでないかぎり、そうとうむずかしい」

「だけど、トラックの荷物をまるごと奪うよりも、一度に数本ずつ持ち出すほうが見つかりにくいんじゃない？」あたしは訊いた。

「だろうな」とデル。「でもおれが思うに、そのたびに危険にさらされるわけで――しかも、それが積もり積もっていく――けっきょくは、充分な儲《もう》けが出るだけの数を集めるのにえらく時間がかかってしまう」

「つまり、一方に充分な本数の問題があり」カールがあたしに説明するように言った。

「もう一方に、一回ごとのリスク計算の問題がある」デルが締めくくった。

カールは、次の段階をまかせる相手につてがあると請《う》け合った――デルが言うところの

〝まともな罪の意識を持たない〟ワインの仲買《なかがい》業者で、こっそり持ち出した商品をべつの地域にいつでも〝移動〟させてくれるらしい。こっそり持ち出すのがいちばんむずかしいところだと思うけど。

あたしも共犯者としてなにかしたかったけど、内部の者じゃないから役に立てることはあまりなかった。ときどきビジネスセンターにおりて新しい情報がないかヴィクターヴィルについて調べ（あいかわらずニュースになっていなかった）、あとはただソファに身を沈め、大好きな『コートTV』や映画を見て過ごした。がんばって強盗映画をたくさん見た。『トーマス・クラウン・アフェアー』、『ミニミニ大作戦』、『インサイド・マン』それに『オーシャンズ11』――オリジナルもリメイクも、ひどい続編も――など、物語の世界に浸りつづけた。

「仕事先の工事現場から毎日ものを盗み、警備員の目をかいくぐって持ち出す男の話を聞いたことは？」ある晩、デルがカールに訊いた。あたしは聞き耳を立てた。

「記憶にないな」

「どこで読んだのかは忘れた。けど、そいつは規模の大きな工事現場で働いていて、そこの警備はかなり厳しかった。作業員たちは毎日、出入りをきっちりチェックされた。で、そいつは週に一回ほど、退勤するときに土でいっぱいの手押し車を押して警備員の詰所《つめしょ》を通っていた。そのうち、警備員のひとりがあやしんで、土を調べることにし、ふるいにかけて、なにか隠してるものはないか確認するようになった」

「で、土になにが隠されてたんだ？」カールが訊いた。

「そこなんだよ。なにもなかったんだ。まったく。警備員は毎回、手を振ってそいつを通した。そいつはそうやって、まんまと盗んだものを持ち出した」

「持ち出したって、なにを？」

「手押し車さ」

カールは椅子から跳びあがらんばかりになった。「そういうことか！」

なにがそういうことなんだか。

あたしは見ていた映画を一時停止にした。「そんなの本当なわけないよ」

デルは肩をすくめた。「そうかもしれないが、おれたちの計画にとって検討するに値するんじゃないかな」

「そんなわけないじゃない」あたしは言った。「誰にも気づかれずにワインをひとケース持ち出すなんて、できるはずがない。そうでしょ？　だって、ワインでなにかを運ぶんじゃないんだから」

「たしかに、彼女の言うとおりだ」カールが言った。

「それに、手押し車がいくつもなくなってたら、そのうち誰かが気づくんじゃない？　そういうものは備品として登録されてるはずでしょ？」

「まだ検討段階なんだよ、ルイーズ」デルはかなりむっとしていた。「これが結論だと言ったつもりはない。考慮に入れてもいいってだけだ」

デルの頭がいいのはわかってる。でも、黒幕と呼ばれて自信過剰になってる。あたしはそう思いはじめていた。

毎朝、デルを職場まで送ったあと、あたしはノヴァで探索に出かけ、ワインのテイスティングでちびちびやりながら知識を深め、ついでにナパを見てまわった。

このあたりはどこも、ただただ美しかった——思ったとおりだ。何エーカーにもひろがるブドウ畑、なだらかに起伏する丘、それらを琥珀色の美しい景色に変える黄金色の夕陽。なにもかもが絵はがきのように美しい。ワイナリー自体はいろいろだった。大半はいわゆるスパニッシュ・ミッション様式（スペイン発祥の修道院を模した建築様式。アメリカに伝わり、おもに南西部で人気になった）で、あたしたちの旅の出発点であるニューメキシコによくある日干し煉瓦《れんが》の建物と大きな教会を足して二で割った感じだったけど、いろんなタイプがちょこちょこあって、道ばたに建つ個人の家にしか見えないワイナリーもあった。二十九号線の一部は名産品の見本市のなかを走ってるみたいだった——行けども行けども、テイスティングできます、営業中、団体歓迎、と宣伝する看板を掲げたワイナリーが並んでいた。

もちろん、初日に訪れたワイナリーのときみたいにひとり二十五ドルのテイスティングをする余裕なんかなかったけど、ほかにもいい選択肢があった。ワインのテイスティングやワイナリーで使えるチラシやクーポンを、ホテルがときどき配ってたのだ。二回ほど贅沢をして、半日で四カ所ほどのワイナリーを小さなバスでまわるツアーに申しこんだこともあった

——といっても、ヴィクターヴィルから持ってきた商品を処分して臨時収入があったときだけだったけど。たまにデルも一緒に参加することがあって、それはとてもよかったと思う——カールが立ち寄って計画を練る日々がつづいてるから、いい息抜きになった。

「いまも樽《たる》のなかでブドウを踏みつけてんの?」ある朝、ママは電話でそう訊いてきた。カリフォルニア州とノースカロライナ州の時差を考えると、ママに電話するのはその時間がいちばん都合よかったのだ。

「それは映画のなかだけの話」あたしは教えてあげた。

「どっちにしても汚いじゃないの」ママは言った。「でもこのあいだ、スーパーマーケットのワイン売場をながめながらそんなことを考えてたのよ。棚にはカリフォルニアワインがたくさん並んでた。じつは赤を一本、買ったのよ」

「おいしかった?」

「靴下みたいな味だった。いまも足でブドウを踏んでワインをつくってるメーカーなんでしょうよ」

「赤も好きなのはあるけど、あたしが好きなのは白が多いな。いま勉強中で、デルもしゃれたワイン用語をいくつか覚えたみたい」

「単語おたく」ママは鼻を鳴らした。「たとえばどんな言葉?」

「なんだったかな」あたしはその話題を持ち出したことを後悔した。「ワインに関する言葉よ」

ワイン愛好家を意味する〝イーノファイル〟。そう言えばよかった。あるいは、彼が熱中してるテイスティング用語とか。〝いきおいがある《アグレッシヴ》〟、〝収斂性のある《アストランジャン》〟、〝バターのような《バタリー》〟、〝胡椒のような《ペッパリー》〟。〝草のような《ハーベイシャス》〟はとくにお気に入りだ。〝ミネラル風味《ミネラリティ》〟に〝透明感《トランスパレンシー》〟。〝ビスケットのような《ビスキュイティ》〟と表現されるシャンパンを耳にしたときには、とたんに元気になり、しかもなんと、量は少ないながら高品質のワインをつくる〝小規模ブドウ園《ブティック・バインヤード》〟という言葉まで使うようになっていた。彼の好みからすると、やや女っぽいけど。

そういう話はひとつもママには教えなかった。ママと話すときは話題を選ばないといけない。

「あたしを相手にそういう言葉を練習してるの」教えないかわりにそう言った。「彼が言うには、あたしはなまめかしいんだって。それに複雑だって」

「あいかわらず口が達者な男だね」ママは言った——もちろん、いい意味にも悪い意味にも取れる。口が達者な男と見ると、ママは疑ってかかるのだ。「不動産業はまったく柄《がら》じゃなかったってことだけど、もう新しい仕事を見つけたんだろうね？」

ママはあたしの言葉をそのまま投げ返した。デルがブレンダの家を出たことについては、ママにはあいまいにしか話してない。ここでもまた、あいまいに話すしかなかった。

「このへんの大手のワイナリーの倉庫で働いてる」ついでにべつの仕事もしてると言ってもよかったけど、言わなかった。「でも、それよりもいまはふたりで休暇を楽しんでるって感じ。ここはすごくいいところなの。まるでハネムーンに来たみたい」

回線の向こうから聞こえた深いため息で、そのあとなにを言われるかがわかった。

「たしかハネムーンってのは」ママは言った。「結婚したあとに行くものだと思うけど」

それがママの物事の見方で、要するに融通《ゆうずう》がきかないってこと。

「コーラはもう少しまともなことが言えないのか？」ママとの会話を伝えるといつも、デルはそう言った。

「ママも悪気がないんだってば」あたしは答えた。「意図したよりも失礼になるだけ」

「紙やすりでこすられるより不快だね。なにもコーラになにからなにまで話さなくたっていいだろうに」

あたしはママに電話するのをやめなかった。ただ、デルにいちいち報告するのをやめた。


十代のころ、それよりもっと幼かったときでも、なにかをいちばんに知ったり、新しくて奇抜で楽しいことのすぐ近くにいたりすることがなによりも重要だったのを覚えてる。ミリ・ヴァニリが歌う「ねえ《ガール》、ほんとだってわかってるよね《ユウ・ノウ・イッツ・トゥルー》」がラジオでかかると、友だち全員が話題にし、歌詞を覚え、どっちがミリでどっちがヴァニリかで議論した。あたしの場合は、ブライアン・アダムスのバック・ミュージシャン全員の名前を覚えたけど、そうすればブライアンが喜んでくれると思ったから。それと、ショッピングモールでブライアンのと同じようなデニムジャケットを探したりもした。ママが《タイガー・ビート》誌の定期購読を申しこんでくれると、近所でいちばんクールな女の子になった気がした。でもそのあと、友だちのアマンダが誰よりもはやく《ローリング・ストーン》誌の定期購読を始めると、あたしは置いてきぼりをくったように感じ、《タイガー・ビート》が急に恥ずかしいもののように思えたのだった。

そういう過去があったから、タオスでまずいワインを飲んでもまずいとわからない自分がばかみたいで、ショックを受けたんだと思う。この地に来た最初の日に、あたしにはこの道の才能があるんじゃないかって気がついた。すべてを学び、いま感じているのはそれとはちがう、正反対の感情だった。自分には知識があって、ここがしっくりくる。

そういったもろもろがあって、テイスティング・テーブルの反対側に立ってみてはという申し出を受けることにした。

その顚末《てんまつ》はこうだ。

ある日の午後、あたしは贅沢にもワイナリーをめぐるバス・ツアーに出かけた——行き先を知らないまま半日のツアーに申しこんでバスに乗り、どんな冒険が待ってるんだろうと、考えをめぐらせていた。いろいろな参加者がいた。ある夫妻は黒い大きなバインダーを手にしてて、そこにはテイスティング・ノートやあたしにはちんぷんかんぷんなものと一緒に、この界隈《かいわい》の地図やワイナリーのパンフレットが何枚もはさんであるようだった。バインダー夫妻はとても熱心でまじめで——あきらかにワイン通、少なくともそうなろうと努力してた。通路をはさんだ席にすわってたのは若いふたり連れで、大学の友愛会と女子学生クラブの一員らしく、ノースカロライナではじめてワイナリーに行ったときのあたしと同じくらいの年頃に見えた。参加者全員がまとってる雰囲気から、べろんべろんに酔うつもり満々なのが見てとれた。言うまでもないことだけど、ある男の人なんか、一軒めから二軒めへの移動の途中で、ピノワインをほとんど一本あけてしまったくらいだ。

そんなこんなで、三軒めのワイナリーに気づいたのは、バスが駐車場に入ったときだった。ブドウの蔓が巻きついたポールと同じ紫色の看板と、きょうは正面にメルセデスとアキュラはとまってないけど同じ砂利敷きの駐車場。

ドアを抜けたとたん、ムースで髪を固めたトレヴァーが目に入った。彼のほうもあたしに気づいて、口の端をあげて小さくほほえんだ。

あたしだってわざわざ揉《も》め事を起こすつもりなんかない。でも、彼が覚えててくれてうれしかったのは認める。

「また、いらしてくれたんですね」彼はあたしにだけ向かって言った。バス・ツアーの参加者はみんな、カウンターに集まっていた。「きょうはおひとりで?」

あたしは声をあげて笑った。「こんなに大勢で来たのに?」

列の先頭で、友愛会タイプの男が叫んだ。「ここはぼくの奢《おご》りだ!」

ツアー参加者全員が集まったところで、トレヴァーともうひとりの従業員のシンディ——ブリーチしたブロンドの髪、かなり豊満な体形——が協力し合って、ワイナリーについて簡単に説明した。これまでの歩み、主に生産してるワイン、きょうのおすすめワイン。シンディは自分が話す番になると、美人コンテストに参加して優勝したみたいに明瞭な発音ではきはき話したけど、テイスティングするワインのランクをあげることができるという話をするまで、あたしはろくに聞いていなかった。

トレヴァーと視線が合い、彼はあたしのほうに頭を傾けた。やってみますか？

もちろん！

けっきょく、申し出を受けたのはあたしひとりだけで、トレヴァーはあたしをカウンターのいちばん端に案内し、それからあっちとこっちを行き来しながら、シンディを手伝い、あたしと一対一でおしゃべりをした。

あたしは、ほかにもいろいろワイナリーを訪れてワインの知識をどっさり仕入れたことや、舌が肥えてきたことなんかを話した。覚えたワイン用語を、デルがとくに気に入ってる用語のうちいくつかを使ってみた——正しく使えてたならいいけど。

「で、またいらしていただけたということは、〈さらなる高み〉へのご案内をご希望ということでよろしいですか？」彼は言った。

「ちゃんとよさがわかるようになってきたから」

そのとき、カウンターのいちばん近いところにいたバインダー夫妻の奥さんのほうが、片方の眉をあげてあたしを盗み見たんだけど、それではじめて、いまの言葉がどう聞こえたのかがわかった。トレヴァーがあたしの前にきれいなグラスを三脚並べたのを見て、彼女はまたも眉をあげた。同じカウンターについてるほかの人たちの前には一脚置かれてるだけで、それで全部のテイスティングをおこなうんだから。トレヴァーがあたしにいいところを見せようとしてるのだとしても、ツアーのほかのメンバーはあたしたちふたりをよくは思わないだろう。

本来ならワインについてひとつひとつ説明する――エチケット（ラベル）に記されてるブドウの種類、受賞した賞、味わうポイント――ところだけど、トレヴァーは各ワインについて、あたしがどう思ったか、どう評価するかを質問した。そのせいでテイスティングがなにかの試験の様相を呈《てい》した。

「この最初のワインの色をどう表現しますか？」彼が訊いた。

「白いワイン」あたしはそう答えて笑った。

「まじめに訊いてるんです」彼は真剣な表情をしていた。一途と言ってもいいくらい。

あたしは脚の部分を持ってグラスを掲げ、じっくり観察した、それから光にかざした。

「白というより黄色の仲間かな」あたしは言った。「それとこっちのは……金色って感じだけど、淡い金色。十四金じゃなく十金ってところ」

トレヴァーは笑った。「ワインのランクづけが金と同じでなくてよかったです。これはかなり上等なワインですから」

「十八金？」

「最低でも」彼は言った。「さあ、味わってみてください」

あたしは目を閉じて少し口をつけた。

「故郷のノースカロライナの話だけど」一分たってからあたしは言った。「ご近所さんに、裏庭の境界の塀を蔓植物が覆《おお》ってるお宅があったの。冬のあいだは枝ばかりの茂みなんだけど、春と夏は緑色の葉っぱがのびて、花をふんだんに咲かせるの」あたしはまたワインをひとくち味わった。「うん、まちがいなくスイカズラね。ほんのちょっぴり感じるだけだけど、まず頭に浮かんだのがそれ。塀一面を覆うスイカズラと、あの夏の日の午後のこと。当時、好きな男の子がいたんだけど、その子とふたりで花のがくを取って蜜を吸ったのを覚えてる」思い出しただけで体がぞくりとした。もう何年もノースカロライナとは距離をおこうとしてきたのに、アメリカ大陸一個分離れた故郷をなつかしく思うなんて。

「ほかには？」トレヴァーが訊いた。もっと引き出そうとせっついてくる。

「柑橘系っぽい感じがするかも。オレンジかな？」

「オレンジの花です。いや、まったく、生まれながらの才能ですね」

次のふたつのテイスティングもうまくできた。ふたつめのワインはルビーに似た色をしていて、あたしが子どものころ、ママがしてた指輪みたいだった――やや若いワインである証拠です、とトレヴァーが教えてくれ、あたしがプラムみたいな味がすると言うと、彼はぱっと顔を輝かせた。「たしかに、ほかにもベリーの味がいくつか混じってて、少し甘みも感じられる――普通の砂糖よりはブラウンシュガーの甘みが強いかな――けど、プラムの味がいちばん強いと思う」

三つめのワインに煙草《たばこ》の味を感じたところで、あたしは合格したらしかった――煙草の味のワインはとりたてておいしいとは思わなかったけど、トレヴァーによれば、三種類のなかでもっとも上等なものらしい。ママが煙草畑の作業監督とつき合ってたころ、あたしはひと夏だけ煙草の仕事をしたけど、それでもう煙草はこりごりだった。

バス・ツアーのみんながそろそろテイスティングを終えるころ（「早く飲め、さっさと飲め」という声が少し離れたところから聞こえてくる）、トレヴァーはあたしのグラスを片づけはじめた。

「ちょっといいでしょうか」彼は言った。「来週の土曜日、おそらくなにかご予定があることと思いますが、当ワイナリーはこちらのストリート・フェスティバルに参加する予定でして……」

誘ってくれたのはうれしいけど無理だわ。あたしはそう答えるつもりでいた。だって、あたしにはつき合ってる相手がいるし、とかなんとか言い訳して。でも、彼が言おうとしたのはそういうことじゃなかった。

「……それで思ったんです。テイスティングを手伝っていただけないかと」そう言って彼はミズ豊満体形を示した。「シンディは週末、休みですし、この手のイベントでは応援要員がいればいるほど助かりますので」

あたしは笑いとばした。「ワインの煙草の味がわかるからって、売るお手伝いは無理だと思うけど」

「本当のところ、このフェスティバルではワインの知識はさほど必要がなくて、うまく宣伝できるかどうかが大事なんです」彼は言った。「ほとんどの人は試飲だけして次に移動します。むずかしい質問をされた場合は、ほかのスタッフに訊いてくれればすむことですし」

「たとえば、あなたに」

トレヴァーはほほえんだ。「たとえば、ぼくに」

「じゃあ、あたしはかわいくしてグラスにワインをなみなみと注いでればいいのね？」

「なみなみでなくていいです」彼は言った。「でも、かわいくしてという部分は……」

今度は彼が頰を赤らめた――淡いサーモン色。ワインを表現する場合ならそう言うところだ。

「あのですね」トレヴァーは言った。「それで、えっと、オーナーたちはみな不在になるんですが、その日もワイナリーをあけておかなくてはいけませんし、おまけにフェスティバルにスタッフを配置しないといけないので、人手は多ければ多いほど助かります。ぼくはフェスティバルのスタッフ配置をまかされていて――友人に声をかけて手伝いにきてもらうよう言われてまして」

「で、あたしがあなたの唯一の友だちってわけ？」

「最近、ワインにスイカズラの味を感じとれた唯一の人です」彼はワイングラスの脚に手を這わせた。「あなたにお手伝いいただけたらうれしいです。お礼はたいして出せませんが、お持ち帰りになりたいものがあれば、悪い話ではないと思いますよ」

いま彼が言った言葉は、いろいろな意味に取れる。あたしだってそこまで鈍感じゃない。

そこで気づかなかったとしても、女子学生クラブ風のひとりがあたしをじっと見つめ、頭の軽そうなにやにや笑いを顔に貼りつけてる様子を見れば――「はい」って言いなよ！――ぴんときたはずだ。

「それだと、ちょっと高すぎるんじゃないかな」あたしは言った。「でも……」

でも、なんなの？　あたしだってわざと気を引こうとしたわけじゃない。それに誓って言うけど、この話が向かう先がちゃんとわかってたら、きっぱり断ってたと思う。

とは言うものの、デルは仕事があるし、計画を練るのに忙しいし……。

「いいよ」あたしはとうとう言った。「オーナーの承認をちゃんと取ってくれるなら」

意味ありげな表情が彼の顔にじわじわひろがった。「オーナーは実を言うとぼくの両親なので、まったく問題ありません。でも、あなたの電話番号を教えてください。準備が整ったら連絡します」そこで意味ありげな表情がさらに濃くなった。「そうそう、あなたの名前も教えていただかないと」

あたしは上品ぶって片手を差し出した。「ボニーよ」

彼の握手はやさしくて温かかった。

「一緒に仕事をするのが楽しみですよ、ボニー」彼は言った。「それに、あなたはこのところとても幸せそうだ。光り輝いている」

そこであたしは頬を赤らめたかって？　たぶん、ガーネットみたいに真っ赤だったと思う。

その晩は、デルを迎えにいくことになっていた。倉庫に向かうあいだずっと、フェスティバルを手伝う話をデルに伝えると思うと、お腹がきりきりしはじめた——どう思われるだろうかと罪悪感がわいてきた。

でも倉庫に着いてみると、もっと心配な状況になっていた。建物の入り口の前に白黒のパトカーが二台とまって、青色灯がゆっくりまわっていたのだ。

デルとは関係ないはずだって、あたしは自分に言い聞かせた。きょうなにかやる予定にはなっていないはず。だよね？

ほかの従業員が建物を出て、歩いてパトカーの横を通り過ぎていく。なかに入っていく人たちもいる——いつものシフト交代の光景。でも、デルがいっこうに姿を現わさないまま時間が刻々と過ぎていくうち、あたしは胸騒ぎを覚えた。デルの姿はなく、カールの姿もない。なかに入る勇気はなかった。やばそうな感じがちょっとでもしたら逃げろって、前からデルにそう言われてた。実際には〝ずらかれ〟って言ったんだけど。

そのうち、くるくるまわる青色灯を見ていられなくなった。

あたしは車をバックさせ、ホテルに向かった。

デルが部屋に戻ってくるころには、あたしの胃は完全にねじれてた。どうすればよかったの？　荷造りを始める？　あそこで彼を待ってたほうがよかった？　場所を移動してデルに電話するか、彼のほうから見つけてもらえばよかった？　いくつもの疑問が頭のなかをぐるぐるするなか、あたしはひとりベッドにすわってた。

「カールが捕まった」ドアを入るなりデルが言った。

「捕まった？」あたしは訊いた。「どうして？　なにをしたの？」

「例の計画。というか、その一部だな」デルは底に油が染みた紙袋を手にしていた。彼は袋からチーズバーガーをふたつ出して、ひとつをあたしに渡そうとした。でも、あたしは手を振って断った。「あいつは予行演習をやったんだ――いちおう言っておくけど、おれはなにも知らされてなかったからな。けど、おれたちがさんざん話し合った絶好のタイミングだったんだよ。在庫のチェックが終わって、ATFの抜き打ち検査もきのうやったばかり。何事にも慎重な現場責任者は急病で休んでた」デルはかぶりを振った。「そこへ持ってきて、一台のフォークリフトが動かなくなり、ワインのケースがあぶなっかしい角度で宙に浮く恰好《かっこう》になった。で、何人かの作業員が何事かと駆けつけたとき、カールは行動を起こした。たしかに大胆さが鍵だって話はしてたが、それにしても……」

「どうなったの？」

デルは指を一本立て、チーズバーガーに大きくかぶりついた。ストレスが高まると、彼はいつも食欲が旺盛になる。一方、あたしは食べる気が失せる――すでにトレヴァーのことでストレスを感じてたけど、そこにあらたなストレスがくわわった。

「カールはなまけ者だ」デルは言った。「秘密でもなんでもない。タイムレコーダーの仕組みを利用してあらたな勤務形態をつくりあげたくらいだ。始業時刻の七分後に出勤しても、十五分まるまる働いたことになる。八分後になると、そうはならない。あいつはいつも遅刻してタイムレコーダーを押し、一日の終わりには、七分早くタイムレコーダーを押して退勤する——そうやって毎日、仕事時間を十四分も削ってる。みんな知っていて、冗談のネタにもしてる——上の連中以外はな」

デルはまた、ハンバーガーにかぶりついた。ひげから脂《あぶら》がしたたり落ち、それがあたしの食欲にとどめを刺した。

「全員がフォークリフトの様子を見ようと集まってきたし、人の出入りをチェックする係も何人かいたんだが、カールは肩をすくめ、退勤の時間だと言ってドアに向かった」

「ただし、手ぶらじゃなかった」

デルはうなずいた。「自分のものみたいにケースをひとつ抱えて出ていった——堂々と」

「手押し車の場合と同じね」あたしは言った。

「それよりたちが悪い。だが、うまくやれたはずだった。そこが問題なんだよ。病気で欠勤してるはずの現場責任者が急に具合がよくなったとかで、夜のシフトに入ることにしたのが運のつきだった。職務怠慢と思われたくなかったんだと、あとでそう言ってたよ——帰ろうとするカールと鉢合わせし、ワインを取り戻し、あいつをくびにしたあとに」

「へええ」あたしは言った。「で、警察を呼んだの？」

デルはうなずいた。「現場責任者はえらくおかんむりでね。そもそもそいつはカールを気に入ってなかった。警察がやってきて、おれたちは全員が見たことをいろいろ訊かれた。フォークリフトは途中でとまったままだったが、誰も、そんなことは気にしてなかった」

デルはあたしのチーズバーガーを指さした。あたしは、お好きにどうぞと手振りで伝えた。

「最悪なことに」デルはまだ口をもぐもぐさせながら話をつづけた。「おれもあいつにつづこうとしてたんだ。カールがなにをしようとしてるか気づいてたし、全員の目がフォークリフトに向いてるのを確認し、それで……ルイーズ、もっと悪い。おれがひとケース抱えたところへ、現場責任者がカールを引きずるようにして入ってきたんだ。ちょっと場所を移動させてただけだというようにケースをおろしたが、抱えてるところをばっちり見られた」

「うそでしょ、デル。でも、責任者の人はあんたを警察に突き出さなかったのよね？」

「みんな、疑ってるみたいだけどな。でも、万引きと同じだ。店を出るまでは万引きにならないし、おれはケースを倉庫の外に持ち出してない。場所を移動させてただけだと言い張った。誰も信じちゃいないだろうけど。いずれにしても、現場責任者は今後おれから目を離さないと釘を刺してきた。これで、いままで練ってきた計画はすべて完全におじゃんだ。倉庫の仕事も、もう長くはつづけられないだろう」

彼はそこでまた、チーズバーガーを口いっぱいにほおばった。いつ話したところで最悪のタイミングであることに変わりはないけど、あたしのほうの新展開をいつまでも言わずにおくわけにはいかなかった。

「〝捨てる神あれば拾う神あり〟だね」あたしは言った。「あたしのほうは仕事をしないかって声をかけてもらったんだ」

ひとつ深呼吸してから気持ちを落ち着け、手伝いを頼まれたことを話した。ナパに来て最初の日のことを、ワイナリーであたしがトレヴァーになれなれしい態度を取ったことや、デルがトレヴァーをあたしのボーイフレンドと言ったことをデルが思い出すんじゃないかと気が気じゃなかった。嫉妬《しっと》するほどじゃないにしても、あたしが仕事に誘われたことやトレヴァーと同じ時間を過ごすことをデルが不審に思うところは容易に想像がついた。反対されると身がまえたけど、デルの反応——というか反応のなさ——からは彼がどう思ってるのかわからなかった。ハンバーガーを食べ、テーブルごしに窓のほうを見つめるばかりだった。

そのときのデルはすごく張りつめた顔をしてて、もしかして、あそこからあたしを投げ飛ばすつもりなんじゃないかっていう思いが頭をよぎった。じゃなければ、彼の頭のなかにあるのはファストフード店のことで、ひとっ走りして、ハンバーガーをもう一個買ってこようかと考えてるのかもしれない。

「何人ぐらい来るんだ?」ようやく彼は言った。

「さあ。人手はたくさんほしいみたいだったけど」トレヴァーとあたしのふたりきりじゃないってことを、ちゃんと伝えたかったけど、デルの考えがまだそこにおよんでないかもしれないのに、強調しすぎるのもためらわれた。「かなり忙しいと思う」

「おまえは一日、ブースにつめるのか?」

「シフトのことはまだなにも聞かされてないけど、一日のなかでローテーションするんじゃないかな」

「だが、ほぼずっとそこにいるんだろ？　朝は準備を手伝い、夜は片づけがあるんだろ？　ほぼ一日仕事になりそうだな」

「ちょっとしたお遊びだってば、デル。あんたのほうでなにか予定があるんなら、早くあがらせてもらえると思う。あたしがいる時間に来てくれてもいいし。というか、そうしてくれたらうれしい」

「立ち寄ってやってもいい」デルは言った。どこか棘《とげ》のある言い方で、口には出さないなにかを暗に伝えてくる感じがした——おまえの行動を監視しにいくからなって言われた気がした。「そういうフェスティバルでは、ワインをどのくらい用意するもんなんだ？」

「あたしが知るわけないじゃない。はじめてなんだから」

「そうとうの数になるだろう」デルは言った。「テイスティング用に充分な数を揃えておく必要があるのはもちろんだし、物販もあるんだろう？」

「それがあの人たちの仕事だもの」

「酒類販売許可証を手元に置いておく決まりになってると思うか？」

「デル、ちょっと、やけに気にかかってるみたいだけど、引き受けないほうがいいんなら……」

「ちがうよ、ルイーズ、そうじゃない」デルは言った。「おまえの話はまさに、いまのおれたちが必要としてるものかもしれない」

デルの心に真っ先に浮かんだのが嫉妬でないとわかると――嫉妬どころか、仕事を引き受けるようやけに熱心にけしかけられ、その理由もわかると――あたしはいつの間にか戦略を変更した。たしかに〝捨てる神あれば拾う神あり〟と言ったけど、あたしが言おうとしたのとはちがう意味にデルは取ったらしい。

「デル」あたしは言った。「カールが逮捕されたことで例の壮大な計画をあきらめようとしてるのに、なんでこんな即席の思いつきがうまくいくと思うわけ？」

「まちがった方向に向かってさんざん努力したあと、正しい道がひらけることもある」デルは簡易キッチンのテーブルに覆いかぶさるようにしてなにやら書きつけていた。「ずっと言ってるじゃないか。ワインをべつの場所に移送するときか、敷地の外に出したときのほうが、大量に手に入れるのは簡単なんだって。これならうまくいく予感がする」

「でもそれじゃ、コンビニ強盗時代の、窓を割って横取りする手口に逆戻りだよ」

「おれは窓を割ったことなんかないぞ、ルイーズ」デルはそう言ったものの、どこか心ここにあらずという感じで、書くことのほうに集中してた。「横取りもしてない。さくっと寄って買いものをしたっていうほうが近い」

「さくっと寄って盗んだんだと思うけど。そもそも、いままでにお金を出して買ったことなんてあるの？」

そう言うと、彼はようやく顔をあげた。「盗みに入った店には、あとで必ず客として行くようにしてた。おまえだって気づいてたろ？　おまえがあの〈セブン‐イレブン〉を辞めたあとも、よくポテトチップを買ってたしな」

「わかったわよ。盗んだら買うわけね」あたしは言った。「倫理の問題だね。だけど、デル、コンビニエンスストアなんかは、シフトに入ってるのはたいていひとりでしょ。フェスティバル会場にどのくらいの人が集まるか、わかってる？　販売ブースにいる人たちだけじゃないんだよ。それだって何人かわからないってのに、フェスティバルそのものにどれだけ集まると思ってるの？　目撃者は何人？　傍観者は何人？」

「人出が多いほうがおれたちにとって有利だ」デルは立ちあがって、部屋を行ったり来たりしはじめた。

「それと、デル。誰も傷つけないのが鉄則だって、いつもはっきり言ってたよね」

「人を撃ったりなんかしないよ、ルイーズ」

「怪我をさせるって意味だけじゃないよ、デル。ちがう形で傷つけることもあるってこと。あそこは小規模のワイナリーで――」

「グラス三杯のワインで、ふたりで五十ドルも取るんだぜ。それもサロンとやらで。忘れたのか？」

「もちろん覚えてる、デル。きょうも行ったんだから。そう言ったでしょ」

デルはあたしと目を合わせた。「どうしたんだよ、ルイーズ？　おまえが働いてた〈セブン‐イレブン〉に盗みに入ったときは、そんなこと気にもしなかったじゃないか。おれが犯罪者だってかまわない、大丈夫だってずっと言ってたくせに。仲間に入れてほしそうだったじゃないか」

「でも誘ってくれたトレヴァーは――」

「なんだ、そういうことか。あいつに気のあるふりをされたからか？」

「あのワイナリーを経営してるのはトレヴァーの家族だって言おうとしただけ」

「おれとおまえとで姉貴のものを盗んだときは、家族から盗むのは悪いと思わなかったじゃないかって言ってるんだよ」

そもそもあれは盗品だし、あたしたちまで巻きこもうとしたからじゃないの、と指摘しようとしたけど、その前に電話が鳴った。カールからだった。釈放されたので、デルに迎えにきてほしいとのことだった。

「すぐ戻る」デルは言った。

「起きて待ってないから」あたしはそう答えた。

もうこの話はしたくなかった。すでに胃がきりきりしはじめていた。

デルが出ていくと、あたしはベッドにもぐりこみ、枕を顔に載せ、すべてを頭から追い払おうとした。

前に、真の愛とはふたり一緒に同じ方向を見つめることだって言ったよね？　その夜、どんなに努力しても寝つけなかったのは、そのことを考えてたせいだった。頭のなかで何度も繰り返し考え、幸運とともにアドバイスをもたらしてくれるような気がして、靴下のサルをひたすら握っていた。

そういう真の愛を手に入れるには、ときには首をめぐらせ、相手の目が見てるのと同じものを見なくてはならないのだと気がついた。でも、あたしとデルのどっちが先に相手に合わせようとするだろうと考えるうち、頭がくらくらしてしまった。

デルが戻ってきてベッドの隣にもぐりこんできたけど、あたしは彼のほうを見ず、寝てるふりをした。すぐに彼は横でいびきをかきはじめた。真の愛のことなんか、まともに考えたことなんかないみたいに。

次の日、目が覚めたあたしはひどく疲れて、機嫌も悪かった。デルは身仕度をするあいだ、ろくに話しかけてこなかったし、車で送っていくときもずっと黙りこんでいた。前の晩の会話が重荷のようにふたりのあいだにたれこめていた――少なくとも、あたしの心と体にとっては重荷になっていた。いきなりパンチをお見舞いされた気分だった。

「カールは大丈夫なの?」あたしは緊張をやわらげようと思って、ようやくそう訊いた。

「起訴はされないと思ってるようだ」

「あんたの次のビッグな計画についてはなんて言ってる?」

「おれたちは仲間だ。そうだろ?」

「あんたとカールのこと?」あたしは訊いた。「それとも、あたしとあんたのこと?」

デルはあえて答えなかった。

デルをおろしたあと、あたしは不快な記憶でいっぱいのホテルの部屋に戻る気が起こらず、またワイナリーめぐりをしたい気分でもなかった——そこに対しても罪悪感とか怖れとか、その他もろもろの複雑な思いがあったから。そういうわけでナパの町まで車を走らせ、ウォーターフロント沿いを散歩し、あるホテル近くにある大きなタイルのモザイク画のそばに腰をおろし、角にあるベーカリーで、レッド・ベルベット・ヨーデル（食用色素で赤くした生地のロールケーキ）を買うという贅沢をした——自分へのご褒美があるといつも気分があがるけど、このときは、異常に甘くて、血糖値があがっちゃうんじゃないかと思っただけだった。そのあとはヨントヴィル（ナパ・ヴァレーのワイン産地のひとつ。高級レストランが多い）まで行き、そこでお店を何軒か見てまわり、さらにカリストガに向かったところ、だまされてオールド・フェイスフル間欠泉に立ち寄った——そこは本物のオールド・フェイスフル間欠泉じゃなくて、旅行者からぼったくるためのものにすぎないと気づいたときには、入場料を無駄にしてた（オールド・フェイスフル間欠泉はイエローストーン国立公園にある）。そのあとはホテルに戻り、午後はずっと眠った——考えたくないことから逃げるように、おそらくは、あたし自身から逃げるように。

あたしは以前から、デルが犯罪者なのは気にしないと言っている。なのにどうしていまはこんなにも思い悩んでるんだろう？　なにが変わったの？　まさか本気でトレヴァーにときめきを感じてるとか？

土曜日のフェスティバルに向けた準備でトレヴァーに会うたび、その最後の疑問についてどうしても考えてしまう。事前準備があるからワイナリーに顔を出してほしいとトレヴァーが言ってきた——行ってみると、テイスティングをするんじゃなく、接客の合間にふたりでおしゃべりするのがほとんどだった。トレヴァーは簡単にワイナリーの舞台裏を案内し、ワイナリーにまつわる話や歴史を教えてくれた。それから、フェスティバル会場の配置とスケジュールについての説明があった。仕事に関する話がつきると、話題は両親のこと、ワイナリーで育つこと、ワイン醸造やテイスティングについてこれまでどんなことを学んだかに移っていった。このときもまた、あたしがそれらをいともたやすく身につけたのには舌を巻いたと言ってくれた。

客が入ってくるたび、トレヴァーはテイスティングをしてくるから待っているようにとあたしに告げた。あたしはサロンでくつろぎながら窓の外のワイン畑をながめ、あれやこれやと考えをめぐらせた。トレヴァーはたしかに好感が持てる人だ。見た目がいいのはもちろん、性格もいいし、あたしに対する心配りもうれしく思う。でも、あたしが感じてるのはロマンチックなものというより、姉のような気持ちなんじゃない？　あるいは母親のような気持ちかも。もっとも、彼はあたしよりうんと年下というわけじゃないけど。こんなことに巻きこんでしまって残念だし、彼が傷つくところを見るのかと思うと二の足を踏んでしまう。

それでもあたしは毎晩——律儀に、渋々ながら——仕入れた情報をすべてデルに伝えた。スケジュール、会場の配置、搬入されるワインは何ケースか、トラックはどこにとめるのか——なにもかも。

「ボーイフレンドを裏切ることを、まだ気にしてるのか？」デルが訊いた。

「彼とはなんでもないってば、デル。そう説明したじゃない」

「最近は色目を使ってこないのか？」

「この計画には必要なんじゃないの？　魔性の女《ファム・ファタール》が」あたしはタフぶって、腰を横に突き出した。彼にうそをつきたくなかった。

デルは下唇をかんだ――考えるだけじゃなく、出かかった言葉をのみこもうとしているようだ。

「おまえはファム・ファタールというには冷酷さが足りないな」しばらくしてデルは言った。

「だが、本当はなにかあったんだろ？」

「そういう仲じゃないんだってば」あたしははっきりわかるように発音した。

何度その話をしても、デルはいっこうに納得しなかった。話し合いが決着することはなく、ただ終わるだけだった。

カールはほぼ毎晩訪ねてきて、デルと一緒にメモを取り、図を描き、それらを見ながらあれこれ頭を悩ませた。カールが帰ると、あたしとデルはさらに旧交を温め、気持ちを通じ合わせ、互いに自分をわかってもらおうとしたけど、どういうわけか、旧交はあまり温まらずに終わるのだった。デルが寝入ると、あたしはときどきビジネスセンターにおりていって、ヴィクターヴィルの状況をグーグル検索したり、これといった目的もなくネットサーフィンをした。

ある晩、その検索が功を奏した。

「彼女が自白したって」あたしは部屋に戻って、デルを起こした。

「彼女？」デルは朦朧《もうろう》としながら訊いた。あたしが電気をつけると、彼は目の上に手をかざした。

「ブレンダ」

デルはボクサーショーツだけの姿で体を起こし、ヘッドボードにもたれた。

「その話、どこで聞いた？」

「ネット」あたしは答えた。「《ヴィクターヴィル・デイリー・プレス》紙が大々的に報じてる。どうやら彼女はすべてを認めたみたい」

あたしは階下でプリントアウトした記事をデルに渡した。目の焦点を合わせるのにちょっと時間がかかり、彼は目を細くした——あるいは、驚きが表情に出ただけなのかもしれない。

ブレンダの写真は一面の真ん中にのっていて、いつものようにおしゃれしてたけど、このときは例の貼りついたような笑顔じゃなく、後悔してるように見えた。

〝とんでもない過《あやま》ち〟と、記事はブレンダの言葉を引用していた。景気のせいだと主張し、埋め合わせるためにできることはなんでもする、と。「大勢の友人から正しいおこないをするよう言われたのに、その人たちをがっかりさせてしまい申し訳なく思います。できれば、お詫びの気持ちをお伝えしたいです」

弁護士によれば、ブレンダはすべての責任を負い、寛大な司法の判断を望み、地元での奉仕活動を希望しているとのこと。「ヴィクターヴィルに多くを捧げてきた人ですから、また同じことができるはずです」とも。行方不明の品の多くは回収されていた。すでになんらかの取引がおこなわれたのだろう。

「おれたちのことはなんにも書いてないな」デルが言った。

「お詫びの気持ちを伝えたい相手があんたなら話は別だけど。家族同士、面倒をみる。責任を負う。あんたの言葉が身に染みて、生まれ変わったんじゃないかな」

「姉貴は昔からずっとこんな感じだよ」デルは言ったけど、あたしは一度だってそう思ったことはない。面倒をみると根拠なく言ってただけ。「しばらく忘れてたんだろう」

「これであたしたちは自由の身に戻れたのかな？」あたしは訊いた。

デルは顎ひげをかいた。「ボニーとクライドになるのをやめて、本来のおれたちに戻ってもよさそうだ」

あたしは彼の手に触れた。

でも、どっちのおれたち？　あたしは心のなかでつぶやいた。

土曜日が目前に迫《せま》っていた。

フェスティバルの日の朝になって、あたしは生まれ変わった――少なくとも生まれ変わろうとしてる――自分に気がついた。そんなふうになるなんて思ってもいなかったけど、やっぱりデルに話さなくちゃいけない。でも困ったことに、彼はもう出かけたあとだった。きょ

う の計画の一環で、カールが迎えにきて、友だちのバンを借りにいったのだ。デルの携帯に電話しようかとも思ったけど、やめておいた。大事な話だから、ちゃんと顔を見て話すべきだ。

ナパの住民はあまり暑さに慣れてないという印象だ——とくに、秋の暑さには。どこに行っても、ナパ・ヴァレーの形や気候、ここがどうしてこんなにも完璧な土地なのか——ワインにとってだけじゃなく、すべてにとって——をさんざん聞かされる。サンパブロ湾に向かってひらけているナパ・ヴァレーの地形、太平洋、あるいはナパ川から吹きつける風。朝霧《あさぎり》が立ちこめ、やがて晴れていく様子。地面はあっという間に冷えるが、温まるには時間がかかること。地中海になぞらえられることが多く、現にイタリアや南フランスに住んでるつもりの人もいる。ここは理想的な土地だと美化し、崇《あが》めている——売ることもあるけどな、とデルに釘を刺された。

だからフェスティバルのおこなわれる週末が地獄のように暑くなって、気温が三十度を超えても、誰も心の準備ができてなかった。

暑さでブドウがだめになったかどうか、あたしにはなんとも言えないけど、多くのワイン醸造業者がその話をしていた。会場でワインを飲んでる人たちのなかには、暑さでやられた人もかなりいたらしい。額《ひたい》に汗をにじませ、腋《わき》の下に汗じみをつくりながら歩きまわる中年男たちを見てると、そのうち心臓発作で倒れるとしか思えず、そんなことがあたしの持ち場で起こるのだけは勘弁《かんべん》してほしかった。

フェスティバル会場はかなりひろかった。キッチンカーや工芸品のブース、地元のバンドが午後いっぱい演奏する予定の小さなステージ――軽いロックからカントリー、それにヒップホップも少々と、ジャンルは多岐《たき》にわたってる。夜にはもっと大きなライブが計画されていて、出演するソウルシンガーが最後に大ヒット曲を出したのは一九八〇年代だけど、いまもそこそこ人を集めるくらいの知名度はある。

「あんた、あの歌手に似てるな」カウンターの端から滑《すべ》るように近寄ってきた男の人が、そのソウルシンガーのポスターを指さし、ろれつのまわらない口で言った。

あたしのママでもおかしくない歳だけどねって言ってやりたかったけど、あたしはお礼を言い、きょうのお勧めワインが書かれた紙を差し出した。紙は、積まれてるときから湿気でしっとりしてたし、男の人にワインを渡すときにこぼれた一滴が染みになっていた。でも、その人は気づいてないようだった。

あたしは笑顔をつくり、ワインを注ぎ、その人とおしゃべりをした――その人とだけじゃなく、全部のお客と。すべてのことに南部のおもてなしの気持ちをちょっとずつこめた。あたしたちのブースはテーブルをL字形に並べ、一度に四人が接客に当たった。最初のシフトの四人は、トレヴァーをべつにすれば全員が若くて美人だったから、そこに交ぜてもらったのはお世辞のようなものと受け取った。ブリタニーとヘザーとは初対面だったけど、アンジェリークは先週ずっとワイナリーで仕事をしていて、トレヴァーがあたしに見せる気遣いに異様なほど興味を抱いてるようだった。嫉妬してるんじゃないかと思うほどで、あたしはそんな彼女に同情した。トレヴァーは午前中、ほぼずっとあたしにつきっ切りで、「きみならできるとわかっていた」と言っては、あたしの働きぶりをほめてくれた。あたしは、ほとんどアンジェリークの手柄よと指摘した。同じワインに手をのばしたときに、トレヴァーの手があたしの手をかすめたことが一度ならずあって、アンジェリークもそれに気づいてるのがわかったから、あたしは動作にいっそう気をつけるようにした。

「ちょっと休憩してくるよ」十一時になるころ、トレヴァーがみんなに告げた。「三十分で戻る」

それを聞いてあたしは思わず息をのんだ——彼がいなくなるのがさびしいからじゃなく、彼が予定どおりに休憩を取るからだ。このあとどうなるか、あたしにはわかってた——というか、わかってると思ってた。

トレヴァーがいなくなったあと、カップルが何組かやってきた——はじめてここのワイナリーを訪れたときに見かけたメルセデスやアキュラみたいなタイプで、すごくめかしこんでいた。この人たちは暑さが気にならないんだろう。汗のひとつもかいてない。もっとも、態度が不愉快だったので、プラスマイナスゼロだ。「花のような風味だわ」あるワインに感じられるごくかすかな風味について、女性客のひとりが鼻にしわを寄せながら言った。

「スイカズラです」あたしはにこやかに言った。デルがいるか確認しようと行き交う人々に目をやる。彼はこのどこかにいる。もうすぐここに来る。

そのとき、L字形に並べたテーブルのアンジェリークが担当してる端に、大柄な男の人が近づいた——デルと同じくらいだと思いながら目をやると、ダークスーツ、うしろになでつけた髪、見るからにひりひりと痛そうな顔が見えた。両の頬全体がひっかいたように赤くなっている。自分でひげを剃《そ》って、剃刀《かみそり》で百回も切ってしまったみたいに見えた。

あらためて見ると、〝みたいに〟じゃないのがわかった。この人は本当に、ひげを剃るときに百回くらい頬を切っていたのだ。あたしは心から同情した。

ひげを落としたデルは、まったくの別人だった——でも、よくなったという意味じゃない。いつもはたくましくて自信にあふれてるのに、ぶよぶよして弱々しく見える。ほかのときはだいたい余裕たっぷりで落ち着いてる彼だけど、いまはそわそわしてて、うさんくさく見える。役人らしく見せるつもりだったのなら、変装をまちがえたようだ。デルの肩の向こうに、カールの姿がちらりと見えた。おしっこがしたいみたいに、数メートルうしろで、足をしきりに踏みかえている。

とてもじゃないけど、うまくいくようには見えない。

デルはあたしにはまったく目を向けず、アンジェリークに一生懸命話しかけている。カールがあたしに向かって眉をすばやく動かした。一瞬、手を振ってくるんじゃないかと思ったくらいだ。

「すみません」あたしは目の前のふたり連れに言った。「ちょっと失礼します」

「いや、もう次のワインを頼もうと思ってるんだが」片方の男の人が言った。「ピノノワールを」

あたしはボトルを彼のほうに押しやった。「ご遠慮なくどうぞ」そしてもうひとつのテーブルに向かった。

「そうなんです、奥さん《マァム》」近づいていくと、デルはアンジェリーク相手にそう話していた。「ATFの者です。アルコール・たばこ・火器《ファイアーアームス》および爆発物取締局」デルは含み笑いをした。「でもラッキーなことに、きょうはTとFの件でうかがったわけではありません」

「なにか問題でも?」あたしは訊いた。

「許可証を見たいんですって」アンジェリークは言った。髪をボブにして襟《えり》ぐりの深いトップスを着てる。

「通常の検査です」デルは言った。「あなたが責任者ですか?」顔は別人のようだけど、目はもちろん変わってない。彼がようやくあたしのほうに顔を向けたとき、その目の緑のなかに、ほんの少しきらりと光るものが見えた。「トレヴァーは休憩中なの」アンジェリークは言った。「許可証がどこにあるか知ってる、ボニー?」

もちろん、知っている。厳密に言えば、見つけたんだけど。それがここでのあたしの役目──むずかしくもなんともない。黒幕がどうのこうのというレベルじゃない。複雑な計画でもない。許可証にワインをこぼして、書かれてるものが読めない程度に汚すだけのこと。そしてデルは、書類が整うのを待つあいだ、ワインを〝押収〟する。それを車で移動させる。フェスティバル本部に向かうと見せかけつつ、そのまま車を走らせつづけ、カールとふたりでワインのケースをバンに積めかえ、移動を引き受けてくれるというカールの知り合いのところまで運ぶ。

こんな計画がうまくいくはずがない。

「どこかのファイルにあるはずです」あたしは言ったけど、動かなかった。「アンジェリークが言ったように、責任者はちょっと席をはずしてます。戻るまで、ほかのブースをまわってはどうでしょう?」

「チェックリストがありましてね」デルはクリップボードを見せた。「順番どおりにやりたいんです」

「だったら、あなたも休憩してはいかがですか? スーツでは暑いでしょう。シャルドネでも飲んで涼みません?」

「仕事中なので飲めません」デルはいらだちはじめてたけど、それをおもてに出すまいとしていた。「公務ですから」

まわりにいる人たちが耳をすましていた。〝公務〟という言葉を聞いて、千鳥足で近づいてきた酔っぱらいふたりが目配せをしてまわれ右をした。

デルがけわしい顔であたしをにらんだ。「急いでもらえませんかね? 予定が詰まっているもので」

前にも言ったけど、愛とはふたり一緒に同じ方向を見つめることで、ときにはどちらかが、同じ方向を向くよう振り向かなくてはならない。

あたしはため息をついた。トレヴァーがトラックの奥にしまいこんだ、ぱんぱんに膨《ふく》らんだファイルバインダーから許可証を取ってきた。それをデルの前のテーブルに置いて、グラスにワインをひとくち分注ぎ、許可証の真ん中にこぼした。

「ボニー！」アンジェリークが叫んだ。「なにしてんのよ」てっきり彼女にもワインがかかったのかと思った。

「手が滑っちゃって」あたしは答えた。デルの行動と同じくらい微妙な言い訳というのがあたしの見解だ。「はい、許可証です」

デルの顔が十八もの色合いの赤に染まった——きまりが悪いのか怒ってるのか判断がつかなかった。おそらく両方だろう。頬の切り傷が燃えているというか、傷から赤がにじみ出ている感じだ。

カールが遠くから、何事かというようにこっちを見てる。今度は本当に、いますぐおしっこに行きたそうな様子だった。

L字形に並べたテーブルにいる何人かの客が、なにが起こってるのかと身を乗り出している。あたしが接客した人のなかには、すっかりくつろいだ様子で、グラスにワインをたっぷりと注ぎ、見世物でも見るみたいに腰を落ち着けてる人もいる。

「読めないじゃないですか」デルは言った。「これでは正規のものかどうかわかりません」

アンジェリークは体をかがめて許可証を見た。「わかりますよ」彼女は言った。「濡れてるだけで、文字は全然にじんでませんから」

「許可証は原形のままでなくてはいけないんです」デルは説明した――自分の役割に戻り、なんとしてでも計画どおりにことを進めようと心を決めている。

あたしはそうじゃなかった。

「大事なのはその紙切れなんかじゃないのよ、アンジェリーク」あたしは言った。「濡れてようといまいと――」あたしは頭を振った。濡れた許可証をくしゃくしゃにし、丸めてテーブルに放った。アンジェリークが息をのんだ。「大事なのはものの道理なんだから」

「道理？」彼女は訊き返した。あいかわらずわけがわからないようだけど、あたしは気づかないふりをした。自分だって、道理がどういうものかよくわかってない。

「もう一度、お名前をうかがっても？」

デルは咳払いをした。「クライドです」もぞもぞと答える。

アンジェリークが声をあげて笑った。「うっそ！　ボニーとクライドじゃん。すごい偶然」

デルは大きく目を見ひらいて、〝だから言ったじゃないか〟という顔をしたけど、あたしはそれについてはふたりを無視した。

「さて、クライドさん」あたしは言った。「このワイナリーが本当の意味で家族経営なのはご存じ？　責任者はいま席をはずしてますが、彼のご両親がこのワイナリーを設立して、いまも経営してるんです」

「知りませんでした」デルは言った。前に話したのに。彼は歯を食いしばった。「わたしには事業をやっている姉がいます。それで――」

「あなたと同じで、とてもすてきな方なんでしょうね」わたしは言った。「でも、いま話してるのは、この事業のことです。それで、ちょっと想像してみてくれませんか――このワイナリーを始めた人たちのこと、はじめてブドウを買って、それをはじめてタンクか樽に入れて、そのタンクなり樽なりをずっと観察し、やがてなかのワインが飲みごろになっていく様子を。それをボトルに詰め、そのボトルからグラスに注いだワインを飲んでおいしいとほめてくれた最初の人が買ってくれる様子を想像してみてください」

「いかにも聖書に書いてありそうな話ですね」デルが言った。「さっきも言いましたが、こちらにはスケジュールの都合というものがありまして」

　デルのうしろで、カールがやけに激しく首をさすりはじめた――ちょっと、待って。さすってるんじゃなくて、首を切る仕種《しぐさ》をして、合図を送ろうとしてるんだ。でも、あたしのほうを向いてるようには見えない。計画のスピードを速めなくては。

「その人たちに子どもがいると想像してみて」あたしは早口でつづけた。「たぶん、ちっちゃな男の子で、樽に乗って遊んだりワイナリーを駆けまわったりしてる。もしかしたら、その子がちっちゃなときは、ワイナリーはまだできあがってなかったかもしれない――建物って意味だけじゃなく、商売も、将来性も。ワイナリーはその人たちにとってのあらたなスタートだった」

　そこで、デルはあたしをにらみつけた。あらたなスタートという表現をことさら強調したのにかちんときたみたいだった。彼はテーブルに集まってきた人たちにいらいらしていた。

そのなかのひとりが、あたしの話をうんうんとうなずきながら聞いているのを見て、あたしは味方がいるのを実感した。

「ある晩、男の子はお父さんの膝にのって、ふたりして建物ができあがっていくのを、あるいは実りつつある畑のブドウをながめる。そこでお父さんが言うわけ。〝息子よ、ここはいつかおまえのものになるんだよ〟って。そしていつか、男の子は責任者になってるかもしれない」

「ボニー、それってトレヴァーの話？」アンジェリークが訊いた。「ほら、噂《うわさ》をすればなんとやらだわ」彼女はあたしのうしろを指さした。デルは頭から湯気をあげている。

帰って。あたしは口の動きだけでデルに伝えた。彼は首を横に振って、あたしの言葉を払いのけた。彼も口の動きだけであたしになにか言ったけど、それをここで繰り返すつもりはない。

「なにか問題でも？」トレヴァーが言いながら、あたしの横にやってきた。

彼は近づいてくると、あたしの背中に手を置いた。無意識に？　守ろうとしてくれてる？

もっとも、どっちであってもデルは気に入らなかったと思う。

「たいしたことじゃありません」デルは言ってクリップボードを掲げた。「ATFの者です。通常の確認にうかがいました」

トレヴァーは眉をひそめた。

「こういうフェスティバルでそのような確認をするという話は聞いたことがありませんが」

彼は言った。「こちらははじめてですか？　お顔に見覚えがあるような気が……」

「まさか」デルは言った。「ご存じのはずがありません。新しくこの地域の担当になりましたし、今年からあらたにおこなうことになった手続きですから。ただ、こちらの許可証がまともな状態ではないので」そう言って、テーブルの真ん中にある、濡れてくしゃくしゃに丸めた紙をペンでひと突きした。

「これはいったい――？」トレヴァーの問いかけに、あたしとアンジェリークは説明しようとしたけど、あたしの説明のほうが〝事故〟という単語に重きを置いていた。

「なんにせよ」トレヴァーが言った。「これは簡単に解決できます」彼は携帯電話を出した。「フェスティバルの責任者の番号を短縮ダイヤルに登録しておくよう、父に言われたものですから。万が一にそなえて」

「それにはおよびません」デルが言った。

「やめて」あたしも言った。

「どうして？」トレヴァーが指を通話ボタンに置いた状態で尋ねた。でも、あたしはトレヴァーに言ったんじゃない。

デルに言ったのだ。彼がジャケットのなかに手を入れかけたから。そこに銃があるの？　それとも、ペンをしまおうとしてるだけ？　デルは無茶なことはしない。そう。荒っぽいことはしないって言ってたし。撃ったりなんかするわけない、そうだよね？

「だって、決断には結果がともなうから」あたしは言った。「あたしはそれが言いたかったの」あたしは涙がこみあげそうになるのを必死でこらえた。ポケットに入れてきた例の靴下のサルに手をのばし、ぽんぽんと軽く叩いてちゃんとあるのを確認した。「さっきあたしが話したブドウの木、父親と息子が見つめたブドウの木は、過去と未来がからみ合ってひとつになってる。つまりなにが言いたいかっていうと、あんたのきょうのおこない、きょうの選択が、あしたには変化をもたらすってこと。あんたがしたことがほかの人たちに影響して、すべてがつながるってこと」

「それはなにかのメタファー?」トレヴァーが訊いた。

「ええ、わたしもわけがわかりません」デルが眉をひそめながら言った。

彼はポケットに入れていた手を出した。なにも持っていなかった。なんらかの決断をくだしたのか、少なくともためらったのだろう。

あたしは目を拭《ぬぐ》った。「さっき話した男の子のことだけど――ううん、女の子かもしれない」あたしは言った。「それはどっちでもいいけど、将来、両親に誇らしく思ってほしいと願う男の子――あるいは女の子。両親も、子どもたちに誇らしく思われる存在になりたいと願ってる。それがすべてじゃない?　でも、そうなるまでになにがあるかわかる?」あたしは手振りでデルを示した。

「ATFの役人が来て、無理難題をふっかけるとか?」アンジェリークが答える。

「フェスティバルの関係者に連絡したほうがよさそうだ」トレヴァーはボタンを押し、携帯電話を耳にあてた。

「聞いて、クライド」あたしは言った。「あたしが言おうとしてるのはこういうことよ。そういう男の子には世話を焼いてくれ、自分にとってなにが最善かを考えてくれる人が必要で、自分にとって最良の相手を必要とするものなの。それって、ロールモデルになるってことでしょ？　まっとうで正しいおこないをして……それから、それから……」

トレヴァーの電話がつながって、ATFと酒類販売許可の件を尋ね、誰でもいいからブースまで来てくれるよう頼む声が聞こえる。その会話がデルの耳にも届いてたら、いまごろはすべてを放り出して、引きあげてただろうけど、耳に届いてないのはあきらかだ。わけがわからないという顔で、じっとあたしを見つめるばかりだ。

あたしはデルの顔を――はじめて見る彼の新しい顔を――うかがい、さっき垣間《かいま》見えた気がした怒り、あるいは落胆をうかがわせるものがないかと探ったけど、いつにも増して、どんな気持ちかわからなかった。あたしは自分の気持ちもはっきりわからなかった――自分にとって、愛する人にとって、ほかのみんなにとって正しいことをするとはどういうことなのか、あれこれ考えをめぐらせていた。

「心配しなくていいよ、ボニー」トレヴァーがあたしの肩に手を置きながら言った。「フェスティバルの責任者が――」

おそらく彼は〝こっちに向かっている〟と言うつもりだったんだろうけど、デルが割って入った。

「個人的なことをお尋ねして申し訳ないが、奥様《マアム》」デルは言った。「ひょっとして妊娠しているのでは？」

あたしはうなずいた。「ええ」そう答えた。「ええ、そうよ。さっきからそう言ってるの」

でもそう口にしても、デルの表情はよくわからないままだった。〝不可解〟と、彼ならそんな言葉を使うはず。でもすぐに、ほかのみんなが次々に反応して、火を見るよりもあきらかになった。

「トレヴァー、顔が赤いわよ」アンジェリークが言った。あたしは振り返って、自分の目で確認した――トレヴァーは戸惑い、困惑してた。あたしに、そしてあたしたちふたりに対して抱いていた希望、あたしへの気遣い、そのすべてが突然、奪われたのだ。

アンジェリークはべつの見方をしてた。当然だ。彼女も顔を真っ赤にし、口もとを手で押さえた。「え、うそ。なんかあやしいとは思ってたけど、そこまでの関係になってるなんて」

「ちがうの、アンジェリーク」あたしは彼女に手をのばしてそう言いかけたけど、そのときデル自身の顔が赤くなってるのに気がついた――二十一もの色調の赤。恥ずかしさからくる赤はひとつもない。トレヴァーの手がまだあたしの背中に置かれているのに気づくのが遅すぎ、トレヴァーとのあいだになにかあるんじゃないかと、デルに訊かれたことを思い出すのも遅すぎ、アンジェリークの反応がデルを刺激したのを理解した。

あたしがとめるより早く、デルはクリップボードを地面に投げ捨て、こぶしをうしろに引くと、トレヴァーの側頭部を殴りつけた。

トレヴァーは両腕をばたばたさせながらうしろ向きにバランスを崩し、すぐうしろのワインケースに倒れこんだ——そのいきおいで、いくつものケースがひっくり返った。

「デル！」あたしは叫んだ。「やめて！」

「デルって誰？」アンジェリークが叫んだ。

「なんなんだ、いったい——？」トレヴァーが叫んだ。

L字形に並べられたテーブルの両サイドに集まったほとんどの人たちからも叫び声があがった。

デルはテーブルのへりに体を押しつけた恰好で、乗り越えようとしてかえってテーブルを押しやっている。

「やたらとべたべたしやがって」デルは言った——トレヴァーに言ったのか、あたしに言ったのかはわからない。「おれの目の前で。おれなんかいないみたいに。で、今度は妊娠だと？」

「ぼくはなんにも知らない！」トレヴァーが大声をあげた——鼻声になってる。デルに鼻を殴られたにちがいない。

「やめてってば！」あたしは言った。「デル！」

「誰なの、そのデルって？」アンジェリークがまた大声で訊いた。

そうこうするあいだにもデルはトレヴァーに近づいていき、トレヴァーはあわててあとずさり、ワインのケースがさらにいくつか倒れた。デルは手をのばし、シャツをつかんでトレヴァーを立たせた。全員が一歩さがって場所をあけた——正確に言うなら、あたし以外の全員だけど。

「デル」あたしは彼のシャツを背中から引っ張った。「お腹の子はトレヴァーの子じゃないってば。あんたのよ」

その瞬間、緊張のレベルが若干さがった——というか、少なくともデルはトレヴァーを地面に押しやった。わずかな前進だ。

デルはあたしのほうを向いたけど、その表情はまだ自分の感情を把握しきれていなかった。「おれの?」彼は言った。「おれたちの? どうして言ってくれなかった? おれは——」

「あたしだって知らなかったんだもん」あたしは言った。「けさまで。あたしだって知らなかったけど、あんたはもう出かけたあとで、だから——」

それからあとはデルの表情の変化はわからなくなった。というのも、たくさんキスをされ、きつく抱きしめられたから——それにふたりとも、ひとことも言葉が出なかった。あまりにきつく抱き合ってたから。

でも、デルのすぐうしろからトレヴァーの声がした。あいかわらず鼻声だ。「いったい全体、どういうことなんだ?」

アンジェリークはあたしのすぐ横にいた。「よくわからないけど、ボニーとこのATFの人は初対面じゃないみたい」

トレヴァー、または彼が呼んだフェスティバルの責任者——とんでもなく大きなキャッツアイ眼鏡をかけた女性で、あたしとデルがなにか言えば言うほど、その眼鏡の奥の目であたしたちをうさんくさそうに見やるばかりだった――に、事情を充分に説明できたとは言えない。

「フラッシュモブみたいなものだと言いたいんですか?」彼女は言った。「パフォーマンス・アート? 公共の場でのお芝居?」

「即興劇《そっきょうげき》です」デルは言った――ある意味ではそのとおりだ。彼はいまも即興で言い訳をでっちあげてる。「コントロールがきかなくなったことは申し訳なく思います」

トレヴァーは氷嚢《ひょうのう》を頬に当てている。「あらかじめ言ってくれればよかったのに」彼は言った――もう、何度めかわからない。

「話してくれればよかったんだ」デルが言った――こっちもまた、何度めかわからない。

あたしたち四人は、ブースから十フィートほど離れたところで話していた。アンジェリークはワインケースをできるだけ積み直し、ブリタニーとヘザーが大勢のお客に一生懸命対応していた。お客はあっという間に増えた――交通事故の現場を見ようと、歩をゆるめる人たちのように。といっても、この場合は歩をゆるめるだけじゃなく、足をとめてワインを飲んでるんだけど。

宣伝するつもりなんて、全然考えてなかった。人の流れが増大した。ワインの売り上げも。割れたワインはほんのひと握りだった。梱包《こんぽう》がよかったんだと思う。

「で、刑事責任を問うつもりはないの?」キャッツアイ眼鏡がトレヴァーに訊いた。

彼は氷嚢をあてがったままデルに目を向けた。

それでいいのか、トレヴァー自身もよくわかっていないらしい。

「しあわせなニュースを聞いたから」彼はようやく言った。「問わないでおこうと思います」

すべての決着がつく前、トレヴァーはいくらか戸惑いながらもお祝いの言葉を言い、気落ちしながらもぎこちない動きで抱擁《ほうよう》してくれた――けど、殴られることになった原因の一部は、あたしの体に触れたせいだと気づいたらしく、早々に体を離した。それをごまかそうとしたんだろう、お祝いとして〈さらなる高みへ〉のリストから最上級のワインを渡してきた。

あたしはお礼を言って、ワインを返した。「あたしは飲めないから。しばらくのあいだ」

理由はそれで充分だったけど、もともとの計画では彼からすべてを奪うことになってたわけだから、罪悪感もあった。それに、はじめてこのワイナリーを訪れた日、デルがワインを一本盗んだからってこともある。

けっきょく、あたしたちは二本めのワインを手に入れた。騒動のさなか、カールはうまいことまぎれこみ、バンに戻る途中でケースをひとつ失敬したのだけど、このときはうまくやってのけた。誰も彼に注意を向けていなかった――どこに目を向けるかは、なにを見るかと同じくらいなにを見ないかに大きく依存するいい証拠だ。

「このワインはしばらく熟成させるとしよう」カールがバンで走り去ると、デルは言った。

「いまは九月だから」あたしは指を折って数えた。「早くても六月あたりかな」

「待つだけの価値はある」デルは言った。あいかわらず喜びに顔を輝かせながら、あたしに触れてくる。妊娠を告げられ、舞いあがっているのだ。

　あたしたちはノヴァの運転席と助手席にすわった。どこへ行くでもなく、あたしがとめた場所から動かずに、フェスティバルに出入りする人たちをながめてた。遠くでバンド演奏が始まった。どことなくカントリーっぽくて、情熱的な曲だ。

「カールの取引相手は、ワインが手に入らなくて、すごくがっかりするだろうね」あたしは靴下のサルをふたたびルームミラーに吊《つ》るしながら言った。「それにカールも。ひとケースじゃなくて、もっとたくさん盗むつもりでいたんだろうから」

「あいつなら大丈夫」デルは言った。「それにいまも、この手のフェスティバルは利用しがいがあると思ってるさ――さもなければ、配達人に銃を突きつけるだろうよ。倉庫の仕事がなくなった以上、たいした選択肢などないからな。いずれまた、こういう計画をやるつもりはないかと訊かれたよ」

「で、やるつもり？」

　デルはハンドルの上部をとんとん叩きながら、考えをまとめようとした。「もうこういうことからは足を洗わなきゃいけない。ふたりとも。もっと大きな計画が待ちかまえてるんだから。そうだろ？」

　ひげを剃りたての彼はいい歳をした大人というより、体だけ大きくなった子どもみたいに見える――子どもらしいぽっちゃりした頬がすっきりして、だんだん別人になっていく、年若い青年という感じ。それでもデルに変わりはない。すべてが変化しつつあった。あたしたちの行き先も、それが意味することも。

「例の〝来歴〟って言葉と同じだな」あたしの考えてることが伝わったのか、デルは言った。「さっきおまえは過去を、ささげられた努力や、結果に影響をおよぼした要素を一からたどろうとしたが、それは過去を振り返ることにすぎない。そいつは逆効果になる場合もある。さっきおまえがワイン畑の歴史を語ったみたいに。なにを選択したか、どんな行動を取ったか、それにアクシデント——そこにいたるまでのひとつひとつを受け入れるしかない。失敗すれば最後はしっちゃかめっちゃかになるけどな」

あたしは手をのばし、彼の腿《もも》にそっと置いた——あたしたちの旅があらたな段階を迎えたことを告げる仕種だ。「答えを出すまで九カ月待ってくれる？」

「九カ月」デルは繰り返した。車のギアを入れる。ふたりの目は前方にのびる道路に向けられている。「九年。九十年。おまえが待てと言うかぎり待つ。おまえと赤ん坊が。おれはただ、そばにいて、すべてを見届けたい」

女王さまのパーティ

The Queen's Party

〈リトル・チャペル・バイ・ザ・シー〉への訪問は、思ってたのとはちがってた——その理由はラスヴェガスが砂漠の町だからってだけじゃない。

「デル?」あたしは小声で呼びかけた。

「ルイーズ」彼が答える。半分ささやくような声で、〝イーズ〟の部分はうなってるみたいに聞こえた。声が低すぎるから、ささやくようなトーンがつづかないのだ。

「あたしを愛してる?」

彼は憐《あわ》れみのこもった目をしてたけど、あたしのほうに手をのばそうとはしなかった。たぶん、誰かに見られてるのに気づいたんだろうけど、横たわってるあたしからは見えなかった。「怖いのか、ハニー?」デルが訊《き》いた。

「かゆい」あたしは答えた。カーペットが頬《ほお》に当たってちくちくするし、間近で見ると、カーペットは安ものというだけじゃなく、クリーニングに出さなきゃいけない状態だった。

いま思うと、あんな状況で、しかもあんな結末を迎えたのに、そんなことを考えてた自分に笑っちゃう。

「愛してるって、言ってほしかっただけ」あたしはデルに言った。

「愛してるに決まってるし、この状況から無事に逃げ出してみせると約束する」

「あたしを奥さんにしてくれる？」

「これが終わったらすぐにでも」

「わかってる。でも、いま、この瞬間っていう意味で言ったの。いますぐ、あたしをお嫁さんにしてくれる？」

「ちょっと静かにしてくれないか」デルのうしろからべつの声がして、あたしに静かにするよう言ってきた。「やつに聞こえるぞ」

「しーっ」あたしは声の主に言った。牧師の声じゃない。少なくとも、あたしはちがうと思った。声の感じがちがう。でもマイクを使ってないと、ちがって聞こえるんだろう。

「デル」あたしはつづけた。「きょうからずっと、いいときも悪いときもそばにいて、あたしを離さないと約束してくれる？」

「いま、それを証明してるようなものじゃないか」デルは言った。彼はあたしだけを見てたわけじゃない――あたしの頭の上のほうに目をやって、ベルトをはずそうとしていた。武器として使うつもり？　あるいは床に転がったときにお腹がたるんとなったことから判断すると、ゆるめただけかも。夕食をたらふく食べたからね。

「富めるときも貧しいときも？」

「それはもう、実証済みだろ――」

「病《や》めるときも健やかなるときも？」

「ルイーズ、いま牧師さんに注意されただろ。そういう話をするのに、いまはふさわしくない」

やっぱり牧師だったんだ――あたしはたちまちがっかりした。あの人がまじめに仕事してれば、どこかの時点で式を執《と》りおこなってくれたはずなのに。

デルはごろごろ転がって、ベルト通しからベルトを抜こうとした。ベルトは一ミリたりとも動く様子《バッジ》がない。

あたしも譲歩《バッジ》するつもりはなかった。この指輪をいつまで持っていられるかわからないから、手元にあるうちに使おうと思った。困難な状況でも明るい面を見せてくれる、それが指輪だ。

「あたしたちふたり、命あるかぎりずっと？」あたしはさっさと終わらせようとして言った。

「なあ、ハニー。なにもいま、そんなことを言わなくてもいいじゃないか」デルはあたしのうしろをじっと見つめながら、ベルトをもとに戻してバックルを締めた。

重たい足音が、廊下を戻ってくるのが聞こえた。そのときは、不吉だとは思わなかった。

「お嬢さん。ちょっとのあいだでいいから黙っててくれないか？」男があたしたちを見おろした。「おれはいま仕事してるところで、堪忍袋《かんにんぶくろ》の緒がだいぶ細くなってきちまってね」

黒いスキーマスクで顔をすっぽり覆《おお》い、片手に銃を持ってるものだから、デルとはじめて会った夜のことを、彼が〈セブン‐イレブン〉に押し入ったときの様子を思い出した。背恰《せかっ》好《こう》もデルと同じくらいだ。でも、目を見れば、怯《おび》えて破れかぶれになってるのがわかる。そこがデルとちがってるけど、こっちにとってはそれが有利に働くかもしれない。

いちおう、逆の考え方もしてみる。怯えていると愚《おろ》かになりがちだし、破れかぶれになると危険をともないかねない。そのふたつが組み合わさったら――。

「ひとりでぶつぶつ言ってるだけだ」デルが言った。「放っといてやれって」

黒マスクはデルを振り返った。「そこの大男」彼は言った。「輝く鎧《よろい》の騎士を気取ってその女を救おうってのか？」彼は銃だけじゃなく、もう片方の手にナイフを持っていて、それをデルの顔に向かって振りおろした――タフな口をきくと同時に、タフなところを見せようとしたんだろう。

そのときロビーで電話が鳴り、べつの声が拡声器から聞こえた。「チャペルのなかにいる方、電話に出てください」

どう考えても、この騒音レベルのおもな原因はあたしじゃない――真っ先にそう思い、恐れというものを知らないあたしは、口に出してそう言おうとした。でも、デルがうめき声をあげながら、ぐいっと頭をそらした。うしろの会衆席に頭をぶつけ、また大きな声をあげた。

黒マスクが立ちあがったとき、デルが手で頬を押さえるのが見えた。手を離すと、指にべったりと血がついていた。あったはずの頬の一部がなくなっていた。

チャペルにいた何人かが悲鳴をあげた。黒マスクが銃を持った手を前後に大きく振りながら「体を起こすな」とか「静かにしろ」とか怒鳴り、「おんなじ目に、場合によってはもっと痛い目にあわせてやる」と脅《おど》した。でも、チャペルの反対側に横たわってる人が、小さな声でずっとすすり泣いていた。黒マスクの胸が大きく上下している。電話は鳴りつづけ、やがて静かになり、ふたたび鳴りはじめた。

いまのあたしの体の状態だと――ママなら、オーブンのなかのロールパンと言うだろう――気分が激しく変動するけど、それはよくあることだ。ホルモンが勝手に悪さをするから。でも、そのときあたしが感じたのはそれとはちがってた。激しい怒りが一瞬燃えあがったものの、怒りはまたたく間に冷えていった。自信が漏れ出るどころか、ますますみなぎってきた。

銃を持った男に脅され、あたしたちの隣に横たわる見ず知らずの人たちはどう思ったか知らないけど、デルとあたしが床の上で結婚の誓いを交わしたのは冗談でもなんでもない。あたしは大まじめだったし、黒マスクがデルの頰を切りつけた瞬間は、それまで以上に固い絆を感じた――デルと、お腹のなかの子に対して。

デルのプロポーズは史上最高にロマンチックだったわけじゃない。「おれたち、結婚しなくちゃな」「だろ?」あたしの妊娠を知った次の日の朝、彼は言った。「だろ?」ナパ・ヴァレーのワイナリーから戻り、長期滞在中のホテルで無料のミニ・マフィンをもぐもぐやりながらのことだった。彼はひげを剃《そ》りたてだったから、ひげにマフィンのかけらがぶらさがってはいなかった。

いちおう言っておくけど、あたしは暇さえあれば結婚式をあれこれ夢想してぼんやり過ごすタイプじゃないし、どんな男の人でも期待に応えられないほど手のこんだプロポーズという高いハードルを課したりもしない。分をわきまえてて——フィアンセができる前から（ボーイフレンドさえいないうちからという人もいる）せっせと《ブライズ》誌を買う人もいるけど、あたしはそうじゃないから、デルが片膝《かたひざ》をついてくれなくてもがっかりしたりはせず、こう答えただけだった。「うん」これからのことをデルに訊かれても、どんな結婚式にしたいかなんてろくに考えてなかった。

「子どものときの話だけど、親友のシャーリーンがある年のクリスマスにドリーム・グローバービーとボーイフレンドのケンを買ってもらったんだよね。あたしとシャーリーンはしょっちゅう、バービーとケンを結婚させて遊んでた。キッチンから持ち出したチューブ入りのアイシングでシャーリーンのレゴに模様を描いて、それを礼拝堂の通路に見立て、それから少しでもはやく光を吸収させようとしてバービーとケンを光に当てて、しゃかしゃか振った。そうすると、通路を歩くふたりの着てるものがぱあっと光るってわけ」

「暗闇で光るフォーマルウェア以上のものとなると、そうとう難儀するぞ、ハニー」デルは言った。

「でも、披露宴《ひろうえん》は安上がりだったんだよ」あたしは言った。「新郎新婦が踊ってるあいだに、シャーリーンとあたしとでレゴに塗りたくったアイシングを、糖分過多になるまで舐《な》めとったから」

「シャーリーンは実生活では結婚してるのか？」

「最後に連絡を取ったときはしてなかった」あたしたちはときどきメールをやり取りしてて、あたしがニューメキシコにいたときは一度か二度、絵葉書を送ったこともあるけど、いまはデルと放浪の旅をつづけてるせいで、あっさり音信不通になってしまった。「彼女は昔から完璧な計画を立ててたっけ。花嫁付添人《ブライズメイド》のドレスはバーガンディ色にするって言ってた。えび茶でも、赤褐色でも、赤ワイン色でもなくてバーガンディ色。それと、式でかける曲はジョージ・マイケルの『フェイス』にするって——ノリのいいダンスチューンが始まる前の教会音楽っぽい出だしのところ。でも、肝腎の恋人がいなかった」

それで一度、仲違《なかたが》いしたっけ。あたしがその事実を指摘したときのことだ。「花婿の名前を書き入れなきゃだめじゃん」あたしは言った。「その人には気の毒だけど」そのあと、シャーリーンは何週間も口をきいてくれなかった。

「大事なのは相手」あたしはデルに言った。「華やかな式じゃない」

「なら、治安判事に立ち会ってもらう式でもいいのか？」

「それよりは特別なのがいい」

べつにあたしはロマンチックなのがきらいってわけじゃない。

デルは考えた。あたしも考えた。彼はミニ・マフィンをもうひとつ食べた。

「ラスヴェガスで結婚するのはどうだ？」彼は言った。「いかにもって感じだろ？」

あたしはそれをいい意味に解釈し、デルはこの日ふたつめの「うん」という答えをあたしから引き出した。

ヴェガスは思ってたとおりの場所だった——要するに、俗っぽくて、なにが起きてもおかしくないという感じがした。たくさんのショー！　数え切れないほどのネオン！　あちこちから聞こえるピンポーン、ヒューヒューという音！〈シーザーズ・パレス・ホテル〉では古代ローマの剣闘士が悠然と歩いてはポーズを取り、白のチュニック姿の女性たちが、ブラックジャックがおこなわれてるテーブルやスロットマシーンに夢中になってる客に飲みものを運んでいる。レストランやいろんな店をぜんぶ合わせたら、あたしの故郷のノースカロライナ州にある店をぜんぶ合わせたよりもはるかに規模が大きそうだし——ひろさもお客の数も——売上高も段違いだと思う。あたしは積みあげられたチップ、女の人たちがつけてるジュエリー、派手な散財ぶりから目を離せなかった。

一方、おこぼれにあずかろうとするお金のない人も大勢いた——詐欺師、放浪者、すり。あたしは売春婦に見える女の人を片っ端から指さして、いちいちデルに教えてやった。あまりに多くの人が運に見放されたような顔をしていた。不安や絶望でいらだつ人々が急ぎ足であたしたちのわきを通り過ぎてテーブルに向かい、最後の運を使い果たしてしまうと、足早に戻ってきた。

「ヴェガスで大強盗をはたらくんなら」あたしはデルに体をぐっと近づけて言った。「あたしが妊娠してるのを利用するってのはどう？　妊婦とわかれば、みんなとたんに態度を変えるでしょ。目をうるうるさせたり、もっと気を使ってあげなきゃと思ったり。使えると思うけど」

「その作戦はすでに実行済みだ」デルは指摘した。「『オーシャンズ12』でジュリア・ロバーツが」

「途中で居眠りしちゃったのかな、あたし。で、うまくいったの？」

「そうでもない」

「だったら、あたしたちはもっとうまくやればいい」あたしは言った。「黒幕さん」

そんな話をしてるところへ、女の人が通りかかった。全部の指に指輪——どれもばかでかい石がついている——をはめていて、指先の器用な人ならひとつくらいこっそり抜き取れそうだった。そうなっても本人は、最初から全部の指にははめてこなかったんだわと思うだろうし、はめてこなくて残念って思うはず。

あたしたちは式の準備で指輪を買いにいくところだった——結婚に向けてのチェックリストの二番めにあげた項目だ。前の夜遅くにラスヴェガスに到着して、けさ、いちばんに役所で結婚許可証をもらうと、〈シーザーズ・パレス・ホテル〉に併設されてる高級ショッピングモールの〈フォーラム・ショップス〉に向かった。大きな円柱と像が通路を見おろし、雲を描いた頭上の壁画を明かりが移動してて、本物の空みたいに見えた。

指輪はデルに選んでもらった。シンプルだけど上品な——とにかくあたしは自分にそう言い聞かせた――小ぶりのシルバーの指輪。それと、すごくすてきなウェディングドレスも見つかった。鏡の前で合わせてたブロンド女性がラックに戻した一着だ。

白じゃなくて赤ワイン色（えび茶でも赤褐色でもバーガンディ色でもなかったから、家族や友だちが来るまで待ったほうがいいのかもという気持ちになった）だったけど、あたしには上品に思えた。腰のすぐ上にサッシュがついてて――赤ちゃんを抱いてる感じがした――試着してみたらセクシーな気分になれた。それこそ、すでにつわりの症状が現われ、お腹が膨《ふく》らんでるあたしに欠けてるものだった。

でも、けっこうなお値段で、ブロンドの女性がラックに戻したのもうなずけた。

「贅沢《ぜいたく》だな」デルが言った――いかにも彼らしいコメントだ。

「あなたはラッキーですね」あたしたちをずっとうかがってたのだろう、ブロンド女性は店内をぐるっと一周して戻ってくると言った。

「どうして？」あたしは訊いた。

「わたしがこんな大金を払ったら、彼氏に殺されちゃいますから」彼女はそう言うと踵《きびす》を返し、あたしたちがなにか悪いことでもしたみたいに、足音も荒く歩き去った。

チャペルに向かう前、三つ叉《また》の槍を持って海獣に取り囲まれた大きなネプチューン像のすぐそばにあるイタリア料理店でピザを食べた。みんな、砂漠にいても、わずかなりとも水を身近に感じていたいんだろう。

「あんたのお父さんってどんな人だった？」ピザをほおばりながらあたしは訊いた――ただ

なかった。

の雑談のつもりだった。デルの顔がけわしくなって、顎《あご》にぐっと力が入るなんて予想もして

デルとあたしは過去のことをあんまり話してこなかった。彼がサウスダコタ州のどこかで育ったことは知ってる——彼が言うところの〝人格形成期〟に。でも、それ以上くわしい話はしてくれなかった。お姉さんのところに寝泊まりしてたときでさえ、ふたりが両親や子ども時代にまつわる思い出話をするのを、一度として耳にしなかった。疎遠《そえん》になってた。デルはお姉さんとの仲をそう表現していて、その口調から、あまり突っこんで訊いてはだめなのが伝わってきた。

でも、いまのあたしは〝お腹に赤ちゃんがいる〟わけで、未来がうんと遠くのほうからやってくると同時に、過去があらたな形で呼びかけてきていた。最初に診《み》てくれたお医者さんが赤ちゃんの大きさを説明したときから、あたしたちはお腹の子を〝かわいいオレンジの種ちゃん〟と呼ぶようになって、いまやその呼び名がすっかり定着している。どんなに小さくても、赤ちゃんはあたしたちにとって大きな存在になっていた——あたしよりも、デルよりも、大きな存在に。便器に覆いかぶさるようにして胃のなかのものを吐いたり、一時間に二度もおしっこをしたりするたび、自分だけの体じゃないのを痛感してた。

「普通の親父だよ」デルは答えた。「毎朝、新聞を読んでから仕事に出かけ、帰ってくると夕めしを食って、テレビを見る。口数は多くなかった」

「寡黙《かもく》ってわけね。この父にしてこの息子ありって感じ？」あたしは気心の知れた仲という

感じで肘《ひじ》で軽く押したけど、デルはむっとしたようだ。

「親父のなかに自分が見えることがある」しばらくしてからデルは言った。「おまえの言うとおり、寡黙な男だった。いや、そんなもんじゃないな。よく、いずれはどこかしら親に似てくるって言うだろ。ある程度までは遺伝で決まってる。育て方も影響する。いや、悪い育て方と言ったほうがいいな。親父は自分をいい父親と思ってたようだ」

デルはひげをもとのようにのばしはじめていたけど、ひげのない顔を知ってからというもの、いまも少年みたいな表情が目に浮かんでしまう。このときもまた、傷つきやすくて、遠くを見るような表情がのぞいていた。

「お母さんはどんな人？」

デルは大きなため息をついて、ピザをもうひとくち食べた。それをもぐもぐやりながら、心のなかではべつのことを考えてるようだった。まわりの人たちが大声で笑ったり、お酒を飲んだりしてる——飲みすぎの人もいるようだ。あたしたちが話してるあいだに、男の人がひとり、ネプチューン像の噴水に入ってしまったらしい。警備員が引きあげてやろうとすると、その人は、こんな噴水、三回は買える、十回だって買ってやる、と叫んだ。

「子どものころ、おれは暗いのが怖かった」デルがようやく口をひらいた。「おふくろはおれが眠れるようにと、おれのベッドに入って添い寝して、髪の毛をなでたり、話しかけたりしてくれた」

「いいお話」いつか子どもに同じことをする自分を想像しながら、あたしは言った。

「親父はそれが気に入らなかった」デルは話をつづけた。「そのことで、両親はよく言い争い、おれは顎まで上掛けを引っ張りあげてそれを聞いていた。おふくろは〝不安定な年頃〟、〝まだ子どもなんだから〟、〝心細いのよ〟なんてことを言った。親父は〝おまえが教えないんなら、おれが教えてやる〟と言った。親父はときどき部屋に入ってきてはおれを怒鳴りつけ、おれは泣きわめき、おふくろは泣きじゃくった。ある晩など、親父はベッドに寝ていたおれを抱えあげると、高々と持ちあげ、激しく揺さぶった。すると……」

「どうなったの？」あたしは訊いた。

「姉貴が」デルは言った。「ブレンダが自分の部屋から駆けこんできて、体格なんかおれとたいしてちがわなかったけど、親父を殴りはじめた。小さな手をこぶしにして、何度も何度も」

「それで、お父さんは揺さぶるのをやめた？」

「ああ、親父はおれをおろしたよ。それから、姉貴に向き直った」デルはそのときの光景を追いはらおうというのか、首を左右に振った。「姉貴は昔からそうだった。やるべきことをやってくれた」

ヴィクターヴィルでの最初の夜、ブレンダが同じことを――〝やるべきことをやりなさい〟――言ってたのを思い出し、その結果どうなったかを思い返した。どれかひとつでも壊れたらと心配するみたいに、磁器の動物を一カ所に集めてた彼女を思い浮かべ、デルのことは絶対に傷つけないという強い意志と、家族なんだから面倒をみるのは当然だという話を――デルの発言と、デルがくだした決断も——思い出した。デルの悲しみと怒りがいままで以上に深く感じられ——ブレンダの裏切りの意味も——デルが自分が悪者になる道を選び、結果としてデルとブレンダは貸し借りなしになったことに、いっそう納得がいった。かつてのブレンダならそうしたように、正々堂々と立ち向かったことにも。

はじめて聞いたこの話によって、ヴィクターヴィルでの日々を再認識することになった——そして、家族全般についても。デルのとあたしのと両方の家族について。押しと引き、リスクと犠牲《ぎせい》、恩義と失望。

ママの顔が頭に浮かんだ。あたしはお腹にそっと手をやった。

そのあと、デルはブラックジャックをやりたいと言いだした——話題を変えるための思いつきだったんだろう。生まれてくる赤ちゃんのためにひと山当てるとジョークを飛ばしたけど、何度やっても配られるカードの合計は十五か十六と厳しいものばかりで、チップは相手側にばかり積みあがっていった。

まわりでも同じ光景が見られた。年配客が列になって、スロットマシーンを相手に運試しをしていた。クラップスのテーブルに覆いかぶさるようについているひと組の男女は、あたしたちと同じで、おそろしいくらい運に恵まれていなかった。女の人のほうが幸運を祈っているのか、両手の中指を人差し指に重ね、男の人のすぐうしろにちょこんと腰かけていた。なかには楽しんでる——おもに無料のドリンクを——様子の人たちもいたけど、そういう人たちをべつにすれば、みんながつがつしているようにも、絶望しているようにも見え、なにしろこんな景気だから、誰もが勝ちたいと願うか、逃げ道を探していた。通路の向こうに目をやると、スーツ姿の男の人がふたり、人混みを強引にかき分けながら歩いていくのが見えた。やせっぽちの男の人がふたりにがっちりとつかまれ、つま先が床につくかつかないかの脚をばたつかせている。

あたしは子どもだったデルが高々と持ちあげられ、脚をばたばたさせるところを想像した。そろそろ行こうと肘でつつこうとしたけど、デルに先を越された。

「勝ち目がなさそうだ、ルイーズ」デルは言った。「負けを取り返そうとして大金を注ぎこむのもばからしい。結婚の幸せに浸《ひた》る準備はいいか?」

さっきも言ったけど、〈リトル・チャペル・バイ・ザ・シー〉は宣伝とはかなりちがっていた。ラスヴェガスに海がないのは前から知ってたけど、周辺もおよそリゾートとはほど遠かった。道路沿いにオフィスビルが建ち並ぶ一画があるかと思えば、そこからほんの数ブロックも行くと、質屋《しちや》、保釈保証人事務所、さらにはのぞき見ショーや個室DVD店の看板を掲《かか》げるコンクリートのビルが現われた。チャペルのある区画には住宅が何軒か建っていて、そのうちの一軒は玄関に〝占い〟の看板を出していた。チャペル自体は砂岩造りのバンガローみたいな建物で、玄関まで行く途中、一度だけ本物の水がちらりと見えた。正面にしつらえられた小さな池で、真ん中の噴水は故障していた。池からは生臭いにおいがただよっていた

——藻だと思ったけど、オレンジ色の魚が横向きに浮いているのが見えた。

「車に乗ったままの式じゃいやなんだな？」デルはあたしの肘をつかんで、教会を指さした。屋根つきのカーポートにドライブスルーの窓口が張り出している。横の白くて大きな看板には〝オプション一覧〟とあって、その下にいくつかの項目が並んでいた。そのうちのひとつに〝ふたりの門出を祝うハッピーなお食事〟というのがあった。ドライブスルーに待っている車はなかった。

「乗ってる車がコンバーチブルだったらいいけど」

「おまえってさ、おれのノヴァに厳しいよな。いい車じゃないか」

「座席のスプリングにお尻を刺されながら、結婚の誓いを言いたくないもん」

正面玄関の大きなドアにはステンドグラスがはまっていたけど、そのうちの一枚に描かれているのはイエス・キリストとか十二使徒とか聖書とかじゃなく、椰子《やし》の木にはさまれて立つ新郎新婦だった。もう一枚のほうは、ひと組の男女がビーチチェアの前に立ち、エルヴィスが式を執りおこなうところが描かれていた。ラスヴェガスの定番なんだろうけど、描かれてるのは晩年のエルヴィスで、しかも競泳用水着を穿《は》いていた。お世辞にも見目麗しいとは言いがたい。

なかはさらに、海に関連したものであふれていた。壁に鋲でとめた男性用と女性用のアロハシャツ、けばけばしい色の一対の魚の置きもの——一匹はシルクハットを、もう一匹はベールをかぶってる。待合室にはビーチチェアが並んでいたけど、待ってるのはふたりだけ

――どっちも真っ黒な装いで、髪をつんつんに立たせてた。奥の両開きドアがちょっとだけあいていて、なかでは式が執りおこわれていた。

「いらっしゃいませ」べつの窓の奥から女性の声がした。外のドライブスルーの窓とたいしてちがわないけど、こっちは入り口のほうに向いている。「幸せいっぱいのおふたりでしょうか？　それとも招待客の方？」

女性の声はくぐもっていて聞き取りにくく、手に電子煙草《たばこ》を持っていた。紫色のメッシュが入った髪をビーハイブに結いあげ、粉おしろいのような甘い香りが窓からただよってくる。〈シャリマー〉の香水だと思うけど、このところあたしの鼻は敏感すぎると同時に当てにならなくなっている――お腹に小さな命がいる影響なんだって。

「幸せいっぱいのふたりです」あたしは答えた。

デルはあたしのうしろにまわりこんで、あたしの背中に手を添えた。「おれたちは結婚の意志を固めた」

「そこまでの覚悟がない人も、なかにはいますよ」ビーハイブの女性はリーガルサイズの用紙を一枚取り出した。彼女のペンは髪のメッシュと同じ色だった。「結婚許可書はありますか？」

「けさ、もらってきた」デルは許可書を差し出した。

「ウェディングドレスとタキシードのレンタルはなさいますか？」

「おれたち、いまのままでも充分いけてるんじゃないかな」デルはそう言って、含み笑いを漏らした。肘のところが擦り切れかけた例の青いブレザー姿だけど、あたしは指摘しないでおいた。

ビーハイブがあたしを見て首をかしげると、結いあげた髪が危なっかしい角度に傾《かたむ》いた。

「お客さんもよろしいですね？」彼女はあたしの服をまじまじと見ながら訊いた。

「このために買った服です」あたしは答えた。

ビーハイブの女性は椅子に深くすわり直した。

「指輪は買いますか？　それともレンタルされます？」

レンタル？

「用意してある」デルはそう言って胸のポケットを叩き、どれだけ長いチェックリストなのかと首をのばした。

「花嫁、あるいは花嫁の付添人のブーケは？」

「いりません」あたしは言った。「付添人もいません」

「申し訳ないが」デルは割りこんだ。「おれたちは結婚の誓いの列に並ぶだけのつもりで来たんだ。衣装だのなんだのはどうでも……」そう言ってかぶりを振った。「大事なのは結婚する相手であって、華やかさじゃない」

ビーハイブは目をデルに、つづいてあたしに向け、〝これだから花婿は〟という顔をした。

「あなたたちの人生でいちばん特別な日なんですよ。ちゃんとしたほうがいいと思います」とデルに向かって言った。「それに、どのくらいの式になるか見当をつけなきゃならないんです。そうしてはじめて、おふたりの式の予定が決まるんです」

あたしたちはあきらめて確認作業をつづけてもらったけど、どの質問にも、しません、いりません、けっこうです、と答えるだけだった――披露宴はしない、リムジンは必要ない、ヘリコプターはいらない、ホテルの予約もしなくていい――例外は、カードでなく現金払いにすれば料金の割引があると言われたときだった。「おふたりにとってかなりの節約になります」彼女は言った。「カジノで大金を賭《か》けるつもりの人に、とくに人気のあるサービスです」

撮影サービスも基本プランを選んだけど、ビデオ撮影は断った。「こちらのプランにすればお得ですよ」ビーハイブは強く勧めた。「ビデオを撮ればウェブ上で同時配信できますから、遠くにお住まいのご親族さまにも式の様子をごらんいただけますし、そのうえ、ユーチューブで自分たちだけが見られるようにもできます。おふたり、あるいは大切な方々が何度も繰り返して見ることができるんです」

彼女の説明はどれも、パンフレットを読みあげてるも同然だったけど、あたしはちょっとだけ躊躇《ちゅうちょ》した――またもママが頭に浮かんだのだ。ママにはまだ、結婚することも赤ちゃんがお腹にいることも話してない。ママのせいにするのはすごく簡単だ――ママにあれこれ言われるのを避けてるのだから。それとも、あたしたちは勝手すぎる？

そのとき、あたしたちより先に式を挙げた人たちが、きゃあきゃあ大声をあげ、いかにも楽しそうな様子でチャペルから廊下に出てきた。新郎新婦はあたしたちよりも歳上で、新郎

はがりがりにやせてる一方、新婦はウェディングドレスが四方八方にたっぷりひろがってい
た。ジャック・スプラットとその奥さんみたい、とあたしは思った（ジャック・スプラットとその奥さんは『マザー・グース』に歌われている夫婦。肉の脂身が好きな妻は太り、赤身が好きな夫はやせている）。

「またすぐにいらしてください」ビーハイブが大声で呼びかけたけど、それってなんだか変だ。二度め、三度めがある人はそんなに多いんだろうか？　そのとき、婚姻許可局の係の人から聞いた話を思い出した。毎年、十二万組以上のカップルが結婚を申請する——離婚するカップルもそれに負けず劣らず多いらしい。最近の景気を考えるとね、と係の女の人は言っていた。彼女は「幸運を祈ってるわ」と声をかけてくれたけど、その口調からは、せいぜいがんばることね、という気持ちがうかがえた。

つづいて、全身黒ずくめの男女がチャペルに入っていった。奥に進む新婦の首に犬の首輪が見えた気がした。

「アンケートとしておうかがいしますが、わたくしどもの教会のどこに魅力を感じたのでしょうか？」

「海」あたしは答えた。

「海と言えば」デルが話を引き取った。「建物の前の海はもっと手入れをしてやったほうがいいんじゃないかな」

「海はあそこじゃありません、こちらです」ビーハイブの女性はそう言って手を大きく振った。「人間の海です」彼女は電子煙草をひと吸いした。先端が赤く光った。

「ビデオ撮影をしてもらおうよ」あたしはデルに言った。「同時配信は必要ないけど……」

「これから生まれてくるお子さんのために」ビーハイブは言った。

「ママのために。それから……」あたしはお腹に手をやった。息子——場合によっては娘かもしれないけど——にはまだ名前がない。

ビーハイブは窓から身を乗り出してにっこり笑った。

「妊婦さんでいらっしゃるんですね」彼女はそう言うと、クリップボードになにかチェックを入れると、うしろに手をのばして小さな包みを取り、窓ごしに差し出した。「妊婦さんには特別なプレゼントを差しあげています。わたしどもからのお祝いです」

ポケットサイズのノートの表紙には〝赤ちゃんも入れて三人〟と飾り文字で書かれ、らせん綴じのコイルにボールペンが差してあった。


あたしとデルは長椅子に腰かけて、割り当てられた順番が来るのを待った。とりあえず、ビーハイブが言ってた人間の海を最前列で見ることができた。参列者の一団がぞろぞろ廊下を歩いてチャペルに入っては出てくる様子は、寄せては返す波のようだった。

頭のてっぺんから足のつま先までフォーマルな装いで決めた（ビーハイブに言われてレンタルしたのかどうかはわからない）グループがいるかと思えば、ついさっきまでカジノにいたような新郎新婦もいた——女の人のほうは、体にぴったりしたスパンコールのドレスを着ていた。あたしは、ほかにも売春婦っぽく見える女の人たちを次々と見つけ、指輪のレンタルがあるのはこういうわけだったのかと納得した。

「あの女の人がつけてる宝石を見た？」あたしはデルに小声で訊いた。

「いやでも目につく」デルは言った。「全部の指に指輪をはめてるみたいだな」

「ひとつくらい盗んでも、気づかないいんじゃないかな」あたしはカジノで見かけた女の人を思い出しながら言った。

「べつの指輪を物色してるのか？」

なかにはすごくすてきなのもあったけど、あたしは首を横に振った。「ヴェガスでいくら稼げるかなって、また考えてただけ。どこもかしこも、お金持ちであふれてるから」

お次は、いかにもバーから直行してきたか、あるいはバーを何軒もはしごしてきた感じの大集団だった――新郎新婦、それぞれの付添人たちにくわえ、四世代ほどの家族が揃っていた。「ボビーが吐いちまってさ」新郎の付添人のひとりが声をひそめたつもりの大声で言うと、新郎らしきボビーがタキシードのジャケットからフラスクを取り出して言った。「二ラウンドめに行くぞ！」アルコールがひときわきつくにおい、あたしのほうが吐きそうになったけど、どうにかこうにかこらえた。新婦は足もとがふらふらしていたけど、女の人が手を貸してしゃんとさせようとすると、その手を乱暴に払いのけた。「お母さん！　いちいち手出しをしないで。わたしの式なんだから！」

それであたしもママのことが頭に浮かんだけど、このときは罪悪感はなく、つづいてシャーリーンが思い描いてた結婚パーティと、それが一瞬にして気まずいものになったことを思い出した。
あたしは式の時間を計った。一回がだいたい二十分。赤ちゃんの名づけ本をバッグに入れてきたから、順番を待つあいだ、その本をデルと交互に見ては、気に入った名前をさっきもらった〝赤ちゃんも入れて三人〟ノートに書きつけた。女の子の名前として、デルがよさそうな名前をふたつ思いついた。ルシンダとハーパー。彼はハーパーに二重丸をつけた。「愛称はポピーだな」彼は言った。たしかにかわいらしい。でも男の子の名前となると、なぜだか、仰々《ぎょうぎょう》しい名前にこだわった。自分がデルウッドなんていう名前だからか、古めかしい響きのものがいいと思ってるみたい。
あたしが男の子用に考えた名前はこんな感じ。

ジャック
レイ

デルが考えた名前はこう。

オーガスタス
ダシール
セロニアス
ウィルバーフォース

ウィルバーフォース？　あたしは次のページにそう書いて、デルに差し出した。

〝水路という意味だ〟彼はそれで説明になっているとばかりに、書いてよこした。

この先も議論を重ねることになりそうだ。

いつものことだけど、あたしの心はすでにずっと先の未来をただよい、ささやかな場面でそれぞれの名前をためしていた。ルシンダ——愛称はおそらくシンディ——がデルの大きな肩で眠ってるところ。ふたりでオーガスタスにABCを教えるところ。ガールスカウトに入団してブラウニーになったポピー。ママの大反対であたしは入団できなかったけど。ダシールがはじめて散髪してもらい、はじめて自転車に乗り、はじめて抜けた歯を枕の下に置くところ。セロニアスのために（お願いだから、セオって呼ばせて！）あたしが大きなマフィン型でシナモンロールをはじめて焼き、セオもデルもあたしも口のまわりをべたべたにして、三人でけらけら笑うところ。

「おまえの親父さんはどんな人だったんだ？」デルが訊いた。「本当の親父さんのほう」

「靴下のサルの話に出てくる人じゃなく？」あたしは頭を振った。「あの話は本当じゃないけど、あの人があたしとママを捨てたのは事実だし、ママはそこから立ち直れなかった。あたしはまだちっちゃかったから、そんなに大きな衝撃は受けなかったけど」

「それ以前のことで覚えてるのは？」

「手品」あたしは言った。「パパはマジシャンだった」

「ほんとか？」デルが言った。「シルクハットからウサギを出すみたいな？」

「プロって意味で言ったんじゃないよ。パーティで隠し芸として披露してただけ。親指を取りはずしたように見せかけてびっくりさせるとか。耳のうしろからコインを出すとか。いかにも父親がやりそうなことよ」

「おれもいくつか練習したほうがよさそうだ」デルは言った。「ウィルバーフォースのために」

あたしは聞き流した。

「パパはトランプの手品がいちばん好きだった。ほら、カードを一枚引かせて、それがなんのカードか当てたり、カードの山から出してみせるやつ。山のなかから一枚だけ立ちあがらせることもあったっけ。見えない糸がくっついてるみたいに。世界そのものがマジックみたいに思えて、あたしは歓声をあげた」

そうやって昔の話をするだけでも、唇をぎゅっと引き結び、コンロの前から、あるいはアームチェアから、あたしたちをちらちら見ていたママの姿を思い出してしまう。「奇跡だわね」ママのその声にはいやみがこもってたけど、そのころのあたしは、それがいやみというものだとは知らなかった。

当時のママの口調と表情を思い返すうち、パパが〝ジン・アンド・トニック〟と呼んでた手品があったのを思い出した。十セント硬貨と一セント硬貨を使う手品で、十セント硬貨だけが消えてしまうのだ——それを見たママの感想は、自分のお金もまともに管理できないんだから、というものだった。「いい手品とはどんなものかわかる?」ママは訊いた——何度となく。「解雇通知じゃなく、小切手を出してみせる技」

「あたしが好きな手品をやってみせようか？」あたしはデルに訊いた。

「まだ時間がありそうだからな」デルは答えた。

あたしはビーハイブのところに行って、トランプがあるか訊いた。

「ここはヴェガスですから」彼女は窓ごしにひと組よこした。

「〝女王さまのパーティ〟っていう手品」あたしは全部の絵札と四枚のエースを、ほかのカードと分けながら、昔を思い出していた。パパは、〝おまえのパーティ〟という手品だと言い直し、今度はどの女王さまになりたいかなと訊いてきたっけ。あたしはいつもハートって答え、するとパパは〝当然だな。パパの心《ハート》の女王さまだ〟と言い、それを聞いたママはパパを〝人たらし〟と呼んだ——ほめたわけじゃない。

あたしは絵札を集めると、クイーンのカードを一枚ずつ、デルが腰かけてる長椅子の肘掛けに並べた。ぎりぎり、全部のった。

「女王《クイーン》さまたちがパーティをひらきました」あたしは説明した。「それぞれが王《キング》さまを招待しました」

そこで、キングのカード四枚をクイーンの上に載せた。

「王さまは友だちをひとりずつ連れてきました。問題を引き起こすような連中です」かつて、パパが毎回言ってたのと同じことをあたしも言った。

「同じマークかどうかは関係あるのか？」デルが訊いた。

「ポイントがずれてる」

このときにはもう、ビーハイブまでもが窓ごしにうかがっていた。べつの結婚式の一団が通りすぎた。こぢんまりしたグループで、新郎はそわそわしているように見えた。

「とにかく、それぞれのパーティの参加者は三人で、ふたをあけてみると、パーティはちょっぴりいかがわしいものになっていきました」これもまた、パパのいつもの科白《せりふ》だ。

いかがわしいってなあに？　あたしはパパに訊いたことがある。

悪ふざけをするってことだ、とパパは答えた。

この子は五歳なのよ、とママ。

「パーティが手に負えなくなったので」あたしはつづけた。「当局が介入せざるを得なくなりました」

警官はもちろん、エース――そう言って一のカードを一枚ずつ置いて、四つの山をこぶしで軽く叩いた。トリックの一部として。「乱暴者をおとなしくさせます」

それから、カードの山を順番に重ねた。「フースガウにまっしぐら」あたしは言った。「フースガウっていうのは刑務所のこと」

「スペイン語からきてる言葉だよな」デルは新しい語彙《ごい》と見ると目を輝かせる。

「おおざっぱに言えばね」パパがどこでその言葉を覚えたのか、見当もつかない。「でも、ちょっと待って！　途中で交通事故があって、全員が入り乱れちゃうの」

あたしはトランプの束《たば》をデルに差し出した。

「なにをすればいいんだ?」

「上下を入れ替えて」

デルは簡単に一回だけ上下を入れ替えた――あたしには気合が足りないように感じた。子どものときのあたしは、どう入れ替えようか慎重に検討したものだ――均等に混ざるようにしたり、パパのねらいを台なしにしてやろうと思って、いちばん上かいちばん下のカードだけを入れ替えたりもした。

よかったらもう一回入れ替えてもいいんだぞ、ハニー。パパはよくそう言った。大事故なんだから。

秘訣はなんだったんだろう? 何度も入れ替えたから? あれは単なる目くらまし? あたしはああでもない、こうでもないと考え、手を替え品を替えやってみた。なにをしても関係なかった。

「どんな大事故でも、ルイーズは必ずもとどおりにできるってことを忘れないで」パパがいつも言ってた科白をあたしの名前に変えて、デルに言った。そこでカードを一枚ずつ配って四つの山をつくると、エースは四枚とも一カ所に集まり、ジャックもキングもクイーンも同様だった。

「そりゃそうだろ」デルは言った。「順番は変わってないんだから」

ビーハイブも目をまるくしてるようには見えなかった。べつの男女が窓口に近づいた――彼女の関心は完全にそっちに移った。

「当時はすごく感心したんだけどな」カードをひとまとめにしながらあたしは言った。「言葉も出なかった」

「まああよかったよ」デルは言うと、また赤ちゃんの名づけ本に目を戻した。

あたしはがっかりするまいと、事実をちゃんと把握《はあく》しようとした。

「みんなが見ているのは――」どうやったのと訊いたら、パパはこう説明した。「本当に起こってることじゃないが、本当に起こっているように見えるんだよ。パパが言ってることがわかるかい、シュガー？」

そのときはわからなかった。いまならたぶん、わかる。

年配のカップルと四、五人の招待客が式のためにチャペルに入るとすぐ、次はあたしたちの番だとビーハイブが窓ごしに告げた。

「なかに入って、ちょっとのぞいてみない？」あたしは言った。

「あっちも気にしないだろうしな」デルが言い、あたしたちはこっそりなかに入って、最後列の会衆席に腰をおろした。

なかもステンドグラスがはまっていた――片側はあきらかに裏からライトアップされていて、反対側は外に面していた。すでに陽が沈み、ステンドグラスを照らすのは街灯だけだったから、薄暗くて、柄《がら》がはっきりとわからなかった。牧師の装いはかなり地味だった――アロハシャツかなにかを着てるんじゃないかとちょっとだけ思ったけど、それはなかった――

が、まわりを南国の花に囲まれていた。極楽鳥花《バード・オブ・パラダイス》という名の花だとあとで知った。白い円柱に、色あざやかで華やかなアレンジメントが置かれていた。

式典のあいだ、カメラマンがあっちにこっちに動きまわり、両側からも通路からも写真を撮っていた。ビデオカメラマンはチャペルの一角に陣取《じんど》って、カメラをいろいろ操作していた。贅沢をして、ワンランク上のサービスを選んだんだろう。

あたしたちのひとつ前の新郎新婦が祭壇へと進み出た。新郎は長身で、ぴんと背筋をのばして立ってる様子は、新郎というよりも執事みたいだった。新婦が新郎の手を取ろうとのばした手が光を受けて青く輝いた――彼女の指には、大きな宝石のついた指輪がはまっていて、あたしはまたしても、それをちょうだいしようかと考え、頭のなかであれこれ計画をめぐらした。招待客たちは前のほうの席にすわっていて、あたしたちには気づいていない。牧師は全員を歓迎し、結婚の再宣誓を執りおこなうことがどれほどすばらしいかという話を始めた――「すでに四半世紀の結婚生活を送り」と彼は言った。「さらにこの先の人生をともに歩もうと誓うのですから」それを聞いて、あたしはべつの方向にイメージをふくらませた――デルとあたしがいつの日か、あのふたりみたいにまたここを訪れ、そのときにはポピーかダシールも一緒で――。

ロビーで叫び声があがった。つづいてべつの叫び声がして、取っ組み合いのような音が聞こえてきた。前のほうにすわっている全員が振り返った――最後列の席にすわるあたしたちに目をとめた。次の瞬間、あたしたちの横のドアがあいて、ビーハイブが駆けこみ、黒マスクの男がそれにつづいた。

「床に伏《ふ》せろ」男は銃を振りながら言った。「全員、いますぐ。それと、カメラのスイッチを切れ。さもないと、銃でぶち壊してやる」

祭壇の上から、長身の新郎が銃を持った侵入者を指さした。「もしもし、そちらの方」と、かすかにイギリス訛《なま》りのある声で呼びかけたものだから、あたしが抱いていた執事らしい感じが、ますます強くなった。新郎は足を踏み出しかけたけど、黒マスクが腕を大きく振った。銃弾が発射され、新婦のすぐ隣にあった花瓶《かびん》を粉々にした。水が新婦に降りかかり、極楽鳥花が高く舞いあがり、彼女が耳をつんざくほど甲高い悲鳴をあげたものだから、あたしはもうひとつの花瓶も割れるんじゃないかとなかば本気で思った。

「さがってろ、ジーヴス」黒マスクが言った（P・G・ウッドハウスの〈ジーヴス・シリーズ〉のタイトルのもじり。主人公のジーヴスは執事）――デルによく似た低い声だった。新郎がすごく執事っぽいと思ったのは、あたしだけじゃなかったのだ。

デルがあたしの手をぎゅっと握《にぎ》ってきた。彼がほかになにをしようとしたのかわからないけど、銃を持った男がそれに気づいた。

「おまえもだ、大男」黒マスクは言った。銃を持ってないほうの手にナイフが見えた。「その女を花嫁にする前に未亡人にはしたくないだろ？」

それはありえない。物事には順序というものがある。でも、彼の言いたいことは伝わった。この場にいる全員に。

あたしがお腹の赤ちゃんを気遣わなかったのかと、気になってる人もいるかもしれない。銃を手にした男――正確に言うなら銃とナイフを手にした男――がチャペルに侵入してきたら、母親だけじゃなく、もうすぐ母親になろうという女性なら、真っ先に赤ちゃんを守ろうとするものでしょ？　逃げるとか、安全な場所を見つけるとか、人間離れした大声で叫ぶとか、そういうことをするものよね？

うまく説明できないけど、あたしは怖いと思わなかった。最初のうちは。驚きはしたけど、怖くはなかった――その理由は、オレンジの種ちゃんがまだオレンジの種くらいの大きさしかなかったからというだけじゃない。

そのときまでデルにしていた話、つまり、みんなが見ているのは必ずしも本当に起こってることじゃないと、パパから教わったという話のせいだ。目の前で起こってることはなにひとつ、現実とは思えなかった。少なくともデルが切りつけられるまでは。

たしかに、黒マスクは強引で威張《いば》り散らしてるように見えた。銃とナイフを振りまわし、誰かれかまわず怒鳴りつけ、床に伏せろと大声で命令し、全員、金と宝石を出せと命じ、ためらわずに銃を撃つからなと警告した。でも、彼の目を見るかぎり、花瓶を撃ったときなんか、本人も一緒になって驚いてたようだった。ビーハイブとの会話だって、お笑いでよくやってるやり取りを思わせた。

「もう、ここにあるお金は全部渡したじゃない」ビーハイブは言った。「いいかげん、出てって」

「あれじゃ全然足りないんだって」男は言った。「誰のせいでもない、あんたのせいだ」

「だから言ったでしょうに――」

「おれも言ったろ。ウェブサイトに書いてあったと。現金のみってな」

「それを言うなら現金割引」ビーハイブは言った。

「また同じことを言ってみろ」黒マスクはまたも銃を振って強気に出ようとしたけど、いらいらしてるようにしか見えなかった。「どのみち、手ぶらじゃ出ていかないからな」

黒マスクが床に伏せてるあたしたちをよけながら移動したとき、白いブーツを履いてるのが見えた。やけにしゃれたデザインで、ぴかぴかに磨きあげてあったから、非現実感がさらに増した。

所持品を差し出すことに文句を言う人もいて、それもまた非現実的な感じがした――ジーヴスはまたも「あのですね」と言い、新婦は「このサファイアだけはやめて、先祖代々伝わる家宝なの、お願いよ」と涙ながらに訴《うった》え、黒マスクはますますタフガイを気取って「よこせ」とすごんだ――サファイアにはおそらく保険がかかってるはずで、そう考えるとすべてが芝居めいて見えた。

黒マスクがカメラマンからカメラを取りあげたときは、気の毒に思った。「それがなきゃ、仕事にならないんです」カメラマンはそう訴えたけど、黒マスクは聞き流した。通り沿いに何軒も並んでる質屋に持っていけば、すぐさま買い取ってもらえるだろう。ビデオカメラマンのカメラは持ち運ぶには大きすぎたけど、黒マスクがバッグを取りあげようとすると、カメラマンの女性は財布に入れてる子どもの写真は奪わないでと訴えた。どうやら写真は返してもらったようだ。

「ほかにいいものを持ってるやつはいないか?」黒マスクはそう言いながら、あたしたちに近づいた。「指輪があるんだろう、大男?」

デルはしぶしぶ、新品の結婚指輪をポケットから出したけど、それを渡そうとした瞬間、突然、まぶしい光がステンドグラスごしに射しこんで、チャペル内をぐるりと移動した。つづいて、正面玄関をノックする音があたしたち全員の耳に届いた。「警察です」という声がした。「問題ありませんか?」

黒マスクは罰あたりな言葉を半ダースほど吐き、ビーハイブに悪態をついたけど、彼女を責めるのはまちがってる。花瓶を撃ったときの銃声が近所にも聞こえたからにちがいない。黒マスクは大急ぎで通路を戻り、その際、あやうくあたしを踏みそうになった。

「きょうは終了した」黒マスクはドアごしに言った。「なんの問題もない」

「鍵をあけてもらえませんか? 通報がありまして、なかを確認しなくてはなりません」

「鍵はない」

「鍵がない? あなたはどなたですか?」

「おれは——いや、誰だっていいだろう。ドアから離れろ。さもないと、ここにいる連中をひとりずつ撃ち殺す」

「デル?」あたしは小声で呼びかけた。「あたしを愛してる?」そこで、あたしは結婚の誓いを自分たちでやりはじめた。一方、デルはと言えば、反撃の方法を考え、機会をうかがっていたけど、黒マスクが引き返してきて、やめろ《カット・イット・オフ》と言い、デルに切りつけ《カット》たのだった。

真っ赤な血が流れたことですべてが現実になった。

コードレス電話を手に、黒マスクはあたしたちの様子を確認するためチャペルに入ってきたかと思うと、つかの間、外に出て、すぐに戻ってくるといった具合に正面玄関のあたりを行ったり来たりしていた——ぴりぴりしてるみたいだ。電話の会話は彼の側しか聞こえないけど、すでに人質解放交渉チームが態勢を整えつつあるらしい。

「いや、名前を教える気はない」黒マスクが言った。

長い間。電話の相手がなにやら言い、それに対して黒マスクが答えた。「おれを含めた全員が無傷で出られるようにしてもらいたい」

べつのカップルの招待客のひとりが、小さくすすり泣いた。あたしはデルに目をやった。全員が無傷で、という部分はすでに達成不可能だ。これ以上誰も痛い目にあわないようにする、というのがいまの目標。

「おれ以外に八人か九人」黒マスクの話がつづいている。「正確な数は数えないとわからない」またも長い間。「なにがあったのかって? 最近になって、家族を食わせていけなくなったんだよ。ラスヴェガスにはたんまり金があるってのに、おれにはほんのわずかな金もない。おれとかみさんと、おれの……」

黒マスクの声はチャペルに入ってくると大きくなり、正面玄関のほうに出ていくと小さくなるのを繰り返した。ふいに彼が近づいてきて、デルの血をどうにかしてとめろということなのだろう、あたしとデルのあいだにペーパータオルを一枚落とした。

「大丈夫?」黒マスクが背を向けると、あたしはデルに声をかけた。

「こんな傷を気にかけてる暇なんかない」デルはペーパータオルを頬に押しあてながら言った。彼は扉をじっと見つめた。「いちばんに考えなきゃいけないのは、ここから出ることだ。銃を持ってくればよかった」

「デル」あたしは小声でたしなめた。「結婚式に銃を持ってくるもんじゃないわ」

「どっちにしても」デルはさっきよりもひそひそ声を大きくして、あたしの言葉をさえぎった。「今度あいつが入ってきて出ていくときに、今度あいつが背中を向けたときに――」

「もうばかなまねはしないでちょうだい」あまり離れてないところから、べつの声がした。どうしたって、人に聞かれてしまうようだ。

思っていたよりもはやく、黒マスクがまた入ってきた。「ここではおれがルールを決めないといけないみたいだ」そう言ってまた出ていった。

「あいつに襲いかかるようなまねはしないで」あたしは小声でデルに訴えた。「刺激するだけだから。そうなったら、とんでもないことをしでかすよ、きっと」

デルはまったく聞いていなかった。あたしのそばの床に落ちた〝赤ちゃんも入れて三人〟

ノートに手をのばした。

「さっきのペンをくれ」デルはひそひそと言った。

「さっきのペン？」あたしは訊いた。

「シヴだよ」彼は言い、あたしがそれを手に取って自分のドレスのサッシュにするりと入れると、デルは唖然《あぜん》とした顔をした――それも当然だとわかったのは、〝シヴ〟がなにか、知ったあとだった（Shivは間に合わせの武器の意）。彼がなにを考えてたかはわからないけど、あたしは黒マスクを刺そうなんて思ってなかった――あいつがデルの顔に切りつけたときは、ちらりと考えたけど。

「おしゃべりはこれで終わりだ」黒マスクはそう言いながら、チャペルに戻ってきた。彼が放り投げた電話が、派手な音とともに床を滑《すべ》っていった。例のブーツがつかつかとあたしたちのほうに近づいた。黒マスクはまたもあたしを見おろすように立った。「さて、ほかになにか隠してないか？」

そのときのあたしの頭のなかには赤ちゃんのことはなく、まともにものが考えられない状態に見えたかもしれないけど、どっちもちゃんと考えていると自分に言い聞かせた。その瞬間、あたしは前にもしたように、未来に向かって映像を早送りした。数年後、デルはウィルバーだかハーパーだかに、あたしがいかに賢く度胸があったかを話して聞かせ、それに対し、あたしはこう言うのだ。度胸なんかまったくなくて、端からはそう見えただけだって。でも、賢いと言ってもらえたことに異議を唱えるつもりはない。なにもかもがうまくいったのだから、なおさら。

　あたしは大きく息を吸った。

「お腹に赤ちゃんがいるの」黒マスクに告げた。

「だから?」彼は言った。

「だから、トイレに行かなきゃいけない。立ちあがるから手を貸してくれない?」黒マスクが答えるより先に、あたしは立ちあがりはじめた。どのみち、彼は銃とナイフで両手がふさがってるから、手を貸せるわけがなかった。

「なんだよ?」男は舌をもつれさせながら言い、また銃をかまえたけど、あたしはそっちに目を向けまいとした。チャペルにいるほかの人たちがそわそわしたり、縮みあがっているのが音でわかる。デルもいきおいよく立ちあがろうとしたけど、黒マスクが大声でわめいた。

「しゃがんでろ!　はやく!」そう言って、デルに向けてナイフを振った。それからまた、あたしに目を向けた。「なにをするつもりだ?　伏せてろって――」

　あたしはまっすぐ立ちあがった――さっきジーヴスがやったみたいにぴんと背筋をのばした。銃とナイフには焦点を合わせず、相手に対する怒りを必死で抑えこみながら、黒マスクの目をまっすぐにのぞきこんだ。

「つわり《モーニング・シックネス》は朝限定の症状じゃないの」あたしは男に言った。「あたしをトイレに行かせたほうが、ここにいる全員にとって、はるかにためになるし、もちろん、あなたとあなたが履いてるブーツのためにもなる」このころには、内臓という内臓がぶるぶる震《ふる》えていたけど、あたしは自信を本物に見せるため、全エネルギーを注ぎこんでいた。

黒マスクのナイフを持ってるほうの手が、びくっと動いた。デルをねらってる銃はぴくりとも動かない。あたしは息をとめたけど、気が静まらなかった。ほんのちょっとも。

家族。黒マスクは警察との電話でそう言っていた。この人にも家族がいる。それをなんとか利用できないだろうか？

危険なのは、破れかぶれになってるから。あたしは自分に言い聞かせた。ばかなまねをするのは、怯えてるから。

床の上で足をばたばたさせながらカジノからつまみ出された男の人のことを思い出した――背中をまるめるようにしてブラックジャックのテーブルやスロットマシーンに向かってた人たちの顔も。

それから、学費を稼ぐために、あちこちのコンビニエンスストアで強盗をはたらいたデルのことに――ブレンダと、彼女が失うのを恐れていたものすべてに――思いをはせた。

請求書のことや、パパのぐうたらなところや、手品のことで言い争うあたしの両親のこと――さらには、パパがあたしの部屋に入ってきて、「パパはしばらく遠くに行くことになった」と言い、胸の前で腕を組み頭から湯気をたててるママが、部屋の入り口に立ってたあの夜のことに思いをはせた。

靴下のサルはもらわなかったけど、パパが耳のうしろに髪をかけてくれたとき、あたしは期待に胸を膨らませた――十セント硬貨か、ひょっとしたら二十五セント硬貨か、あるいは手品で使うゴムのボールがもらえるんじゃないかって。でもパパはなにもくれないまま手を離した。

最後にパパがひとつだけ披露したのは、自分の姿を消す手品だった。

黒マスクがナイフをロビーのほうにさっと振ってトイレはそこだと示し、あたしに〝行ってこい〟という仕種《しぐさ》をすると、その場にいた全員がほっと息をついた。彼はあたしにぴったり体を寄せ、ばかなまねをするなよと警告すると、チャペルのドアの前に陣取り、あらゆることに目を配った。

さっさと逃げることもたしかに考えた。黒マスクはほかの人たちを見張るため、あたしに背中を向けるかもしれない。そしたら、こっそりこの場をあとにすればいい。そうしても、誰もあたしを責めないと思う。だって妊娠してるんだし、赤ちゃんを第一に考えてのことなんだから。

でもあたしの計画は、デルと一緒に、みんな一緒にここを出ることだった――あたしに静かにしろって言った牧師さんも、執事のジーヴスと、すてきな指輪をはめた彼の妻も。

トイレからだと、建物のなかも外も状況が悪化してる様子がうかがえた。また電話が鳴り、拡声器を通した声が交渉を再開しようとか、全員の無事を確認したいとか、とことん話し合おうとか、大声で呼びかけていた。ヘリコプターが上空を飛んでいる。ブーツの足音が行ったり来たりするのが聞こえる。とうとう黒マスクがドアを叩いた。「まだ終わらないのか?」しびれを切らしたのだろう。

「あとちょっと」あたしは大声で返事した。

メモを書くのは思ってたよりも時間がかかった。書き終えるころにはボールペンのインクがかすれ、〝赤ちゃんも入れて三人〟ノートを四ページも使っていた。

ようやく外に出ると、黒マスクは――デルの言い方を借りるなら――怒り心頭に発してた。「こんなことをするのは本意じゃないんだけど」あたしはひそひそ声で彼に言った。「あんたがここから出るのに手を貸してあげる」そして、トイレで書いたものをノートから破りとって二つ折りにし、あたしのイヤリングと時計と一緒に渡した。彼はナイフをポケットにしまい、それを受け取った。「あとで返してよね。あとひとこと言っておくけど――」男のほうに顔をぐっと近づけた。「――そのナイフと銃の扱いには気をつけてよ。さもないと、ここから生きて出られないのはあんたってことになるから。わかった?」

彼はぐいと顎を引いた――驚きのあまり言葉が出てこないようだったけど、怒りがまたも燃えあがりかけていた。「お嬢さん、おれは……」

あたしはメッセージを読む黒マスクをその場に残してチャペルに引き返し、もとの場所に横になった。床に伏せてる何人かがあたしのほうに目を向けてきた。牧師が不快感もあらわににらみつけてくる。サファイアの指輪を奪われた花嫁はショックを受けてるようで、やけに落ち着きのない様子だった。彼女もおしっこに行きたいようだけど、そんな無謀なことはできないんだろう。

「大丈夫か？」デルが訊いた。

「すっきりしたわ、冗談じゃなく」あたしは答えた。「それと、事態はじきに収まる。見てて」

戸惑った顔をしたせいで、切られたところが痛んだにちがいない。というのも、すぐに顔をしかめたから。しかも、顔をしかめたせいで、また痛んだみたいだけど、痛みが増す前に黒マスクが戻ってきた。

「そこの娘」黒マスクは言った。「妊娠してるお嬢さん。ちょっと手伝え。それと、大男。おまえにもすぐにやってもらうことがある」それから彼はビーハイブに歩み寄った。「おねえさん、立ってくれないか？　タキシードが必要だ。サイズは四十六。ここにあるよう、祈ったほうがいい」

片手に銃、片手にナイフ、さらにはスキーマスクに邪魔されながらも、黒マスクは着ていたものを苦労して脱ぎ、タキシードに着替えた。最良の状況でも、フォーマルウェアを着るのは大変で、袖口のカフスボタンやシャツのスタッドボタンをきちんととめることも、襟芯《えりしん》がずれないようにすることも、彼にはむずかしそうだった。彼はチャペルの入り口に立って、お辞儀をするように体をかがめ、あちこちに目を動かし、ドアを、あたしたちを見張り、状況を把握していた。略奪品は横に置いてあった。

「袖を折り曲げるのを手伝ってくれ」黒マスクはそう言うと、袖をぺらぺらさせながらあたしのほうに腕を突き出した。カフスをとめてやったとき、ナイフの先端があたしの二の腕に触れた。わざとじゃないのはわかってる。

「お願いだから気をつけてよ」あたしは言った。

ジャケットを着せるときは、彼が銃を持ち替えるため、片腕ずつゆっくりとしなくちゃならなかった。ナイフはこのときだけ床に置いたけど、終わるとすぐに拾いあげた。あたしは、デルが見てるかどうか、なにかしようとたくらんでいるかどうか気になった。

どこかの時点で黒マスクを押し倒すことはできたかもしれない。そうすべきだったかもしれないけど、彼が発砲する、パニックを起こす、大騒ぎするなど、まずい行動に出るリスクをおかしたくなかった。弾《たま》が飛ぶ可能性はものすごく高い。

カマーバンドを着けるとき、あたしは黒マスクに告げた。「全部は持ち出せないよ」そう言って積みあげた財布や宝石、それにカメラを指さした。「見られちゃうから」

「ついてない」黒マスクは言った。「こんなにあるってのに、ほぼ手ぶらで家に帰るなんてな。またしても」

「前にもチャペルに強盗に入ったことがあるの？」

「そうじゃない」彼は答えた。「はじめてだよ。はじめてだし、おそらく最後だ。請求書は届くわ、集金人はやってくるわでね。やりくりするための金が必要だったんだよ」

「非常事態なんだね」あたしはまたもデルに、デルが学費のために強盗をしてたことに思いをはせた。でも、デルは誰にもけがをさせなかった。すごく慎重だった。

黒マスクに蝶ネクタイを結んでやりながら、これで首をぎゅっと絞めてやろうかと考えたし、そうしてやりたかったけど、どんな反応が起きるかわからなかった。ナイフを持ってるほうの手をさっとあげるかもしれない。

「おれの女房も妊娠しててね」黒マスクは言った。「それに三歳になる子もいる」

あたしは鼻を鳴らした。「いいお手本だわね」

黒マスクははっと体を固くした。筋肉が硬直し、ナイフの切っ先があたしのわき腹に触れた――今度は偶然なんかじゃない。「そういう決めつけはよせ、お嬢さん」彼はぶっきらぼうな口調で早口に言った。「それから、危険は去ったと思うのはまだ早いからな」デルが床の上で体の向きを変えるのが、目の端に見えた。なにかあったらすぐ動けるようにと体勢を整えてるんだろう。ちゃんと見ていてくれたのだ。

「彼に切りつけなくたってよかったのに」あたしは小声で言った。「なんであんなことをしたの?」

男はウールの覆面ごしに大きくため息をついた。これだけ距離が近いと、息がにんにくさいのがわかる。

「あれは忘れてくれ」黒マスクは言った。「いいからちゃんと着るのを手伝え」

着付けが終わったら、それなりにしゅっとして見えるのかもしれない――もちろん、スキーマスクはべつにして。そんなものをかぶってるせいで見た目が台なしだ。彼はあたしに銃を突きつけたまま、全部のお財布からお金を残らず抜きとらせ、それを束にまとめた。財布は山にしてカメラマンのカメラとひとまとめにした——どれもタキシードに隠すには、かさばりすぎるものばかりだ。

それでも宝石は持っていくことにして、指輪をポケットに入れた。あたしとデルの指輪を入れる段になったとき、あたしは返してと言いかけた。でも、まだだめだ。あたしと黒マスクがぐるに見えないようにしないといけないんだから。

「いまから電話をかける」すべてをポケットに入れ終えると、黒マスクは言った。彼はビーハイブに向かってナイフを振った——指し示しただけとはいえ、軽はずみにすぎる。「そこのあんた、起きあがっておたくのビデオカメラマンに準備をさせろ。ネットで生中継することをあんたから警察に説明するんだ。それから、おい、大男」そう言ってデルのほうにナイフを振る。「婚約者になにかあってほしくないよな? だったら、これから言うことをやれ……」

手持ちのカードがどうこうじゃない。カードをどう並べ、どう切るかということでもない。ときには不利な状況になるというのはパパから学んだことのひとつ。そんなときは、どうプレイしたところでなんにも変わらない。

でも、変わる場合もある。

これもパパから学んだことだ。本物らしさと本物のちがい。本物はいくらでも好きなように作り替えられる。

ビデオカメラマンがふたたび持ち場につき、チャペル全体をなめるように撮影した――フラワーアレンジメントがまだのってる台座ともうのってない台座、ステンドグラスの窓、最後に人質。全員が床の上で体を起こしてるのはあたしが黒マスクに渡したメモでそう指示したから。そうしないと死んでるように見えてしまう。

「いまは全員、無事だ」ビデオカメラマンが近づいて顔にピントを合わせると、銃を手にした男は言った。ただし、それは黒マスクじゃなく、デルだ。「ほぼ、無事だ」彼は言い直した。「できればこの状態を維持したい」

あたしとしては不本意だけど、顔の傷がいいアクセントになっているにちがいない。おかげでひときわ手強《てごわ》そうで凶悪そうに見えるし、これまでさんざん苦労してきたことをうかがわせる。固唾《かたず》をのんで見守ってる全員が、なにがあったのか、このあとどうなるのか気になることだろう。銃を持った男があんな傷を負ったのなら、ほかの人たちはどんな目にあわされてることかと。

「この状況を乗り越えよう、ここにいる全員で」デルはつづけた。「誠意の証として、人質のうちふたりを解放する。女のほうは妊娠していて、えらく動揺しているから、責任を負わされるのはごめんだ。女の亭主が付き添う」

そこでカメラが向きを変えて黒マスクとあたしを映したら、いい感じだったと思うけど、そううまくはいかなかった。男があたしのわき腹にナイフを突きつけてたから。デルがちょっとでもおかしなまねをしたら、あたしを殺す。黒マスクからそう言われてた。デルじゃなくても、誰かがおかしなまねをしても同じことだと。カメラのアングルなどからして、ネットで配信映像を見てる人たちがナイフに気づくかどうかはあやしいところだけど、気づこうが気づくまいが、男はあいかわらずスキーマスクをかぶったままで――チャペルにいる人たちに顔を見られたくないから――当然ながら、人質らしく見えるはずがない。

黒マスクは誰よりもこのチャペルから外に出たがってるんだって、あたしはひたすら自分に言い聞かせつづけた。こんなふうにナイフを突きつけられていては、不注意な行動をしたり、パニックを起こしたりしたら、危険きわまりないからだ。

「いちおう言っておくけどな」黒マスクは小声であたしに言った。「手本になろうとなるまいと、どうでもいい」その言葉には怒りと、おそらくはそれ以外の感情もにじんでいた。「おれはかみさんと息子と、これから生まれる赤ん坊を抱え、請求書の支払いをし、養っていかなきゃならないんだよ」

「あんたの言いたいことはわかる」あたしもひそひそ声で言った。「これを終わらせれば、家族のもとに帰れるよ」

「まるでかみさんがおれの帰宅を待ってるみたいな言い方だな」男はもごもごと言った。「家に帰るたび、自分はだめ人間だと思わされるのがどんなものかわかるか？　だめ人間だと言われる気持ちが？」ナイフの先が背中に当たったけど、おそらくわざとじゃない。でも、そこには怒りといらだちがたっぷりこもっていた。「ただ仕事を見つければいいってもんじゃないんだから。もっとべつの仕事にしてよ。最近、あたしになにかしてくれた？　あたしにどうしろっていうのさ、ねえ？　そう言われるときの気持ちが、あんたにわかるか？」わかる。あたしもそういう生活を送ってたから――もっとも、そのときはまだ六歳だったけど。

「奥さんは自分でもどうしていいかわからないんだと思うよ」あたしは言った。

黒マスクはなんとも答えなかった――世界の重みにぎゅっと押されて出てきたみたいなため息をついた。

「だんなの顔を切りつけて悪かった」黒マスクは小声で言った。「もののはずみだったんだ」

「彼はだんなじゃない」あたしは言った。「いまはまだ。でも、謝ってくれてありがとう」

デルはあいかわらずカメラに向かって話している。「ふたりの無事を確認したらすぐ、今度は警察が誠意を見せる番だ。さもないと、次に解放する人質は、自分の足で歩いて出ていけないかもしれない。おれの要求は……」

そこから先は、いたってお決まりの言葉がつづいた。彼は現金と車とヘリコプターを要求した。「安全な逃走経路。それと刑事免責」これはデルのアドリブだけど、真に迫《せま》ってたし、表情にはすごみがあった。顔の傷に、のびかけのひげ。きれいに生えそろってるよりも物騒に見えるかもしれない――ぬいぐるみの熊なんかじゃなく、荒々しくて危険な感じに。デルは二度、銃をちらつかせた。警察には見えたはずだ。デルが銃を持ってるのが見えたはず。そこが肝腎な点。銃にはまだ弾が五発、こめられている。そうでなければ、この計画はうまくいかない。

サファイアの指輪の持ち主である花嫁が、またためそめそしはじめた。「わたしの指輪。わたしの指輪を持っていかせるのはやめて」

ばかみたい。あきらめるしかないのに。

「行け」デルが彼女の頭ごしに言った。「いますぐ」

黒マスクはあたしの腕を強く握って、ぐいと引っ張った――デルに急に大声を出されて肝をつぶしたか、サファイアを盗まれた花嫁にばらされるのではと心配になったんだと思う。ばかなまねはしないで、とあたしは心のなかで祈った。お願いだから、みんな、ばかなまねをしないで。

外に出ると、まず明かりに目がくらんだ。二台の警察車両がドライブウェイをふさぎ、ヘッドライトがドアに向かって光を放っていた。その隣にテレビ局のトラックが一台とまり、きわめて強力なスポットライトが現場を昼間のように照らしていた。そのトラックのそばに、背中をこっちに向けた女の人のシルエットが見え、おそらくその奥にはカメラマンがいると思われる。チャペルのなかでデルにカメラを向けてるビデオカメラマンと同様、あたしたちの一挙手一投足を撮影しているんだろう。

もちろん、黒マスクはもうスキーマスクをかぶってない。ドアをあける直前に脱いだのだけど、これだけ距離があれば、顔ははっきり見えないにちがいない。

「顔を伏せて」あたしは彼に指示した。「あたしを励《はげ》ましてるふりをして」噴水のわきを通るとき、彼はあたしを強く引き寄せた。こんなにたくさんの光に照らされると、噴水に浮かんでるオレンジ色の魚のうろこが電飾みたいに見える。ここでようやく、スキーマスクを脱いだ黒マスクの素顔がちらりと見えた。もみあげはつぶれ、長いことスキーマスクをかぶってたせいでポンパドールがつぶれていた。

その瞬間、白いブーツを履いてる理由がわかった。やはりエルヴィスはなくてはならない存在なのだ。ヴェガスにエルヴィスは大勢いるから、それだけで雇用が確保されるとか、得をすることはないんだろう。

この男がデルになにをしたか、忘れちゃだめ。心の声がそう言うのが聞こえた。あたしは、またもパパとママに思いをはせ、黒マスクとその妻と彼のふたりの子どもに思いをはせた。あたしのお腹のなかの赤ちゃんに思いをはせた。

「前に進んでください」拡声器の声が言った。「もう安心ですよ」

「あんたがいちばん気にかけてるのはあたしだってことを忘れちゃだめよ」あたしは小声で男に言った。「あたしと、お腹のなかの赤ちゃんだからね。それが夫のすることだから」

「お嬢さん」黒マスクはもごもごと言った。「おれがなにより気にかけてるのは、おれの本当の家族だ。だからこんなことをしでかした」

「あんたがうまく切り抜けるよう祈ってる」あたしは心からそう思っていた。「でも、さしあたっては、あたしを気遣うふりをして切り抜けなきゃ。忘れないで」

「女房は妊娠してる」黒マスクは大声を出した——あたしにじゃなく、近づいてくる警官に向かって。「ショック状態にあるみたいだ。ちょっと具合を診て、お腹の赤ん坊の様子も確認してくれないか。おれたちをこんな目にあわせたいかれ男を捕まえてくれ」声が震えているのが演技じゃないのはわかったけど、その奥にひそむ恐怖心と不安な気持ちには、誰も気づけなかったと思う。

「どうか落ち着いて、ご主人」警官は言いながら、あたしの腕をつかんだ。「あなたもショック状態にある可能性があります」

「おれのことは心配いらないよ、おまわりさん」彼は言った。「おれの女房、おれの女房なんだよ——女房が心配でたまらない」

おれの女房、と彼は呼んだ。そう呼ばれたのはこれがはじめてだ。残念だけど、物事は思ったとおりにいかないことも多い。

黒マスクに腕をつかまれたまま、あたしは警官に急《せ》き立てられるようにして通りの反対側にとまってる救急車に向かった。救急隊員が待機していた。その途中で通りすぎたパトカーはドアがあいていて、何人かの警官が車のうしろに立っていた。全員がいつでも撃てるように銃をかまえ、チャペルの正面入り口にねらいをさだめている。全員の注意がそっちに向いていた。ノートパソコンにデルの顔が映っていた。顔の傷がてかり、大声で話してるのが聞こえる。「時は刻々と過ぎている。いまの状況があとどれだけつづくかは、おれにもわからない」

黒マスクとあたしはそのわきを通りすぎた。ヘッドライトとテレビの取材陣が使うライトがまぶしすぎて、なにもかもが暗くてぼんやりして見える。黒マスクの顔もまともに見えず、もみあげだけがどうにかわかる。

「なかがどうなっているのか、状況を聞かせてください」警官が言った。「当事者による目撃証言を」ちょうど救急隊員がいるところまで来ていた。隊員は男性と女性のふたり組で、そのうちのひとりがあたしを救急車のうしろへと急き立てた。黒マスクは救急車のなかの照明を避けるように、手前で足をとめた。

「ちょっとでいいから、女房が大丈夫か確認させてほしい。頼む」

「わかりました」警官は言った。「そういうことならば。ただし、手短にお願いしますよ。状況が状況ですので」

すでに救急隊員の手によって、あたしの腕には血圧計の腕帯が巻かれていた。もうひとりの隊員が両目に光を当てた。黒マスクの顔がますますぼんやりとなった。

「瞳孔《どうこう》の拡張なし」隊員が言った。「呼吸も正常」

「血圧はわずかながら高め」もうひとりの隊員が言った。「妊娠してどれくらいですか?」

「八週めくらい」

「問題なさそうですが、救急車のなかでもう少し調べ――」

「ハニー」あたしは黒マスクに呼びかけた。「あの男にあたしの指輪を渡してないよね?」

男はほんの一瞬だけためらった。

「あたりまえじゃないか、ハニー」彼の〝ハニー〟という呼びかけは、蜜がしたたるほど甘かった。「なによりもおまえがいちばん大事なんだから」

彼はタキシードのポケットを探った。

「いまこんなことを考えるなんておかしいだろうけど」ふたりの救急隊員にあれこれ世話を焼かれながら、あたしはつづけた。「あの大きなブルーのサファイアはあたしにとって命より大切なの」

あたしのその言葉に、彼は片手をポケットに入れたまま、さっきよりも長くためらった。彼がいるところは薄暗いけど、笑顔がひきつってるのがわかる——口が半分だけゆがんでいる。この人は若いエルヴィス？ それとも歳《とし》のいったエルヴィス？ あいかわらずぼんやりかすんでいるけど、声からすると、全盛期を過ぎたエルヴィスという気がする。

「こんなことをしでかしたやつがどうなろうと知ったことじゃない」あたしはメッセージがしっかり伝わるように言った。「それは、あの人の問題だから。あたしとしては、あんたもあたしも無事なら、それでいい——もうひとつ、あたしの指輪が無事だってわかれば」

「愛する女のためだ」彼はそう言ってサファイアを取り出し、ようやく明るいなかに足を踏み入れた。目には疲労の色が浮かび、目もとがたるんでいる。やっぱり、歳がいったエルヴィスだった。

彼がはめてくれた指輪はゆるかった。サイズを直してもらわないといけない。

そのとき、チャペルのなかから銃声が聞こえ、もう一発、今度はステンドグラスが一枚割れ、さらに三発がつづいた。「うそだろ」男性の救急隊員が言った。「いったい、なんだ?」彼は様子を見に救急車を離れた。もうひとりの救急隊員もあたしから目を離した。全員の視線が教会の建物に向けられた。誰かが悪ふざけをしてるんだな。パパならそう言っただろう。全員の視線と言ったけど、あたしはべつ。このときは、どこに目を向けるべきかちゃんとわかってた。最後の銃声を合図に、黒マスクは救急車のそばをこっそり離れ、夜の闇にまぎれた。

家で待つ奥さんと子どもに持ち帰る戦利品は、まだたくさんある。けっきょく、誰もフースガウ行きにはならなかった。

あたしとデルはヴェガスで結婚しなかった。ご想像のとおり、〈リトル・チャペル・バイ・ザ・シー〉はその夜も営業をつづけるのに最高の状態ではなかったし、外で式を挙げることに乗り気な人はひとりもいなかった。黒マスクの逃走を手助けしたあたしたちに、ビーハイブが腹を立てたからでもない——デルが壁と窓に弾を撃ちこんだことはべつにして。それどころか、デルとあたしは黒マスクに無理強いされただけで、デルとしてもあたしの身の安全を守るため、従うしかなかったのだと、いちばんに警察に説明してくれたのは彼女だった。

執事のジーヴスが、デルとあたしは共犯で、最初から男とぐるだったと反論しようとすると、ビーハイブはこのときも立ちあがって擁護《ようご》してくれた。あの悪党をチャペルから追い出し、全員の身の安全を確保してくれたのだと言って。

それにくわえて彼女は、テレビ局のスタッフを相手に大忙しだった――レポーターから浴びた注目をしっかり利用していた。とんだ災難についてインタビューされるたび、チャペルの宣伝をちょこちょこと忍ばせた。「犯人がなぜ、当チャペルに現金がたんまりあると考えたのかはわかりません。〈リトル・チャペル・バイ・ザ・シー〉では、主なクレジットカードがお使いいただけるからです。ええ、〈ディスカヴァー〉のカードも受けつけております。また、なぜあの時間に強盗に入ろうとしたのかもわかりませんが、〈リトル・チャペル・バイ・ザ・シー〉は週七日、一日二十四時間あいておりまして、閉まっているときに強盗に入ろうと思っても無理なんです。とはいえ、犯人を見つけるのは簡単でしょう。なにしろ、着ているのはひじょうに上等なフォーマルウェアでして、これは〈リトル・チャペル・バイ・ザ・シー〉でレンタルできるなかでも最高級品質のものです。ええ、敷地内にレンタルショップが……」彼女のインタビューを最後まで流したのか、編集したのかは不明だけど、災難を最大限に活用しようとする彼女をこきおろすなんてできない。なにしろ、この不景気だ。お金をかけずに宣伝できるなら、やってみるにこしたことはない。

あたしと黒マスクを救急車まで案内した警官はあまり寛大じゃなかった。

「合図くらいしてくれてもよかったと思いますけどね。犯人がおれからほんの二フィートのところにいたんですから」

「犯人はナイフを持ってたんです」あたしは一度ならず反論した。

「ナイフなんて見えませんでしたがね」

「体で感じたの」あたしは言った。「それに、あたしがいたところのほうがよく見えたし」

とにかく警察は追跡に乗り出し、チャペル周辺をしらみつぶしにあたり、通りを一本一本確認し、質屋、のぞき見ショーの店など、あらゆる店を捜索した。さらには保釈保証金業者も捜索対象となり、チャペルの向かいの超能力者を訪ねると、彼女は開口一番こう言った。

「彼は見つからないでしょう」

彼女の言うとおりだった。あたしたちが犯人の特徴としてあげられたのは、もみあげ、ゆがめた口、それに白いブーツを履いていたことだけだった。ヴェガスにはエルヴィスがごまんといる。裏を返せば、ありふれた風景に隠れるのは簡単ということだ。


サファイアをたくみに手に入れたあたしを、デルはほめてくれるものとばかり思ったけど、あたしが戦利品を見せても、彼は力なくほほえんだだけだった。あたしたちの指輪を取り返さなかったせいで、がっかりしてるんだろうか？　それがわかったのは、YouTube でその晩の一部始終を見たときだ――ニュースで流れたものじゃなく、フルバージョンのほうで、ビーハイブが言ってたとおり、のちのち見られるよう自動保存されていたものだ。彼女はここでも無料の宣伝に励み、チャペルのウェブサイトを目立つところに記載していて、再生回数はすでにかなりの数にのぼっていた。

行け、と画面のなかのデルが、画面に映ってないあたしと黒マスクのほうを見ながら言う。

いますぐ。

カメラがデルをずっととらえるなか、離れたところでドアがあいて閉まる音がした——黒マスクとあたしが外に出たときだ。デルの表情がやわらぎ、不安の色がひろがった。

「おれの見えないところにおまえを行かせるなんて耐えられなかった」ふたりで映像をはじめて見たとき、デルは言った。「なにがあるかわからないからな。走ってあとを追いたかった。どうすればいいのかわからなかった」

「助かった」ドアが閉まるとジーヴスが言った。「やっといなくなった」へたをしたら、ビデオを見てる人全員、つまり警察にばれてしまうひとことだったけど、そこでデルの表情がまたけわしくなって、銃が画面にふたたび現われた。

「全員、伏せろ！」デルは叫んだ。声があまりに大きくて、そのシーンを見るたび、あたしはぎくりとしてしまう。「誰も動くな」デルの目は怒りをたたえ、ぎらぎら光っていた。デルを知ってるあたしでさえ見ていてぞっとするほどだから、ジーヴスをはじめとするその場にいた全員がどう思ったかは容易に想像がつく。「おまえらもあのふたりのように運に恵まれるよう、祈るんだな」とデルは言った。「祈りの言葉じゃないものが聞こえたら、あっという間に運はなくなっちまうぜ」

「このときはなにを考えてた？」あたしはデルに訊いた。顔の傷がてかてか光ってる。ネオスポリン軟膏を塗ってあげたけど、痕は残るだろう。

「あいつがまずい状況に追いつめられた場合、なにが起こるかわからないと考えてた」

「黒マスクが怯えて、あたしに危害をくわえると思った？　それが怖かったの？」あたしは訊いた。「あたしは、あたしが考えた計画をあんたが信用してくれない気がして怖かった」

デルはあたしを見つめ、手をのばしてお腹に触れた。「おまえのことは信用してるよ。いつだって。けど、あの強盗のことは信用してなかったし、しかもおれは……ルイーズ、おれは気がついたんだよ。おれは自分自身のことも完全には信用してないってな」

あたしは彼の目をのぞきこんだ。画面のなかの目じゃなく、前にいる彼の目を。すると、いままでとはちがうなにかが見えた。それに声にもそのなにかが聞き取れた。冷徹さとでも言おうか——いまさっき動画であたしをぞっとさせたものの片鱗《へんりん》だった。

「もしも、チャペルのなかの誰かが、出ていくおまえの身を危険にさらすようなまねをしようものなら」デルは言った。「おまえとポピーの身を危険にさらす動きをしようものなら、おれはあいつらをひとり残らず撃ち殺してた」

サファイアを見せても感心してくれなかったのは、そのせいだったのだ。

あたしはと言えば、計画が順調に進んだところで、きらきら光る石のほうに気を取られてしまった。

最初のシーンから結末にいたるまで、デルにとってはいちかばちかの大ばくちだったのだ。

ラスヴェガスを発《た》つ前の晩、あたしたちはラスヴェガス・ストリップを車で走った——交通量が多かったからのろのろ運転で、ウィンドウをおろしていた。まばゆい光を見ていると、ノースカロライナのクリスマスのころに、屋外にしつらえられ、そこを車で通るのに十ドルを徴収する冬のおとぎの国を思い出した。ただし、こっちのほうがずっと明るくてぎらぎらしてるし、ここは砂漠の真ん中で、十月のはじめなのに暖かくて気持ちのいい気候だし、どう宣伝したところで、こっちの見世物は家族向けじゃなかった。

〈パリス・ホテル〉のシンボルであるエッフェル塔を過ぎ、〈バリーズ・ホテル〉の入り口近くまで来たところで、大きな声が聞こえた。「そこのノヴァの人!」あたしの頭に真っ先に浮かんだのは、また警察だ、逃げ切れなかったということだった。前にも言ったけど、もうすっかり体にしみついてしまってる。

でも声の主は、カジノから出てきた酔っぱらいで、すぐうしろに仲間を何人か従えていた。その人は助手席のドアにもたれかかった。「この車に二十五、払う」

あたしは冗談を言ってるんだと思い、笑いはじめた。二十五ドル? ルームミラーはぐらぐらしてるし、スプリングがお尻に食いこんでくるけど、それでも二十五ドル以上の価値がある。まともに走るし、行く必要のあるところだけじゃなく、ほかにもあちこちあたしたちを連れていってくれた車だ。

でも、デルは笑わず、あたしが彼のほうに目を向けると、下唇をかんでいた。

「三十五」彼は言った。

酔っぱらいは車から体を離し、ノヴァを上から下までとっくりとながめた。

「おーい、ハリス。行くぞ」仲間のひとりが声をかけた。「まさか、本気でその車を買おうっていうんじゃないだろうな」

でも、ハリスは恋におちたみたいになっていた。「そのつもりだ」彼はばかでかい声で答えた。「おれが子どものころ、親父がこんな車に乗ってたんだよ――色だのなんだの、全部同じやつだ」

デルはほんの少し、エンジンを噴《ふ》かし、ぶるるんと鳴らした。

「三十《サーティ》。現金で」ハリスはポケットを叩いた。「今夜は勝ちっぱなしなんだよ」

ふたをあけてみれば、ハリスは三万《サーティ・サウザンド》ドルのつもりだったのがわかった。デルのおんぼろノヴァが、じつはマニア垂涎《すいぜん》の逸品《いっぴん》だったなんてうそみたいじゃない？

あとでわかったことだけど、デルは最初から知っていたのだ。

おまえに見えてるものが、必ずしも全体像とはかぎらないんだよ。パパならそう言いそうだ。


次の日、あたしたちは黒のマスタング・コンバーチブルでヴェガスをあとにした。デルはノヴァを売って手にした現金の半分でこの車を買った――あたしがずっとあこがれ、デルにしつこく買ってとせがんだタイプの車だ。

「こっちのほうがおまえの好みだろ？」シートベルトを締めながらデルは言った。

そのとおり。シートベルトをお腹の上でゆるく締め、お腹のなかの赤ちゃんを抱きしめるようにし、隣にはデルがいる――なにもかもこれまでよりも心地よく、安心で、前途有望に感じられる。

街をあとにするとき、ヴェガスに、ここで出会った人たちにさよならと手を振った。サファイアの指輪はあたしの指にはゆるゆるで、べつの意味で重かった。でも、気にならない。あたしは学園祭の女王の気分だった。もしかしたら、本当にそうかも。

極寒

The Chill

「はーい、ベイビーボーイ」あたしは甘い声でそう言いながら、その子をあやすように抱えた——赤ちゃんのぬくもりがじわじわと伝わってくる。赤ちゃんにもきっと、あたしのぬくもりが伝わってることだろう。

家までの車中、赤ちゃんは眠りどおしだった——半分眠った状態でうとうとしたかと思うと、ぱっと目を覚まし、またうとうとしはじめるの繰り返しで、あたしはものすごく慎重な運転でウィリストンの凍結した道路にマスタングを走らせた。ノースダコタの二月は、これまで経験したことのないものだった。なにもかもがちがってた。

玄関を入るころには、おむつを替えてやらなくてはならなかった。赤ちゃんはすっかり目を覚ましていて、あたしは新しいおむつを当ててやった。袋のなかにはあと四つしか残ってない。デルが帰ってきたら、ひと袋買ってきてもらおう。ほかにも必要なものが山ほどある。

ベイビーボーイが大きな青い目をあたしのほうに向け、四方の壁を見やったのち、自分の手をながめ、それからまたあたしの顔に視線を戻した。まだ寝ぼけてるのかもしれない。いつも一日じゅう、こんな感じなのかもしれない。なにもかもが新鮮なんだろう。見慣れないものばかりなんだろう。

思わず顔がほころんでしまう。自分でもまだ、信じられない思いでいっぱいだ。

いまは生後六カ月。ちょっと不安定だけど、自分でおすわりができる。赤ちゃんを床におろして、しっかりすわらせ、あたしは腰をおろして脚を組んだ――子どものころ、ティーパーティごっこでいつもママにやらせていた恰好《かっこう》だ。もちろん、いまはティーセットなんかないし、まだ幼いから興味なんかないだろう――いくつになっても興味など持たないと思う。あたしは予備の寝室――赤ちゃんの部屋――から、デルがニューメキシコで買ってくれた靴下のサルがついたキーホルダーと、あたしが自分で盗んだ紫色のテディベアがついたキーホルダーを持ってきた。

「さあ、ベイビーボーイはどっちが好き?」あたしは赤ちゃんに訊《き》いた。赤ちゃんはふたつのあいだで目を行ったり来たりさせながら、どっちにしようか決めようとした。結論を急ぐ様子がないのは、すでにわかっている。慎重なのだ。綿密に計画を立てるタイプ。当然のことだけど、デルのことが頭に浮かんだ。このおちびさんを見て、みんな、あたしとデルのどっちに似てると思うだろう。すでに、そんなことが気になりはじめていた。

赤ちゃんはとうとうテディベアに手をのばした――一瞬、がっかりした気持ちがこみあげた。靴下のサルは幸運や幸せを意味している。デルに言わせれば、あたしのお守りだ。でも、ベイビーボーイに紫色のクマを渡すと、顔がぱあっと明るくなって、それを見たら、これでよかったんだとあらためて思えた。あらたな人生、あらたなスタート——あたしたちはずっと自分たちにそう言い聞かせてきた。あたしがテディベアを盗んだことにも、ちゃんとした理由が、なんらかの意図があったのかもしれない。

すると、ベイビーボーイがキーホルダーの金属部分をくわえようとしたので、取りあげなくてはならなかった。

「お腹がすいてるんだね」あたしは言った。「あたしとしたことが、うっかりしてた」

赤ちゃんを抱きあげてテーブルまで行くと膝の上に乗せ、バナナの皮をむいてボウルのなかでつぶした。ヨーグルトもお気に入りだけど、冷蔵庫にはひとつもない。これも買いものリストにくわえておかないと。

小さなスプーンに載せたバナナを何回か口に運んでやると、ベイビーボーイはあっという間に、しかもがつがつとたいらげた——それにもちろん、大惨事になった。口に入れるのと同じくらい、ぼろぼろこぼすからだ。赤ちゃんが口に入れたばかりのバナナを吐き出してるところに、油田で長い一日を過ごしたデルが帰ってきた。体を洗ってさっぱりしているとはいえ、仕事をした日に特有のにおいがまだ残ってる。原油、ときにはアンモニア、ときには腐りかけの卵。冷たい外気が吹きこんで、そのにおいをいくらかやわらげてくれた（この日はいつにも増して雪が降っていた——またしても）。

デルはドアを閉めると、その場から一歩も動かずにあたしたちをじっと見つめ、眉をひそめた。そのままあたしたちから目を離すことなく、コートをかけ、靴を脱いだ。それでもテーブルには近づこうとせず、ドアのそばに突っ立っている。

ようやく彼はベイビーボーイを指さした。「誰なんだ？」かすれた声がそう言うと、つづいて「誰が……」あるいは「誰の……」と、つっかえつっかえ言葉を発した。

ベイビーボーイが万歳するように両手をあげ、にこにこ笑った。お帰りなさい、パパ、と心のなかでつぶやいた。

「あたしたちのよ」あたしは赤ちゃんのカールしたまばらな髪に鼻先をくっつけた。新鮮でふわふわしたにおいがする。「きょうから、あたしたちの子になったの」

ダコタ地方に行くぞとはじめて言われたとき、あたしはてっきり実家――少なくともデルの実家――に向かうのだろう、ブレンダ以外の家族に会わせてもらえるのだろうと思った。ヴェガスでの結婚式がぽしゃったあと、あたしはずっと訴《うった》えていた――正式に結婚する前にデルをママに紹介したいと。ママはああいう人だから、急いでノースカロライナに帰る必要があるのか、いまだに心を決められないでいる（コーラは遠く離れたところからでも、おれをむかむかさせられるもんな、とデルは言う）けど、デルが自分の家族に対しても同じように考えていたとわかってとてもうれしかった。もっとも、ご両親についてはああいう話を聞かされていたから、温かく迎えられるなんて思っていなかった。

「ちがうほうのダコタだ」あたしが訊くと、デルは答えた。「おれが生まれ育ったのは南《サウス》だよ」

もちろん彼は、南部という意味でサウスと言ったんじゃなく、サウスダコタ州の意味で言ったのだ。世の中に絶対はない。

デルはそれ以上くわしく話してくれなかった。あたしは新しい（あたしたちにとっては新しい、という意味）マスタング・コンバーチブルの助手席に深くすわり、お腹の上で両手を組み（そのときはまだ、それほど大きくなってなかった）、ドライブを楽しんだ。

実際の目的地はノースダコタ州の北西部にあった――そこが、あたしたちの最新のあらたなスタートの地だ。「そこはいまちょっとした石油ブームなんだよ」デルは言った。「バッケン・シェールと呼ばれてる場所でね。新聞で読んだ話では、これから大きく成長するらしい」

この国のほかの計画はどれも、経済面では失敗に終わり、企業は倒産し、政府は国民全員を救済しようとしてるけど、貯蓄は失われ、人々の生活は火の車だ――あたしたちの貯えも減りつつづけてる。

「急成長すれば、さらに人が集まってくるし、そうなれば住むところが必要になる」デルは説明した。「たしかに、ヴィクターヴィルでの不動産事業計画はうまくいかなかったが、場所がちがえば、ちがう未来が待っている。この現象によってノースダコタは重要になる。おれたちもその真ん中におさまろうってわけだ。今度は、おれたちのやり方で」

ときとして、デルは状況を正しく把握《はあく》することがある。ウィリストンを離れてかなりたってからも、ニュースはしょっちゅう目にしていた――人口は二倍になり、収入は天井知らずに増えている、と。ある記事は、一平方フィート当たりの家賃が、アメリカのどこよりも高いと伝えていた。ニューヨークやロサンゼルスよりも高いと。べつの記事では〝荒野の大富豪〟という表現を使っていた。

もしもあのまま住みつづけていたら、デルとあたしも大富豪の仲間入りをしてたかもしれない。

結局のところ、すべてはものすごく大きな〝もしも〟だったわけだけど。

あたしたちのあらたな出発のなかでも、これは本当に新しいものずくめだったように思う——町まで乗ってきた新しいマスタングや、あたしのなかで育つ新しい命など、すべてが新しかった。

ウィリストンに来てすぐ、デルはバッケン・シェールで働くことになった——不動産市場に参入する足がかりをつかむまでの、一時的な仕事と本人はとらえていた。あたしたちはメインストリートからちょっと脇に入ったところにある作業着支給所に行き、茶色のオーバーオールの作業着と、胸につけたり腕や脚に巻いたりする反射章と、何組かの手袋を買った。それに、金属の先芯が入った安全靴も。デルはぼんやりすわりながら、ときどき安全靴の先をぶつけてかちゃかちゃ鳴らしては、ご満悦だった。勤務時間は長く、帰宅したときにはくたくたで、ディーゼルエンジンのにおいをぷんぷんさせ、作業着に油が点々とついていたけど、お給料は思ってたよりもよかった。

デルがカリフォルニア州で取った不動産業の資格はノースダコタ州では通用しなかったけど、彼は試験を受けて、すぐに資格を取得し、仕事が休みの日は不動産仲介業者や不動産鑑定人にも会って、業界参入について相談していた。いますぐ応じてくれる人はいなかったけど、デルは自信満々だった。「近いうちに、そうとうな手助けが必要になる」デルはそう予想した。「とりあえずおれたちは、目の前の未来に投資する」

あたしたちは二世帯タイプのアパートメントの片方に入居した。貸してくれた大家の女の人がもう片方に住んでいた――あとになってわかったけど、それはめったにないことだったらしい。住むところを手に入れるのは、すでにむずかしい状況で、モーテルには定員以上が泊まり、なかには乗ってきたトレーラー、小型テント、乗用車で寝泊まりする人たちもいた。

アパートメントに家具までそなわっていたのはよかったけど、時代遅れのものが多かった。ソファはベージュの地に茶色の配色で、西部時代の様子が描かれていた。駅馬車と荷馬車、カウボーイとサボテンなどだ。デルは取るものも取りあえず、タオスで手に入れた絵を、霧《きり》に霞《かす》んでいるかのような海を見ている、ビーチにすわるカップルの絵を飾った。季節が秋から冬に変わって凍えるような寒さが居《こ》すわるようになると、あたしはそのふたりをながめては、海と太陽と暖かい気候に思いをはせた。それでも寒いのはどうにもならなかった。

マーガレットというのが大家の女の人の名前だった――歳《とし》は七十代と思われ、白髪にきついパーマをあて、真っ赤なフレームの眼鏡をかけ、金色の十字架を首にかけていた。ノルウェー系なんだよ、と彼女は教えてくれた。この地域に生まれ育ち、石油産業を毛嫌いしていて、町に押し寄せる独身労働者用に増えつづけてるトレーラーパーク、通称、〝作業員収容所〟の存在を嫌悪していた。「油田で働く、くず野郎のゲットーだよ」マーガレットは冷たく言いはなったけど、そのくずにあたしとデルは含まれてないというように笑顔を見せた。「デルみたいな、家族持ちの男はちがうよ」あたしたちがそのアパートメントに入居できた理由はそれで、彼女はまともな間借り人が現われるのを粘り強く待っていたのだ。デルの頰《ほお》についた新しい傷はマイナス要因だったかもしれないけど、あたしのお腹が切り札になった。マーガレットはなにかにつけ、あたしのお腹をさわった——〝幸運のおまじない〟と言って。「この子にはきっと、神様の思《おぼ》し召《め》しがあるよ。あたしにはわかる」

マーガレットはまた、産科医をひとり知っていた——ドクター・ウィリアムズだ。「ドク・ウィリアムズと呼んでおくれ」医師は年配の男性で、引退間近みたいだったけど、おおらかで温厚な人だった。「赤ちゃんはいまプラムほどの大きさだね」はじめて診察を受けたとき、彼はそう言った。赤ちゃんの大きさや成長を表現するのに、誰もかれもが果物や野菜を引き合いに出すような気がする。産科医、看護師さん、あたしが聖書みたいに持ち歩くようになった妊婦向けの本までも。妊娠週が進むにつれ、あたしはデルにいまどのくらいの大きさかを伝えた——レモン、ネクタリン、リンゴ、梨、女の子。

「女の子？」夜遅く帰宅したデルは、眠い目をこすりながら、聞きまちがえたみたいに首を横に振った。

「超音波検査でわかったの。きょうの診察でその検査をするって知らなくて——」

デルがつき添えなくなってしまって申し訳なかったけど、本人はのけ者にされたとは感じていなかった。いきなりぴょんぴょん飛び跳ね、何度も何度もあたしを抱きしめてはキスの雨を降らせた。あたしの妊娠をはじめて知ったときみたいに（ただし、もちろん、殴るのはなし。それについては、いまもトレヴァーに悪いことをしたと思ってる）。

「かわいいオレンジの種ちゃんと呼ぶのはやめような」デルは言った。

「うん」あたしは答えた。「もうじきオレンジちゃんになるんだもんね」

あたしも仕事を見つけるつもりだったけど、そんなことはしなくていいとデルに言われた。彼のお給料で生活は充分まかなえるし、お金だってみるみるうちにたまるから、と。あたしは家にいればいいということだった――デルが言うように、〝赤ちゃんを産む準備をする〟ために。

「そういうのって時代遅れじゃない？」あたしはデルに言った。「靴を脱いで裸足でいろって？（外出できないよう、女性に靴を履かせない習慣があった）」

「そいつはやめておいたほうがいい。ノースダコタの冬は寒いからな」

就職こそしなかったけど、ちょっとした仕事を見つけた。検診で地元の病院に行き、ラマーズ法のクラスに申しこんだとき、ボランティア募集の貼り紙を見つけて応募したのだ。ボランティアのコーディネーターはブロンドの髪を長くのばしていた――くるくるした巻き毛は本当に長くて、お尻がすっぽり隠れるほどだった。最初に面談したとき、彼女の姿勢があまりにもいいものだから、髪の毛の先端をお尻の下にたくしこんで、弓の弦《つる》をぎゅっと引いたみたいに背筋をのばしてるんじゃないかと思ったほどだ。ひところなら、ラプンツェルと呼んだかもしれない。あるいは、くるくるヘアーさん、とか。でも、彼女の名前はサブリナだった。あたしがボランティアに参加すると知ると彼女は大喜びしてくれ、お腹に赤ちゃんがいるせいで、内面からきらきら輝いて見えると言ってくれた。

「あなたからいいオーラが出ているのを感じるわ」彼女は言った。「受付の仕事にあきがあるの。そのオーラがここを訪れる人たちを出迎えるのにうってつけなの」

シフトにはふたりひと組でつき、訪れる人の受付をし、ときには患者や家族を向かうべきところまで案内することもあった――朝も昼も、そしてときには夜もシフトに入った。デルが職場にいる時間が長くなって、勤務時間が十二時間近くになる日もあり、あたしが車を使う日は誰かに乗せてもらって油田を行き帰りしなくてはならなかった。

あたしはサブリナの期待にこたえようとがんばった――病院にやってくる人たち、ものすごく苦しんでいる人たち全員にほほえみかけた。一日に十人以上が透析《とうせき》を受けるため、はるばる車でやってきた。心臓発作から回復したり心臓のバイパス手術を受けたりした人が喫煙習慣や生活様式を変えるセラピーのために通っていた。事故は日々、山のように起こった。雪のなかでのちょっとした車の衝突事故、首の負傷、雪に覆《おお》われた道でのスピン事故。もちろん、回復してない人たちもいたし、回復が望めない人たちもいた。デルとあたしはラッキーなんだと思い知らされた。ラッキーっていう表現がふさわしいかどうかはわからないけど。

ちょっと感傷的にすぎるのはわかってるけど……お腹のなかに赤ちゃんがいることで、あたしのなかに愛がどんどんたまっていき、分けあたえるほど愛も幸運もたっぷりあったから、できるだけ分けてあげるようつとめていた。

すでに陣痛の始まってる女の人とその夫が受付に現われ、ふたりで手続きをすませ、分娩室に向かうのを見るといつも、あたしはそこにデルと自分の近い将来を重ね合わせ、その日はどんな日になるんだろうと想像をめぐらせた。その家族が正面玄関から出ていくと、あたしはまたも想像をふくらませた。妻が乗った車椅子を夫が押し、妻の膝《ひざ》の上の生まれたての赤ちゃんに、誰もがやさしく声をかける。

ボランティアのシフトに入っていても、〝赤ちゃんを産む準備をする〟時間はあったし、実を言えば、あたしは家庭に入るのを楽しんでいた――というより、いとおしく感じていた。〈アルバートソン〉というはじめて訪れたスーパーがお気に入りで、通路をぶらぶら歩き、青果コーナーで足をとめては、その週にどんな果物や野菜が並んでいるかを確認し、それを手に取って、お腹にそっとあて、赤ちゃんの姿を思い浮かべるのが好きだった。レジ係に妊娠のことを訊かれるのも好きだった。男の子なの、それとも女の子？　予定日はいつ？　名前はもう決めた？

あたしはもっと料理を勉強しようと決めた――いつもの電子レンジでチンするだけのものや、テイクアウトやデリバリーだけじゃない料理を。子どものときに好物だったチキン・パイみたいなものをつくろうと生地をこねてまるめたり、三種類のラザニアを試しにこしらえて、そのあと何週間も残りを食べることになったり、チキン・マサラとかターキー・ルラード（ルラードは薄い肉で野菜やチーズを巻き、ワインで煮込んだ料理）とかいう新しいレシピに手を出したりした。マーガレットが料理の本を何冊か貸してくれ、スカンジナビア料理についてひととおり説明してくれた。残りもののジャガイモでつくる薄いパンケーキ、あるいは、ヒェットボーラーという名前の、こってりしたソースがかかったミートボール料理――単語の真ん中にヘンテコな形をしたｏの文字があって、マーガレットは〝ショット・ボール〟みたいに発音するのですぐに覚えた。あたしは未来を頭に描いた――あたしはガス台の前で料理をし、仕事から帰ってきたデルは赤ちゃんにやさしく語りかけたり、一緒になって笑ったりしている。赤ちゃんがもっと大きくなったら、いろいろにアレンジできる料理を作ろうともくろんでいる。あたしとデルにはしゃれたパスタ、子どもにはシンプルなもの、たとえばバターをからめたヌードルとか。「補完食だな」そんな話をしたら、デルが言った――言葉そのものにも、その考えにも彼はわくわくしていた。

あたしは妊婦さん向けの本を熱心に読み、生後一年の赤ちゃんに関する本にも先まわりして目を通した――この先に待ってる喜びと試練について学んだ。あたしたちが住んでるほうのアパートメントには寝室がふたつあるんだけど、あたしはあいてるほうの部屋に立って、ここをどんな子ども部屋にしようかと想像をめぐらした。この町に来てからデルはヤードセールで揺り椅子を見つけ、あたしをびっくりさせようとして買ってきた――家にある家具で、あたしたちのものはこれひとつだけなのだ。あたしはときどきそれにすわって、裏庭の向こうに陽が沈むのをながめ、ときには赤ちゃんがお腹のなかで動くのを感じながらデルの帰りを待った。ううん、あたしと赤ちゃんは、だ。ふたりしてパパの帰りを待った。

あたしたちの人生にあらたにくわわる一員の居場所をつくろうとしてるだけじゃなかった。人生そのものを立て直そうとしていたのだ。

もちろん、なにもかも順調というわけにはいかなかった。お腹が大きくなるにつれ、その上で指を組んだり、夜寝るときに体にかけた掛け布団が盛りあがるのを見たりするのはいい気分だった。でも、それ以外では、ひたすら気持ちが悪かった——椅子にすわっていてもベッドで横になっていても、服を着ていても着ていなくても。それに、お腹がすごく張って、お腹のなかで四六時中ガスがぷすぷすいっているみたいだったし、便秘にもなった。ひとりで鶏肉を揚げようとして、アパートメントを全焼させかけたことがあって（油をきれいにふき取っただけで、マーガレットには黙ってた）、それであたしは即座に理解した。料理は、そういったことのほんの一部なんだって。

「デル！」ハロウィンの仮装をした子どもたちにお菓子をあげてるときのことだった。すでに何度か雪は降ったけど、今夜は暖かくて（零下《れいか》一度！）よかったと、みんな言い合っていた。「ハロウィンの衣装はどうやってつくればいいの？」

「そんなもの、店で買えばいいだろ」

「ぺらぺらなのしか売ってないもん。あと、感謝祭の七面鳥料理もつくったことないし。テーブルにずらりと並ぶつけ合わせも。そういうのを全部やりつつ、赤ちゃんの世話もするなんて、いったいどうやればできるの?」

「そんな心配をするのは気がはやすぎる」デルは言った。

「今年の感謝祭で予行演習しなきゃね。まずはレシピ探しからかな」

玄関のベルがまた鳴った。デルがお菓子の入ったボウルを持って立ちあがった。「それは順番が逆だろ。馬の前に荷車をつなぐことはできないって言うじゃないか……いや、この場合、赤ん坊にベビーカーを乗せることはと言うべきか」

彼のその言葉で、まだベビーカーとかベビーベッドとか、とにかくその手のものをなんにも探してないのを思い出して——ネットで〈JCペニー〉をざっと調べ、あわただしくリストをこしらえ、必要なものを決めた。

ときには未来にのみこまれ、パニックになる日もあった。

でも感謝祭当日には、マーガレットが七面鳥に詰めものをするやり方とグレイビーソースのつくり方を指南してくれ、そのあと三人で夕食のテーブルを囲んだ。マーガレットの子どもたちは遠く離れたところにばらばらに住んでるから、訪ねていくのがむずかしいんだって。けっきょく、すべてうまくおさまった。

クリスマスのときには、マーガレットはつくりもののもみの木に飾るオーナメントを貸してくれ、そのあとふたりで、ノルウェーの伝統だという砂糖漬けのフルーツを入れたクリスマスブレッドを焼いた。

まるで家族のようだった。楽しかった。

でも、それで当然ママのことを思い出し、気が重くなりもした。〝ショット・ボール〟は、ママがよくつくってくれたグレイビーソースがけのミートボールとそんなにちがわなかった。クリスマスブレッドは、毎年クリスマスによく買ってた、煉瓦《れんが》並みに中身がぎっしり詰まったクラクストン・フルーツケーキよりふわふわだったけど、それを思い出さずにはいられなかった。ホリデーシーズンに帰省しないなんて不良娘だと思ったし、赤ちゃんができたことをまだママに報告してないのも、こっちから話さなければ、あれこれ訊かれずにすむと思ってることにも自己嫌悪を感じてた。

「J・Rはどうしてる？」クリスマスの日に電話すると、ママはそう訊いてきた。デルとマーガレットは隣の部屋にいて、マーガレットが赤ちゃんの名前を教えてと迫《せま》り、それに対しデルが、ルイーズはもう決めてるらしいが、誰にも教えようとしなくて、おれも知らないんだよ、と答えている。そんな会話が聞こえてくるものだから、なにを訊かれたのか一瞬わからなかった。

「J・Rって誰？」

「J・R・ユーイング。『ダラス』っていうドラマに出てくる、油田開発で大金持ちになった男」

「ああ」あたしは言った。「デルのことね」

ママは小ばかにしたように笑った。「どっちの名前で呼んでやろうかね。J・Rか、『じゃ馬億万長者』の主人公のジェド・クランペットか」

「彼を笑いものにするのはやめてよ、ママ」

「最初は不動産業界の大立者になるとか言ってたけど――」ママは大立者を〝おーおだての〟と発音した。「――今度は石油業界の大物を目指してるわけだ」

「デルはいまも――」デルはいまも不動産業界で働くつもりでいると言いかけたけど、言ってもしょうがない。「デルはいまも、あたしの愛する人なの」

「愛する人、ね」ママは繰り返した。そしていつものように、またも鼻で笑った。「そっちの気温はどのくらい？」

「零下十二度」

「最高気温を訊いたんだけど」

「それが最高気温なんだってば。きのうの最低気温は零下二十四度前後。外は雪が十五センチくらい積もってる」

「新しいコンバーチブルのマスタングで走るにはうってつけじゃないか」

あたしはなにも答えなかった。

ママもあたしもしばらくなにも言わなかった。〝コーラの言うことでいちいち落ちこんだり、気分を害したりするな〟とデルは言うけど、連絡くらいはしないといけない。ちがう？お腹のなかの赤ちゃんはじっとしていられないらしく、しきりに寝返りを打ったり、蹴《け》ったりしている――あたしの不快な気分がうつったのかもしれない。あたしは自分たちで飾ったクリスマスツリーに目をやった。郵便で送るつもりのママへのプレゼントがまだそのままになっている。ソファに描かれた荷馬車の車輪のひとつを指でなぞった。〝西を目指せ〟と心のなかでつぶやき、自分がなぜ西を目指したのか思い出した。だからもうなにも言わないほうがいい。

「あんたがいないとさびしくてね」やがてママが、聞き取れないくらい小さな声でそう言うと、あたしは大きなため息をつき、それではじめて、ずっと息をとめていたことに気づいた。ママの口調はやさしくて頼りなさそうで、ふだんとは全然ちがってたから、あたしはあやうく大泣きして、なにもかも打ち明けそうになったけど、それは酷じゃないかとふと気づいた。あたしがこんなにも長いあいだ黙ってたと知ったら、ママはもっと悲しむだろう。ママに話さなかったどの一瞬一瞬も、問題を大きくするだけだ。あたしが唯一、口にできたのはこれだけだ。「あたしもママがいなくてさびしい」そのあと、こうつけくわえた。「もっと電話するようにするから」そして、デルが呼んでるからと言った。

電話の向こう側で受話器を置く音がした。電話を切る前、ママはひとことも言わなかった。

そのあとしばらく、あたしはソファにすわったまま、馬やカウボーイや夕陽の輪郭を指でなぞっていた。赤ちゃんはまた落ち着いたようだ。自分の体に腕をまわしてお腹を抱きしめ、あたしはこの子といつまでもずっと仲良しでいられますように、と願った。

二日後、目を覚ますとなにかおかしかった。重苦しいほどの静けさだった。体がこわばって冷たかった——痛みとか不快感とかはないものの、体のコントロールがきかないみたいにぎくしゃくとしか動けなかった。

デルは仕事を休み、路面のよくない道路をマスタングを運転して、お医者さんまで連れていってくれた。車に乗ってるあいだずっと、あたしは肘掛《ひじか》けを必死につかんでいた——路面が凍ってるからじゃなく、しっかりつかまっていれば、なにもかもうまくいくと信じてたから。

ドク・ウィリアムズに超音波をあててもらってようやく、ほっとした。心音が聞こえ——かすかだったけど、たしかに聞こえた——まるくなって眠る赤ちゃんが確認できた。

次の瞬間、ドクの表情——眉間にしわを寄せ、ふっと目をそらした——を見て、あたしは真実を悟った。頭のてっぺんから足のつま先まで、全身がぞくりと粟立《あわだ》った。

赤ちゃんは眠ってるわけじゃなく、聞こえていたのはあの子の心音なんかじゃなかった。ゆっくりと打ちつけるあたし自身の心臓の音が、遠くのほうから聞こえているだけだった。

「残念です」ドク・ウィリアムズはそう言って探触子《たんしょくし》を遠ざけ、お腹に冷たいジェルを塗られたままのあたしは、呆然としすぎて泣くこともできず、ただ横たわっていた。

「うそだろ？」デルが言った。「なにかのまちがいだって。もう一回やってみてくれ。もっとちゃんと診《み》てくれよ」

でも、あたしにはわかった。とっくにわかってた。

「もうちょっとだけ見せて」あたしはお医者さんに頼んだ。
「動いている様子はない」彼は言った。「まったく、ないんだよ――」〝希望が〟と言うような気がしたけど、お医者さんはそこで口をつぐんだ。
「そうみたい」あたしは手をのばしてデルの手を強く握《にぎ》った。「だからといって、なんにも見えないわけじゃない」

ウィリストンの冬の一日は短い。太陽はたいてい、朝八時半を過ぎないとのぼってこないし、夕方五時を過ぎると沈んでしまう。しかも、太陽よりも雪を見ることのほうが多いし、寒さが骨身《ほねみ》にしみる。マスタングのドアは、しょっちゅう凍りついてあかなくなるし、あんなにあこがれたソフトトップのルーフは、布地に氷が入りこんでるみたいに、カーブを曲がるたびにギシギシ音がする。あたしの肌はあかぎれができ、ひび割れ、かさかさになっていた。

でも、そのどれもが、心のなかの寒さと暗さにくらべたら、どうということはなかった。

ここから先は話すのもつらいし、胸を張れないようなことがたくさんある。実際、このあと話す内容を思い浮かべただけで、あたしはもう恥ずかしさでいっぱいになっている――自分のこと、デルのこと、一連の出来事すべてについて。なにからなにまであたしが選んだことというわけじゃないものの、あたしたちが――あたしが――犯した最悪の罪だと言える。

それなりの理由があると言っても、やってしまったことはちゃらにはならない。

ここまで読んでくれた人のなかには、いまから打ち明ける話に驚く人もいると思う。あたしに言えるのは、ちがった話ができればよかったのにということだ——あたしとデルに赤ちゃんが生まれ、デルはすっかりでれでれになり、あたしはくすくす笑ってばかりで、ふたりともちっとも眠れず、おむつ替えをてきぱきできず、赤ちゃんがなんで泣いてるのか、どうすれば泣きやんでくれるのかわからなくて、くたくたに疲れ、いらいらしてるという話をしたかった。そんなふうにばたばたしてるうち、あたしたちのどっちかがなにかの拍子《ひょうし》に赤ちゃんをけがさせちゃうかもしれないじゃない？　とくに、デルの手は大きくて不器用なんだから。でも、その一方、疲れとか不安とか恐怖なんか、たいしたことじゃない。だって、あたしたちふたりでこの世に生み出した新しい人間と、いまよりもいい世界が待ってるんだから。そうでしょ？

普通、そのくらいの幸せを期待するもんだよね？　だから言っておくけど、ハッピーエンドをお望みならここから先は読み飛ばして。そのうち、いいときの話もできるって約束する。だけど、あたしにとって、これからする話は真実だし現実。ときとして、人は自分自身を見つめ、自分が犯した過《あやま》ちを認める必要がある——それを受けとめるだけじゃなく、しっかりと抱えなくちゃいけない。

ここからはあたしのための話。

「必要な処置なんだよ」子宮口をひろげるのにスポンジのような医療器具を挿入し、陣痛を誘発するのだというドク・ウィリアムズの説明を聞いて、けっきょく分娩することに変わりはないという事実にあたしは気づかされた。何時間にもわたって、デルはあたしを落ち着かせようと腕をぎゅっとつかんで離さず、ふたりして泣いて泣いて、泣いた。あのときの様子を説明するのに〝泣く〟という単語をいくつ連ねればいいのかわからない。

「体というのはときどき、思いどおりにならないことがあるんだよ」数日後、母乳が出はじめたあたしにドク・ウィリアムズはそう言った。彼はキャベツ湿布を試してみるといい、と教えてくれた――一日に四回やれば胸の張り《プレッシャー》が軽減されるということだけど、あたしもドクも眉唾《まゆつば》ものだとわかっていた。真の苦痛《プレッシャー》はどこかべつのところにあって、それが軽減されることはなかった。

あらたなスタート。デルとあたしはそう言っていた。あらたな人生、と――キャベツの葉を洗ってデルが引っ越し荷物に入れてきた古いボウリングのピンでいい具合になるまで葉脈をならしながら、あたしは自分以外の誰かの人生を生きてるみたいに感じていた。そしてその誰かが、シャツを脱いでブラをはずし、平らにしたキャベツの葉を胸に当て、しなびるまで待っている。効果があったかどうかは微妙だ。

そもそもキャベツを買ったときから、べつの誰かになったように感じてた――店もいままでとはべつの店に変えた。いままでの店には、とてもじゃないけど行く気になれなかった。あそこだとみんなが、お腹のなかの赤ちゃんとその成長具合を気にかけていたから、答えたくない質問もされたにちがいない。今度の店は通路のレイアウトがちがってた。まるで迷路だった。ベビー用品コーナーに並ぶ紙おむつや赤ちゃん用の調合乳がちらりと視界に入るだけで、ドク・ウィリアムズに教わった悲しみの五段階のほぼ全部の段階を体験した。

「ランザ？」レジの女の子が三個めのキャベツをレジに通しながら訊いた――不意のことで、単語の最後にクエスチョンマークがついていた。外国語だとしてもおかしくなかったし、ある意味では外国語だった。ごくありきたりな単語でも、当時のあたしにははっきり伝わらず、くぐもっていて、すごく遠いところから聞こえてくるみたいに、エコーがかかっていた。

あたしは首を横に振った。「ランザってなんのことかわからないんだけど」

「えっとね、キャベツとかひき肉とかを混ぜた具が入ったパンなんです、こんな形の」彼女は両手で長方形をつくり、それからキャベツを指さした。「ネブラスカではランザって呼んでるんです。ランザを出すチェーンのファミリーレストランもありますよ。でも、こっちでも名前は同じだと思いますけど」

彼女は若かった。大きな目をした屈託なさそうな娘で、口紅は唇の真ん中を残して色が落ちていた。おまけに、たっぷりとした真っ赤なカーリーヘアをしているせいで、ラガディ・アン人形みたいだった。何週間か前、べつの人生を歩んでいたときのあたしなら、そう呼びかけてたかもしれない。

あたしは霧のなかからどうにかこうにか抜け出した。目を細くしてレジ係の名札を見た。ホリー。すてきな名前。この子も誰かの娘だ。あたしの子だって、大きくなったらこんな娘になっていたかもしれない。

「コールスローよ」あたしはうそをついた――ママのレシピを思い浮かべたわけだけど、ほかにも材料が必要だったろうに――人参と玉ねぎ、マヨネーズ、バターミルク、酢。

そこでちょっと気になった。マーガレットはランザをつくったことがあるんだろうか、あたしにつくり方を教えてくれただろうかと。そんなのはいま考えることじゃないのに。

あたしの答えにつづいて、ホリーがなにかしゃべったけど、なんて言ったか思い出せないし、自分がなんと答えたかも記憶にない。

あのころは誰に話しかけられても、うなずくか首を横に振るだけだった――その動作が、そのとき考えていたことと一致していたかどうかもわからない。

そのあと起こったもろもろを考え合わせると、ホリーはたぶん、あたしを失礼な女だと思ったにちがいない。


前にも言ったけど、真実の愛とはふたりが互いに見つめ合うことじゃない。ふたり一緒に同じ方向を見つめることだ。

流産したあとも、あたしとデルはあいかわらず同じ方向を見つめていた。たいていの場合、見つめる先にあるのはテレビだったけど。あたしはほぼ一日じゅう、テレビをつけっぱなしにしてた。デルが仕事のときは静けさを埋める手段として、デルが家にいるときは、会話を避ける手段として。毎晩、あたしたちはテーブルについて夕ごはんを食べ、テレビで裁判の番組を見た——あたしじゃなく彼の選択だ。ちょっとは気分転換になるだろうから、ってことで。正直言って、あたしにはどうでもよかった。

ヴィクターヴィルにいたとき、身内の恥やら愚《おろ》かさやらを世間に触れまわる人なんか、どうしてみんな見たがるのとブレンダに訊かれると、あたしはその手の番組を擁護《ようご》した。そこにあるのは人生の縮図なんだからと。愛と憎しみ、裏切りと強欲、ほんのときたま見られるやさしさ、そしてもちろん、たくさんのうそ。同時に、認めたくない真実や、学ぶべき教訓もある。いまは、そんなのはくだらないとしか思えない。まがいものの人生にすぎないと。

「あたしたちのせいなのかな?」ある晩、あたしはデルに訊いた。『判事ジュディ』の再放送を見てるときだった。「赤ちゃんがいなくなったのは?」

そう言ったとたん、おっぱいが痛んだのは、そんなことを言ったせい。夕ごはんのあとで、またキャベツ湿布をしなきゃいけない。

「おれたちがなにかしたからじゃないとドクは言ってたろ」とデル。「それに、最初からちゃんと検診も受けてたじゃないか。あれのことをはじめて知ったときから。あれをちゃんと診てもらってたじゃないか」

あれ、とデルは言った。

それが妊娠のことなのか赤ちゃんのことなのか、はっきりしない。

「そういうことを訊いてるんじゃないってば」あたしはお皿の真ん中にフォークを突き立てた。ほとんどなにも食べてなかった。一方デルは、しゃべらずにすむようにだろう、チキンを口に詰めこんでいた。

いまはまた、簡単料理ですませるようになっていた。あたしはもう、手料理に意欲的なふりさえしない。マーガレットが食べものを持ってきてくれても、お通夜にみんなが持ち寄るキャセロールとしか思えなかった。「神様には計画がおありなのよ」首にさげた十字架をぽんぽんと叩きながら、彼女はあたしにそう言ったけど、このときはいやな気持ちになっただけだった。

「あんたはカルマってものを信じる?」あたしは訊いた。

デルはごくりと唾をのみこんだ。

「それはまた、ずいぶん漠然《ばくぜん》とした哲学的な質問だな、ハニー」

「要するに、あたしたちが過去にしてきたこと、ものを盗んだとか、そういうこと全部を言ってるの。それが原因でこうなったのかなって訊いたの」

デルはあたしが言ったことをじっくり考えた。テレビでは、判事のジュディが意見を戦わせていた。〝わたしが知りたいのは真実なんです〟と彼女は判事席から叫んだ。〝本当のことを話さないのなら、自分の靴でも食べてなさい〟。あたしはリモコンを手に取って、ボリュームをさげた。

「ルイーズ」デルは言った。「おまえはなんにも盗んじゃいないだろ。盗んだのはおれだ」

「あの子はあんたの赤ちゃんでもあったんだよ」喉が詰まって言葉がうまく出てこない。デルを責める言い方をするつもりはなかった。「あたしだって盗んだよ——例のサファイアの指輪。それに、共犯だったのはたしかで……」

ずっと〝あたしたち〟の問題だった。

デルは身を固くした。「おれたちは悪い人間じゃないだろ、ルイーズ。それに、カルマはそんなに単純なものじゃないと思うぜ。こっちですばやくご褒美《ほうび》をあたえ、あっちですばやく罰をあたえるとか、そんな交換条件みたいなものじゃない」しばらく考えてから彼はつづけた。「それに、たとえそうだとしても、これはあまりにバランスを欠いてるじゃないか。だろ？」

「あたしは、なにか悪いことをしたんじゃないかって気がしてるだけ。誰かを落胆させたんじゃないかって――みんな、あんた、あたし自身、あたしたちの赤ちゃん」

おっぱいがまた、きゅっと痛んだ。お腹も。

ひとりぼっちには耐えられなかった。話し相手がいないのには耐えられなかった。

「フォート・ブフォードにキルトの愛好会があるんだけどね」ある日、マーガレットが教えてくれた。「あんたみたいな若い人には、そんなに楽しいものじゃないかもしれないけどさ……」彼女は赤いフレームの眼鏡ごしに、憐《あわ》れむような目を向けてきた。「アットホームな集まりなんだよ。少しは気がまぎれるんじゃないかと思ってね」

でも、会のメンバーと彼女たちがつくったキルトをながめても、あたしは赤ちゃん用のブランケットのことしか考えられなかった。新鮮な空気が吸いたいからと言ってその場を離れた——冷たい空気を肺に入れては出し、ひとりであたりをぶらぶらしながら気持ちを落ち着かせるつもりだった——ときも、まっすぐ裏の墓地に、柵の向こうに白い墓板が並ぶ墓地に向かった。

　病院のボランティアはつづけるつもりだった——日常に戻って、流産したときも、そのあともやさしく接してくれた人たちのなかに身を置くつもりでいた。だけどいまのあたしは、透析を受けに来る患者やがん患者、いろんな病人やけが人を、ちがった目で見るようになっていた。あたしの痛みはこの人たちの痛みとくらべてどうなんだろう？　あたしの痛みのほうががまんできるよね？　もっと元気にならなきゃだめなんじゃないの？

　出産のために女の人がやってくるたび、あたしは嫉妬《しっと》で身を灼《や》かれる思いを味わった。カップルが生まれたばかりの赤ちゃんと一緒に退院するのを見ると、頭に靄《もや》がかかってぼんやりしてしまい、まったく機能しなくなった。

「つらいわよね、わかる」ボランティアのコーディネーターのサブリナが声をかけてくれた。「でも、いずれよくなるわ。時間がたてば、どんな傷も治るものよ」

　サポートグループに参加したときも同じことを言われた。あたしと同じ重さの悲しみを経験した人たちと話し合って——ひとりひとりが話す経験を比較して対比して分類して、そのなかに自分の姿を見ようとしたときにも。

　いちばんよく使われた言葉は〝喪失《ロス》〟だ。失われた《ロスト》子ども、喪失《ロスト》感、茫然自失《ロスト》。〝亡くなった〟とか〝死んだ〟という言葉はいっさい使われない。赤ちゃんは〝生まれてくることができなかった〟。赤ちゃんは〝息を引きとった〟。ある女の人は、自分の〝芽が育たなかった卵子〟と〝空っぽの胎嚢《たいのう》〟について話した。妊娠を〝継続することができなかった〟、あるいは〝中断せざるをえなかった〟のだと。最後の表現は、理解するのにちょっと時間がかかった。遺伝性疾患《しっかん》のため、つらい選択、幸いなことにあたしはせずにすんだ選択、とてもじゃないけどあたしにはできそうにない選択をしたという意味だった。

　順番がまわってきても、あたしはどこから話せばいいのかわからなかった。

　生まれたあと、あたしは抱っこさせてもらった。あたしの娘は、みんなが言うように〝全部揃って〟いた。足の指も手の指も全部あったし、爪もごく薄いものが生えはじめていた。片手におさまるくらいの大きさだった。

　その週はアボカドくらいの大きさだった――なんてふざけたたとえ方だろう。

「どう話せばいいか、わからないときもあるわ」進行役のアビーが言った――小柄《こがら》でやせぎす、目鼻立ちはくっきりしているけど、目はやさしい。「人の話を聞くだけでも気持ちがやわらぐものよ」

　彼女は大きなテーブルごしに手をのばしてきたけど、距離がありすぎたから、その手は、あたしたちのあいだの、なんにもないところに到達しただけで終わった。

　ある日の午後、新しく行くようになった食料品店で、青果コーナーの責任者があやうくあたしのカートにぶつかりそうになった。あたしは彼が運んでた通い箱をのぞき、思わず息をのんだ。

　アボカド。

「大丈夫ですか？」相手は訊いた。「前をちゃんと見ていなくて申し訳ない」

「そのアボカド、おいしそう」

「以前はこの時期に手に入れるのはむずかしかったんですが、いまは一年じゅう入荷しているんですよ」彼は通い箱をおろした。「入荷したばかりなんです。ひとつ、いかがです？」

　あたしはひとつ選んでカートに入れ、前に進んだ。買いものリストを持ってたけど、カートになにを入れてなにを入れてないのか、わからなくなっていた。新しい店のどこになにがあるのか忘れただけじゃなく、自分でもなにをやっているのかわからなくなって、通路を引き返す回数がいつになく増えた。

　さっき選んだアボカドがじっと見つめてくる。あたしはときどき、それに手を触れた。そのうち、手に取って、両手で包みこんだ。はじめのうちは冷たかったけど、手のなかでしだいに温かくなっていった。こうして持っていると気持ちが落ち着いてきて、自分がなにをしようとしていたのかを思い出した。

　次に探すのは電球だったけど、ベビー用品と同じ通路にあるとわかってためらった。またにしようかと思ったものの、深呼吸をして、カートを押し、つぶしたバナナや豆の離乳食、乳児用調整乳、赤ちゃん用のボディソープを見ながら前に進んだ。

　ひさしぶりに自制心を取り戻した気がした。ようやく癒《い》えてきたように思えた――まるで魔法のようだった。そのあと、列に並んで会計を待つあいだに、またも自制心を失った――というか、自制しすぎたのかもしれない。カートの中身をベルトコンベアーに載せるとき、例のアボカドを手に取ってコンベヤーに載せずにコートのポケットに入れたのだ。

体というのはときどき、思いどおりにならないことがある。

あたしの前の男の人がクレジットカードを機械に通したところだった。このときもレジ係はホリーで、どのボタンを押すのか、男の人に教えるのに一生懸命だった。うしろに目をやると、女の人と目が合った。アボカドをポケットに入れるところを見られたかどうかはわからない。女の人はなにも言わず、仕切りバーをベルトコンベヤーに置いて、あたしが買うもののうしろに自分のを並べた。

ホリーが会計をするあいだ、あたしは出口をじっと見つめながら、支払いのあといくつの関門をくぐればいいのか推《お》し量《はか》ろうとしていた。防犯カメラはある？　警備員は？　店を出るときに呼びとめられる？　店を出るまで待つつもり？

「あれも買うんですか？」ホリーが言った。

「え？」あたしは手をコートのポケットに突っこんで、ぷっくりしたものに触れた。まだあった。

「あれも買うんですか？」ホリーはベルトコンベヤーを指差した。あたしの買いものとうしろの女の人の買いものをわける仕切りが斜めになっている。ビーツの缶詰がスキャナーの近くまで押しこまれていた。

ホリーはあたしをとがめるように見ている。口調はぶっきらぼうだ。ランザの話をした日みたいに雑談をしてる暇はないみたいだ——暇がないのか、もう興味がなくなったのか。

「それはわたしのよ」うしろの女の人が言い、缶詰を自分のほうに戻した。

ホリーが合計金額を告げた。あたしは震《ふる》える手で財布からお金を出して渡した。

「コールスローの食べ過ぎで体調がよくないんじゃないですか?」彼女は訊いた。「ずいぶんたくさんキャベツを買いましたよね」そう尋ねる声には同情の気持ちは微塵《みじん》もなかった。

「体調が悪いわけじゃないの」あたしは言った。「ただちょっと……ちょっとふらっとしただけ」

正面玄関近くのカウンターの前を通っても呼びとめてくる人はいなかった。出口のところでも。車に向かうあたしを追いかけてくる人はいなかった。

荷物をうしろに積みこみ、アボカドは家に戻るまでずっと、助手席に置いておいた。

当然のことだけど、あたしはそのアボカドを食べられなかった。カウンターに置いて、通るたびにそっと触れ、ときには両手で包みこんだりもした。

その後何日か、あたしは家から出なかった。テレビはつけなかった。デルと食べようとポットローストをこしらえ、ふたりでテーブルについて食べた。彼は手をのばしてきて、あたしの手を握り、ありがとうと言った。

アボカドはしだいに緑色から茶色に、そして黒くなった。冷蔵庫に移すと、しわくちゃになって、表面がでこぼこになった。

「なあ、ハニー」ある晩、デルが言った。「これ、腐ってるみたいだぜ」

アボカドを捨てるのに、あたしは意志の力を総動員しなくちゃならなかった。

そのアボカドで学んだことがひとつある――正確に言うなら、ふたつだ。次からは傷まないものを盗むようにしたことと、買いものに行く先と万引きする範囲をぐんとひろげたことだ。

コンビニエンスストアの〈レイサーズ〉で給油するかたわら、ホットウィール（一九六八年に販売を開始したミニカー）をポケットに入れた。スーパーマーケットの〈キャッシュワイズ〉では、旅行用のベビーパウダーをバッグに入れて店を出た。例の食料品店でも〈ジョンソン・エンド・ジョンソン〉のお試しサイズの赤ちゃん用ボディソープを盗んだ。

瓶《びん》入りのベビーフード。濡らすと普通の大きさのフェイスタオルになる小さなボール状のものが入ったビニール袋。紫色のテディベアがついたキーホルダーは、ポケットに入れた瞬間から特別な宝物に思えた。

盗んだのはどれも一ドル未満だったし、盗むのは一回につきひとつだけだったし、必ずなにかを買うようにした。〈キャッシュワイズ〉では二週間分の食料品を買ったし、盗んだベビーパウダーは一ドルするかしないかだった。そういうふうにしてあたしは盗みを正当化した。いずれにしても、盗んだものは全部、赤ちゃんの寝室になるはずだった部屋のクロゼットに押しこみ、デルの目に触れないようにした。ときどき、それを全部出して並べ、ロッキングチェアにすわってながめた。デルに買ってもらった靴下のサルも一緒に並べた——どれもあたしのお守りってことで。

盗癖《とうへき》なんかじゃないし、その言葉は適切じゃない。善悪の観念がないのでもなく、衝動的というのでもない。少なくとも二回め以降は。それに無意識の行動でもなかった。いつだってやめられたはずだった。やめようとさえ思えば。

でも、奪われるのにくらべれば、なにかを手に入れるほうが楽しかった。

赤ちゃん用のピンセット、綿棒ひと箱、プラスチックのおしゃぶり。

「カルマって逆に作用するのかな?」べつの晩、あたしはデルに訊いた。がらんとした部屋のクロゼットのなかで、盗んだものの山だけがどんどん高くなっていた。デルは勤務時間がのびたとかで、いつもより帰りが遅かった。あたしは先に夕ごはんをすませていた。デルは自分の分をあたためた。くたびれ切って、いらいらしてるようだった。

「逆に作用するってどういう意味だ?」

「これからやることが、なぜかもう知られてて、それが過去の出来事につながってるって意味」

「キリスト教の予定説みたいなもんか?」

「そうかも」あたしは答えた。「ううん、そうじゃない。つまりね、あたしたちの未来のおこないが過去の出来事に影響すると思うかってこと?」

デルは頭をかいた。「そいつはまた、まったく別次元の哲学的な質問だな、ハニー」

それでも盗みがとまることはなく、ちょっとペースが落ちただけで、罪を犯す範囲はむしろひろがった——ワットフォード・シティへ、タイオガへ。場所を変えたんじゃなく、増やしたってこと。デルがニューメキシコでやってたみたいに、間隔をあけて。

「先のことだけを考えなさい」サブリナはボランティアに復帰したあたしの隣に腰をおろし、長い髪をうしろに払いながらそう言った。同じシフトのもうひとりのボランティアは、患者を呼吸器科に案内するのでいなくなっていた——そのタイミングでサブリナはあたしに探りを入れてきたのだ。「またがんばればいい。はじめての妊娠で流産する人は多いんだから。二回めはうまくいくわよ」

あたしは思わず、八歳のときに飼ってた猫が死んだことを思い出した。トリクシーって名前の雌《めす》の猫で、車に轢《ひ》かれたんだけど、近所の人がすかさず、いつ新しいのを飼うのかと訊いてきた——「ルイーズがかわいそうでしょ」と、その人は言った。「でなきゃ、新しいおもちゃでも買ってあげたら?」新しくてきらきらしたものをあたえれば、埋め合わせになるみたいな言い方だった。

「もともと、子どもをつくる気はなかったの」あたしは打ち明けた。「たまたま、できちゃっただけで。で、いまは赤ちゃんがほしいけど……また妊娠しても同じことになるかもしれないってウィリアムズ先生に言われちゃって。デルとあたしが子どもに恵まれることはないかもしれない」口に出して言ったのは、これがはじめてだった。口に出したことで、現実をひしひしと感じた。

年配の夫婦が受付デスクにやってきた。サブリナが立ちあがって応対した。あたしのポケットには、前の日にくすねたおしゃぶりが入ってる。ポケットに手を入れ、そっとなでた――気持ちを落ち着かせるためなのか、幸運を祈るためなのか、自分でもわからなかった。

「養子を迎えるという手もあるわ」年配の夫婦がいなくなるとサブリナはさっきの話をつづけた。「いますぐってわけじゃないわよ。よくあることでしょ。あなたはいいお母さんになると思う。わたしの勘《かん》だけど」

「そうかな」あたしは言った。「そうかも」

「つらいでしょうね、子どもがほしくて……苦労するのは。あるいは、いっこうに授からないのは。その一方、子どもの世話をろくにできない人もいる……」彼女はデスクの電話のコードをのばしたり、巻いたりした。いまにも泣きそうな顔だ。「親になるって、気軽にやっていいことじゃないのよ」

「どうかした？」あたしは訊いた。

サブリナはあたしに向けて手をひらひらさせた。「赤子のモーセを思い出しちゃって」

「聖書の？」

彼女は笑い、涙を拭《ぬぐ》った。「そうじゃないの。十年くらい前、フロリダ州マナティ郡の近くであった事件。農場の経営者が男の子の遺体を見つけてね。生まれたばかりで、生後二週間になるかならないかだった。ビニールにくるまれてスーツケースに入れられていた。死因は飢えと脱水で……」（モーセは生まれてすぐ、パピルスのかごに入れられてナイル川に捨てられたとされる）そこでしばし黙りこむ。「ゆっくり殺されたんだって、みんな言ってた。しかも、ふたをあけてみれば、母親の仕業《しわざ》だった」

「ひどい話」胃がむかむかして、感情が爆発しそうになる。自分の経験を、出産し、わが子をこの手に抱きながら失ってしまった経験を思い出す。

　このときもまた、ポケットのなかのおしゃぶりに手をのばし、ぎゅっと握った。

「一年半くらいまえ、ＦＢＩがようやく解決した。ＤＮＡ検査でね。母親はまだ現場近くに住んでて、殺人罪で捕まった。懲役十年の判決が出たのが去年の夏で、そうとうな話題になった。刑が軽すぎるっていう人もいたけど……とにかく気の毒な話でね。母親にはすでに三人の子どもがいて、夫はドラッグとアルコールの依存症だった」

　彼女は頭を振った。長い髪がゆらゆら揺れる。記憶を振り払うかのように。

「だから、あそこに看板を出したの」サブリナは話をつづけた。「前を通るたび、その事件のことを思い出すわ」

「看板って？」

「あなたも目にしてるはず。赤ちゃんの頭をやさしくささえる手が描いてあるでしょ。ここは避難場所なの。必要に迫られて子どもを手放さなくちゃいけないお母さんたちのための。同じような悲劇を繰り返さないために」サブリナはあたしの手をまたぽんぽんと叩いた。

「そういった赤ちゃんがあなたのような人に託《たく》されるかもしれないじゃない。あなたなら愛情をたっぷり注いであげられるのは、誰の目にもあきらかだもの」

そこで、もうひとりのボランティアが戻ってきた。サブリナは立ちあがって、ほかのボランティアたちの様子を見にいった。

あたしはまたおしゃぶりに手をのばしたけど、今度はてのひらに強く押しつけてみた。プラスチックの吸い口が裂けはじめたのがわかった。

「うちの店には防犯カメラがあるんです」

「えっ？」

「お客さんのポケット」

例の食料品店をまた訪れると、このときもホリーがいた。たしか、バレンタインデーだった気がする。その晩、たまにはデルと飲もうと思ってワインを一本、カートに入れたからだ。仕事を終えて帰ってきたデルと病院のボランティアとして一日働いた自分へのご褒美ってことで——体のあたたまるおいしいものがほしかったのだ。なにしろ外は氷点下二十五度の寒さだったし、あたしたちのことでこのところいろいろ思うところがあったからだ。

そのときのホリーの声はものすごく冷ややかだったし、おまけに下唇をかんでいるせいであざ笑っているように見えた。彼女はあたしのコートのポケットを顎《あご》でしゃくった。ウェットシートのパッケージの端がはみ出ていた。

「ここに来る前からポケットに入ってたのよ」

あたしは自分のものだというように、ぽんぽんと叩いた。

ホリーはすばやく二回、首を振った。

「ここからベビー用品コーナーが見えるんです。お客さんがポケットに入れるところを見ちゃったんです」

その日、店はめずらしく混んでなかった。ふだんはどのレジにも列ができるけど、その日はあたしのうしろに誰も並んでいなかった。

あたしは振り返って目を凝《こ》らした。さえぎるものはなにもなく、まっすぐ見渡せた。顔を戻すと、店長が正面カウンターからあたしたちの様子をうかがっていた。

「あらやだ」あたしは言った。「これね」ウェットシートをポケットから出してホリーに渡した。「家でいつもポケットに入れてるの。つい習慣で入れちゃったみたい」

「赤ちゃんのおしり拭《ふ》きですよ、これ」ホリーはバーコードを読み取るでもなく、ただ手に持っていた。「それを家ではコートのポケットに入れてるんですか?」

「うっかりしてたのよ」あたしは言った。「ごめんなさい」

「どうかしましたか?」店長がホリーのうしろに立った。頭のてっぺんがはげていて、お腹が出ている。

ホリーはおしり拭きを持ったまま動かない。重さを計る《ウエイ》みたいに。なにやら考え《ウエイ》てるのはたしかだ。

「ちょっとうっかりしただけなの」あたしは今度は店長に訴えようとしたけど、そこにホリーが割って入った。

「もっと安くなっていると思われたようです。ただ同然の価格になっているんじゃないかと」

「値段を確認してきましょうか？」店長は訊いた。スタンという名前だった。

「いいの」あたしは答えた。「いくらでも、ちゃんと払うから。ちょっと混乱しただけ」

「確認するくらい、かまいませんよ」スタンは言った。

「本当にいいの」あたしはもう一度言った。店長は肩をすくめた。ホリーはおしり拭きのバーコードを読み取ると、ほかの品物が入ってるあたしの買いものバッグにぽんと投げ入れた。あたしは彼女の心遣いがうれしくなって、「ありがとう」と言おうとした。でも、彼女のほうが先に口をひらいた。

「お客さんが赤ちゃんを連れてるの、一度も見たことがありませんね」彼女は会計を済ませるとそう言った。その声にはあたたかみのかけらもなかった。あるのは軽蔑《けいべつ》、あたしをどこか見下してるような感じだけだった。「でも、母乳で育ててるなら、きょう買ったワインは飲まないほうがいいと思います。それとトゥインキーみたいなジャンクなお菓子もよくないんじゃないですか」

店を出て、猛烈な寒さのなかに戻る途中、あたしは買いもの袋からおしり拭きを出して、ごみ箱に投げ捨てた。

その夜もまた、病院のボランティアのシフトに入った。デルが仕事から帰ってくるまでの時間をつぶそうと思ったのだ。案内カウンターは赤いガーランドで飾られ、心臓リハビリ科の人たちが〝ハートを大切に〟と書いたチラシをつくって、二月十四日だけじゃなく一年じゅう、心臓《ハート》を健やかにたもちましょうと、呼びかけていた。

午後は忙しかったけど、夜は暇だった。あたしはホリーの態度にも、ひどく恥ずかしい思いをさせられたことにも、めちゃくちゃ腹を立てていた。あとでデルに愚痴《ぐち》をこぼせればいいけど、彼はあたしがいろいろ万引きしてたことを知らないし、そうなると、一切合切《いっさいがっさい》を打ち明けなきゃいけなくなる。だからあたしは、目の前のことに意識を向けた――バレンタインデーのサプライズ、気分転換、そしてべつの形の気晴らしに。

その女の人が赤ちゃんを抱いて現われたとき、いつものように、またも嫉妬心が忍び寄ってきた。もうひとりのボランティアは、ちょっとトイレに行くと言って席をはずしてた。そうでなければ、彼女に対応をまかせたと思う。

「この子をお願いできますか？」女の人は言った――間近で見ると、かなり若く、二十歳にもなっていないようだった。目が真っ赤に腫れている。デンバー・ブロンコスのキャップからコシのない髪がのぞいている。赤ちゃんは異なる色合いの青い毛布二枚にしっかりとくるまれていた。女の人は食料品店のレジ袋を手首にかけていた。

「赤ちゃんの具合が悪いの？」あたしは訊いた。「それとも、けがをしたの？　緊急処置室は――」

「病気じゃないの」彼女は答えた。「あたしは――あたしはこの子の面倒をみられないし、ママが、ママが……」彼女はカウンターに赤ちゃんを寝かせた。赤ちゃんは眠ってるみたいだったけど、一瞬、目を覚まして頭をもたげ、すぐにもとの姿勢に戻った。毛布から青いパジャマがのぞいていた――なにもかも青だ。象の柄のパジャマだった。彼女は赤ちゃんの横にレジ袋を置いた。おむつやおしり拭きが、ごちゃごちゃと入っている。「どの病院でも受け入れてくれると聞きました。まだ六カ月だから期限内です」

「期限内？」あたしはそう言ってから、サブリナの言葉を思い出した。子どもの避難場所。「この子を手放すつもりなの？」責めるつもりはなかったけど、そういう口調になってしまったらしい。

「お願い、みじめな気持ちにさせないで」彼女は訴えかけるような、打ちひしがれたような目をしていた。「フリーダイヤルの相談窓口に問い合わせたの。なにも訊かれないって言われました。誰も責めたりしないし、あたしがしようとしてるのは正しいことだって」

「そうよ」あたしは言った。「そのとおり」こういうケースに対処する研修は受けていなかった。どうすればいいのかも、どう対処するのかも教わっていない。緊急処置室だ。彼女にはそこに行ってもらうしかない。あたしは案内しようとした。「ここではなんだから、とりあえず――」

「お願いします」彼女は赤ちゃんをあたしのほうに押しやり、自分の腕を引っこめはじめた。あたしは赤ちゃんを押さえようと手を差し出した。彼女は涙を隠そうともしなくなっていた。パーカの袖口で鼻を拭ったので、袖に涙と鼻水がべっとりとついた。「いまやらなきゃ、もうきっとできなくなっちゃう。とにかく……とにかく預かって。この子の面倒をみてあげて」

そう言うと彼女はドアに向かって走っていった。ドアの手前で足をとめ、あたしを振り返った。気が変わったんだと思ったけど、大声でこう伝えただけだった。「その子の好物はヨーグルトとつぶしたバナナです」そして夜の寒さのなかへと出ていった。

気がつくと、あたしは赤ちゃんを抱きあげ、腕のなかであやしていた。


受付カウンターを無人にする場合はルールがある。明文化されてるものもされてないものもあるけど、とにかく絶対的なルールがある。それはよくわかってる。

それでもあたしは受付を離れた。向かった先は緊急処置室じゃなく、病院の外だった。赤ちゃんをしっかりと胸に抱えて。


どの赤ちゃんにもそれぞれの美しさがある。でも、この子は——青いパジャマを着て青い毛布に包まれた青いベイビーボーイ——は、魔法の力をそなえていた。あたしにはそうとしか説明ができない。あまりに思いがけないことだったから？　この子の頭を覆う、くるくるとしたまばらなブロンドの髪のせい？　ぷくぷくのほっぺと、いまにもしゃべりだしそうな、小さくあいた口のせい？　まつげは信じられないくらい長く、目の青さときたら、この世のものとは思えないほど深くて濃かった。

たぶん、これはすべて夢だ。はじめての夜、あたしは信じられない気持ちで赤ちゃんを見おろし、あやしてやった。

部屋に入ってきたデルも信じられないようだったけど、あたしのとは意味がちがった。ベイビーボーイを渡すと、デルはあぶなっかしく腕に抱いた——とまどった表情に、さっきから投げかけてきた疑問が浮かんでいる。どういういきさつで、どんな理由があってのことか、とか、この子は誰で、誰のものなのかとか——この赤ちゃんはどこの子かというだけじゃなく、親は誰かという意味だけど、いまの親はあたし、この子を連れ帰ってきたあたしだ。予定とはだいぶちがうけど、バレンタインデーのサプライズってわけ。

「お母さんはほんの子どもだったのよ、デル」あたしはもう一度言った。〝子どもの避難所〟のことと、入ってきた女の子がどんなふうにこの赤ちゃんを置いていったかはすでに説明していた。「若くて怯《おび》えてた。自分がくだした決断にひどく動揺してた。助けを必要としてたんだってば」

「もう一回訊くけど、その女の子はおまえになんて言ったんだ?」

「たいした話はしてない。時間がなかったから。あたしは……応対しただけ」

「で、この子をどうやって連れ帰ってきたんだ?」

「わかってるよ、デル。いけないことなのは」あたしは心から恥じていた。「あぶないのはわかってたけど、運転席に乗せたの。動かないよう、両手でしっかり支えてね。この子は眠ってた。帰り道はずっと、ゆっくり運転した。そうするしかないでしょ?」

デルは首を横に振った。なにを考えてるかわかる。ほかにいくらでもやりようはあった。家まで車を運転するあいだ、あたしもデルがいま考えてることをずっと考えてた。赤ちゃんを連れ帰るという危険をおかした自分を責めつつ、道路に目を凝《こ》らし、前方に警察がいないか確認し、ルームミラーをのぞいてうしろをうかがった――ずっと忘れようとしてきた人生だけど、いまはちがったものに、ちがった危険をはらむものに変わってしまった。

「チャイルドシートを買わなくちゃ」あたしは言った。「ちゃんとしたものを。それとベビーベッド」

「この子をここに置いておくつもりなんだな」

あたしは答えなかった。デルは質問したわけじゃなかったから。

チャイルドシートを買うにも、ベビーベッドを買うにも、その日は時間が遅すぎた。デルが〈JCペニー〉まで行ってくれたけど、もう閉まっていた。でも途中で寄った店でおむつとおしり拭き、それにミルクとバナナと六個パックのヨーグルトを買ってきてくれた。あたしはバナナをあらたに一本つぶし、ひとくちずつスプーンの先に載せて赤ちゃんに食べさせた。

「腹が減ってたんだな」赤ちゃんがバナナをのみこむ様子を見ながらデルは言った。

「こんなにぱくぱく食べるものなのかな」

「赤ん坊ってのはそういう食べ方をするものなんだろう」

ベイビーボーイがまじまじと、不思議なものでも見るような目であたしを見つめた――ちょっぴり怯えたようでもある。それとも必死の形相《ぎょうそう》？　もしかして、あたしの気持ちが反映されてたりして？

「汚い食べ方だな」デルが言った。

「デル」あたしはたしなめた。いつもとは逆だ。

赤ちゃんにもうひとくちバナナを食べさせ、さらにもうひとくちあたえた。けっきょく、ほとんど全部食べてしまった。食事を終えると、ラスヴェガスでもらった〝赤ちゃんも入れて三人〟ノートに、食事にかかった時間と食べた量を書きこんだ。生活時間を把握するためには、ちゃんと記録しておいたほうがいいと思ったのだ。

「この子のお医者さんを捜《さが》さないと」あたしは言った。手順どおり、この子を病院にまかせていれば、その場で健康診断を受けたはずだ。あたしはまたも赤ちゃんを膝に乗せ、まばらな髪を指ですいた。赤ちゃんはお腹がいっぱいで満足している様子だった。

「なんて説明すればいいんだ？」

「あたしたちはまだ小児科のお世話になったことがないでしょ。最近、このあたりに引っ越してきたと言うだけでいいんじゃないかな。なにか説明しなきゃいけないことってある？」

「選んだ小児科医が、こいつをすでに診てたらどうする？　こいつを知ってる人がいるかもしれないじゃないか」

「赤ちゃんをいちばんに考えてよ」あたしは言った――そんなことはわかってるけど、と同時に、自分に対してもデルに対しても正直でないのもわかっていて、すでにそんな自分を情けなく思いはじめていた。

この子がうちにいる理由を、どうにかして説明しなくてはならなくなる――小児科の先生には説明しなくても、ほかの人にはしなくてはいけない。お隣のマーガレットとあたしのママにはいずれ。でも待って。それまで長続きするかしら？　病院に防犯カメラがあったかどうか思い出せないし、そもそも、そんなことは気にしたことがなかった。ひょっとして、誰かに見られた？　もう録画映像が警察の手に渡ってる？　母親が心変わりして病院に戻ってきてたら、どうするの？　自分の赤ちゃんの行方を誰も知らないとわかったら、彼女はどうするだろう？

あたしの腕のなかでおとなしくしていたベイビーボーイが声をあげて泣きはじめ、デルがソファのクッションと予備の枕で間に合わせにこしらえたベビーベッドに寝かせようとすると悲しげな声でぐずった。デルとあたしでかわりばんこにあやしたけど、交代するたびに赤ちゃんは身をよじり、赤ちゃんを渡そうとあたしが自分の腕をデルの腕に差し入れたり、デルが腕をあたしの腕に差し入れたりするときに動きがぎくしゃくすると、事態はいっそう悪くなった。ベイビーボーイがなかなかおとなしくならないと、あたしたちはまたも食べさせ――今度はヨーグルトを――そのあと、デルが赤ちゃんを抱いて寝室からリビングルーム、キッチン、そしてまた寝室と一周した。「きらきら星」や、子供向けの教育番組『スクールハウス・ロック』でかかってた「接続詞を接続させよう」や「ロリーロリーロリー、副詞を教えて」とかいった歌を歌ってやりながら。赤ちゃんがどうにかこうにか眠ってくれたのは、最後の「ロリー」の歌だったと思う。

あたしたちは、バレンタインデー用に買ったワインを飲まなかった。そのかわり、ナパから持ってきたボトルをあけた――カールにもらった一本だ。「きょうは待ち望んでた特別な日だから」あたしはそう言ったものの、その夜や未来に乾杯しても、お祝いどころか気まずくて不安になるだけだった。

「本当にこれでいいのか?」デルが訊いた。「おまえはこれで幸せなのか?」

ワインで体のなかがじんわりと温かかった――廊下の先にいまも赤ちゃんがいると思うと、もっと温かくなった。でも、デルの質問が頭のなかを駆けめぐり、暴れまわった。うすら寒い感じが忍び寄ってきた。

「幸せという言葉がふさわしいかどうかはわからない」あたしはそう答えた。

デルがそれをいい意味に取ったのかどうかはわからない。彼がなにか言うより先に、赤ちゃんがまた泣きだしたので、あたしは大急ぎであやしに向かった。

ニューメキシコにいたころのある晩、デルと夜ふかしして『赤ちゃん泥棒』を見て、ふたりして腹筋が崩壊しそうなほど大笑いしたことがある。おかしくてはちゃめちゃでばかばかしくて、やりすぎなくらいいかがわしかった。「キャラクターで見せるというより、カリカチュアが効いてる感じだな」見終わるとデルは言った。簡単なレビューだけど、絶妙な指摘だ。当時あたしたちはその映画をまったく自分事としてとらえていなかったのだ。

でも、いまのいかれ具合はあれとは桁違《けたちが》いだし、深刻さも同様。滑稽《こっけい》なところなどひとつもない。世界の一部が正常に戻りつつある――あたしたちが望んでたもの、つまり、家族、赤ちゃん、なにもかもが文字どおり、あたしの腕に届けられた――と感じつつ、こんなのは絶対にまちがってる、いけないことだという考えは常につきまとっていた。

あたしたちはそれから何度もベイビーボーイに起こされたし、赤ちゃんがぐっすり眠っても、ついつい気になって目を覚まし、けっきょくよく眠れないまま夜が明け、赤く充血した目をこすりながら朝を迎えた。デルは赤ちゃんにまたもバナナを食べさせ、あたしは店で買うもののリストをつくった。テレビのチャンネルを朝のニュース番組に合わせ、あたしかベイビーボーイの写真が映し出されないかと目を凝らした。トップニュースにはなっていなかった。

朝食がすむと、デルは仕事場に病欠の連絡を入れ、買いものに出かけた。

「ふたりで大丈夫か？」出がけにデルは訊いた。

「大丈夫」あたしは答えた。

本当に大丈夫だった。とくになにかしたわけじゃない。雪が降ってるのと寒いのと、それにもちろん、それとはべつの理由もあったから、ずっと家にこもっていた。あたしは長いことベイビーボーイを見つめ、ベイビーボーイはあたしを見つめ返し、なにか食べたり、うんちをしたり――言っておくけど、バナナだろうがなんだろうが、赤ちゃんはとにかく汚してくれる。そうしたことをひとつひとつ、せっせと記録した。医者に診せる手立てを思いついたときにそなえて。

赤ちゃんを笑わせようと、手や足の指で遊んでやった。デルみたいに『スクールハウス・ロック』の歌を歌おうとしたけど、歌詞がわからなくて、けっきょく新しい歌をつくってしまった。うつぶせ遊びをさせたりもした。自分の赤ちゃんの将来を考えてるときに、そういう遊びがあることをなにかで読んだからだけれど、ベイビーボーイがハイハイしようとしたので——手足を一生懸命ばたつかせただけだけど——あたしはびっくりしたものの、けっきょくはあとずさりしかできなくて、本人はそれが不満だったらしい。そのうち泣きだしてしまった。あたしはベイビーボーイをもとの仰向《あおむ》けの姿勢に戻した。

「きみはすごくまじめなんだね」あたしは赤ちゃんを寝かせながら語りかけた。「おまけに負けず嫌いときてる」

自分を見おろす新しい顔を、ベイビーボーイはどう思ってるんだろう。お母さんがいなくてさびしいんだろうか。この子の母親のことが頭に浮かんだ。いまごろは自宅のリビングルームか町のどこかでぽつんとひとり、以前のあたしみたいに孤独を抱え、静寂に耳をすましているかもしれない。思うに、この件についてはみんな、複雑な気持ちなんじゃないかな。ベイビーボーイの表情から、この子もわかってるんじゃないかって気になってくる。お風呂に入れるときは、スーパーでポケットに忍びこませた〈ジョンソン・エンド・ジョンソン〉のお試しサイズのベビーソープを使った。ついでに、あたしまで全身ずぶ濡れになったけど。

そのあと、〈キャッシュワイズ〉でくすねたベビーパウダーをはたいてやり、お肌をさらさらにしてあげた。

カルマについて、あらためて考えた。どうやら世界はまた秩序を取り戻しつつあるようだ――あたしはお風呂でびしょ濡れになったけどね。もしかしたら、デルに質問した逆のカルマは、過去のおこないのせいであたしが万引きを繰り返すようになったんじゃなく、将来のこと、すなわち、いま目の前にいるちっちゃな坊やの居場所をつくり、魔法でこの子を呼び出してくれたことを意味するのかもしれない。

お風呂から出てベイビーボーイがすやすや眠ると、あたしはママに電話をかけた。

「変なことを訊くけど、あたしはいいお母さんになれると思う？」

「まさか、子どもができたんじゃないだろうね」

「将来の話をしてるの」

「九カ月先の将来？」

「妊娠なんかしてないってば」そう言うと、胃がよじれるような感じがした。

「だといいけど」

「だといいって？　あたしがいずれ妊娠するとは思ってないの？」

「そんなことは言ってないでしょ」ママは声をとがらせた。「わたしが言ってるのは……あんたとデルのこと。子どもを持てるほど生活が安定してないでしょうに。住むところを転々と変える。デルは仕事が長続きしない。そもそも、あんたたちは結婚もしてないじゃない」

そのひとつひとつについて、ママに考えをあらためさせようとしても無駄だ。

「あたしがいいお母さんになれるかどうか、考えたことはある?」あたしは訊いた。「ママは自分がいいお母さんかどうか、考えたことはあるの?」

ママは最初、なにも答えなかった。リビングルームのリクライニングチェアにすわって電話をするママの姿が目に浮かんだ。横のエンドテーブルには、ふたりで写ってる写真が飾ってある。ママがその写真を手に取ってながめてるところ、あたしに目を凝らしてるところを想像した。じっくりと考えてる姿を。あるいは、もう答えは決まってるけど、それを口にしたくないのかもしれない。

「いい母親かどうかいまでもあれこれ考えるよ」ようやくママは言った。「自分のやってることが正しいのかまちがってるのかなんてわからないものよ、ルイーズ。いずれわかるときが来る。ときがたってもわからないこともあるけど」そこでまた、長い間《ま》があいた——このときはすごく長かったから、また電話を切ったのかと思った。「まじめな話、ルイーズ、あんたはいいママになると思う。でも、あせらないでおくれ。孫が生まれるんなら、近くにいてほしいからね」ママは声をつまらせた。「一瞬たりとも見逃したくないから」

デルに渡した買いもののリストは長かった。まともなチャイルドシートにベビーベッド、おむつ用のごみ箱、それにベビーカー。もっとも、雪やらなにやらで、当分は必要なさそうだけど。あたしが自分で買いにいくまで乗り切れる数の着替え、よだれ掛け、ベビーソープとタオル。スーパーでは、バナナとヨーグルトのほか、やわらかい食べものなど、とにかく目にとまったものを適当に買ってきてもらった。

デルが戻ってきたとき、ベイビーボーイは起きていて、買ってきたものをデルが取り出す様子を興味津々で見つめていた——プレゼントを持った巨人が上にぬっと現われては、ひとつ差し出す様子を。

デルがベビーベッドを組み立てていると、玄関のドアをノックする音がした。あたしとベイビーボーイは、リビングルームに敷いた毛布の上で遊んでいた。あたしも赤ちゃんも顔をあげた。デルがねじまわしを手にやってきた。

あたしは窓から外をのぞいた。警察か病院の人が訪ねてきたとしたらどうしよう。ひょっとして、赤ちゃんの母親かもしれない。それはいくらなんでもありえないけど。

マーガレットが玄関に立っていた。あたしが身をかがめるより先に、彼女が気づいて手を振ってきた。

「泣き声がしたものだから」玄関に出たあたしにマーガレットは言った。「きのうの夜と、それにけさも。赤ちゃん連れで誰か来てるなんて知らなかった」

「なんでもないの、マーガレット。ちょっと——」

「ああら、かわいい」彼女はあいたドアからあたしのうしろをのぞきこんだ。顔と声が明るくなった。「やっぱり赤ちゃんがいるのね。おじゃましてもいい?」

とめる間もなく、彼女はあたしを押しのけるようにしてなかに入り、床に膝をついてベイビーボーイに甘い声で語りかけ、ベイビーボーイはあらたに登場した遊び相手に夢中になった。

マーガレットのうしろで、デルが玄関で〝どうするんだよ？〟というように両手をあげた。まるであたしが答えを知ってるみたいに。

「一時的に預かってて」あたしはマーガレットに言った。

「どなたか来てるの？」彼女はあたしからデルに視線を移した。

「そうじゃなくて」あたしは言った。「この子は……病院の子」

「病院の子？」

「おれたちで世話してるんだ」デルがドアにもたれながら言った。

「誰かの代わりに？」

あたしはぐっちゃぐちゃの頭で、どうにかこうにか考えた。マーガレットが床からあたしを見あげてる。ベイビーボーイも見ている。やっぱりこの子はわかってる。そんな気持ちにまたも襲われた。

「里親プログラム」あたしは言った。「新しいこころみなの。あ、もちろん、里親のことじゃなくて」あたしはふたりのそばに腰をおろし、ベイビーボーイにそっと手を置いた。「流産した女性のためのプログラムなの」

マーガレットは眼鏡の奥の目を細めた。「まあ。そんなことをしたら、よけいにつらくなりそうなものだけど」

「専門家が言うには、心を癒やす効果があるらしい」デルは言い、あたしたちがいるほうにやってきて、赤ちゃんを囲む輪にくわわった。

「専門家の先生が言うんならまちがいないんでしょう」マーガレットはそう言いながらも、納得した様子ではなかった――心を癒やす効果があるという部分？　そもそも、そんなことを言う専門家がいるとは信じがたいとか？「一時的とは言うけど、赤ちゃんの世話はいろいろと手がかかるのよ。短いあいだでも」

「それは全部、プログラムのほうで面倒をみてくれる」あたしは言った。「必要な品を備蓄してるから」

「でも、デルが梱包《こんぽう》を解いてるのを見たけど」マーガレットはつづけた。「どれも新品に見えたわよ」

そう言って彼女はまた目を細くしたけど、さっきとは意味がちがうようだ。親切心と好奇心のちがいってなに？　知りたがることと問い詰めることのちがいは？　デルの手のなかでねじまわしが揺れ、あたしは彼がラスヴェガスで言ったことを、お腹の赤ちゃんとあたしの身に危険がおよんだら、チャペルにいる人全員を殺していたと言ったことを思い出した。彼はこの子のために同じことをするだろうか？　あたしたちはいま、危険にさらされてる？危険にさらされてるのはマーガレットのほう？

「お金を出してくれるの」あたしはデルを、そしてねじまわしを見ながら言った。「一種の投資。一度きりじゃないだろうってことみたい」

「そういう投資があるんなら、たしかに一度きりじゃないほうがいいわね」マーガレットは言った。「じゃあ、この子は週末いっぱい、ここにいるの？」

「ええ」あたしは胃がよじれるような思いで言った。「もちろん」

「だったら、この話はこれでおしまい」マーガレットは言った。「明日の夜、夕食を持ってくるわね——とびきりのお料理を」

「いや、けっこう」デルがねじまわしを軽く叩きながら言った。「大丈夫だ」

「ばかなことを言うんじゃないの」マーガレットは赤ちゃんの顎を手で包んだ。「わたしにできるのはそれくらいしかないんだから。あなたにもデルにもそんな暇はないでしょうし」

「親切にどうも、マーガレット」あたしは言った。「ありがたいわ。そうだよね、デル？」

マーガレットはそのあともしばらく帰らず、その間ずっと、あたしは肩の力を抜けなかったけど、ベイビーボーイはうれしそうだった。ようやく出ていったあとも、自分のアパートメントに引き返していく彼女を、あたしは窓からうかがった。うしろを振り返らないか、歩き方に変化がないか、行き先を変えるんじゃないかと気が気じゃなかった。デルがあたしのうしろに立った。

「マーガレットを傷つけるつもりはなかったんでしょ？」あたしはデルに訊いた。

「おまえが彼女に言ったとおり」デルは言った。「なにからなにまでありがたい」

腕に抱いたベイビーボーイが甘えた声を出して喉を鳴らしたかと思うと、バナナのほぼ半分を吐いた。

デルはベビーベッドを最後まで組み立て、あたしは赤ちゃんをきれいにしてやった。その日の午後のあたしは、窓の外に何度となく目をやりながら、歩道を行く人の足音や玄関をノックする音がしないかと耳をそばだてていた。テレビはつけたまま音を小さくし、ニュースが流れるのを待ちつづけた。

次の日、デルは仕事に戻った。ベイビーボーイと家で過ごすあたしの一日は、ほぼ同じことの繰り返しだった——同じ遊び、同じ食べもの、同じ心配。午前は病院のボランティアのシフトに当たっていたから、今度はあたしが病欠の連絡をした。サブリナの口調からは病院でなにかまずいことが起こっている様子はうかがえなかった。

夜にマーガレットがデルに電話してきて、ごちそうをつくったから運ぶのを手伝ってほしいと言ってきた——大鍋いっぱいのラムとキャベツのシチュー、茹《ゆ》でたジャガイモを盛りつけた皿、それに焼きたてのパンが入ったバスケット。「栄養たっぷりよ」彼女は言った。「このところの寒さ——それと、おちびちゃんがいる忙しい毎日に負けないよう、スタミナをつけなきゃいけませんからね」ベイビーボーイにはクリーム粥《がゆ》を、それも、彼女の子どもたちが赤ちゃんだったころに食べさせていた薄くのばしたものを用意してくれた。木でできたおもちゃの車も持ってきてくれて、マーガレットがそれをテーブルの上で前後に動かしてみせると、ベイビーボーイは大はしゃぎした。

シチューのキャベツのせいで、つらい思い出がよみがえったけど、ベイビーボーイにお粥を食べさせるとマーガレットがこの子は食欲旺盛だと言い、あなたは本当のお母さんみたいねとほめてくれたから、あたしは誇らしい気持ちで胸がいっぱいになった。感情が極端から極端へと揺れ動き、その中間ではマーガレットが疑うようなそぶりを見せるのでは、両方の意味に取れる質問をしてくるのでは、と身がまえていた。

ベイビーボーイが病院に預けられたいきさつを尋ねられると、あたしは事実をそのまま話した――というか、事実が含まれたバージョンを。赤ちゃんを連れてきた母親のこと、彼女がとても心を痛めていたこと、〝子どもの避難所〟というプログラムの役割、その存在をあたしが知っていたこと、さらにはサブリナに聞いた赤子のモーセの話も。

「ええ、ええ、覚えてるわ」マーガレットは言った。「ひどい事件だった」彼女はベイビーボーイに目を向けた。「希望。必要なのは希望よ。恐怖じゃなく、希望」

それこそ、あたしたちみんながほしいと思ってるものだ。

「ところで、この子の名前をまだ教えてくれないのね」マーガレットは言った。

「お母さんが名前をつけなかったから」あたしはそう言って、ラム肉を切って口に入れるのに気を取られているふりをした。

「ルイーズはベイビーボーイって呼んでる」デルが言った。

「そりゃそうよね」とマーガレット。「最終的にこの子を養子に迎える親御さんが名前をつけたいでしょうし」

肉の味がしなくなった。のみこもうとしたら、喉につっかえてしまった。

「大丈夫？」マーガレットが訊いた。「お肉が硬かったんじゃないといいけど」

「なんでもないよ、マーガレット」デルが言った。安心させようとしたのだろうけど、うまくいかなかった。

「このセラピーの趣旨だけど」マーガレットは言い、喉のつかえを取りのぞこうと水を飲むあたしに目を向けた。なにを考えてるのかわからないけど、話はまだ終わってないらしい。彼女はそのままあたしをじっと見つめていたけど——心配してるのか不審に思っているのか、あたしには判断がつかなかった——やがてベイビーボーイがテーブルを手で叩き、大きな音を立てた。

「わたしがどうするつもりかわかる？」マーガレットは訊いた。「これは養子縁組斡旋《あっせん》事務所に電話するしかないわ」

「えっ？」

「とめようとしても無駄よ。明日電話して、今夜この目で見たことを伝える。そして、あなたたちふたりが、この先ずっと、この子の親になるべきだと言うわ」

「そんな、マーガレット」あたしは言った。「お願いだからやめて」ベイビーボーイが吐いたので、頬を拭いてやってるところだった。

「どうして？　あなたたちがいい親なのははっきりしてるじゃない。子どもをほしがってたし、すでにこれだけのものを揃えてくれたわけだし、それに……」

「電話しないでほしいと、ルイーズは言ってるんだよ、マーガレット」デルが言った。強い口調じゃなかったけど、その言葉には棘《とげ》がひそんでいた。「そんなふうに横やりを入れたら、どんな結果になるかわかったものじゃない」デルは自分のラム肉を切る手をとめたものの、ナイフを握ったままだった。

マーガレットはあたしとデルのあいだで視線を何度も行き来させ、あたしが首を横に振っているのに気がついた。

「なんだか……怒らせちゃったみたいね」マーガレットは首にかけた十字架に手をやった。「ふたりとも。力になろうとしてるだけなのに」

「もう充分、力になってくれてるよ」デルが言った。「おまえもそう思うだろ、ルイーズ？」デルの顔の傷が赤みを増していく。対するマーガレットの顔は色を失いつつあった。ベイビーボーイも息をつめているように見える。

あたしは声をあげて笑いつつ、ひきつった笑いになっていませんようにと心のなかで祈った。「もう、デルったら。あたしのことをいろいろ心配してくれてありがとね。あたしが思うに――」そこでマーガレットに向き直った。「デルは過保護になってるだけなの。あなたの言うとおり、このセラピーそのものが、つまり……まったく新しい領域だから。あたしたち全員にとって」そこでデルの腕に手を乗せ、指に力をこめると、筋肉がぴくぴく動いているのが伝わってきた。「少し様子をみたいの。いまはじっくり時間をかけて、ちゃんとできるってことを示したい――あたしたちにも、ほかの人にも。そうだよね、ハニー？」

デルは無言でうなずいた。

ベイビーボーイが泣きだした。あたしはデルの腕から手を離し、赤ちゃんを抱きあげた。「大丈夫よ」耳もとでそっとささやく。「なんでもないの」これがうそにならないよう、心のなかで祈った。

「なるほど、この手のプログラムはじっくり時間をかけるものなのね」マーガレットはさんざん考えた末に言った。その言葉にうそはないようだ。「想像するしかないけど、養子縁組を待つ人のリストは——そうとう長いんでしょう。あなたたちと同じくらい切実に子どもをほしいと思っていて、あなたたちよりもずっと前から待ってる人たちがいるってことなのね」

デルが咳払いをした。

あたしは身を乗り出した。「思いも強い。その邪魔をするのはやめたほうがいい」「デルが言ってるのは——」

「ええ、わかってる」マーガレットは手を振って、あたしの言葉をさえぎった。

あたしはマーガレットにありがとうと言って、ベイビーボーイの背中をなでた。赤ちゃんは疲れていた。あたしたち大人も。

帰り際、マーガレットは玄関のところでまた謝った。

「よかれと思ってのことだったの。きっと神さまがお導きくださるわ。ときとして、誰かがあと押ししなくてはいけない場合もあるけれど」彼女はそこでまた、首の十字架に触れた。

「いまのところは見守るけど、わたしはけっしてあなたたちを見捨てないわ」

「デル、あんた、なにをするつもりだったの？」マーガレットが帰ると、あたしは訊いた。声をひそめたのは、ベイビーボーイを寝かしつけてるからだ。「あの場で殺す？　で、裏庭に埋める？」

「必要とあればどんなことでもやらないとな」デルは言い、しばらく黙りこんだのちにつづけた。「そうはならなかっただろうけど」

あたしはベイビーボーイを抱いて揺り椅子に腰をおろした。デルは床にすわって、ベビーベッドにもたれかかった。明かりはついておらず、闇があたしたちのあいだにひろがっていた。

「引っ越さなきゃいけないね」あたしは言った。

「引っ越すってどこへ？」と、デル。「町の反対側か？　ここが見つかったのだって運がよかったんだぜ」

「町を出る」あたしは言った。「うんと遠いところへ」

木を叩いてるみたいな音が聞こえた。デルがベビーベッドの枠に頭をこんこんとぶつけていた。「ここにはチャンスがある」彼は言った。「不動産の仕事につけなくても、油田の仕事はものすごくいい金になるし。出世も夢じゃない。おれたちが望んでた新しいスタートだ。安定した生活が待ってる」

「じゃあ、マーガレットがベイビーボーイのことで本当に電話したらどうすんの？」あたしはそう言って、赤ちゃんを抱く位置を少しだけ高くした。「あるいは、この子の母親が病院に戻ってくるかもしれないじゃない。この先、彼女とスーパーでばったり会うかもしれない。そのたびにあんたは脅《おど》しをかけて――」

ベイビーボーイが体をよじってぐずりはじめ、あたしの手から逃れようとした。

「あたしたちがけんかしてるのをわかってるみたい」あたしはデルに言った。

「けんかなんかしてないだろ」デルは言った。「それに、脅したところでなんの解決にもならない。おれはただ……」その先を聞かなくても、デルの声ににじむいらだちがすべてを物語っていた。

「こんな生活をつづけていくのは無理」あたしは言った。「この子のために、あらたなスタートを切らなくちゃ」

翌日、デルは車で拾ってもらって仕事に出かけ、日常に戻った。

なにひとつ解決していなかった。あたしはまた病欠の連絡を入れ、サブリナの留守番電話にお詫《わ》びのメッセージを残した。すぐにシフトに入る、そう告げた。そのうち、ボランティアを辞めると伝えなくてはならないだろう。

この日もベイビーボーイをお風呂に入れてやり、そのあと、マーガレットが持ってきてくれたおもちゃの車を走らせて遊び、またうつぶせ遊びをして、同じ場所で手足をばたつかせ、ちっとも前に進まなくていらだつ様子を観察した。その気持ちはよくわかる。

ベイビーボーイを昼寝させようとしたちょうどそのとき、玄関のベルが鳴った。きっと、またマーガレットだ。まだなにか訊きたいの？　今度は本気で疑ってかかるつもり？

でも、いたのはサブリナだった――長い髪が、ファーつきのパーカの首もとを覆っていた。あたしは最初、ドアを大きくあけすぎ、大急ぎで閉めた。すぐに失礼なことをしたと気がついた。外はあいかわらず、厳しい寒さだった。

「ごめんなさい」あたしは細くあけたドアの隙間《すきま》ごしに言った。「病気がうつるかもしれないから」

サブリナは大声で笑った。「そんなことを心配してたら、いまの仕事をしてないわ」

そう言われても、あたしはそれ以上ドアをあけなかった。

「家のなかがものすごく散らかってるの」あたしは言った。すぐうしろにベイビーボーイのブランケットが一枚落ちていた。その上におもちゃのトラックがのっている。隅《すみ》にはデルが置いたベビーカーがある。しかも家のなかは赤ちゃんのにおいがこもっている――ベビーソープとおむつかぶれのクリームと汚れたおむつが混ざったにおいだ。「なるべく早くシフトに戻る。約束する」

「シフトを心配してるんじゃないの」サブリナは言った。「あなたの心配をしてるのよ」

風がいきおいを増した。ドアの隙間から雪が吹きこんでくる。

「大丈夫」あたしは言った。「ちょっと気分がすぐれないだけ。いまはちょっと都合が悪くて」

「なにかあったんでしょう」サブリナは言った。「留守番電話のメッセージの声が変だったから。なにかあったとしか思えないわ」

「なんでもないの」あたしはデルをまねて有無を言わせぬ態度に出た。「あとで電話するから」

あたしは彼女の目の前でドアを閉めた。こんな失礼な扱いをされるなんて、サブリナは夢にも思ってなかったと思う。しかも、いつも愛想のいい笑みを浮かべているルイーズから。彼女は心配して来てくれたのに、あたしは状況をいっそうまずいものにしてしまった。いまごろ彼女は不審に思っているにちがいない。マーガレットと同じように。ううん、もっとまずいかもしれない。

あたしはカーテンの隙間からのぞいて、玄関に立ちつくすサブリナの様子をうかがった。もう一度ドアをノックしようか、考えてるみたいだ。けっきょく、帰ろうと向きを変えた。でも、数歩も行かないうちに、奥の寝室でベイビーボーイが大きな声で泣きだした。サブリナにも聞こえた？　あるいは、あらためてノックしようと考え直したとか？　彼女の足がとまった。ほんの一瞬だったけど、たしかに足がとまった。

あたしは寝室に駆けこんで、ベイビーボーイを両腕で抱きあげて泣きやませようとしたけど、泣き声がいっそう大きくなって、あたしはあせりをつのらせた。赤ちゃんの口を覆って、なんとか泣きやませようとした——ところで思いとどまった。

以前、サブリナはなんて言ってた？　赤ちゃんがほしくてたまらない人がいる。その一方、授かった子どもの世話をろくにできない人もいる。

子育ては軽い気持ちでやっていいことじゃない。

次に窓の外を見たときには、サブリナはいなくなっていた。

それでほんのつかの間、安堵した。でも、彼女はマスタングのそばを通ったはずだと——後部座席にデルが取りつけたチャイルドシートが目に入ったかもしれないと気がついた。


電話をしてもデルにはつながらなかった——携帯電話も職場の代表電話も。でも、連絡が取れるまで待ってるわけにはいかなかった。さっさと考えを実行に移さなくては。

衣類をスーツケースに詰め、ベイビーボーイのものをスーパーの袋にまとめ、食料品はべつのバッグに詰めこんだ。買い置きの多くは日持ちしないものだし、逃亡生活をするには量が足りない。荷物は全部、玄関のドアのそばに積みあげた。これでデルが帰ってきたらすぐ出発できる——デルと一緒に。場合によっては一緒には行けないかもしれない。そんなことにはならないと思ってる。そうならないことを祈るばかりだ。

もう一度、携帯電話にかけたけど、デルは出なかった——会社にかけて、彼あてのメッセージを残した。「急用なんです」電話に出た男の人にそう伝えた。

あたしが窓の外をじっと見ているあいだ、ベイビーボーイは床にすわっていた。ご機嫌斜めなのか、むずかりっぱなしで、もっとかまってと訴えてるようだった。ふたりとも不安で、にっちもさっちも行かなくなったように感じていた。一方ではデルを待ちつつ、もう一方では、避けられない運命を覚悟していた。

車で旅するのに食べるものがもっと必要だからと自分に言い訳したけど、車で出かけた本当の理由は、そのにっちもさっちも行かない感覚のせいだった――迫りくるものをかわし、待ってるのに先に進んでいるように感じたかったのだ。

ベイビーボーイを車に乗せるのは、わが家に連れてきたあの夜以来で、すでにあたしは、赤ちゃんをチャイルドシートに固定しての運転に不安を感じはじめていた。ベイビーボーイはまったく気にならない様子で、うれしそうにおしゃべりしていたけど、あたしのほうはひたすら神経をすり減らしていった。女の人が運転する車とすれちがうたび、あの彼女だろうか、あたしのほうを見ただろうか、うしろのシートに彼女の子どもがいるのに気づいただろうかと気になってしかたなかった。石油ブームにわいているとはいえ、ウィリストンはまだ小さな町だ。人目にとまらずにすむとは考えにくい。

スーパーまであと数分というところで、うしろにパトカーが現われた。ルームミラーをのぞくと、ハンドルを握ってるのは女性警官だった。あたしのことをじっとうかがってるように見える。サブリナが通報したんだろうか？　それとも、警察はすでにこの赤ちゃんに関する情報を得ていて、ただニュースに流してないだけかもしれない。そもそもサブリナがあたしの家を訪れたのも、それが理由だったのかも。彼女は知っていたのだ。

「大丈夫よ、ベイビーボーイ」あたしは言った。「なんでもないからね」

何ブロックか進んだところで、パトカーは道を曲がってべつの方向に走り去った。

スーパーに着くと、手こずりながらもチャイルドシートをショッピングカートにバランスよく載せ、身を切るような寒風からベイビーボーイを護《まも》り、ちゃんとわかってやってるように見せかけた。

「お買いものは好き？」店の正面ドアをくぐりながら、ベイビーボーイに問いかけた――あたしがこの子のことをほとんどと言っていいほど知らないいんじゃないかとか、本当にあたしの子どもなのか疑われることがないよう、うんと小さな声で。

ベイビーボーイは店に来るのはこれがはじめてなのか、きょろきょろ見まわしている。あたしは赤ちゃんの手に触れた。赤ちゃんはあたしの人差し指をぎゅっと握ってきた。それで気持ちが安らぎ、心が落ち着いた。苦境に立たされたときこそ平常心を保ち、なんでもないふりをしろと、デルがいつも言ってたのを思い出す。

店に入って、持ち運びしやすい食料――常温で長期間保存できるもの――をカートに入れていった。バナナは傷むし、ヨーグルトは腐るけど、瓶入りのベビーフードは車のトランクに入れておけるし、前に見かけたレトルト食品もいいかもしれない。そういうものなら、充分にもつ。

デルとあたしが食べる缶詰もカートに入れた――デルも一緒に行くものと考えれば計画に現実味が増すと思ったのか、たくさん入れた。体にいいものをと考え、あたしたちのために、あたしたちの新しい家族のために、決意をあらたにした。ラビオリやビーファロニ（牛のひき肉、マカロニ、チーズをトマトソースと焼いた料理）の缶詰は避けて、かわりにインゲン豆やエンドウ豆、それにビーツなどの野菜の缶詰を買いこんだ。いま思えば、ばかばかしいにもほどがある。

「さあて」ベビーフードのコーナーに来ると、あたしはレトルト食品を吟味《ぎんみ》し、とにかくバナナが入ってるものを探した。「これは好きかな……桃とあんずとバナナだって。カボチャとバナナはどう？　ベリーとバナナとビーツは？」自分に問いかけると同時にベイビーボーイにも話しかけていた。もちろん、自然に振る舞い、冷静さを保つためだ。赤ちゃんが手をのばしかけたものを、ほぼ片っ端からカートに入れた。ビーツ入りのレトルトも。なにかの先触れかもしれない。というのも、デルとあたしの分として、すでにビーツの缶詰を入れていたし、ズッキーニ、バナナ、アマランスも買った。アマランスがどういうものか、いまもってわからないけど。

ベイビーボーイは持っていたカボチャとバナナのベビーフードから手を離そうとしなかった。むずかって泣き、取りあげようとするあたしの手を払いのけるものだから、まわりの目を引いてしまいそうだった。この子に目を向けた誰かが、あたしの子じゃないと気づくかもしれない。「はいはい、わかった」あたしはそう言って、パウチをあけてやった。赤ちゃんはようやくおとなしくなった。

必要なものが全部揃ったので会計の列に向かった――いちばん短い列の先にホリーの姿があった。この前、赤ちゃん用のおしり拭きをポケットに入れたときのことを思い出して、怒りがいっきにこみあげたから、彼女の列に並んだ。でも、今回は見せてやれる――最後のチャンスだ。

「いつもはこの子を連れてこないんだけど」商品をレジに打ちはじめた彼女に向かって、あたしはさりげない口調をよそおいつつも、はずんだ声で言った。「ひとりのほうが効率がいいから」デルお得意の言いまわしを使ってみた。「でも、この前、この子のことを心配してくれたでしょ。買ったもののこともいろいろと。だから、連れてくることにしたの」

「元気そうですね。ちゃんと食べてるみたいだし」

ホリーはパック入りのチーズにクラッカー、ウィンナソーセージの缶詰をレジに打ちこんだ。ベイビーボーイはカボチャとバナナのパウチを満足そうにちゅうちゅう吸っている。本当のことだ。

「この子ったら食欲旺盛で。食べてるときがいちばんうれしそうなの」

ホリーはあたしとベイビーボーイを交互に見ながら、品物をレジに打ちこみ、袋に詰めた。

「パパ似なんですね」ようやく彼女は言った。

あたしはなにも言わなかった。手をのばし、ベイビーボーイの頬に触れただけだった。そうすれば、ホリーをひっぱたかずにすむ。

「これで全部ですか?」彼女が訊いた。

またも頭のなかに霧が、恐怖が立ちこめた。ほかの人もベイビーボーイがあたしに似てないことに気づく前に、店を出なくては。「ええ。そろそろ、この子を家に連れて帰らなくちゃ」

ホリーが薄ら笑いを浮かべながら金額を告げた。あたしは現金で支払った。カートを押して外に出た。

でもドアを抜けたとたん、店長がうしろに立った。

「お客さま、ちょっとお待ちを」

けわしくて、有無を言わせぬ声だった——でも、ベイビーボーイがまた泣きはじめたのは、声のせいじゃなかった。

さっきからちゅうちゅう吸ってたパウチが空になったからだ。お金を払ってないパウチが。

あたしとベイビーボーイはパトカーの後部座席にすわっていた。前の座席にすわっているのは、このスーパーに来る途中で見かけた女の人で、あたしたちの車のうしろを数ブロックほどつけてきて、あたしをひやひやさせたあの警察官だった。

「この子に持たせたのを忘れてたの」警察官が到着したとき、あたしは店の人にそう訴えていた。「うっかりしただけだってば」

店長はあたしを怖い顔でにらみつけると、警察官のほうに身を乗り出して、なにごとかささやいた。"これがはじめてじゃないんですよ"という言葉とホリーの名前が聞き取れた。

あたしがうそをついてるのがわかってるんだ。そうとしか考えられない。パウチのことじゃなく——これは本当にうっかりミスだ——ベイビーボーイのことだ。このときあたしは、赤ちゃんを腰のところで抱いて、しっかりと引き寄せていた。でも、ぎこちなく見えるのはまちがいなく、慣れていなくておかしな抱き方をしてると思われたにちがいない。

顔が真っ青になっていくのがわかる――透明に。あたしのうしろが透けて見えるにちがいない。

「それも書いておきます」警察官は頭を振りながらそう言うと、向きを変えてあたしをパトカーまで案内した。バッジには〝ランディス巡査〟とある。さっきはほんの一瞬だったから、ハンドルを握る彼女はがっしり体型に見えた。でも立って歩いてる彼女は思ってたよりほっそりしていた。胸はふくよかでお尻も大きいけど、想像していたような樽《たる》形体型じゃなかった。パトカーに乗りこむと、彼女は書類の記入を始めた――氏名、住所、その他もろもろ。

こんなことになるなんて。いままでずっと、デルが出かけるたび、ちゃんと戻ってくるだろうかと心配だった。なにしろ、お姉さんがあんなことをしでかしたのだから、デルも警察のお世話になってもおかしくない。ふたりで危ない橋を渡ってることを何度となく悩んできたけど、とうとう――。

「レジ係によれば、前にも同じことをしたそうですね」

「たしかに」

「レジ係がそう言ったことがたしかという意味？　それとも、前にも同じことをしたのはたしかだという意味？」

パトカーの外に目をやると、買いもの客がちらちら見ながら通りすぎていく。好奇心丸出しでじろじろ見つめてきたり、非難するような目を向けている。みんな、勝手なことを思ってるんだろう。カートの前に乗った女の子があたしに向かって手を振ると、母親がその手をぱしっと叩き、向きを変えて歩き去った。べつの女の人が歩くスピードを落とし、あからさまにじろじろ見つめてきた。このときも、ベイビーボーイの母親が近くにいるんじゃないかと、あたしは気が気じゃなかった。

「きょうのは本当にうっかりミスなんです」

「前のは、うっかりミスじゃなかったということですか？」

「とにかく、家に帰らなきゃいけなくて」

「どうしてそんなに急いでたんですか？」

ベイビーボーイが喉を鳴らし、にっこりほほえんだ。いまさらだけど、本当にいい子だ。あたしたちはラッキーだと思ったそばから、なんてばかなことを言ってるんだろうと気がついた。ここでもまた、カルマと運命が頭に浮かんだ。これまでしてきたことと、その結果――考えるのはこれで三度め、ううん、四度めだっけ？　もうわからない。

ドアの取っ手に目をやった。あけてみようか。ベイビーボーイを抱いて駐車場を突っ切り、全速力で逃げるのだ。でも、当然、ドアはロックされてるはず。ロックされてなくても、そんな遠くまでは行けっこない。

そこで、ふと考えた。逃げられたとして、この子の人生はどうなるんだろう。逃げまわるだけの人生なんて。

「おまわりさんは」あたしは言った。「なんでそんなことをしてるかわからないまま、なにかしちゃった経験ってないの？」

「どういうことですか？」

「反射行動。というか本能かな……ううん、そうじゃない。そんなことをしようなんて考えてもいないっていうか、じっくり考えてないっていうか。なんでそんなことをしてるのかからないだけじゃなく、なにをしてるかもわかってないってこと」

今度はランディス巡査が答えなかった。無線機が耳ざわりな音を立てたのだ。いくつかの単語がもごもごと聞こえたところで巡査はボリュームをさげ、なにも聞こえなくなった。ルームミラーのなかで、彼女とあたしの目が合った。あたしはすべてを打ち明ける覚悟を、自分のおこないを告白してけりをつける覚悟を決めた。あたしのことなんかより、ベイビーボーイのほうがずっと大事だ。この子がちゃんと世話してもらえるようにすること。それがすべてに優先する。

「お子さんはいくつ？」巡査が訊いた。

「六カ月」あたしは答えた。「ちょうど過ぎたとこ」

「もっと小さいかと思ってました」

あたしはベイビーボーイに目をやった。この子の母親が六カ月と言ったのだ。たぶん、いくらかサバを読んだのだろう。そんなの、わからないじゃない？　あたしもデルも、この子の本当の誕生日を知らない。警察は母親を見つけて、確認するかもしれない。

「月齢のわりに小さいから」

「お子さんを見てそう思ったんじゃありません」巡査は言った。「あなたです。あなたの目がそう言ってるんですよ」

あたしは赤ちゃんをさらにきつく抱きしめた。もう一度ルームミラーに目をやり、今度は自分の顔が映るよう、頭を動かした。くたびれて、打ちひしがれた目をしていた。うしろめたそうに見えた。

「わたしには子どもがふたりいます」ランディス巡査は言った。「男の子と女の子。七歳と三歳。ひとりめの妊娠は楽勝でしたけど、ふたりめはもう……とても大変で。ふたりめが生まれてまるまる四カ月は、自分が自分じゃないみたいでしたよ。ある日突然、産後うつに襲われてしまって」そう言って彼女は、クリップボードをダッシュボードに置いた。その上にペンを載せた。「子どもがふたりになったのに、なにからなにまできちんとやろうとしたせいか、男の子じゃなくて女の子が生まれたことで気持ちに変化があったのか。はっきりとはわかりませんけどね」

ベイビーボーイはおとなしくなっていた。眠ったのかと思ったけど、顔をのぞいてみたら、目を大きくひらいてあたしを見あげた。じっと聞き入ってるみたいに。やっぱり、人の話を聞いているんだと思うと、どこまでわかっているのかが気になった。

「そうなると自分が情けなくなってしまうものですよね。それは避けられないことですが、外からとなかからでは見え方がちがう。みんな力になろうとしているし、そのことであれこれ尋ねてきたり、あるいはまわりの人に訊いてまわったり、わたしの夫にも質問してきたりして、まるでわたしは温室のなかで、みんなに見られているみたいでした。みんなしてじろじろ観察して、じっと待っているみたいでした」彼女とあたしの目がまた合った。「そういうふうに手を差しのべられても、非難されているようにしか思えなかった。どっちにしても、そんなふうにお節介を焼かれたくはなかった。夫はどうすればいいのか、どう手を差しのべればいいのかわからないのか、腫れものにさわるみたいにしていることが多かった。ある日ついに、彼はこう言ったんです――〝どうしたらいいのかさっぱりわからない。きみがどういう人かはわかっている。きみは闘士だ。おれが知るなかで、誰よりも強い女だから、きみに心を奪われた。きみはすばらしい母親だし、それに……〟」

巡査はそこで口をつぐんだ。あたしもなにも言わなかった――支援グループに参加してたときと同じだけど、このときは、ちゃんと向き合ってくれているという気がした。

「きょうのことは、単なるうっかりミスなんでしょう」巡査は言った。「新米ママはいつもばたばたして余裕がないものです。あなたは赤ちゃんのことで頭がいっぱいだった。そういうことでしょう?」

あたしはうなずいて、ベイビーボーイを引き寄せた。

巡査はダッシュボードに置いたクリップボードを手に取り、いちばん上の用紙を破りとってまるめた。

「店長さんに事情を説明してきます。怒りっぽくて神経質な人だから、大目玉をくらうでしょうけど。職務怠慢だとか、とんでもない判断ミス《ミスキャリジ・オブ・ジャスティス》だとか」

ミスキャリジ。流産という意味もあるその単語に、あたしは胃がよじれるのを感じた。クリップボードに覆いかぶさるようにしてなにやら書きつけていた巡査は、それに気づかなかった。彼女はパトカーを降りて助手席側のドアをあけると、紙を一枚よこした。

「わたしのかかりつけ医です。この先生にはとても助けられました——わたしも、わたしの赤ちゃんも、わたしの夫も。電話してみますか？」

あたしは紙きれを受け取って、じっと見つめた。現実とは思えなかった。なにもかも。パトカーから降りようとしたものの、ふと目を下にやったら、ベイビーボーイが眠っていた。そっと抱きあげようとしたけど、シートがきしみ、位置もよくなかった。赤ちゃんがもぞもぞ身動きしてぐずったので、あたしはまたシートに腰をおろした。

あとちょっとで逃げられたのに。

「赤ちゃんのことが最優先ですものね」ランディス巡査がささやいた。「わたしが抱っこしていましょう」

あたしはためらった。制服姿の人に赤ちゃんを渡すのは恐怖以外の何ものでもない。でも、彼女の言うとおりだ——しかも、そうするのが赤ちゃんをパトカーからおろす、もっとも簡単な方法だ。

あたしはベイビーボーイをそろそろと巡査に差し出した。彼女はそっと腕に抱いた。

「名前はなんていうんですか？」彼女が訊いた。

あたしは少しよろけながらパトカーを降り、答えに詰まった。

「彼氏の名前がデルウッドっていうの」あたしは言った。

「じゃあ、デルウッド・ジュニアね。男って、そういう変なところがありますよね」巡査はそう言って笑い、赤ちゃんを返してきた。「かわいらしいわ。目があなたにそっくり」

体というのはときどき、思いどおりにならないことがある。心がいちばんよくわかってることがある。デルはあたしからの伝言をひとつも受け取っていなかった。彼はいつもの時間に帰宅し、あたしは豪勢な夕食を用意して待っていた。流産する前にレシピ本で見つけた野菜だけのラザニア。保存がきかないのでスーツケースに詰められなかった野菜をどっさり使った、ヘルシーなレシピ。せっかく買ったのだからと、缶詰のビーツも温めてみたけど、ふたりとも口に合わなかった。お皿の上で彩《いろどり》を添え、見てくれをよくする程度の役割しか果たさなかった。ベイビーボーイの夕食は、またもバナナ一本と、スーパーで買ったパウチ入りベビーフードのなかのひとつだった。彼が選んだのはケールとスイートコーン、キヌアが入ったもので、とてもお気に召したようだけど、あたしもデルもキヌアがアマランスとどうちがうのかわからなかった。

ベイビーボーイはデルの膝にすわり、本当の家族みたいに三人でテーブルを囲んだ。あたしは、おっぱいが引っぱられるような、強く押されるような感じを覚えた――今度のはキャベツ湿布ではなんともなりそうになかった。

誰も訪ねてこなかった。電話もなかった。テレビはつけずにおいた。

夕食のあと、あたしたち三人は床の上で遊んだ。例のブランケットをひろげ、指をくねくね動かしたり、変な顔をしたりして、ベイビーボーイを笑わせようとした。テディベアがついたキーホルダーを使った遊びもしたけど、あたしたちがいっこうに渡そうとしないので赤ちゃんの機嫌が悪くなった。デルがふと思いついて、ベイビーボーイをうつぶせにし、目の前でキーホルダーを揺すった。赤ちゃんは前にもやったみたいに手足をばたつかせたけど、このときは前に進んだ——それで満足したのか、声をあげて笑いはじめ、デルとあたしは拍手喝采したけど、いつの間にか三人して大笑いして、拍手喝采して、泣いて、そのうち、笑ってるのか泣いてるのかわからなくなった。

それは大事な記念になった。でも、そのことは書き留めなかった。

そのかわり、あたしはデルに計画を告げた——あたしの新しい計画を。

「本気なんだな?」デルは、あたしがベイビーボーイを連れ帰った夜に訊いたのと同じ質問をした。

「ううん」あたしは答えた。それから言い直した。「うん」

自分の答えが気持ちと同じか、わからなくなることがある。このときは同じだった——両方とも。

病院に着くと、あたしはベイビーボーイのカールしたまばらな髪をくしゃくしゃっと乱し、最後にもう一度、濃いブルーの目をのぞきこみ、キスをしてからデルに渡した。なにしろ、デルは誰にも顔を知られてないし、〝子どもの避難所〟は質問はいっさいしないことをうたっている。それでも、次の日、ボランティアの仕事に戻ったら、この件をいろいろ聞かされることになる。

あたしは車に残って、雪が降るなかを遠ざかっていくデルと赤ちゃんを見送った。コンバーチブルのルーフのへりから冷気が入りこみ、奥へ奥へとただよっていくのがわかる。参加してたサポートグループのこと、生まれることのなかったあたしの赤ちゃんのこと、みんなの喪失感、どうしていいかわからない気持ちが頭に次々に浮かんだ。ベイビーボーイの本当の母親のことが頭に浮かんだ。わが子をここへ連れてきたときの彼女も、いまのあたしみたいに車のなかからこの病院の玄関を見つめていたんだろうか。

車を降りて歩きだす前、ベイビーボーイにどんなことを言ったんだろう。

あたしは彼女に同情した。


あたしはいまも、自分たちのおこないを恥じてるけど、短いながらもベイビーボーイと過ごせたことには感謝している。あの子が新しい家族と出会えていますように。すてきな家族と。あの子を思い出さない日は一日たりともない。

あたしにとってあの子は、当然ながら、ベイビーボーイ以外の何者でもない——たぶん、はじめから、心の奥ではわかってたのだ。いつまでも手元に置いておけないことは。いずれ失うものに名前をつけるのはまちがってる。

あたしの娘、あたしとデルの娘、死んでしまった娘の名前はコーデリア（Cordelia）——

ママの名前を一部もらってるけど、真ん中にデル《ハート》（Del）がいる。

ウェディングベル・ブルース

Wedding Belle Blues

「で、あんたが娘のハートを盗んだ男ってわけ」はじめて顔を合わせた午後、三人揃って腰をおろすとママはそう言った。その前に、はじめましてのあいさつとハグをすませ、ちょっと体重が増えたあたしにそのほうがいいわよとママが言い、あたしが昔使ってた寝室にあたしとデルとで荷物を運び入れ、あたしたちが荷ほどきをしてるあいだに、ママはコーヒーを淹《い》れ、マグとお菓子を用意してくれた。

「そして、あんたがいまの彼女をつくりあげた女性というわけだ」デルはそう返した。

「口が達者だね」とママ。あたしはデルの言葉にもママの言葉にも裏の意味を感じ取ったけど、ママは気づいていないみたいだった――あたしが気にしすぎてるだけかもしれない。

「わたしはね、口が達者な人をいろいろ知ってんの。あんたがそういう連中よりもましだといいけどね。うちの娘との結婚を考えてるんならなおさら」

わが家とは、ママのウィングバックチェア、パパが残していった人工皮革のリクライニングチェア、緑色のギンガムチェックのカウチ。カウチの肘掛《ひじか》けは、片方だけものすごくぼろぼろになってるけど、これはパパが家を出てってから飼いはじめ、近所の車に撥《は》ねられて死んだ猫の仕業《しわざ》。わが家とは、あたしが子どものころ、しょっちゅう買ってとせがんだものだから、いまだに抽斗《ひきだし》いっぱいに買い置きしてる〈リトル・デビー〉のお菓子。わが家とは、髪を思い切りひっつめてお団子に結い、おそろしく辛辣《しんらつ》な口をきくママそのもの。

「コーヒーにお砂糖を入れてあげようか、ママ?」あたしは訊《き》いた。「少し甘いものが必要みたいだよ」

　あたしの言葉にママは鼻を鳴らした。

「わたしがなにも入れない《ストレート》派なのを知ってるくせに」

「だったら、コーラ、率直《ストレート》に言おう」デルは身を乗り出した。「ルイーズにはできるかぎりのことをするつもりだ。これからずっと。約束する」

「そりゃ、いいね」ママは言った。「あんたの言う、できるかぎりのことってのがどの程度のものかによるけどね」ママは笑みを浮かべたけど、笑ってるようには見えなかった。

　あとでふたりきりになって問い詰めると、デルの人となりを見極めようとして、ちょっとからかってみただけだっていう答えが返ってきた。

　その日の夜遅く、シーツの下半分が折り返されていて、足がのばせないようになっていた。ママはそれを、昔からあるいたずら、のひとことで片づけた。

「小競《こぜ》り合いとにらみ合い」——ママとの出会いをデルはそう解説した。「手詰まり状態」

みたいな言い方だった。これは一種のゲームで、みんなしてなんらかの戦略を練ってるみたいな言い方だった。

あたしから見れば仏頂面《ぶっちょうづら》、皮肉の応酬《おうしゅう》、極端な粗探《あらさが》し、なんの得にもならない状況の連続でしかなかった。

毎朝七時七分、ママの寝室でアラームが鳴り、マットレスがきしむ音がする。あたしとデルは、そのままベッドから出ない日もあって、そうするとあとでママから、いつまでたっても起きてこないんだからと、鼻を鳴らして文句を言われた。起きてキッチンに行けば行ったで、ことあるごとに邪魔者扱いされた。カウンターの上のパンや、食器棚のなかのマグカップ、冷蔵庫のなかのバターに手をのばすたび、三人が位置を入れ替わらなきゃならなかった。

「デル、そこのコーヒーを飲ませてくれる？ わたしが淹れたんだから」

デルはできるかぎりすばやくカウンターを離れ、シンクにもたれた――当然、ママが次に用があるのはそこだ。

「そこにスプーンを置きたいんだけど、いい？」コーヒーをかき混ぜてから、ママはそう言う。

デルはひとことも発しない。さっきいたところに戻るだけだ。

まるで頭突きし合ってるみたいだった。あくまで比喩《ひゆ》的な意味だけど、文字どおりの意味になったことも一度だけあった。ママのお皿から落ちたスプーンを拾おうとして、ママとデルが同時にかがんで頭を思い切り強くぶつけたのだ。

「おれは気をきかせようとしただけだ」ママが仕事に出かけたあと――ママは週二回発行の新聞にのってた求人広告で見つけたパートの仕事をしてる――デルは言ったけど、頭がぶつかったときのママはデルを怖い顔でにらみつけていた。

「あんたってビザカードのコマーシャルみたい」ママはデルに言った。

「ビザカード?」デルが訊く。

「あたしが行きたいすべての場所にってやつ」

ママはデルの食べ方が気に入らなかった――「牛が反芻《はんすう》してるみたい」

ママはマスタングのことでもデルをけなした――けばけばしくて自堕落な感じがする車だと言って。ほしがったのはあたしなのに、それはどうでもいいらしい。

ママはデルが食洗機にお皿を入れるのにも文句をつけた――「食べかすがついたままのお皿を入れないでちょうだい」と言ったり、フォークの尖ったほうを下じゃなく上に向けて入れ直したりした――少なくとも、デルが下向きに入れたときは。

でも、デルがお皿を食洗機に入れると申し出なければ、それはそれで怠《なま》け者扱いされた。

それに、ママが仕事から帰ってくる前に、あたしとデルとで食料品店で買いものをすませるという役を果たしたとしても、ママはなにかしら粗を見つけた。いつものとちがうとか、パックが大きすぎるとか小さすぎるとか文句をつけ、あげくの果てには、そもそもお金の出所はどこなのと言う始末だった。

「出ていくばかりで入ってこなきゃ、いずれすっからかんになるんだよ、永遠に」ママはあたしに言った。「あのお坊ちゃんは経済の基本ってものを理解できてないんじゃないの？」「あたしたちはちょっとのつもりで来てるんだよ」あたしは言い返した。「短期の仕事を見つけろっていうの？」

「これまで渡り歩いてきた場所では、そうしてきたじゃないか。家を売ったり、ワインを仕入れたり、鉱山で働いたりしてきたくせに」

「鉱山じゃないよ、ママ。油田だってば」

「わたしに言わせれば、あの男は優柔不断で、なにに対しても責任を持ってこなかっただけ」ママは鼻を鳴らした。「すべてはあんたが自分でまいた種だと思うけど、あんたがにっちもさっちも行かなくなるのもあんたたちが八方ふさがりになるのもいやなんだよ」あとになってわかったのだけど、これはあたしたちの結婚プラン、ママにはかかわる気がいっさいなさそうな結婚プランに対する軽いジャブにすぎなかった。

デルとあたしは最終的に、ふたつのルールについて意見が一致した。その一、デルは感じのいいことが言えないなら黙ってること。その二、状況が悪くなったら、デルはその場を去ること。さらにデルはもうひとつ、〝必然の結果〟とやらも強く主張した。つまり、結婚式が終わったら、すみやかにこの家を出る。

デルは新しいノートパソコン（もちろんDellの製品で、デルはそれをおもしろがった）と、ノースダコタで稼いだ臨時収入で買ったニコンのカメラを手元に置いてチャンスを待った。カメラについては学ぶことが多く、新しい用語もたくさん学んだ。対物レンズ有効径、焦点距離、シャッター速度優先モード。

おかげでまたもやママに文句を言われるはめになった。「わたしも丸一日、好きなことをして過ごしたいもんだね。ほら、あんたのパパが手品で遊んでたみたいにさ」

あたしにとって、実家に帰るのは高校時代に戻るようなものだった。家にいるのがつらくなると、あたしは女友だちと出かけた。


町なかに新しくオープンしたメキシコ料理のお店に飲みに出かけた夜、シャーリーンとダフネは、これは花嫁付添人《ブライズメイド》のパーティだって言いつづけた。実際の話、あたしとデルがノースカロライナに戻ってからの二週間、この三人で集まるたび、〝ブライズメイドのなんとか〟と言ってた。ブライズメイドの朝食、ブライズメイドのランチ、ブライズメイドのコーヒー、コンビニにビールをひとケース買いにいくのも、ブライズメイドの買い出し、といった具合。

「でも、あたしはブライズメイドをつけないよ」あたしは何度も言ったし、その夜もあらためてそう伝えた。

「正当《デ・ジュリ》なブライズメイドじゃないかもしれないけどさ」ダフネがあたしのほうに身を乗り出して、ろれつのまわらない口で言った。「事実として《デ・ファクト》……」彼女はこの二年間、パラリーガルとして法律事務所に勤め、法律の学位を取るために夜学に通ってる。しゃべりながらあたしに向かって人さし指を振るけど、その手に四杯めのマルガリータを持ってなければ、ここまでひどいことにはならなかっただろう。

「ダフネ！」シャーリーンが叫んだ——叱りつけるのはこれがはじめてじゃなかった。「このワンピースをクリーニングに出すのに、いくらかかると思ってんの？」

隣のテーブルの男たちがあたしたちに目を向けた——これもはじめてのことじゃない。さっきから、ダフネの左のおっぱいがはみ出しかけてるのだ。そのうち、もっと見えるんじゃないかと期待してるんだろう。

「それ、ドライクリーニングなの？」ダフネはまた流行の兆しを見せているペイズリー柄《がら》の細身のワンピースに向かって手を振った。テキーラがまたもこぼれた。「〝ドライクリーニングのみ〟って書いてあるのか、〝ドライクリーニング〟としか書いてないか、確認しなさいよ」

「それでなにがちがうっていうの？」

「クリーニング一回につき、十二ドルくらいちがうんじゃないの？」そう言ってダフネはシャツの着くずれを直した。隣の男たちは、これ以上おっぱいは拝《おが》めないとあきらめたらしく、大画面で放送中の野球の試合に視線を戻した。

「法律事務所で学んだことがあるとすれば、言葉のひとつひとつが重要ってことね」

「その助言、ありがたく受け取っておく」シャーリーンは言ったけど、気持ちがまったくこもっていなかった。彼女はまたワンピースを軽く払い、あたしに向き直った。

「ブライズメイドじゃなくても、バチェロレッテなのはたしかよね？」

「それに乾杯」ダフネが言い、あたしたちはグラスを合わせた——もっとも、あたしはバチエロレッテパーティにも反対だったけど。少なくとも、正当なやつには。

そのメキシコ料理のお店、〈ラ・ポカ・コチーナ〉は、新しくお目見えした店じゃなかったけど、あたしにとっては新しくお目見えしたようなものだった――あたしが西に向かってすぐ開店し、いまはすっかり大人気の店になっている。ダフネもシャーリーンもバーテンダーの名前を知ってるし、シャーリーンが勤務先の保険会社の顧客に手を振ったことも何度かあった――「契約者へのPR」と彼女は言った。どこに行っても、あたしが誰かわかるらしき人の視線を感じた。ルイーズが戻ってきたの？　そもそも、彼女、どこに行ってたの？　あたしが故郷を離れたのは突然だった。みんなとの縁は完全に断たれた。だから結婚のために戻ってきたのは、ママの家に帰ってきたというだけじゃなかった。あたしに見覚えがあるらしき人のほとんどに、あたしは視線を返さなかった。

その一方、ダフネに向けられる視線は仕事とはまったく関係なかった。すでに何人かの男がおしゃべりしようと近づいてきてた。上品な感じの男たちが、あたしたち全員に飲みものを奢《おご》ると申し出た。

するとそこへ、べつのひとりが近づいてきた――やせて背が高く、はじめて歩く子馬みたいな歩き方をしてる。麦わらのフェドーラ帽をかぶり、ポロシャツの裾《すそ》をジーンズにたくしこんでいる。ジーンズにはアイロンがかけられ、折り目がぴしっとついていた。足を前に出すたび靴がカツカツと音を立てる――あとでわかったけど、履いていたのはブーツで、銀色のつま先が照明を受けてきらきら輝いていた。

「バディよ」シャーリーンがあたしに小声で教えてくれた。「ダフネに手のこんだラブレターを何通も送りつけてくるの。エレガントな書体をいろいろと駆使して」

「ダフネのほうは彼に気があるの？」

シャーリーンの奥で、ダフネが口を尖らせている。

「そんな気はないらしいよ。ラブレターを書くカードを勤め先のディスカウントショップで手に入れてるから、どうせ向こうも本気じゃないんだって。ちょっと変わってるけど、根は悪い人じゃないわ」

「こんばんは、レディのみなさん」バディが言った。

「仲間うちの集まりなの」ダフネは言い、ひとつあまっている椅子を足でテーブルの下に引っこめた。

「ダフネ！」シャーリーンが声をあげた。「失礼でしょ」

店のなかは暗かったからはっきりとは言えないけど、バディは顔を赤らめたようだった。

「きみたちみんなに一杯奢らせてもらえないか、訊きたかっただけなんだ」彼は言った。

「でも、邪魔をするつもりなんかないよ」

「ご親切にありがとう、バディ」シャーリーンが言った。「ちょっとしたお祝いなの」テーブルの下で、ダフネに蹴《け》りを入れたみたいだ。

ダフネは目をぐるりとまわすと椅子を元どおり外に出し、バディを犬扱いして、座面をぽんぽんと叩いた。

バディはすなおに腰をおろした。シャーリーンがあらたまってあたしと彼を引き合わせた。

「もう一杯ずつ、頼む」通りかかったウェイターにバディは声をかけた。「ところで、なんのお祝い？」

「ルイーズが結婚するの」シャーリーンが答えた。

「セクシーでたくましい人《ハンク》と」ダフネが言った。「おれは燃えあがる愛の塊《ア・ハンカ・ハンカ・バーニング・ラブ》さってエルヴィスも歌ってるでしょ。相手はまさにそんな人」

「ダフネ」シャーリーンがいましめた。

「あたしはまじめに言ってるの」ダフネは反論した。「彼だって身を固めるまでに、ちょっとくらいはめを外したいでしょうから、わたしが相手になってあげてもいいかなって」

「ダフネ！」

バディの顔は今度こそ真っ赤になっていた。ブーツの先を合わせて、かちかち鳴らしてる。そわそわしたときの癖《くせ》なんだろう。

ダフネは一週間かそれ以上、こういう態度をつづけてる。あたしはつとめて無視してきた。どんな反応をしたところで、彼女をよけいに焚《た》きつけることになると思ったからだけど、もっと単刀直入に対処しないとだめだと思いはじめてた。最初に顔を合わせたとき、デルが握手しようと手を差し出したら、ダフネは体をぐっと近づけてデルをハグしようとした。以来ずっと、同じ部屋にいると必ず、胸を突き出すようにして身を乗り出している。

「ルイーズ、すごいのを射止めたわね」ダフネは言った。「見てくれがいいだけじゃなく、すごく弁が立つ人だわ」――それはおかしい。デルはたいてい、彼女と話さないですむよう、必死の努力をしてるのに。もっとはっきり言えば、彼女が部屋に入ってくるなり、こそこそと反対側に移動するまでになっていた。いまはあたしが、こっそり移動したい気分だ。

　高校時代、ダフネはいつも優等生だった。成績はオールAで、十代のときにはなんの問題も起こさず、ローリーにある女子大を優秀な成績で卒業した――「〝よき夫を得るための学位〟を取得したわ」と彼女は言った。「デザインコンサルタントとして身を立て、マーサ・スチュワート（アメリカのライフコーディネーター）あたりにいきつければいいと思ったけど……わたしは料理も掃除も好きじゃないし、お母さんになんかなりたくないって気づいたの」出口なし。彼女はそう思ってたけど、銀行員の夫が本当に求めてたのはマーサ・スチュワートじゃないとわかった。もっとはっきり言うなら、彼が求めてたのはマーク・スチュワートだった――ダフネが夫のコンピュータで見つけた熱烈なメールの送り主が、そういう名前だった。

「下品なメールよ。浮気の証拠ってだけじゃなく扇情的で」ダフネは言った（デルを気に入ったのも道理だ）。「それが大きく影響して、わたしたちはべつべつの道を行くことになったというわけ」

　離婚後、彼女は仕事を得て、目標を決めた。それに向かって張り切ってるように見えた。独り身で誰にも束縛されず、自由奔放になっていた。そのせいで、八十倍くらい魅力的だった。

　問題は、本人もそれを自覚してること。

シャーリーンはと言えば、例の夢の結婚式にぴったりおさまる男の人に出会っていなかった。そこまですてきな人はいなかったから？　そこまで興味を持ってくれる人がいなかったから？　高校のときあたしと彼女が仲違《なかたが》いした原因――その計画を分ち合う相手が見つからなきゃ、計画したって意味ないじゃんって、あたしが指摘したこと――どおりになった。シャーリーンは保険会社に就職して昇進し、いずれ上司が引退したら、その事務所を引き継ぐことになっている。長くつきあった相手が何人かいたことはいたけど、けっきょく自然消滅していた。いまの彼氏のネッドは株式仲買人《なかがいにん》で、いろんな面で期待できるらしい。

「だけど、まだ指輪はないの」彼女はさびしそうに言っていた。

「そのうち、もらえるよ」あたしは言った。「あたしの見るかぎり、すてきな人だと思うもん」

「いまのところ、なんの約束もしてないけど。でも、うるさくせっつくつもりはないの。今度はね」

テーブルの反対側ではバディが飲みものをくるくるかきまわしながら、ダフネを盗み見ていて――やっぱり子犬みたいだ――一方、ダフネは誰かいい人がいないか、誰でもいいからいないかと、カウンターに目を凝《こ》らしてる。気の毒なバディ。自分がなにに足を踏み入れようとしてるのか、わかってないみたいだ。

まわりも似たようなものだった――お酒を飲むカップル、女に近づこうとする男、男に近づこうとする女、あっちでもこっちでもいちゃいちゃしてるし、言い争う声も少し聞こえる。

なにもかもだいたい同じだけど、どこかちがってもいる。このメキシコ料理店は、あたしたちが高校生だったころはバーベキューの店だった。甘いお茶とポークとチキンのセットメニューが、テキーラとタコスに取って代わられた。「生まれ変わった南部《ニュー・サウス》」ってママは言ったけど、いい意味じゃない。

あたし自身は変わった面もあれば――変わってない面もあった。少し前、店のダイニング・スペースにいる家族連れ――若い夫婦が子どもたちを引き連れていた――を目にしたとたん、胸が張り裂けそうな思いがした。失った娘を思わない日は一日もない。一度は手元に置き、そして手放したベイビーボーイを思わない日も。

そのことはシャーリーンにもダフネにもまったく話してない――話すつもりもない。あたしが町を離れてるときも、ふたりとの縁は切れなかったけど、ブライズメイドになってもらってもいいほど深い友情で結ばれていても、あたしはそれほどふたりに親密さを感じていなかった。

「デルはお母さんとうまくやってる？」シャーリーンが訊いた。

「地獄への道は、本当に悪意が敷きつめられてるってわかった」あたしは答えた。「だから、その話はしたくない」

「結婚式は人間の最悪の部分を浮き彫りにするものよ」シャーリーンは言った。「でも災難ならコントロールできる……仕事を持ちこむわけじゃないけど、ウェディング保険を検討したことはある？」

「ウェディング保険？」あたしは訊いた。

「ものすごく安い保険料ですべてカバーできるの」シャーリーンは説明した。「リムジンが来なかったら、べつのを無料で手配できる。ドレスが破れて直前に交換することになっても、ちゃんとまかなえる。まあ、天気はどうすることもできないけど。四月の雨とかはね。でも、代替の会場費は払ってもらえるわ」

「新郎がさらわれた場合は」ダフネが訊いた。「だって、ほら……」彼女はいま飲んでる飲みものを高く掲《かか》げた。バディは目をそらした――礼儀からなのか不安からなのか、判断がつかない。あたしはこのときも、ダフネの言うことを無視しようとした。

「そんなのは必要ないと思うな、シャーリーン。式を挙げるのはママの家の裏庭で、招待客は数えるほどなんだから。まずいことなんか起こりようがないもの」

「いまの世の中ではね、シュガー、なにが起こるかなんてわかりっこないでしょ」

「そのとおり」ダフネがそう言って、飲みものを持った手でドアのほうを示すと、そこにはあたしの元カレが立っていた――背が高くてやせてる彼の目があたしの目をとらえた。あたしの目が彼の目をとらえたのと同じタイミングで。まるで、あたしを捜《さが》してたみたいだった。

もしかしたら、本当に捜してたのかもしれない。

その夜、デルとベッドに入ったとき、あたしは自分のウェディングドレスを着ていた。というか、ママのドレスなんだけど、それを着てバージンロードを歩きたいってせがんだのだ

――これもまた、ママも結婚式にかかわってると感じてもらうための作戦だった。

「かさかさ音がする」デルが言った、

「ペチコートの音よ」

「おまえは迷信のたぐいを信じないたちなんだな」

あたしは上掛けの下にもぐりこもうとしたけど、スカート部分が布団の下で膨《ふく》らんでいた。目を下に向けると――お腹のあたりの布地が盛りあがって山になっていた――そのせいで、妊娠してたときのことを、両手をお腹に載せてたことや、満ち足りて希望にあふれていたことなんかを思い出した。流産してなにもかもが終わったあと、あたしはデルにカルマと逆カルマについて、どんな選択にもなんらかの意味があるのかどうか、しつこく質問した。その結果、あたしの心はずたずたに引き裂かれてしまった。

「あたしたちの身にどんな悪運が降りかかろうと」あたしは過去を振り払おうとして言った。「ちゃんと受けとめないとね」

あたしはデルに体をぴったりくっつけた。

「ずいぶんと帰りが遅かったじゃないか」

「思ってたより遅くなっちゃった。飲みすぎたみたい」

「テキーラ、だな?」デルはくんくんとにおいをかいだ。「瓶《びん》ごと持って帰ったみたいににおうぞ」

あたしは上掛けの下で彼にパンチをお見舞いした。

「車で帰ってきてないよな?」

「シャーリーンの彼氏がタクシー代わりをしてくれた」

「ネッドはいいやつみたいだな」

「いい人だけど、優柔不断なの。シャーリーンのほうは次の段階に進む気満々なのに」あたしは体の向きを変えようとしたけど、途中で動けなくなった。「あたしたちが結婚すれば、彼女もいろいろ考えるんじゃないかな」

「そうなれば、ネッドも背中を押されるさ」

「かもね」そう言ったものの、楽観はできなかった。「ママと楽しくやれた?」

「夜はテレビの前で一緒に過ごした」デルは言った。「『法医学ファイル』を全話、マラソン放送してたんだ」

「『コートTV』よりおもしろかった?」

デルは枕にもたれ、横を向いた恰好《かっこう》で肩をすくめた。「この母親にして、この娘ありだな」

「そう?」何気ないひとことなのか、辛辣な意味がこめられてるのか、はっきりしなかった。

デルはまた横を向いた恰好で肩をすくめた。あたしは彼に肘鉄《ひじてつ》を食らわせた。角度のせいで、そのくらいしかできなかった。

ウェディングドレス姿で彼の隣にいるのも変だけど、自分が生まれ育った部屋に彼がいて、同じベッドに横になってるのはもっと変だった。これまで引っ越した先でいつもしてたように、デルはタオスで盗んだ絵を壁に飾った。カップルがビーチに腰をおろし、波しぶきで海に霧《きり》がかかったみたいになってる絵。でもそれをべつにすれば、部屋はあたしの十代のころの思い出を展示した博物館のようだった。壁に貼ったブライアン・アダムスのポスター、高校のイヤーブック、かつては最高にいけてると思ったラバライト（透明な管に着色された水と浮遊物が入っており、それらが電気の熱で温められて上下する照明器具）。いまのママの家はママのにおいが、フェイスパウダーと洗剤の〈パインソル〉のにおいがする。そこにデルのにおいが、麝香《じゃこう》と土のにおいが混じっていて、あたしはいまだにどきりとする。悪い意味じゃなく。

「なんだかんだ言って、今夜は楽しかったんだな？」デルが訊いた。

「みんなに会えてよかった」その晩の出来事と、最後はどうなったかをデルに話して聞かせた。ダフネの気を引こうと、バディがここいちばんのアピールをしたけど、相手にされなかったことや、シャーリーンとあたしでダフネをネッドの車まで連れていったことや、デルによろしくねとダフネに二度も念を押されたことなんかを。

元カレのウィンズロウのことは話さなかった。彼があたしたちのテーブルにくわわったことも、彼と話した内容も。あたしがこっちに帰ってきたのを彼が聞きつけたことも、それ以来、あたしのことをずっと考えてたことも、彼の意図をあたしが何年も取りちがえてたことも――高校を卒業してすぐプロミスリングをもらったけど、中学生じゃないんだからと言って突き返したのだ。卒業式を終えたら祭壇の前に行って、そのまま家族になるんだって、あたしは本気で思いこんでいた――あの歳《とし》の彼がそこまで覚悟してたわけがないのに。

じゃあ、いまは？　ウィンの目のまわりにはしわができてたし、あたしも彼もそれぞれ歳を取った。しかも彼は、髪をとかしていた——ちゃんと整えてたって意味。昔はものすごく手をかけて、わざとくしゃくしゃに乱したスタイルにしてたけど、そういうんじゃなかった。やり直すには遅すぎるかい、ルイーズ？

あたしたち、お互いに新しい道を進んだんだよ、ウィン。

ぼくはちがう。まだここにいる。この町に。そしてきみはもどってきた。

「なかなかしつこいな？」

「なにが？」

「ダフネだよ」デルは答えた。「おれによろしく伝えて、なんて」

「あたし、うとうとしてたみたい」実際そうだった。いまごろになってマルガリータがきいてきたみたいだ。「あんたとママがうまくやってくれてよかった」

「少なくとも緊張は緩和《デタント》した」

「どういうこと？」

「チャンネルを替えてほしいとお母さんに頼まなかった」

「いい夜になったね」

家に帰るまでの車中で、シャーリーンに言われた。気にしちゃだめよ、ハニー。男ってあいうものなんだから。自分のものじゃなくなると思うと、いっそうほしがるものなのよ。大昔になくしたものでもね。

そこへダフネが割りこんだ。でも、ウィンとやり直す気になったら、デルはわたしのものだからね。

ダフネ！

デルの隣で横になってると安心できた。うとうとしかけてるのが自分でもわかったけど、なぜかすんなり眠りにつけなかった。あたしが昔使ってた部屋にデルがいて、あたしが昔使ってたベッドに彼が横になってると思うと、しだいにむらむらしてきた。デルとあたしは高校生に戻り、ママが近くにいるのにセックスしようとしてるみたいな気分だった。ウェディングドレスを着てることも、いかがわしさに拍車《はくしゃ》をかけた。あたしは彼の胸をさすりはじめ、自分が身をよじったり、ウェディングドレス姿で彼にまたがる姿を思い描いた。でも、記憶にあるのはそこまでだった。それより先に進まないうちに、あたしは眠りこんでしまったらしい。

ひと晩じゅうドレスを着て眠りこけ、ママのクローゼットにしまってあったガーメントバッグから取り出したときよりも、ドレスはしわくちゃになっていた。どうでもいい。ママはクリーニングに出さなきゃいけないって前に言ってたから。

緊張緩和《デタント》は二十四時間もつづかなかった。驚くまでもないけど。

次の日、ママのビュイックのオイル交換をするため、デルはママのお供でダウンタウンに出かけ、オイル交換のあいだにママをマスタングに乗せて、用事を済ませるのを手伝った。ウェディングドレスをクリーニングに出し、仕立屋に寄ってママが結婚式で着るドレスのお直しを依頼し、文房具店に寄って、あたし好みとママが思うお礼のカードを何枚か買った（あとでわかったけど、カードにはタンポポが印刷されていた――たしかにあたしの好きな花だけど、それは八歳くらいのときの話。すっごくすてきなカードとは思わなかったけど、ママが結婚式に前向きな行動をしてくれたんだから、ありがたい気持ちにはなった）。

デルは、ママとのお出かけを親孝行と見なしてた。あたしは、お互いを深く知るいい機会だと考えた。そしてそのあいだに、昔の思い出にふけることにして、屋根裏からおろした古い箱の中身を見返した。デルにも見せてあげるつもりで。学校関係のものとしては、成績表と皆勤賞のトロフィーがあった。一年に一回撮影するクラス写真には、歯並びがよくなくて、ボラみたいな顔のあたしが写ってる一枚も交じってた。あたしとママが一緒に写ってる数年分の写真、あたしとママとパパの三人で写ってる写真。そこに写るママを見れば――ゆがめた口、しだいに硬くなっていく表情――パパとママの仲が悪くなっていく過程をたどることができた。パパは記憶のなかのパパとはちがってた。一枚の写真では毛足の長い絨毯《じゅうたん》みたいな襟裏《えりうら》がついた真っ赤なスエードのジャケットを着ていた。カメラではなく、どこかちがうところを見ている。その横向きの顔は、まるで映画スターか、あるいはテレビスターみたいだ。すっきりした顎《あご》のラインと高い頬骨《ほおぼね》、前髪はそこだけそよ風に吹かれたみたいになびいている。パパは若かった――写真を見ているいまのあたしよりも写真のなかのパパのほうが若く、なるほど、ものごとは大局的に見るものだと思い知った。

箱のなかに、パパが使ったマジックの道具があった――一セント硬貨と十セント硬貨。というか、十セント硬貨とおぼしきもの。というのも、裏は一セント硬貨の色に塗ってあって、一セント硬貨のほうは十セント硬貨が隠せるよう、なかをくり抜いてあったから。これがマジックの仕掛けだったのだ。やっと謎が解けた。

その硬貨を手に持って掲げていると、ママが裏口からいきおいよく入ってくる音がした。

「……立ち寄った場所を片っ端から再訪なんかして、おかげで午後がまるまるつぶれちゃったわよ」ママは家のなかに入って、ドアを乱暴に閉めた。「わたしにはやらなきゃいけないことが百一個もあるってのに」

そこへデルの声がした。「おれは真相を突きとめようとしただけじゃないか、コーラ。それ以上でもそれ以下でもない」

「わたしの車を預けたところでおろしてくれたらよかったじゃないの」

あたしがキッチンに足を踏み入れると、ママはレモンの入った網袋をあけてるところだった。そこからレモンをふたつ取り出し、カウンターに置いた。デルはその隣に立っていた。ふたりとも機嫌がよさそうには見えなかった。

「どうかした?」あたしは訊いた。

「パンクよ」ママが答えた。

「タイヤの空気が抜けたんだ」デルが訂正した。

「それをパンクっていうんでしょうが」ママはこぶしでカウンターをこんこんと叩いた。「まったく、もう」

デルは答えなかった。ルールその一。感じのいいことが言えないなら……。

「瓶かなにかを踏んだの？」あたしは訊いた。

「あんな運転をするんだもの、瓶をたくさん踏んだっておかしくないね」ママは言った。

「デルは運転が上手だよ。わかってるくせに」いつだってちゃんと、ハンドルの十時と二時のところを握《にぎ》ってる。

「瓶を踏んだんじゃない」デルが言った。「サイドウォールが切り裂かれてた」

「いつパンクしたっておかしくなかったのよ」ママは言った。「性能より見た目で選ぶとどうなるか、これでわかったでしょ」

「タイヤに不備はなかった」デルは言った。彼の言葉に、ママが横目であたしをちらりと見た。「切られてたんだ」

「問題は百七十ドルもかかったってこと。タイヤ一本が。とてもじゃないけど、経・済・的とは言えないじゃないの」デルのまねをしてるようにあたしには聞こえた。

「コーラ、おれだってそんな出費は想定してなかった」ママはまたあたしのほうを見て、口の動きだけで〝出費〟と言った。デルはそれに気づいたけど、短気を起こさなかった。ルールその二。状況が悪くなったら、その場を去ること。「ちょっと出てくる」

「逃げたわ」デルが出ていくと、ママは言った。「やっぱりね」

「ママがもっとやさしくすればいいのよ」あたしはそう言うと、デルを追うためママに背を向けた。

「批判されるのがいやなら」ママの声が聞こえたけど、すでにあたしは外に出ていて、うしろでドアがばたんと閉まった。

追いついたときには、デルはすでに車のトランクをあけていた。彼が見ていたのは新しいタイヤじゃなく、トランクのなかの、だめになったタイヤだった。例の新しいカメラを手に、いろんなアングルからタイヤの写真を撮っていた。

「わざと切ったんだよ、そいつは」彼はそう言って、指をタイヤの内側に這《は》わせた。切れ目の長さはせいぜい一インチ。「タイヤショップの店員も、器物損壊行為にちがいないと言ってた。これまでにも、何度となく目にしている、とも」

「誰がそんなことをするの？」あたしは訊いた。「子どものいたずら？」

「さあな」デルはそう言いながらも家のほうを見ていた。その視線をたどると、ママがあたしたちをじっと見ていた。パパと写ってる写真と同じように、苦々しげな表情を浮かべて。

「ママの仕業と思ってるの？」

デルは糸切り歯をかちりと合わせた。「コーラはこの車のことで文句ばかり言ってるだろ。それに、ベッドのシーツにいたずらをしたし、コーヒーに入れるのに砂糖じゃなく塩をよこしてきた。今度はいたずらのレベルを少しあげたのかもな」

「でも、あんたはママとずっと一緒だったんでしょ？」

「おまえのママは、パイに使うからレモンを買いたいと言った」デルは言った。「ダウンタウンにちょうど食料品店があったから、手伝ってやろうと思ったんだ。おまえのママがべつの用事を片づけてるあいだに、レモンをひと袋、買ってきた。おれが戻ってきたときには、コーラはすでに車のそばにいた」

「なにをしてたの？」

「ただ、立ってただけだ。助手席側に」彼はそこを強調し、切られたタイヤを指さした。

「おれがドアをあけるのを待ってた」

「それだけ？」

「レモンを渡すと、おれのことを富豪と言いやがった。二個でよかったのに、木一本分も必要ないんだとさ。町を出るか出ないかのところで、助手席側に振動を感じた。そこで車をとめたところ……」デルはまたタイヤを指さした。

「ママがやったと思ってるの？」

デルは肩をすくめた。「そうかもしれないし、ちがうかもしれない」そしてまた、タイヤをつついた。そのあたりのゴムの厚さは四分の一インチある。「正直なところ、切ろうと思ったところでコーラにできたかどうか。これはそうとうの力がないとできない。それに、道中のどこかでこうなった可能性だってある。空気がゆっくり抜けるとかさ。そんなの、わからないだろ？　ここにとまってるあいだに空気が抜けたのかもしれないし」

デルはかがんで車を見てまわった。車はいつも同じ場所にとめている。

「なにを探してるの？」あたしは訊いた。

「さあ」デルは答えた。「金属の破片とか？　そのたぐいのものかな。タイヤ交換をしてもらって、ビュイックを預けてあったところにコーラをおろし、販売店まで行って調べてみた」

「なにか見つかった？」

「よけいに落ちこむだけだった」デルはタイヤ周辺の地面を蹴った。「この話はもう終わりだ」


でも、終わってなかった。誰にとっても。なにひとつ。

ママの家は田園地帯にあった。市境《しざかい》からゆうに九マイルは離れてる――〝市〟と呼ぶのはおおげさにすぎる。〝町〟のほうがふさわしいし、ママの家があるのは郊外なんかじゃなく、ただの田舎だ。家の裏には畑がどこまでもひろがっていた――ママのものじゃなく、よその一家のもので、パパとママは何年も何年も前にその一家からいまの家を買ったのだ。いま畑にはコラードとエンドウ豆が植わってる――それぞれ何列も。一家はママに土地の一画を譲り、ママはいつもそこにトマトとピーマンとキュウリを植えたけど、どれもシーズンの終わりにならないと芽を出さなかった。家の西側には、べつの小さな畑があった。すぐ向こうのお隣の土地だ。東側に見えるのは木ばかりで、鬱蒼《うっそう》とした区画があり、道をはさんだ反対側にも木立があって、そこを小川が流れていた。

ニューメキシコで暮らしたおかげで、ものとものとの距離がどれだけあるかの感覚が前よりもつかめるようになったけど、子どものころは、自分の家は辺鄙《へんぴ》で外部と遮断されてるように感じていた。当時は、辺鄙とか外部と遮断なんて単語は使ってなかった。〝退屈〟くらいは言ったかもしれない。〝さびしい〟とは感じたかもしれない。庭に立って、なんにもない道路をぼんやりながめてたことを覚えてる。誰ひとり通らず、なにひとつ起こらない。町なかの友だちがしてることから、自分が遠く離れた世界にいるように感じていた。そう考えると、たまたま通りかかった人がマスタングのタイヤを切り裂くなんて、およそありえない。それに、町なかからの距離からすると、裏庭でタイヤを切られた車で、ママの用事がある場所を片っ端からまわるなんて、できるはずがない。

でも翌朝、デルはまた外に出て、べつの手がかりやあらたな損傷がないか探してた――それ自体は意外でもなんでもなかった。でも、隣に保安官が立ってるのは意外だった。

あたしはママと並んで窓際に立った。「なにが始まったの?」と訊いた。

「あんたの婚約者は、次のビッグな転職先として法執行機関を検討してるみたいだね」そう言ってママはコーヒーに口をつけた。「いずれ、あの男の正体を思い知るときが来るよ」

「ママのほうこそ、彼の正体を思い知るときが来るってば」あたしは言った。「ちゃんとした人なんだから」

あたしはママに言い返される前に、猛然と外に出た。

デルはリアフェンダーの横で膝をついていた。肩からカメラをさげ、手に持った物差しで地面の上のなにかを測ってる。だめになったタイヤが納屋《なや》に立てかけてあった。

保安官は帽子を持ちあげた。「おはよう。そして、おかえり」彼はそこがいちばんしっくりくるとばかりに、手を銃の台尻に戻した。

「おひさしぶりです」あたしはそう言ったけど、べつに彼をなつかしく思ったことは一度もなかった。保安官の名前はアール・グリフィン――背が低くずんぐり体型で、人の邪魔をするのが好きな人だ。その昔、ティーンの子たちが車の後部座席でいちゃついてると、決まってこっそり忍び寄っていたものだ。あたしとウィンも彼に何度となく、しかも冷酷に邪魔された。それはいまも忘れてない。

「なにか見つかった？」あたしはデルに訊いた。

「デルウッドさんが足跡を見つけたものでね」保安官は指さした。「写真も撮ったそうだ」

デルは自分のカメラをぽんぽんと叩いた。

あたしは足跡に目をやり、それから自分の靴の裏を見た。片足を足跡の横に置いてみる。大きさも靴底の模様もぴったりだった。

「ごめん、ハニー」

保安官はため息をついた。「いずれにせよ、記録に残さなきゃならん。管轄《かんかつ》内で起こったことはすべて詳細に記録しておきたいんだよ。事件の一部かもしれんからな」

保安官はノートを取り出し、デルとあたしからいろいろ聞き出すと、最後にデルの顔をじっと見つめた。

「その傷」彼はそう言って、手に持ったペンでデルがラスヴェガスで負った傷を示した。「そいつは今回のいざこざとは関係ないんだろうね？」

デルの目が、すっと細くなった。「いざこざなんかありませんよ。そもそもこいつは古傷です」

保安官はうなずき、なにか書きつけた。

そこへママが出てきた。

「犯罪現場を荒らすようなまねはさせないでちょうだいな。仕事に行くだけなんだから」

ママが通りすぎていくのを、デルは下唇をかんで見ていた。目は細くしたままだ。保安官もママを見ていたけど、その様子はもっとおおらかだった――見とれてるようにすら見えた。

「わたしがやったんじゃないわよ、アール」ママは保安官に言った。「疑ってるかもしれないから言っておくけど」

「そんなこと、頭をかすめもしてないよ、ミズ・コーラ」保安官はそう言ってにっこり笑った。「新聞の仕事、がんばってください」

「きょうも広告をひとつ売りこまなくちゃ」ママは言った。「ふたつのときもあるけど」

「そのうちおれも、ひとつお願いにいくかもな」保安官は言った。「いまもうしろのほうのページに、恋人募集の広告を載せてるのかい？」

「恋に悩む人たちがむらむらしすぎちゃったんでね」ママは言った。「終わらせざるをえなかった」ママはビュイックのドアを閉め、同時に会話も終わらせた。

保安官は顔を赤くした――めずらしく、人間らしく見えた。

「警察に電話するなんてびっくり」保安官が帰ると、あたしはデルに言った。「ママが犯人だといまだに考えてるならなおさら」

「誰が犯人でもおかしくない」デルはあたしのほうを見ずに言った。彼はリビングルームに腰をおろし、買ったばかりのノートパソコンに見入っていた。

「もしもママだったら？」

「その場合、きみのママには、一連の悪ふざけがおふざけですまないと理解してもらうことになる」

「ちょっと、デル」あたしは言った。「ことを荒立てるのはやめてよね」

「ルールその一、彼女をいらいらさせるようなことは言わない」デルは言った。「ルールその二、彼女がいらいらしたらその場を立ち去る。おれたちの持ちものを守っちゃいけないってことはないだろ」

あたしはかぶりを振った。

「もう犯罪現場を荒らしてもいい？」あたしはわざとママと同じ言いまわしを使った。

「マスタングで町まで行きたいの」

「行き先は？」デルが顔をあげて訊いた。

「買いものとランチ」

「おれも一緒に行っていいか？　腹がぺこぺこだ」

「ランチの相手はダフネだよ」

デルは唇の端をかんだ。

「冷蔵庫におまえのママが入れた残りものがあるはずだ」デルは言った。あたしはママならなんて言うだろうって考えた。頭にきたからって、あたしのものを食べないでよ。「どうせ、ちょっと調べなきゃいけないこともあるしな」

「タイヤを科学的に調べるの？」あたしは訊いた。

「おれたちの将来についてだ」デルのその答えに、ダフネとランチという、たわいもないうそをついてしまった罪悪感が倍になった。

あたしは玄関に向かった。「じゃ、行ってくる」

「あのさ」デルが言った。「保安官は報告書に必要だからって、おれの社会保障番号を訊いてきたけど、それっておかしくないか？」

「事務処理の一環なんでしょ。考えたってしょうがないよ」

あたしたちの将来について調査するとデルが言ったのは、実際にはあたしのためだった――デルは、本当にしたいことに代わるものを模索してた。彼が本当にしたいのはノースダコタのウィリストンに戻って油田の仕事でたっぷり稼ぎ、石油産業と現地の不動産業の先行きを見きわめること。つまり、一攫千金《いっかくせんきん》をねらうことだった。

でも、あたしはいまも、ノースダコタでの記憶に押しつぶされそうになることがある。ひ《ブ》と休み《レイク》したい。デルにそう告げた。

「しばらく休暇を取るという意味のひと休み？」デルは訊いた。「それとも、逃げる《メイク・ア・ブレイク》という意味で、ノースダコタから出ていきたいのか？」

そのときのあたしは、どう答えればいいかわからなかった。いまもってわからない。だからデルは、それらすべてをバランスよく検討するしかなかった。ノースカロライナだけじゃなく、ノースダコタやその他あちこちの求人情報をチェックして、不動産業の動向や経済状況の変化について調べていた。いまはオンラインで新聞を読んでいる。というのも、ママが読んでるのは、自分が勤める地元紙だからだ――しかも定期購読してるんじゃなく、仕事に行った日に持ち帰ってくるのだ。

デルはノースダコタにいた半年で、今年いっぱい、もしかしたらもっと長く過ごすのに困らないくらいのお金を稼いでいた――「なにかあったときの備えだ」と彼は言った。「でも、無駄遣いしていい理由にはならないからな」ママには露骨《ろこつ》な責任逃れと言われながらも、デルはいろいろと念入りに計画していた。でも、最初のころはいっぱいあったお金も、あっという間にカウントダウンを始めた――お金がなくなる方向じゃなく、次にどうするかを決める方向に。

その決断が重くのしかかった。どんな決断もそうだろうけど。

「あちこちのフリーダイヤルにいたずら電話をしたときのこと、覚えてる？」ウィンが訊いた。「くだらない質問をしまくったろ？」

「たしか、クレスト社にかけたよね」ダフネが答えた。「〈タータ・コントロール〉を使うと、歯のエナメル質がはがれるって本当なのって質問したっけ。あんたは、殺虫剤の〈レイド〉をラジエーターの上に置きっぱなしにしたけど、どうしたらいいかって電話で問い合わせたよね——」

ウィンはすでに笑いころげてた。鼻をぎゅっとつまんで、涙声で言った。「熱くてさわれないんですー。それに、なんかぶるぶるしはじめてて。手に持ってても大丈夫ですか？　消防署に電話したほうがいいですか？」

「その女の人を十分も電話口に引きとめたよね」あたしは言った。「あと一分長びかせたら、彼女が消防署に電話したわよ、きっと」

「あんたもあんたの声色も傑作だった」ダフネが言った。「相手には、あんたのうしろで大笑いする声が聞こえたはず」

「生物のウィッカム先生にも電話したよね」あたしは言った。「そしたら——」

「カエルが道をふさいだ」あたしが言い終わらないうちにウィンが話に割りこんだ。

〝カエルが道をふさいだ〟とはどういうことか、まったく思い出せないけど、長年のうちに、ほとんどの話題のオチとして使われるようになった。

ダフネとウィンとあたしは、ダウンタウンにある〈エスター〉という、ずっと昔からあるサンドイッチ屋さんにいた。変わらないフォーマイカのテーブル、変わらない赤い模造革の椅子は、夏になるとむき出しの脚にべたべたとくっつく。ダフネが勤める法律事務所からあまり遠くなく、それが彼女がここを選んだ理由のひとつだった。ランチなら〈エスター〉、お酒とディナーを楽しむなら昨夜のメキシコ料理店と、このあたりにはなんでも揃ってる。店の回転は速い——テイクアウトの注文が多いし、テーブルの上はあっという間に片づけられる。そんななかで、あたしたちはだらだらと長居していた。

ダフネは昔から仲介役で、いまはお目つけ役をつとめてる。ウィンはダフネに、あたしと再会していろんな記憶と後悔がよみがえったと伝え、少し話がしたいと頼んだのだ。「折り合いをつけたいんだって」ダフネはそう言ったけど、よりを戻すことが彼の望みなんじゃないかという気がする。

「中学のときのパーティ・ゲームは、高校のときとはちがってたよな?」ウィンはそう言いながらあたしに目を向けた。

意味ありげな笑みが彼の口の端に浮かぶ。

「そうかしら」ダフネは言い、サンドイッチの最後のひとくちを食べた。「あのころのあなたたちは、わたしよりも楽しそうだったもんね」

「きみはいつも優等生だった」ウィンは言った。「ルイーズとちがって」

今度はあたしがウィンを見つめた。「誰だって過《あやま》ちをおかすものよ」

「ぐさっ」ウィンは椅子にすわったままのけぞり、心臓のあたりをつかんだ。

同年代の男たちの多くはお腹が出はじめている——高校生や大学生のときはビール腹程度だったのが、やがてお腹全体がまるくなって、いまやたるむ段階に突入してる。ウィンが椅子の背にもたれかかると、シャツがずりあがって、よく発達した筋肉がのぞいた。脂肪なんか一オンスもついてない。

「いまはつき合ってる人はいないの？　結婚は？」あたしは訊いた。

ウィンは歯を見せて笑うと、また身を乗り出した。「競争相手がいないか探りを入れてるのかな？」

「単なる世間話」

「いまのところ、特別な相手はいない」ウィンは、たいしたことじゃないみたいに言った。

「ウィンは仕事の鬼なの」ダフネが言った。「誰かのために使う時間があったら、そのほうが驚きだわ」

「いまも〈ヘンダーソン〉で働いてるんじゃないの？」そのスポーツ用品店は、ウィンが高校でアメリカンフットボールの選手だったときから彼を雇っていた。田舎町のセレブという立場に彼は満足していた。

「最新情報を教えてあげる、ハニー」ダフネが言った。「ウィンは起業したの」

「グラフィック関係の仕事をしてる」ウィンはディスペンサーから取ってきたストローをひねり、三角形をつくりながら言った。「ロゴマークのデザインが主だね。カップ、Tシャツ、キーホルダー、車のバンパーに貼るステッカー。実を言うと〈ヘンダーソン〉は顧客第一号だ。いまもいい関係がつづいてる」

「たくさんの会社といい関係にあるのよね」ダフネが言った。「ローリーにもお客さんがいるんですって」

ウィンはフライドポテトを一本つまんだ。「いろんな人と話してるだけだって。愛嬌《あいきょう》を振りまいてさ」

そう言ったとき、彼はダフネにすばやくうなずいたような気が……。あたしの勘違いかな？　いずれにしても、ダフネは急に席をはずしてお手洗いに行った。ウィンは彼女の背中をじろじろ見ていたけど、にらみつけてるようにも見えた。でも、じっと待ってただけだとわかった。ダフネが角を曲がったとたん、ウィンはあたしのほうに身を乗り出した。

「ナーバスになってるわけじゃないよね？」彼は訊いた。「ここにぼくといるせいで」

「全然」あたしは答えた。「昔の友だちだもん、でしょ？」あたしは自分のオレンジエードのグラスを持って、底に残った甘い果肉をストローで吸いあげた。

「ぼくと会うって、彼氏には言ってきた？」

「あんたと会ってるわけじゃないもん」あたしは言った。「あたしはダフネに会いにきたんだから」

「彼氏は嫉妬《しっと》深いタイプ？」

「嫉妬することなんてなんにもないよ」あたしは言った。正直な気持ちだ。

店の反対側から、ウィンを呼ぶ声がした――あたしのうしろからだ。ウィンはそっちを向いて手を振り、あとでな、と言った。あたしは目を向けなかった。

ウィンはまた身を乗り出してきた。「ひとつ質問させてくれ。あのデルってやつは本当にきみにふさわしい男なのか？」彼は、隣のテーブルの人たちに聞かれないようにだろう、声をひそめた。

「デルとあたしは、いろいろあったの」

「ぼくたちだって、いろいろあったじゃないか」ウィンは三角形にひねったストローをあたしとのあいだに落とし、交渉しようとするみたいに両手を差し出した。

「高校を出てからあたしはずいぶん成長したのよ、ウィン」

「ぼくたちふたりともだ」彼が片手をのばしてきてあたしの手を握った。その感触にあたしは思わず震《ふる》えが走った。彼のはしばみ色の目はぴくりとも動かず、まばたきすらしなかった。

まわりではみんな、食べたりおしゃべりしたりをつづけてる。ウィンのうしろにある厚板ガラスごしに、通りを行き交う人たちをながめた。みんなそれぞれの人生を歩んでる。あたしも自分の人生を歩もうとしていた。

「折り合いをつけたいとあんたが言ってるって、ダフネから聞いた」あたしは言った。「それって、あわよくばなんとかしようって考えてるようにしか思えないんだけど」

「ぼくは、なにが起こるかわからないって言ってるんだよ。結婚式のことも、ぼくたちのことも」

シャーリーンが言ってたのと同じだ。なにが起こるかなんてわかりっこないでしょ。彼女の場合は、最悪にそなえての発言だった。ウィンの場合は、最悪を望んでの発言？

「ねえ、ウィン」あたしはそう切り出したものの、このあとなにを言えばいいのか、自分でもわかっていなかった。でもそのとき、ダフネの姿が見えて、あたしはほっとした。

「お邪魔だった？」ダフネは訊いた。

彼女の目つきを見て、あたしはまたも疑問に思った。お手洗いに行くのは打ち合わせてあったのかしら、と。ウィンは小さく首を横に振った――ダフネの質問への答えなのか、それとも、計画どおりに進んでないという合図？　おそらくあたしはいろんなことに敏感になりすぎて、深読みしすぎてるだけなんだろう。

会計を頼んだけど永遠ともいえる時間がかかりそうだったので、またなんでもないおしゃべりをつづけた。話題はウィンとダフネの仕事のことや、わずか数日後に迫《せま》ったあたしの結婚式のこと――すでにウィンが抱えてる傷に塩を塗りこんでしまったみたいだけど。彼は急に立ちあがって、仕事に戻らないといけないと言った――そして、体をかがめ、ハグしてきた。

「またすぐ会えるね？」彼は耳もとでそうささやいた。彼の唇があたしの髪をかすめた――キスじゃないけど、キスじゃなくもなかった。

その質問を修辞的なものと受け取って、あたしはさよならを言った。

ダフネも立ちあがってウィンにハグをした。なにか言っていたけれど、よく聞こえなかった。

「大丈夫？」ウィンがいなくなるとダフネは訊いた。

「頭のなかがいっぱいで」

「ウィンのことで？」

「そうじゃなくて、やらなきゃいけないこと全部で」あたしはウィンが置いていったストローを手に取り、三角形をほどいてまっすぐに戻した。「ウェディングドレスのクリーニングはまだできてなかった。ランチの前に寄ったら、四時以降にまた来てくれって言われちゃった。だからいったん家に帰って、出直すつもり。急いで準備しても、けっきょくは待たされるってこと」

「安心して」ダフネは言った。「わたしが代わりに受け取ってあげる。今夜、シャーリーンとふたりでお邪魔するから」

「ママの家に？」

「また、デザイン・コンサルタントの腕前を披露《ひろう》しようと思って」彼女は言った。「手作りプロジェクトをしようってことになったの。あなたのほうでなにか考えてることはある？」

「これと言って、とくに」あたしは言った。「ママとデルが口げんかしないようにするのでせいいっぱい」それだって、充分、考えてることになると思う。

　手作りプロジェクトとは、裏庭に飾る紙のランタンをこしらえることだった。

　ダフネとシャーリーンは七時ごろにやってきた。ダフネは古い壁紙のロールを何本か脇に抱え、反対の手に持ったバッグは口から端切れがあふれ、底は接着工具《グルーガン》の重みでたわんでいた。同じ側の腕に、古い刺繍《ししゅう》用の枠がいくつもぶらさがっている。かたやシャーリーンは、クリーニング店から引き取ってきたばかりの真っ白なガーメントバッグに入ったママのウェディングドレスを手にしていた。

あたしのウェディングドレスだ。シャーリーンがそれをママの袖椅子にひろげるのを見ながら、心のなかで訂正した。

きちんとアイロンをかけられ、いつでも袖を通せるようになったそのドレスを見る暇もなく、あたしはダフネから道具を渡され、ダイニングルームに向かわされた。「手作り教室に乾杯しない？」ダフネはそう言って、残りの道具をテーブルの上に出した。

「ダフネったら」とシャーリーン。「わたしたちでなにか買ってくればよかったのに。よその家にお邪魔して、なにか飲ませろなんて失礼よ」

「ワインならあるわよ」ママが言った。お客が誰か伝えるがはやいか、ママはワインを用意していた。キッチンではポークロイン（豚ロース肉）が焼かれ、ピメントチーズを添えた簡単ポテトグラタンができあがっていた。お客さんがいるせいでママの態度がいくらかやわらいだみたいだ。少なくとも、今夜だけは。

「さすが」ダフネは言った。声の大きさと赤らんだ頰《ほお》からして、今夜はすでに飲んでいるらしい。

「仕事のあと、マルガリータを一杯ひっかけただけだってば」あたしが尋ねると、ダフネはそう答えた。「毎日酔っ払えないなら、法律の仕事をする意味なんかないじゃない」

「グルーガンを操作できる程度にしっかりしてればね」あたしは言った。

「ＧＷＩで引っ張られたって、町のお偉いさんに知り合いがいるもの」ダフネは言った。

「GWI?」赤ワインのボトルを手にダイニングルームに入ってきたママが訊いた。

「酔っぱらいながら糊づけする行為《グルーイング・ホワイル・インペアー》」

彼女はグルーガンをあぶなっかしく手に持った。

ママがあけたワインは、バイパスの先にあるワイナリーのものだった。ナパでは〝むかつくほど甘ったるい〟と評されるだろうけど、逆にそれがよかった。若くて愚《おろ》かだったころを思い出させてくれたし、ママがわざわざワインを買ってくれたことそのものに意味がある。

ダフネはランタンをつくる手順をひとつひとつ教えてくれた。壁紙を短冊形に切って、涙形の輪っかにする。それをひとつずつ糊《のり》でくっつけていく。「全部くっつけたらアコーディオンみたいにひろげるの」彼女は言った。

あたしもひとつつくってみようと材料をひろげたけど、本当のところはこの瞬間をただ楽しんでいて、そのことに自分で驚いていた。高校のころ、グループ学習をするのに友だちが自宅を提供してくれたけど、あたしがうちに集まろうって誘うことは一度もなかった。交通の便が悪いのを言い訳にした――町なかのほうが集まりやすいし、ほかの子の家のほうが学校が終わってそのまま歩いていける――けど、ママが家の片づけを全然しないのが恥ずかしかったし、ママがボーイフレンドをとっかえひっかえしてるのも恥ずかしかったし、学校でどう言いふらされるかと心配だったのだ。

でもいまあらためて見ると、これこそあたしがずっと望んでた光景だと思った。ママの家は、記憶にあるなかでいちばんきれいな状態だった。ボーイフレンドもいないし、そのことでママが愚痴《ぐち》を言うこともない。ママとあたしの友だちとあたしだけでテーブルを囲み、他愛ないおしゃべりをしながら、みんなで手を動かし、生産的で美しいことに集中する。短冊に切った紙の端をきちんと並べながら下唇をかむママの姿を見て、デルも同じことをしていたのを思い出し、ママが彼にチャンスをあたえてくれたら、いまからでもうまくやっていけるような気がした。

　実際、あたしが住んでたときより、ここはわが家らしい感じがした。

　そのときママが口をひらいた。

「本当にいいアイディアだわ、ダフネ」ママは言った。「少なくとも結婚式がすてきに見えるもの」

「それ、どういう意味？」あたしは訊いた。「すてきに見えるって？」あたしはひとつの輪っかに、べつの輪っかをくぐらせた。

「すてきな式にならないって意味じゃないわよ」ママは答えた。「あんたのやり方はちょっとちがうんじゃないかしら。教会で式を挙げない。披露宴は着席してディナーをいただくんじゃなく、〝厳選したオードブル〟とやらだけなんて」

　〝厳選したオードブル〟というのはデルが使った表現で、だからママはよけいに気に入らないのだ。「家族が参列しない結婚式なんて」

「家族も参列するよ」あたしは反論した。「ママは出るんだから」――そうは言ったものの、正直に言うと、それについては躊躇《ちゅうちょ》していた。

「親戚はどうなの？」ママが訊く。「グレイス大おばさんは？」

「グレイス大おばさんは亡くなったと思うけど」あたしは答えた。

「だったら、デルの家族は？」ママはつづけた。「あやしいわよね。自分の親族を結婚式に呼ばないなんて」

「まあまあ、コーラ」シャーリーンが割って入った。「同じ結婚式なんてひとつとしてないんだから」

「デルのお姉さんはどうしても来られないんだって」あたしはそう言っただけで、理由についてはあえて説明しなかった。「お姉さん以外とはあまり親密じゃないらしいし」

「やっぱり、あやしいわ」ママは言い、ランタンづくりに意識を集中させ、腹立ちまぎれに素材をねじった。「母親が心配しちゃいけないの？」

「ママは心配してるんじゃない」あたしは言った。「難癖をつけてるだけ」

ママはランタンをひろげた。「ところでこれって、なにに見えるんだっけ？ アコーディオン？」そう言ってテーブルの上に投げ出した。アコーディオンというよりも、バグパイプだった。

さっき感じたわが家らしい感じは、とっくに消えてなくなった。シャーリーンが身を乗り出して、ママの作品を回収し——今夜の成果を救出した。

「顔を見せないと言えば……デルはいるの？」ダフネが訊いた。何気ないふりをよそおってるものの、意図はばればれだ。「交ざりたくないの？」

「そうすれば楽しくなるだろうよ」ママがつぶやいた。

「デルは寝室にいる」あたしは自分のランタンに目を戻した。「仕事がちょっと遅れちゃってて」あたしたちはあらかじめ打ち合わせて、デルは部屋から出ないほうがいいと決めていた。目に見えなければ、忘れ去られる。ルールその三にしてもいいかもしれない——今回は先手を打ったのだ。

「仕事？」ママが鼻を鳴らした。「あの男がうちに来てから取り組んだことと言ったら、例のいまいましいタイヤを調べることだけじゃないか」

「タイヤって？」シャーリーンが訊いた。

あたしはシャーリーンとダフネに、一部始終を説明した。「わざとやられたって、デルは考えてる」

「しかも、やったのはわたしなんだってさ」とママ。「保安官にまで電話でご注進におよんだんだよ。わたしが知らないなんて思うんじゃないよ、ルイーズ。でも、前にも言ったけど、もう一度言わせてもらうよ。わたしは一切関係ない」

「終わった」

「あんたはそう言うけどね」ママは言った。「でも——」

「ちがう、終わったっていうのは、これ」

上の紐《ひも》を持って持ちあげると、ランタンのひだがのびて垂れさがった。ひだをつくってる輪っかは、それぞれ涙の形をしている。その全部が、上から下まで層になって木の枠に固定され、輪にした撚糸《よりいと》でまとめられていた。

「お見事」ダフネが手を叩いた。

「どうしたらそんな早くできるの？」とシャーリーン。

ママが手をのばしてきてランタンのへりに触れた。「とてもきれいにできたじゃないの、ハニー」

そう？　壁紙の輪っかは不揃いだし、形がいびつだ。でも、ママがきれいと言ってくれて――しかも心からの言葉に思えた――つくった甲斐があった。

「デルに見せてくる」あたしは言った――計画にないのはわかってたけど、どうしても見てほしかった。それに、ママのほめ言葉で空気がやわらいだように感じていた。

「夕ごはんにするから、〝お仕事〟の手を放せるか訊いてきて」あたしが立ちあがると、ママは言った。キッチンに向かう途中、ママはぼそりとつぶやいた。「あの男が食事をパスするわけがないからね」

やわらいだ空気が台なしだ。

「あら、ここから呼べばいいじゃない」ダフネが言った。「デル！　ルイーズにサプライズがあるんだって」

この家はひろくない。あたしたちの寝室はすぐそこだ。さっきダフネがデルはいるのかと訊いたときも、彼の耳に届いてただろうし、いまの大声は絶対に聞こえたはずだ。縮こまった彼が逃げ場を、おそらくは窓を探す姿が目に浮かんだ。ドアがあく音につづき、彼が廊下を歩いてくる音が聞こえたけど、ダイニングルームには入ってこなかった。

「これはおまえのウェディングドレス?」デルは訊いた。

「椅子の上のガーメントバッグの中身?」あたしは言った。「うん」

「見ちゃだめだってば、デル」シャーリーンがあたしの声にかぶせるように言った。「縁起が悪いでしょ」

あたしは、デルはもう見ちゃったよって言おうとしたけど、口をひらく間もなく、ふたたびデルの声がした。

「なんだ、これは?」デルが訊く。「ペンキでもついたのか?」

あたしたちはすぐさま立ちあがって、デルのもとに向かった。

デルはドレスを持ちあげ、少し遠ざけるようにしていた。ガーメントバッグは完全になかが透けて見えるわけじゃないけど、彼が言わんとすることははっきりわかる。生地にもビニールのガーメントバッグにもにじんだような、黒々とした大きな染みがついていた。ガーメントバッグにしわが寄ってるところを見ると、染みはねばねばしているらしく、それで全体がくっつき合ってるみたいだった。

「なによ、これ」ダフネが言った。「クリーニング屋さんで引き取ったときは、こんなふうになってなかったのに。ちゃんと見たもの」

「ひどい」ママがうしろから近づいてきた。声に悔しい気持ちがにじんでいる――あたしが感じているのと同じ悔しさだ――けど、なにかべつの感情も混じっていた。「デル、今度はいったいなにをしたの？」

「コーラ、おれはたったいまここに来て――」

「たったいまここに来て、なにをしたの？」とママ。

「ママ、一分でいいから落ち着いてくれない？」あたしはきつい声を出した。「ねえ、デル。ちょっと貸して」デルがジッパーをあけようとしていた。あたしはその手からガーメントバッグを奪いとって、ジッパーを下までおろした。青みがかった黒い染みは、まだ乾いてなくてねばねばしていた。

「気をつけてよ、ルイーズ」シャーリーンが言った。「指につけないようにね」

ダフネが椅子の背もたれを調べた。「ここについてたのがうつっちゃったのかな？」

「ついてるのは外側じゃなく内側よ」あたしは言った。目がつんとなって、涙があふれてきたので、ドレスをデルに渡した。

「ずいぶんと粘着性《ビスカス》が高いな」デルは言った。あたしは最初、〝悪意がある《ビシャス》〟と聞きまちがえた。彼は妙な具合にガーメントバッグに手を入れ、なんとも言えない顔をした。

「クリーニング店で手違いがあったのかしら？」シャーリーンが彼女なりの考えを口にした。

「最初はタイヤで、次はドレス」ママはそう言ってから、声のトーンを落としてつづけた。

「あんたにはトラブルがついてまわるみたいだね、デル」

「みんな、少しくらい黙ってられないの？　一秒たりとも？」すでにあたしは本格的に泣いていた。泣かずにはいられなかった。いろいろなことが、いっきに降り注いできた感じだった。ぴりぴりした気持ち、口論、いちゃもん。誰もかれもが、あたしたちの気持ちとは正反対のことばかりしてるとしか思えない。次の瞬間、あたしたちはどうしたかったのか、あたしにはなにが必要なのか、さっぱりわからなくなった。「みんな、ちょっとだけ静かにしてくれる?」見苦しい姿をさらしているけど、そんなのはどうでもよかった。あたしが突然大泣きしたから驚いたんだろう、みんなしてあたしをじっと見つめている。

あたしは部屋を飛び出し、寝室に引っこんだ。

一分後、デルが同じベッドの隣に横になった。

「ごめん」あたしは言った。「あたしはただ……」

「謝る必要なんかない」

「あたしたち、とことん運が悪いね」

「運じゃない」デルは手のひらをひらき、くしゃくしゃになったやわらかいプラスチックを見せた。長さは二インチくらいで、ティッシュで軽く包んであった。

「なんなの、これ?」あたしは訊いた。

「インクカートリッジみたいなものだ」デルが答える。「ドレスのなかに押しこまれてた。で、見てごらん」そう言って彼は側面を指さした。インクの渦巻きがうっすら見えた。指紋の一部みたいだ。

「誰かがわざとやった証拠だ――そうとわかったら、犯人を突きとめないとな」

インクカートリッジと聞いて、当然ながら、犯人が誰かぴんときた――とはいえ、自分のなかでどっちの気持ちが強いのかわからなかった。ママはこれについてまったくかかわってなかったという安心感か、犯人とおぼしき人物への怒りか。

ウィンが話してくれた自分の気持ち、あたしをあきらめないとか、なにが起こるかわからないとか——そういうのはすべて動機と言える。グラフィック関係の会社を経営してると言っていた。だったら、ペンキやインクを使ってるはずよね？

またすぐ会えるねって、彼は言った。キスにも似た、あのささやき。あれは約束？ それとも脅《おど》し？

リビングルームに戻ると、シャーリーンとダフネがやたらと頭を振りながら、何度もハグしてくれた。あたしを含めて全員が謝った。それからうなずいたり、頭をかいたりしたのち、みんなに交じってリビングルームにいる人物に気がついた。

「こんばんは、ミズ・ルイーズ」保安官のアールが、ママの袖椅子のすぐ横に立っていた。ママは腰をおろしたままだった。

このときの保安官は制服を着てなかったけど、帽子はかぶっていた。あたしに向かってその帽子のつばに軽く触れ、デルと握手しようと足を踏み出した——そのとき、彼の手についた染みに気づいて足をとめた。

「それが証拠の一部かね」保安官は訊いた。デルは肩をすくめた。あたしは、それまでにデルがつかんだことを伝えようとしたけど、デルがすばやく首を横に振って、ダフネかシャーリーンのどっちかのほうに――どっちかはわからない――鋭く目を向けたので、あたしは黙った。

「これが犯罪だなんて、わたしたち、思いもしなかった」ダフネが言った。「保安官が来るまでは」ダフネもシャーリーンも困惑していた――というか、落ち着かない様子だった。おそらくその両方なんだろう。あたしも同じ気持ちだった。

「器物損壊」保安官は言った。「その件で今週こちらにうかがうのは、はじめてじゃない」

「タイヤの件と関係あると考えてるんだな」デルが言った。

保安官は肩をすくめ、片腕を袖椅子の背もたれに乗せた。「ここ何日か、おたくの周辺でトラブルが立てつづけに起こってるらしいな、ミスタ・デルウッド」

「わたしもそう思ってるの」とママ。

「おれのトラブルかどうか、さだかじゃない。ただ、これは偶合《ぐうごう》とは思えない」

「偶合」保安官は繰り返した。

「偶然の一致って意味だ」デルは説明した。「どれも単なる事故じゃない」

「おれも学校には通ったんでね」保安官は言った。「言葉の意味くらいわかる。とにかく、さっき話してくれた件に話を戻そう、ミズ・ダフネ」保安官はダフネのほうを手で示した。どうやらみんなから、今夜の出来事について説明を聞いていたらしい。

「クリーニング屋さんでは、とくにおかしなことはなかったわ」ダフネは言った。「少なくとも、わたしが見るかぎり」

彼女がクリーニング屋に到着したのは閉店間際だったけど、店員は急ぐことなく奥からドレスを取ってきたし、ダフネも慎重に車まで運んだし――〝自分のドレスだと思って〟とは彼女の弁だ――その前に、ドレスがしわにならないよう平らに置くため、後部座席のがらくたはきれいに片づけてあった。

「たぶん、ガーメントバッグが破れてたんじゃないかな」ダフネは言った。「ドアとかにグリースがついてたのかも」

「おれが見るかぎり、破れてるところはなかった」デルが言った。「それに、この染みはグリースには見えない」デルは両手をあげ、紫色に近い染みをもう一度よく見るよう、保安官をうながした。

「あとで車を調べるとしよう」保安官は言った。「さきをつづけて、ミズ・ダフネ」

「ドレスを車に積んでいたら、勤め先の同僚が何人かやってきたの」ダフネは言った。同僚たちは、〈ラ・ポカ・コチーナ〉で一緒に飲もうとダフネを誘い、彼女は歩いてそこに向かった。

シャーリーンがあとを引き取った。

「ダフネはここに来る途中で、わたしの家に寄る予定だったけど、電話をしてきて、お店で会おうって言ってきたの」

「その店にはどのくらいいたんだね？」保安官は訊いた。

ダフネは肩をすくめた。「二杯飲んだわ」質問の答えにはまったくなっていなかった。

あたしは、ウィンがいたかどうか訊きたかったけど、その質問はひかえないといけなかった。ウィンのことやら、再会したいきさつやら、交わした会話やら、説明しなきゃいけないことが多すぎる。デルに説明しなきゃいけないことが。

「クリーニング屋さんは五時閉店で、ダフネと合流したのは六時半だった」シャーリーンが言った。

「説明のつかない時間が長いな」デルが言った。

保安官は顎をさすりながら、ダフネから注意をそらさずにいた。「車はその場に置いたまま？」

「歩いてすぐのところだから」

「鍵はかけたのか？」保安官は訊いた。

ダフネはバッグからキーを出した。

「キーレス・エントリー。ボタンを押すのが習慣になってる」

保安官はキーを受け取って、質問をつづけた。みんながうちに来たのは何時か。どのくらいランタンづくりをつづけてたのか。ドレスを置いた部屋に入った人はいるか。あたしはふたりのやり取りを聞いているあいだずっと脚に手の爪を食いこませ、その痛み以外のことは考えないように、また取り乱したりしないようにとがんばっていた。

「ミズ・ダフネの車を見にいくとしよう」最後に保安官は言い、デルを手招きした。「一緒に来るかね、ミスタ・デルウッド？」

「もちろん」デルは答えた――しかも、すごく積極的に。

出ていくふたりのうしろ姿をママは目で追った。見えなくなると、ママは起きようとするみたいに身を乗り出した。

「わたしたちがランタンをつくってるあいだデルがなにをしてたか、誰か訊いてみた？　あの男のほうこそ〝説明のつかない時間〟とやらが長すぎると思うけど」

「ママ」あたしは言った。そのたったひとことに、何層にも重なった怒りが自分でも聞き取れた。「なんでデルがそんなことをしなきゃならないの？」

「ほうら、そうやってまたかばう」ママは言った。「あの男も言いたいことがあるなら自分で言えばいいじゃないか」

「ママは彼がいないところであれこれ言うんだもん、無理に決まってるじゃない」

「あの男も顔を合わせて話したいことがあるだろうから、アールに聞いてもらえばいい」

それでようやく保安官がうちにいるわけがわかった。あたしがママに目を向ける様子に、ぴんとくるものがあったんだろう、シャーリーンがあたしとママのあいだに入った。「さあ、みんな、深呼吸して――」

「ママが保安官を呼んだのね」あたしは言った。「また、デルとなにかやり合ったわけ？　まえにあたしが言ったこと、ちゃんと聞いてたんじゃないの？」

「あの男がこんなことをしでかした理由を教えてあげようか？」ママが言った。「意気地なしで、人とかかわるのが怖いんだよ。このドレスを台なしにするなんて、いかにもあの男がやりそうなことじゃないか——臆病者《おくびょうもの》らしい逃げ方だね」

頭がいまにもどこかに飛んでいってしまいそうだった。どれもこれも現実とは思えない。

「やめどきってものを知らないの、ママ？　なんならあたしも出ていこうか？　寝室に引きあげるって意味じゃないよ。永遠にだからね」

「ちょっと落ち着いて」ダフネが割って入った。「シャーリーンの言うとおり。ふたりとも、一歩さがって——」

「あんたとあいつはそれしか能がないんだね。ちがう？」ママが言い返した。「最初は西に逃げ、そのあとはふたりで国じゅうをふらふら。あの男は仕事に就《つ》いたと思ったら、すぐに辞めるの繰り返し。あんたのことだって、いずれ捨てるに決まってる。うそじゃないわよ」

ママは椅子の肘掛けをぐっとつかんだ。それからほとんど独り言みたいに言った。「こういうことになって、かえってよかったのかもしれないね。結婚式をキャンセルする理由が、またひとつ増えたってことだから。おかげであんたが正気に戻る時間ができたわけだし」

ママはそれだけ言うと、取り澄ました顔ですわっていた。言いたいことを言っただけじゃなく、やりこめたつもりらしい。デルとの口論、結婚式の計画の粗探し。そういうのが積み重なって、こういう事態になってしまった。

「コーラ」シャーリーンが呼びかけた。

「本気で言ったんじゃないわよね」ダフネが言う。

でも、あたしにはわかってる。ママは本気で言ったんだって。すると不意に、この一連の出来事の犯人がウィンだとは思えなくなってきた。

「こうなるのを望んでたんだね、ママ?」あたしはぽつりと言った。「ドレスがあんなふうになったのに、うろたえてもいないもの」

「あのドレスのおかげでわたしはトラブルつづきだった」ママはあたしを見ようともせずに言った。「あんたには、不幸せな結末を迎えてほしくないんだよ」

「だったらなんで、あたしをそっちの結末に向かわせようと必死なの?」

あたしの言葉に本気で虚《きょ》を突かれたのか、ようやくママは顔をあげた。「なにを言いだすの、ルイーズ」ママは言った。「そんなこと望んでるわけないじゃない」

デルと保安官がドアから入ってきた。いまのこの場面がふたりの目にどう映っているかは想像するしかない。あたしはいまもみじめな思いを抱えてママを上から見おろし、その他全員はあたしたちのあいだに流れる不穏な空気を感じながらすわっている。

あたしはデルの雰囲気が変わっているのに気づいた。顎を引き、目には怒りの炎がめらめらと燃えている。保安官は眉間にしわを寄せていた。

「レストランのなかから車は見えたのかい?」保安官が訊いた。

「奥の席だったから」ダフネは答えた。「どうして?」

保安官はキーホルダーを掲げ、ついているボタンを押した。「ドアのへりにグリースはついてなかったが、キーレス・エントリーが作動しなくなっている。このボタンを押すとライトはつくし、クラクションも鳴るが、ロックそのものはかからない。修理したほうがいい」

「あの車、いつもどこかしら故障するんだから」そう言ったとたん、ダフネははたと気がついた。「え、待って。それって、わたしたちがレストランにいるあいだに、誰でもドレスに近づけたってことよね」

「誰でもではないだろう」保安官は言った。「それに、ドレスが汚されたのは、そのときとはかぎらない。ただ、はっきりさせないといけないだけのことだ」

デルの顔つきが、お腹を蹴られでもしたように、いっそうけわしくなった。

あたしはリビングを出ていくべきだった。デルと一緒に。

でも、そういうのは臆病者のやり方だとママに言われたせいで——やっぱりねとママは得意そうに言うに決まってる——踏ん切りがつかなかった。そうやってぐずぐずしてるうちに、ママが立ちあがってあたしの腕に触れた。

「さあ、お食事にしましょう」ママは言った。「みんな、お腹がぺこぺこでしょ。お料理も冷めちゃうわ」

実際には、料理はとっくに冷めてたし、ポークロインは少しぱさぱさになっていて、室内の張りつめた雰囲気とあいまって、どれもまともに喉を通らなかった。

「べつのを見つけてあげるわ」食べてる途中、ママがそう言って沈黙を破った。ポテトが入ったボウルに話しかけてるも同然だったけど。「ドレスなんかいくらでもあるんだし」

「コーラの言うとおり」シャーリーンが言った。「あらたなスタートを切ればいいよ」でもシャーリーンは、あたしと同じで、納得してるようには見えなかった。あらたなスタートを切ったところで、あっという間にもとに戻ってしまうと、あたしはこれまでの経験でわかっていた。本当だってば、うそじゃない。

ダフネが、さっきつくったランタンをサイドテーブルに並べた――あたしが完成させたものと、ダフネとシャーリーンのつくりかけのもの、ママの失敗作。ママのはやるだけやってみたという出来だった。

ママの誘いで同席していた保安官だけが食事をぞんぶんに楽しんでるようだった。

「こんなにうまいポークロインを食べたのはひさしぶりだよ、ミズ・コーラ」彼は言った。「あんたたちにとっちゃ災難だったが、おれにはもっけの幸いだ」

同じように思っている人はほかにもいる、とあたしは心のなかでつぶやいた。ウィンだ。あるいは、ママ。あるいは……。

テーブルの端では、デルが暗い顔で考えこんでいた。

その理由がわかったのは、みんなが帰って、あたしとデルが寝室に戻ったときだった。

「あの保安官は車をろくに調べもしなかった」デルは言った。「おれに調べさせてもくれなかった。まったく興味がなかったんだ」

「じゃあ、なにに興味があったの？」

「おれだ」デルは答えた。「おまえたちがダイニングルームでランタンをつくってるあいだ、おれが寝室でなにをしてたかにしか興味がなかった。証明できるなら、いつだって話してやったさ。寝室になにか隠してるんじゃないのか？　どこかになにか隠してるんじゃないのか？　おれの手だけが汚れてたのはどうしたわけだ？　そもそも、その傷はどこでついたのか？」デルは部屋のなかを行ったり来たりしていた。

「どう答えたの？」

「事実を言ったさ。ドレスを見てたら手になにかついた。頬の傷はラスヴェガスで強盗にあったときに切られた。それについてはなにひとつ、恥じることはないからな。チャペルに押し入ったのはおれたちじゃないんだし」

くすねたサファイアの指輪が頭に浮かんだ。デルがそれには触れなかったから、あたしも黙っていた。

「実を言うと」デルはつづけた。「保安官はそれをもう知ってたんだ。ヴィクターヴィルの姉貴のことも。おれのことをあれこれ調べた、自分の管轄に滞在する人間のことはすべて把《は》握《あく》しておきたい——しかも、おれはたったひとりの人間としては幾《いく》多《た》の不運に見舞われてるようだ。保安官はそう言ったんだよ」

デルは〝幾多〟という単語を強調したけど、このときばかりは、その単語をしみじみ味わったりはしなかった。

ウェディングドレスはベッドのあたしの隣にひろげてあった——いまはガーメントバッグから出し、上掛けやらなにやらが汚れないよう、古い毛布を下に敷いてある。

「どうしてインクカートリッジを見せなかったの?」

「外に出たらすぐ、話すつもりだった」デルは言った。「なのに、ばかげた容疑をでっちあげ、おれを悪者に仕立てあげようとしてきたから、話せなかった。取り出したときにおれの指紋がついたかもしれない。そうなったら、保安官の推理を裏づけるだけだ」

「どうして外に出るまで待ったの? なんでみんなに見せなかったの?」

デルがその質問に答えるのをためらったのを見て、自分でもわかっていたはずの気の滅入《めい》るような疑念が生じた。

「考えもしなかったのか?」しばらくしてデルは言った。「ダイニングルームにいた三人のうちのひとりがかかわってるかもしれないと? ドレスとタイヤの両方に」

「お願いだからやめてよ、デル」あたしは言った。「もう、ママを犯人扱いしないで。あたし、耐えられない」

でも、彼の頭にあったのはママだけじゃなかった。全員だった。

デルの思考は論理的で順序だっていて、あらゆる動機と機会を積み重ねていた——あたしがシャーリーンとダフネについて話したことや、自分の目で見たことをまとめあげていった。ダフネの勤務先はダウンタウンにあるという話じゃなかったか? タイヤが切られた日、おれとおまえのママがいた場所から近いはずだろ? それに、彼女がドレスに近づくのは簡単だった。なにしろ、ドレスを引き取ってくると申し出てくれたんだから。しかも、彼女はおれに気がある。それも動機になる。

「本気で言ってるの？」あたしは訊いた。

「心の動きは謎に満ちている」デルは言った。それに、彼はいわゆる〝車のキーの誤作動説〟を信じてない。キーのことを聞かされたダフネがあまり驚いていなかったのを考えると、疑惑をそらすのに都合よく使われたのではないか、というのが彼の考えだった。

シャーリーンはと言えば、ドレスを家のなかに運び入れたのは彼女だし、ウェディング保険に入るよう勧めていたという事実もある――あたしは彼女の提案に従わず、彼女はボーナスをもらいそこねたわけだけど、それで、自分の提案どおりにしていればと言いたかったとか？ しかも、彼女が昔からずっと、結婚願望を口にしてて、いまの彼はいっこうに煮え切らないという話もしたんじゃなかったっけ？ この件に嫉妬はどうかかわってくるんだろう？ 怨恨は？

「残念だけど、コーラもはずすわけにはいかない」デルは言った。「彼女の標的はおれであって、おまえじゃないのはわかってる。ただ……」長いあいだずっと親友だったはずのふたりが、家族だったはずのママがあたしを裏切り、卑劣な手を使い、悪意をぶつけた。これで結婚式をキャンセルする言い訳ができたとママが言ってたことは、まだデルに話してない。話したら、それを材料に彼がどんな攻撃をしかけることやら。

この寝室は、あたしにとっていろんなことから距離をおくための逃げ場所だった。いまや、ここも安全とは言えなくなった。

デルがあたしを大切に思う気持ちからやることと、あたしを大切に思ってくれている誰かを犯人扱いすることの境界線はどこにあるんだろう？　たとえウィンが犯人だとしても、それ以外はなにひとつ、いい気分になれない。

なんであたしはウィンの存在を話さなかったんだろう？　自分がまいた種でしょとママは言ってたし、たしかにそのとおりだ。なにかを隠すことのやっかいな点は、ふだんも隠しつづけなきゃいけないところだ。ウィンのことは、あたしが自分でなんとかしなきゃいけない。

話の途中であたしはデルを頭から締め出し、なにか考えるのもすっぱりやめた。かわりに、ベッドの上にかけた絵をぼんやりながめた。こっちに背を向けてるカップルと打ち寄せる波。靄《もや》がかかってるように見えるのは絵のせいだけじゃなくなっていた。あたしの目にじわりとこみあげるものがあった。

「このままいなくなっちゃいたいとは思わない？」あたしは絵を指さし、涙をぬぐった。

「みんなにも、一連の事件にも背を向けて。また、あんたとあたしのふたりだけになるの」

「駆け落ちするってことか？」デルが訊いた。

「それか、あるいは……」

今夜感じた同じ衝動、逃げるのは臆病者のやること、というママの言葉。べつにママが正しいと証明しようというんじゃない。あたしはただ、ふたりにとっていい環境にしたいと思ってるだけ。ここでは、対処しなきゃいけないことが多すぎるし、そのすべてがあたしにのしかかっている。

ナイトテーブルの電話が鳴って、あたしとデルは飛びあがるほど驚いた。あたしのほうが近かったので、受話器を取った。

「もしもし」

「デルはいるか？」聞き覚えのある声だったけど、くぐもっていて聞き取りにくかった。

その質問には電話が鳴ったときと同じくらいびっくりした。どちらさま？　そう訊き返せばよかったのに、あたしはすぐに受話器をデルに渡した。「あんたに電話」

「もしもし？」デルは言い、それから耳から受話器を離し、じっと見つめた。

「切れちゃった？」

「いや」彼は答えた。「誰だかわからないが、おれの女に手を出すな、と言われた」

声に聞き覚えがあったのはそのせいだ。電話に出た時点で、かけてきた相手がわかったのかもしれない。

なじみのある声。声色を変えてたけど、完全じゃなかった。本来の声が奥のほうにひそんでいた。

ウィンがこれまでにしでかした悪ふざけ。今度のは深刻さのレベルがまったくちがう。

彼は彼であることから逃れられない、そう思ったところで気がついた——自分から逃れられる人なんかひとりもいないのかもしれない。

「あんたもコーヒーを飲む？」翌朝、ママがキッチンでデルに訊いた。

「いや、けっこう」デルは答えた。

前の晩にポークロインを焼いた焼き皿をあたしが洗ってるあいだ、ふたりともテーブルについていた。あらたな礼節の時代が始まるのではないかと、あたしは淡い期待を抱いていた。「コーヒーくらい、喜んで淹れてあげるわよ」ママは言った。「さっきからわたしのマグをじっと見つめてるから、あんたもカフェインをキメたいのかと思ったんだけど」

「デザインに見とれてただけだ」

あたしはどれどれとばかりに振り向いた。ママのマグには〝南部美人は大騒ぎを引き起こす〟と書いてある。あたしはデルと目を合わせ、泡だらけの指で喉をかき切るまねをして、なにをしようとしてるのか知らないけどやめてちょうだいと伝えた。ママのほうはあらたな礼節の時代を迎えたらしいのに、デルからはまたもよくない気配が感じられた。

しばらくすると、ママはマグをデルのほうに押しやった。「好きなだけながめるといいわ」ママは言った。「仕事に行ってくる」

ママが出かけると、デルはペーパータオルで包むようにしてマグを持ちあげた。指紋を採るつもりなんだろう。

「そういうことはしないでって言ったじゃない、デル。みんなにも、とにかくやめてほしいって言ったのに――こういうことは」

「お袋さんの疑いが晴れるかもしれないんだぜ」デルは言った。「だったら、うれしいんじゃないのか?」

「きのうの夜の電話はママだと思ってるのね?」あたしは訊いた。「ママが声を変えてたって思ってるのね？」でも、デルはすでに、コーンスターチとろうそくの煤《すす》を混ぜたものをふるいにかけていた。前の晩、ノートパソコンでグーグル検索して、指紋採取用粉末のつくり方を見つけていたのだ。

「おおかた、保安官も引っぱりこんでるんだろうよ」デルは言った。

「こんなくだらないことにつき合うのはごめんだわ」あたしは手を洗い、ちょっと出かけてくると言った——けど、素人探偵気取りのデルの耳には届いていなかった。

おかげで、ある程度はあたしの有利な方に物事が進んだ——デルに行き先を訊かれずにすんだから。

ウィンの会社は、正面に砂利《じゃり》敷きの駐車場がある、波形アルミの壁の小さな倉庫みたいな造りだった。あたしが着いたとき、駐車場には一台もとまってなかったから、砂利が巻きあがるほどいきおいよくマスタングを乗り入れた。

玄関を入ったときも同じいきおいだったらしく、ウィンに会いたいと告げると、受付係は目を大きく見ひらいて彼に連絡を入れ、あたしをべつの誰かにまかせられるのがうれしいみたいに、廊下の奥を示した。

「離れているのがつらくなったのかな、え？」ウィンはあたしをオフィスに案内しながら言った。

「自分をコントロールできない人がいるのはたしかみたいね」

「それはどういう意味だい？」彼はすわるよう手ぶりで示したけど、あたしはすわらなかった。ふたりとも立ったままでいた。

ウィンのオフィスは、波形アルミの外壁から想像されるものよりすてきだった。チェアレールはヴィクターヴィルのブレンダのオフィスを思い出させるし、壁に取りつけられた木製の棚は、つや出しワックスの〈プレッジ〉を吹きかけたみたいに輝いている。その棚を取り扱い商品が埋めつくしていた――カップ、クージー（断熱素材でできた缶・瓶入り飲料のホルダー）、水筒、トートバッグ、フリスビー、傘、ほかにも各種ロゴのついたありとあらゆる雑貨が並んでた。べつの壁はペナントだらけだった――ほとんどはサンプルだけど、高校時代におなじみだったものもある。いまではヴィンテージになってるんだろう。ウィンのデスクの向こうには、彼がもらったアメリカンフットボールのトロフィーが、ぴかぴかになるまで磨かれて飾ってあった。前に進むと言いつつ、いまも過去に生きてるんだと思った。〈エスター〉でのあの日のランチとおんなじ。

「どういう意味かっていうと」あたしは説明を始めた。「あんたはダフネに折り合いをつける必要があると訴《うった》え、あたしには最後のチャンスがほしいと訴えて不意打ちをくらわせ、デルが本当にふさわしい男なのかと訊き、それから、なんらかの理由で結婚式がだめになったらどうなるか、という話を始めた。そして突然、あたしたちは――」あたしはカップなどの雑貨が並ぶ壁を指さした。「こういうのに印刷するのに、どういうインクを使ってるの？」

あたしの質問にウィンは意表を突かれたらしい。「さあ、知らないな」彼は言った。「熱転写のものもあるし、レーザー印刷のもののもあるが、インクは……ぼくは必要な機材を買うだけだ。製作も補充も技術担当のスタッフにまかせてある」

あたしはウィンをじっと見つめた。「必要があっても、インクを手に入れるのは無理って言ってるの？」

彼は肩をすくめた。「どうしてもという場合は、なんとかなると思うが――」

「次は、きのうの夕方について訊くよ。どこにいたの？　ひょっとして、ダウンタウンのメキシコ料理店の近くにいなかった？」

「きのう？」彼は本当に思い出さなくてはならないみたいに言った。「ああ、メキシコ料理店にいた。あそこにはしょっちゅう行ってる。みんなも同じだよ。あそこのハッピーアワーはなかなかのものだから。で、それがどうかした？」

「それがどうかしたじゃないわよ」あたしは早口でまくしたて、彼に一部始終を話した。

「いまの話からすると、きみたちに結婚してほしくないやつがいるようだね」あたしが話し終えると、ウィンは言った。

「あたしもあなたも、それが誰かわかってるでしょ」

ウィンは両手をあげた。

「ちょっと待ってくれよ、シュガー」

「シュガーなんて呼ばないで」あたしはぴしゃりと言った。

ウィンは両手をおろさなかったけど、なにも言わなかった――ただうなずいた。あたしを落ち着かせようとしてのことだろうけど、効果はなかった。

「そのとおりだ」ついに彼は言った。「きみが言うとおりだ。きみを失ったあと、そのあと、きみがいろんな男とデートするのを見てきた——そのひとつひとつにぼくは傷ついた。そして、この町できみと再会したら……たくさんの思い出が、たくさんの感情がいっきによみがえった——どれもすばらしいものばかりだった。ぼくたちは結ばれてたんだよ、ルイーズ、強い絆で。その絆をたしかめ合うチャンスがあるなら、その場合は……ここでまた何年も無駄にしたくない」

映画でこんなシーンを見たら、ハートがとろけてたかもしれないし、何年も昔に直接言われてたら、やっぱりハートがとろけてたと思う。あたしを意地っ張りと怒鳴りつけたり、自分はなにもまちがったことはしていないとわめいたり、いらいらと怒りをぶつけてきたりするんじゃなく、こんなことをちょっとでもいいから言ってくれてたら。

「だから、あたしの結婚式をだめにしようとしてるわけね。わかれたときにあたしを地獄のどん底に突き落としたみたいに」

彼はあたしの非難に動じていないようだった。「あのばかなガキはもういないよ、ルイーズ。言ったじゃないか、ぼくは成長したんだって。ぼくがいま、ふたりのためにどんなチャンスを望んだところで、たいして重要じゃない。きみたちの関係がたくさんの傷心のうえに築かれたものならば意味がある」

偽《いつわ》りのない言葉に聞こえた、本当に。その昔、あたしのハートをとろけさせたたぐいの言葉よりもずっと。

でもこのときのあたしは心を動かされなかった。

「デルは、いまつき合ってるだけの相手じゃない」あたしは言った。「あたしにとって運命の相手なの――いまも、そしてこれからも。あんたがなにをしようと、ほかの人がどんなことをしてこようと、あたしたちは結婚するし、ふたりで幸せになる。これからなにかするつもりなら、やめて。わかった？」

あたしは答えを待たなかった。あたしが外に出ようと前を通ったとき、受付係はあいかわらず、怯《おび》えた表情を顔に貼りつけていた。

家に戻ると、デルは指紋の識別作業を終えていた。

一致しなかった。あたりまえだ。そう言ってやってもよかった。実際、そう言ってやった。

「ホームズくん、満足？」あたしは訊いた――たぶん、いつもよりもきつい口調だったみたいだけど、ウィンとの会話のいきおいがまだ残っていたせいだ。

でも、デルは満足してなかった。

「コーラは右手だけでこのマグを持っていた」デルは言った。「左手の指紋を確認する方法を考えないとな」

「救いようがない人だね」あたしはデルに言った。でも、大げさな表現も彼には響かなかったようだ。

「結婚って、人間のいちばんよくない部分を浮き彫りにするものよ」翌日、シャーリーンがまた言った。「万国共通の真実」

デルとあたしは、シャーリーンとネッドと連れだってディナーに出かけた――バイパス沿いの〈ウォルマート〉の近くにあるチェーンのステーキ店だ。予定を立てたときは、のんびりくつろぐ夜にするつもりだった――結婚式の準備をいっとき忘れ、結婚式にまつわる問題からも離れて――けど、注文を終えてすぐに全員の頭に浮かんだのは、結婚式のことだった。

「たしかにそうだな」デルは言った。「だがこれに関しては、たいていの人間の最悪な部分を全部集めたよりもたちが悪い」

「クリーニング屋さんでドレスを元どおりにしてもらえた？」シャーリーンが訊いた。

「完全じゃないけど」あたしは答えた。「どうしても染みは残っちゃうんだって。薄くはなったけど、完全に消すのは無理」

「お母さんはなんて言ってる？」ネッドが訊いた。

「お母さんの気持ちなんて訊いてどうするのよ、ネッド？」シャーリーンが言った。「大事なのはルイーズの気持ちでしょ？　いまはルイーズのウェディングドレスなんだから」

「もともとお母さんのドレスだったんだから、思い出もたくさんあると思ったんだよ」

「ネッドの言うとおりよ」あたしは言った。「あたしなら大丈夫。着られるドレスはもう一着あるから」ラスヴェガスで、デルと結婚しようとした日の夜に着たドレスだ。それを着るのがためらわれる理由はひとつだけ、赤ワイン色だから――白くないってだけじゃなく、シャーリーンがブライズメイドのドレスに同じ色を着ると言ってたからだ。彼女が気を悪くするようなことはなるべく避けたかった。「でも、ママがどういうつもりでいるかはわからない。あのドレスはなんの喜びももたらしてくれなかったって、何度も言ってる。パパとの関係があんなふうになったことだしさ。不愉快なごみをやっかい払いできてせいせいしてるって言ってたよ」

「そう言ったとき、コーラはおれをじっと見てたぜ」デルが言い足したけど、それは事実だ。たしかにママはデルを見ていた。そのときあたしは、ふたりから目をそむけてたけど、いまもまた、デルから目をそむけてた——ほとんど習慣になっていた。というのも、すでに一度、指紋採取の粉をはたくのが待ち切れないという目でシャーリーンのワイングラスを見つめるデルから目をそむけなくてはならなかったからだ。

「だけど実はね」あたしはつづけた。「最初、ママのドレスを着てもいいか訊いたとき、ママはうれしそうな顔をしたんだ。なにかしら思い入れがあるんじゃないかな」

「なんであんなことになったのか、真相がわかるといいね」ネッドが言った。

「いまのところ、おれたちの調査は実を結んでない」デルは言ってあたしを横目で見た——それ以上は言わないという取り決めを確認したのだ。

シャーリーンもあたしをちらりと見た。考えてることが思わず知らず、顔に出ちゃってた？

「本当にわけがわからない」あたしはナプキンをたたんでテーブルに置いた。「ちょっと失礼して、料理が来る前にトイレに行ってくる」

シャーリーンもしずしずとついてきた。

トイレに入ると、ふたりで洗面台にもたれ、あたしはウィンが疑わしいことを打ち明けた。

「で、それを彼に突きつけるつもり?」

「もう、突きつけた」あたしは洗面台に片方のお尻を乗せた。彼のオフィスを訪ねたときのことを——なんの答えも得られず、なにも解決しなかったことを——説明した。「だから、ウィンと連絡を取ってたことはデルには内緒にして——絶対に。これ以上いざこざを引き起こしたってしょうがないもん」

「わたしのことはよくわかってるでしょ、ルイーズ。秘密は墓場まで持っていく。その点は信じてくれて大丈夫」

鏡に映るシャーリーンを見た。その笑顔はわかってる、というように笑っていた。思いやりにあふれた笑顔だった。その下になにか隠してたりする? デルはいつも言ってる。信じてくれていいなんて言われたら、絶対に信じるなって。

席に戻ると、デルとネッドのおしゃべりは、あたしとデルの結婚からべつの話題に移っていた——といっても、そんなにちがう内容じゃなかった。

「ぼくもシャーリーンも急いでないんだ」ネッドが言った。「そうだよね、シャーリーン?」

「急いでないって、なにを?」

「結婚だよ」ネッドはそう言ったけど、シャーリーンの答えを待たずにつづけた。「まあ、たしかに話し合ったことはあるけど、なんで急がなきゃいけないんだ？　ふたりとも仕事が忙しいし、早く子どもがほしいとも思ってない。いや、責任の問題とかじゃないんだ。ぼくも彼女も一緒にいられればいいと思ってる」

「どのみち、空いてる時間はほとんど一緒にいるものね」シャーリーンは言った。「お互いの家で過ごしたりなんだりして。だから結婚してるのと変わらない」

　シャーリーンの言葉はネッドに同意してるように聞こえるけど、口調は正反対のことを言っていた。それに気づいたのはおそらくあたしだけ。ダフネの言い回し、〝正当な《デ・ジュリ》〟と〝事《デ・》実として《ファクト》〟が頭に浮かんだ。

「それから、ひとつ言っておきたいんだけど、ぼくには結婚という考えそのものに怖《お》じ気《け》づいてしまうところがある」ネッドは言った。「婚姻関係を結ぶという部分じゃなく、それにまつわる意味不明な手続きのことだよ。だから、ガータートスはやらないでくれよ、ルイーズ。あれは最悪きわまりない。独身男ひとりひとりに、次の段階に進め、つべこべ言わずに従え、結婚というカルトに入信しろと言ってるようなものだし、女たちはそれをだしに彼氏に迫る。そうだろ、デル？　そういう事態を避けるためならなんでもするよ——そもそも、結婚式に参列することにも同じように感じることがあるくらいだ」

「ネッド」シャーリーンはやさしく呼びかけた。「もちろん、本気で言ってるんじゃないわよね。ルイーズはそんなんじゃないから——ねえ、わたしのワインはどこ？」

「おっと」デルが言った。「ウェイターがまちがってさげたみたいだ」

シャーリーンが話の腰を折ってくれたのは、とりあえずよかった。おかげでデルの眉がぴくぴく動かなくなったからだ。ネッドがなにか言うたび、激しく上下してたのだ。

あたしとデルが帰宅したときには、ママはもうベッドに入っていた。でも、勤め先から持ちかえった新聞の最新版が置いてあった――事件を報じるページがひらいてあり、車のタイヤやドレスに対する器物損壊行為の記事がのっていた。

記事には、〝西海岸における関心事〟を調査中であるという、アール保安官の発言が引用されていた。これを読んだほかの人は滑稽《こっけい》きわまりないと思うだろうけど、デルは自分に対するメッセージと受け取った――保安官とママ、ふたりからの。

「あの人は田舎町の保安官にすぎないんだからさ」あたしはデルに言った。「ママだって、深い意味があってやったんじゃないと思うよ」

デルは首を横に振った。「躍起になってるんだよ。ふたりとも」

デル自身の任務《ミッション》はと言えば、たいした成果はあがってなかった。シャーリーンのワイングラスの指紋が一致しなかったのだ。

あたりまえじゃない。あたしは今度もそう言いたかったけど、ディナーでのシャーリーンとネッドのやり取りを聞いたあとだったから、一致したとしても驚かなかったかもしれない。

「けどな、彼女はグラスを持つのに三本の指しか使ってなかったんだ」デルは言った。「右手の人差し指、中指、親指。ちゃんと見てた」

「あと七本調べなきゃね」あたしは言った。「それにくわえて、ママの左手も」

「ネッドのも」デルは言った。「あとはダフネ」最後の名前を口にしたとたん、デルはぶるりと身を震わせた。

ダフネはずっと、デルをものにしようと虎視眈々《こしたんたん》とねらってた。とうとう、デルがその好意に報いるときが来た——しぶしぶながらも。

タイヤの件のあと、デルとママの緊張緩和が終わりを告げたのと同様、あらたな礼節の時代は、あたしがラスヴェガスから持ってきたドレスをママに見せたとたんに幕をおろした——そして今度、ママの攻撃対象になったのはデルじゃなく、あたしだった。

「花嫁は白を着るものよ」実際に着てみせたら、ママはそう言って寝室を飛び出した。「純白じゃなくてもいい。わたしだってそこまで堅いことを言うつもりはないわ。でも、せめてオフホワイトくらいにしておいてちょうだい。それってそんなに無理なお願い？」

「似合ってると思うけど」あたしはママのあとを追いかけながら言った。

「体の線が出すぎてる」ママは言った。

「夏向きの生地なの！」

「みっともないったらありゃしない」

あたしとママがリビングルームに飛びこむと、デルはノートパソコンに向かっていた。すでに半分ほど腰を浮かせている――〈レイジーボーイ〉のリクライニングチェアからすぐにでも離れられるよう、前傾姿勢をとっていた。いますぐにでも、ルールその二を実行できるように。とっととその場を離れる。

「ちょっと外に出てくる」デルは言った。

「あんたのパパとおんなじ」ママはぼそりとつぶやくと、自分の椅子に腰をおろした。「うりふたつだわ」振り出しに逆戻りだ。

「デルはパパとはちがうよ」あたしは一歩も引かないかまえで言った。「まともな人だもん」それからデルに目を向けた。「ここにいて」デルはリクライニングチェアに戻ったけど、おもしろくなさそうな顔だった。

「まったく、恋をするとまわりが見えなくなるもんだね」ママは言った。「彼はまともだと言うのは自由だけどね、あんたへの扱いはどうなのさ? 仕事はつづかない、家も持てない、ふたりして根無し草みたいに引っ越してばかり。あんたはあんたで、いい母親になれると思うかなんてノースダコタから電話で訊いてきたけど、あんたたちみたいなのが、どうすればひとところに腰を落ち着けて家庭を築けるのか知りたいものだわ」

言わずもがなだけど、その言葉はママが思ってる以上にあたしを苦しめた――二倍も。だって、流産したのをママが知らないのは、あたしの責任なんだから。

「デルがカメラをいじくりまわしてるのを見てると、あんたのパパがくだらないカード手品の練習をしてる姿が重なってくるんだよ。デルがあんたらの将来とやらを求めてパソコンの前であれこれやってる姿は、あんたのパパが道を歩くたび、チャンスよりも気晴らしばかりに目がいってたのと変わらない。大物気取りの誰かさんについていったところで、にっちもさっちもいかなくなるだけだし、そうなったら、そいつはしっぽを巻いて自分だけ反対方向に逃げるんだから」

デルはまだ立ちあがるつもりでいるみたいに足を上下させていたけど、それも無理はない。しばらく休暇を取るという意味か、逃げるという意味か、どっちなんだとデルに訊かれたときのことが頭に浮かんだ。その違いがはっきりわからないこともある――どっちが正しいのかがわからないことも。あたしはパパのことを、パパが家を出ていったときのことを思い出していた。すべてをパパのせいにするなんてできない。

そう考えるとママがかわいそうに思えてくる。本当に。それに、こんな形で話題にされたパパのことも。実際は、あたしたち全員がかわいそうに思えた。

「そんなんじゃない」あたしは言った。いまはあたしも腰をおろしていた。

でも、これまでのいきさつを、どう説明すればいいんだろう。デルがコンビニ強盗をしてたこと、ヴィクターヴィルでは警察沙汰になったこと、ナパで盗みを計画したこと、ママ抜きでラスヴェガスで結婚式を挙げようとしたこと、赤ちゃんにまつわるいろんなこと……。

「いままでの出来事を、わたしが話してやるよ、正確に」ママは片手をあげて、そう言った。「あんたはわたしのせいで西に逃げた。いいから、否定しなくていい。それでよかったんだから。あんたは、あらたなスタートを切るってずっと言ってたけど、わたしは同じ場所にとどまって、同じことをして過ごし、自分も正しい道を歩めるかもしれないと考えてた。でも、あんたを失わないと、あんたを失うことになるんだと思わないと、正しい道は見えてこなかった」

新しいボーイフレンドがいないのはそのためだった。家がきれいに片づき、清潔なのはそのためだったのだ。「うれしいよ、ママ」あたしは言った。ママの手を取ろうと手をのばしかけたけど、指が触れるまえにママは自分の手を引っこめた。

「あんたのいちばんあたらしい再スタートとやらを聞かされるたび、わたしがどんな気持ちでいたと思ってるの？　パパと同じことをされてもあんたはデルと離れず、ふたりしてあてどもなくさまよい、ばかなティーンエイジャーよろしく、スポーツカーだのくだらないことにうつつを抜かすばかりだってのに。この家に帰ってきたら帰ってきたで、結婚式でもなんでも、冗談の種にしてばかり」ママはかぶりを振った。「あんたは本当にばかだよ、ルイーズ。あんたと同じ年頃だったときのわたしくらいばかだけど、そのばかをさらに上塗りしてる。だって、少しは分別ってものがあってもいいはずなんだから」

「もうたくさんだ」デルが腰をあげた。

「ほうら、やっぱり逃げる」ママは得意然として言った。「トラブルのにおいを察知したとたん、どこかに行っちゃうんだから。わたしが言ったとおりじゃないか」

「おれはどこにも行かないよ、コーラ」でも、彼は移動した。部屋を横切ってママのほうに。

「デル」あたしは呼びとめた。「やめて。あたしが――」

「悪いな、ルイーズ。おとなしくしてろ、よけいなことはするなと言われたのはわかってるし、実際、言われたとおり黙ってたが、もう限界だ」

ママはデルを怖い顔で見あげ、彼は腰を落としてママと目を合わせた。

「聞いてくれ、コーラ。よおく聞け」デルは言った。「おれのことならどうとでも好きに言ってくれてかまわない。あんたにはその権利がある。おれたちの車、おれたちの結婚式のプラン、朝、何時に起きるか、店でなにを買うか、なんだって好きなように言えばいい。あのドレスも気に入ってくれなくたっていい。でも、それを着る女性について言えば、ルイーズはおれが知るなかでもいちばんすばらしい女性だし、おそらくおれにはもったいないくらいだ。おれは彼女を愛してるし、彼女を捨てたりもしない。いまも、この先もずっと。で、これだけは言っておく。彼女に向かって、あるいは彼女について、心ないことを言うのは、誰であっても許さない。あんたも含めてだ。わかったか?」

ママはデルがときどきするみたいに歯を食いしばり、これもまたデルがするみたいに目をすっと細めた。ママのなかでなにかがいきおいよく燃えあがった。

ママがデルに向けて片手をあげたとき、あたしはデルをひっぱたくつもりだと思ったし、デルも同じように思ったにちがいない。思わずあとずさった。

ママはおかしそうに笑っただけで、デルの頰を軽く叩いた。

「ようやく度胸を見せたわね」ママは言った。「男の人のそういうところが好きよ」

いまになって思えば、ママはいくつかの点で正しかった——そのひとつがリスト。結婚式への正式な招待状だ。

あたしたちの結婚式はいいお天気になった。その日から春が始まったみたいに、ママの家の玄関先にずらりと植わったアザレアは満開になり、側庭《そくてい》のチューリップツリーはピンク色と芳香にあふれ、雲ひとつない空からは陽の光が降りそそいでいた——四月のにわか雨はまったく降らず、運が向いてきた気がした。

シャーリーンとダフネが早めに来て、裏庭の飾りつけを手伝ってくれた。ママが教会から借りた折りたたみ椅子を並べ、それぞれの列の端の椅子に白いリボンを結び、何本かの木のあいだに撚糸を張って、みんなでつくった壁紙のランタンをぶらさげた。風がそよりと吹き、ランタンがふわりと揺れた。

「すてきだね」あたしは本心からママに言った。

「でも、デルはあの椅子をどこに持ってくんだろうね？」ママが訊いた。「列が乱れちゃうよ」

あれはダフネが置いた椅子だ、とぴんときた。あたしは口出ししなかった。誰なら信用できるのか、いまだにわからなかったけど、きょうはあたしの結婚式で、そのあたしが、口出しはするまいと決めているのだ。

「デルは指紋を採ってるって言ったら信じる？」

ママは鼻を鳴らしたけど――どう説明したらいいのかな――なんだか、憐《あわ》れんでるように聞こえた。

「むきになってるんだね」ママは言った。「それは認める」

一致した指紋は見つからなかったと、あとになってデルは教えてくれたけど、どの指紋も不鮮明だったらしい。

「彼女は信用できない」デルは言ったけど、あたしもまったく同感だった。

そのあとはみんな、一大イベントに向けての準備をした。ママはあたしのドレスに妥協《だきょう》し、デルが着ると言って譲らなかったブレザーの肘に茶色のあて布をしてくれた。シャーリーンとダフネは、ブライズメイドになれないなら少なくともそう見える恰好をするということで、お揃いのドレスを着ることに決めていた。黒いメッシュのレースがついた濃紺のサテン地のドレスで、ワンショルダーの膝丈《ひざたけ》というデザインだ。これは認めざるをえないけど、ふたりともとってもすてきだった。

お昼になると、並べた椅子だけでは数が足りなくなりそうなのがわかった。招待状を出したわけでも、出欠の返事をもらったわけでもないから、招待客リストがない。どうしてみんな、この庭に集まってきたんだろう？　思った以上に口コミで伝わったのかも、と考えたところで気がついた。ママが新聞にお知らせを載せたのだ――招待するという意味じゃなく、〝明日、式をおこないます〟という内容のものを。それを〝いらしてください〟の意味に取った人がいたんだろう。

同じ学校に通ってた人たちはできるだけ避けたのに、かつてのクラスメイトが何人かやってきた。おかげで、式の前にみんなをデルに紹介し、おしゃべりをするのにかなりの時間を費やしてしまった。ダフネはダフネで、自分の知り合いを避けるのに必死だった。というのも、バディも来ていたからだ。例のフェドーラ帽をかぶり、例のブーツを履いていたけど、着てるのはぴしっとしたリネンのスーツだった。彼はたちどころにダフネをつかまえた――少なくともひとりは、デルもあたしももてなさなくてすむ。

ママの職場の人も来ていた。グレイス大おばさんもいて、死んでないことがわかった――それでもうひとつわかったのは、あたしとデルにその気がないならということで、ママがあちこちの親戚に声をかけると肚《はら》をくくったことだった。大おばさんは大おばさんで客を連れてきていた。はるばる二百マイルもの道のりを、大おばさんを乗せてここまで運転してきた孫のひとりだ――あたしのまたいとこか、みいとこにあたる。何親等離れてるのかわからなかったし、彼のことも記憶になかった。いい人みたいで、身だしなみはきちんとしてるし、ハンサムで礼儀正しかったけど、大おばさんがあたしの〝すてきなドレス〟にしたコメントには悪意がこもっていた。あたしは同じ口ぶりで、彼女の花模様の帽子をほめた――とてつもなくみっともない帽子だったのだ。それでおあいこ。

そのあと、折りたたみ椅子をもっと調達できるかデルが確認しているとき、庭の反対側にウィンの姿がちらりと見えた。人混みから離れ、シャーリーンとネッドと三人で話している。

あたしはがんばって笑みを浮かべながら彼に近づいていったけど、彼があたしのほうに顔を向けたときの反応からすると、あたしが自分で思ってるほど心のこもった笑顔になってなかったらしい。

「ははーん」あたしは言った。「次は、牧師さんが式を始めたとたん立ちあがって、この結婚に反対しますって叫ぶつもりなのね」

「きみの結婚式を妨害するつもりなんかないよ」ウィンは同意を求めるように、シャーリーンとネッドに目を向けた。「式のあとで、直接お祝いの言葉を伝えようと思ってね」

彼の意味ありげな笑みが、キュートに思えたときもあった。

「あんたになにをされても、あたしが耐えると思ってるなら」あたしは言った。

「落ち着けって、ハニー」ウィンは降参というように両手をあげた。「いま言ったろ、きみの――」

「ハニーと呼ぶのはやめて」あたしは偽の笑みを浮かべるのもやめて言った。

自分が彼ににじり寄ってたなんて、シャーリーンに引き戻されるまで気づいてなかった。

「少し歩こう、ウィン」ネッドが言った。「コーラがあっちにパンチを用意してくれてるから――」

「ずっと歩いててくれていいから」あたしは言った。ネッドもウィンもなにも言い返してこなかったけど、ウィンはおとなしく立ち去った。

声が届かないくらいふたりが充分離れるまで、シャーリーンはあたしの腕をつかんだままでいた。「あなたが近づいてくる直前、わたしとネッドでウィンに言ってたの。こういうのは、つまりここに来るのは最高に賢明な行動じゃないよって」

「厚かましいったらない」あたしは言った。

「まだ彼の仕業だと思ってる？」

「このところは全員があやしく見える」

「わたし以外はね」シャーリーンは言った。

あたしが答えるより先に、デルがやってきた。

「もう椅子がない」彼は言った。

「わたしとネッドは立ったままでも全然かまわないわ」シャーリーンが言った。「それより、ルイーズ。わたしとダフネをブライズメイドにしてくれたら、この混雑にもっと余裕ができるんじゃないかしら。まだ時間はあるわ！」

式そのものは、あらゆる結婚式と同じように進行した。新郎が〝誓います〟と言い、新婦が〝誓います〟と言う。新郎が〝はい〟と答え、新婦が〝はい〟と答える。それから誓いのキス。デルとあたしは、オリジナルの誓いの言葉を書いた。内容は、これ以上ないくらい簡潔にしたけど、デルのほうは類語辞典に過剰なくらい頼っていた。〝恩愛〟、〝貞節〟、〝不滅〟、〝眼識〟などなど（最後の単語は、デルの使い方が正しいのかどうか、あたしにはよくわからない。でも、あえて指摘して、気を悪くさせたくなかった）。とにかく式はすいすい進み、あたしたちは言う必要がある言葉を述べた。ちゃんと心をこめて。ラスヴェガスで黒マスクに盗まれた指輪のかわりに、新しいものを買ったけど、ふたりの冒険の記念として、あの一件で手に入れたサファイアの指輪をつけたし、牧師さんが見てないとき、靴下のサルをふたりの手のあいだに忍ばせ、デルをびっくりさせた。すべて滞り《ヒッチ》なく進行した。まあ、ひとつだけあきらかな〝ヒッチ〟はあった。あたしたちは本当に夫婦になった《ヒッチト》——やっとのことで、そして願わくば永遠に——つかの間、この世界にはあたしたちふたり以外、なにも存在しないように感じてた。

でも、その状況——世界に存在するのはふたりだけで、お互いしか目に入らず、ほかのほとんどの人たちの目がふたりとふたりの幸せに向けられている状況——には当然ながら、ふたつの側面がある。

ひとつは哲学的なもので、フィアンセとふたりきり、あるいはほぼふたりきりになるというのは、ふたりでなにかべつのものになることであり、壮大な、それもあらゆるもののなかでもっとも壮大かもしれない旅のはじまりであり、そこでは文字どおりの意味でも比喩的な意味でも、本当にふたりしかいない。

でも、現実的な側面もある——しかも今回の場合はマイナスの側面だ。

あたしたちが招待客のほうに顔を向けてたら、あるいは招待客があたしたち以外に目を向けてたら、デルかあたしか招待客の誰かが、式をこっそり抜け出してママの家のリビングルームから結婚のお祝いを大量に盗んだ犯人に気づいたはずだ。

結婚式で望ましくないことのひとつは、犯罪をおかしたと疑われていると招待客に察知されることだ。気まずい雰囲気が幾重《いくえ》にも重なるのは言うまでもない。

よかったのは、ほぼ誰も、お祝いの品が盗まれたのを知らないことだった。

式のあと、パーティのテーブルを用意するから十五分待ってほしいとママが告げた。招待客はみんな、外でめいめいに時間を過ごし、あたしにキスしたり、デルと握手したり、〝おめでとう〟とか〝お幸せに〟などの言葉をかけてくれたりした。そうこうするうち、ママがまた外に出てきて、料理をいっぱいに並べたテーブルふたつを用意した家のなかへみんなを案内した。

それまでママは無関心だったり、危惧《きぐ》したり、妨害したりしてきたけど、あたしたちのためにこれだけのパーティを用意し、汚名をそそぐ以上のことをしてくれた。ふたつのテーブルそれぞれの真ん中に、花瓶に生けたデイリリーが置かれ、テーブルを覆いつくすほどの料理はすばらしいのひとことだった――ママとのあいだで合意に達したことになってるオードブルにくわえ、ほかにもいろんなものが並んでいた。ママは豚の肩肉のローストをこしらえ、二種類のマスタードとロールパンを添えていた。それでも足りない場合にそなえ、その隣に三段のトレイが置かれ、一段めにはカントリーハム・ビスケット、二段めにはチキン・サラダのサンドイッチ、三段めにはトマトのオープンサンドとキュウリのオープンサンドが盛り合わせてある。ポテトサラダとコールスローもあるし、スティック野菜とディップがのった大きなトレイもある。クラッカーにはクラブミートとクリームチーズのスプレッドが添えられている。ほかにもたくさんの料理があって、全部はわからないほどだけど、ひとつひとつに小さなカリグラフィ文字で書かれたカードがついていた――これもまた、ダフネの手作りプロジェクトの一環と考えて、まちがいないんだろう。

ママがこれだけの料理をこんなにもすばやく並べたのだから、プレゼントは事前に邪魔にならないところに片づけたと思われたんじゃないだろうか。

「結婚式ってやつは食欲に火がつくよな」デルはブレザーのボタンをはずしながらなかに入った。「自分が式を挙げる側だととくに」

「ちょっと、幸せなふたりを借りるわね」ママはそう言ってあたしたちをキッチンに連れていった。デルは真っ先にごちそうに飛びついた招待客をうらやましそうに振り返った。ママはキッチンのドアを閉め、自分が発見した事実を説明した。

「おれたちへのプレゼントを持って逐電《ちくでん》したやつがいるって?」デルが言った。

「持ち逃げしたという意味なら、ええ、答えはイエス」ママは答えた。「アール保安官にはもう電話したけど、郡の反対側にいるんですって。できるだけ早く来てくれるとは言ってたけど」

もちろんこれもまた、結婚式で望ましくないことのひとつだ。警察の介入。なにより、デルとあたしが望んでいなかった。保安官がずっと調べてるとしたら、デルに不利な証拠をたずさえてくると、デルは信じて疑っていなかった。

「いったいどこの誰が、そんなことをするのよ?」あたしは言った。

「式を抜け出すやつを見かけなかったのかい？」デルはママに訊いた。

「わたしは最前列にすわってたから」ママが答える。「最前列じゃなかったとしたって、お客さんが庭を埋めつくしてたもの。特定の誰かの動きを追うのは無理よ」ママはカウンターにもたれかかった。「けどね、パーティの準備で家に入ったとき、ネッドとシャーリーンが家の裏からこそこそ立ち去るのが見えたわ」そう言って手をひらひらさせた。「でも、ありえないわよね。あの子が関与してるとはとても思えないもの、でしょ？」

デルがあたしのほうをこっそり盗み見た。こないだのディナーの席でネッドがした発言と、結婚に前向きでない姿勢。シャーリーンの結婚したい気持ちと、あたしたちの結婚に対するねたみ（たぶん）。彼女に勧められたものの加入を断ったウェディング保険。あのインクカートリッジをさわった可能性のある指は、シャーリーンにはあと七本ある。ネッドにいたっては十本だ。

それに、ウィンの存在もある。式に現われただけじゃなく、シャーリーンやネッドと一緒だった。まるでぐるになってるみたいに。

警察がやってきてなにもかも解決してくれるのを、待てる人もいるかもしれない。でも、あたしはちがう。よく考えてみると、あたしは結婚式なんてどうでもいいと言いながら、台なしになるのはいやだった――でも、アールが到着したら、台なしになるのはほぼ確実だ。警察が来ないうちに、あたしたちで解決できれば、すべて普通に戻る。あたしはそう考えた。デルも同じ考えだった。キッチンを出るまえ、彼は奥の廊下に引っこみ、首からカメラをさげて戻ってきた。あたしたちは人混みに――犯行現場に――入っていった。誰かと握手をするたび、笑顔を向けられるたび、裏になにが隠れてるんだろうと考えた。知らない顔の人を見ると、誰だろうと考えた。シャーリーンとネッドみたいに、知ってるはずの人だって、素顔はわからない。それに、ウィンは――いまも第一容疑者の彼はどこなの？

デルはできるだけ全員の写真を撮った。「思い出に残しておきたくて」デルはシャッターを切るたび、そう説明した。「容疑者のフォトギャラリーをつくろうと思ってね」写真を撮る合間、デルはあたしにそうささやいた。

でも、フォトギャラリー作成は大仕事になりそうだった。家は招待客で埋めつくされていた。立ってるのもやっとなのに、動きまわるなんてとんでもない（「だから式は教会で挙げて、パーティはレセプション会場でやったほうが、誰にとっても楽だったのに」ってあとでママに言われた。「少なくとも、あたしはセクシーで裾の長くないドレスを着られたわ」とあたしは言い返した。「動きやすかったわよ、でしょ？」）。シャーリーンとネッドを見つけるのもひと苦労しそうだったし、ふたりが答えを持ってる保証はない。

「知らない人が何人かいるの」あたしは隙を見てデルに小声で告げた。「ママの知ってる人かもしれないけど、ふらりと立ち寄っただけの見ず知らずの人も交じってるはず。犯人は誰だっておかしくないと思わない？」

「おまえを知っていて、おまえを傷つけようとした人間の仕業だろう」デルは言った。「盗難だけならおまえの考えもありだが、タイヤ、ドレス、それにあの電話となると……」

「とにかく、急ごう。アールが来ないうちに」

「みんな、わたしのポテトサラダを必ず食べてちょうだいね」料理のテーブルのひとつに押し寄せる人たちにママが呼びかける声が、うしろから聞こえた。「このあと、わたしのお手製のケーキも出るわ。だからみんな、帰っちゃだめよ」すばらしいホステスぶりを発揮してるように見えるけど、誰ひとり、ここから出さないようにすると、ママは断言していた。

「実にきれいな花嫁さんだ」新聞社のママの同僚が言った。名前はマーティンだっけ？　マーヴィンだっけ？「それに、変わったドレスを着ているね。都会に行って、すっかりあか抜けたじゃないか」

あたしはただにっこり笑ってお礼を言った。あたしたちが暮らしたどの町も、都会なんかじゃなかったと説明してる暇はない。

部屋の向こうで、濃紺のサテンが光った。シャーリーンとネッドが体を寄せ合って、キスを誘うような顔で相手を見つめている。

「あそこ」あたしはデルに教えた。

「いかにも、なにかたくらんでる感じだ」デルは言った。「行こう。おれが悪い警官役をやる」

デルはあたしをうしろに従え、移動を開始したけど、部屋を突っ切るのでさえ大仕事だった。手をぎゅっと握ってくる人や、頬にキスを浴びせる人や、お祝いの言葉をかけてくる人のなかを縫うように進まなくてはならなかった。さっきとはべつの料理のテーブルのところで、ママの友だちに引きとめられたときには、デルはその人の写真を撮り、それから身を乗り出して料理をつまんだ。「腹ぺこだ」彼は言った。「なんて書いてある？」彼は厚紙のカードに書かれた文字を読もうと身をかがめた。

「ティ・タシーだよ」あたしは教えてあげた。「ティ・タフィ？」「ちっちゃなペカンパイみたいなもの」

またも握手を求められ、デルは背中をぽんと叩かれた。そうになり、かけらをジャケットの下襟にぽろぽろと落とした。そのとき、人混みに隙間《すきま》ができたので、デルはふたたびずんずん進んだ。

デルの言う〝悪い警官〟とは、誰もが思い浮かべる警官そのものだった。胸をそらしてネッドの前に立ち、話しかけるというより挑《いど》みかかった。彼は犯罪者の顔写真を撮ろうとするみたいに、カメラをかまえた。

「おれたちが式を挙げたせいで、きみにプレッシャーがかかってたりしないよな」デルは言った。「軽はずみなことや唐突なことをするのはやめてくれよ」

「いつものデルじゃないみたい」シャーリーンが言った。

「お腹がすいてるだけよ」あたしは言った。

でも、ネッドのひとことには、あたしもデルも驚いた。「実を言うと、軽はずみなことをしでかしてしまったんだが、誰かさんにとっては、それほど唐突ではないみたいだ」ネッドはシャーリーンにほほえみかけた。デルが〝なにかたくらんでる〟と言ったのは正しかったのだ。

　あたしとデルが反応するより先に、ネッドはデルの手を取って大きく振った。「お礼を言わせてくれ。退屈な見世物じゃなく人間味あふれる結婚式というものをはじめて経験したよ。式のときにお互いに向けて語った言葉ときたら……認めるよ、デル、きみの言葉のすべてを理解できたわけじゃないが、心からの言葉なのはよくわかった——ここからの言葉だってね」ネッドはデルの胸を軽く叩いた。デルは戸惑うあまり、なんの反応もできずにいた。

「そこで感じたんだよな。ぼくも同じだ」ネッドはそう言うと、今度は自分の胸を叩いた。それからシャーリーンのほうを向いた。彼女を見る目が変わったのか、大きく見ひらいた目を潤ませている。

　ここにいたって、シャーリーンはぴょんぴょん飛び跳ねてるも同然になった。「結婚式は人間の最悪の部分を浮き彫りにするかもしれないけど、最良の部分を引き出すことだってあると思わない？」彼女は言った。「ねえ、聞いて。あなたの結婚式であたしたちのことを報告するなんて、よくないのはわかってるけど、式が終わってすぐ、ネッドったらわたしを家の脇まで引っぱっていって、プロポーズしてくれたの。わたしたち、ティーンエイジャーみたいにいちゃいちゃしちゃった。誰にも見られてないといいんだけど」

「きみたちの式に背中を押されたような気がするな」ネッドは言った。「ぼくらもあんなシンプルな式にしたいと思うけど、シャーリーンのほうでなにか考えてることがあるかもしれないし」

あたしは、シャーリーンのドリーム・グロー・バービーとケンのことや、彼女が中学のときから式で流すプレイリストをつくってたこと、ブライズメイドと招待客のリストがあって、しょちゅう名前を入れ替えてたことなんかを思い出した。シャーリーンの笑顔からすると、この先、いくつもの話し合いが待っていそうだ。でも彼女もあたしも、この流れに水を差したくなかった。

「おめでとう」デルはがっかりしながらも、婚約記念の写真を撮ると言ってふたりにポーズを取らせ、この場を切り抜けた。

「この話にあたしがどれだけ喜んでるか、あんたにはわからないよね」あたしはシャーリーンに言った——ふたりの婚約だけじゃなく、ママが見かけたというふたりのあやしい行動も、これで説明がつくように思えたからだ——それに確固たるアリバイにもなる。

「浮かない顔をしてるのね、ルイーズ」シャーリーンが言った。「どうかした？」

「すぐ戻る」あたしはデルにそう言うと、シャーリーンを引きずるようにして寝室に連れていき、一切合切《いっさいがっさい》を話した。

「まあ、ルイーズ。ひどい話」シャーリーンは言った。「でも、いいニュースもあるわ——話さないですむならと思ってたんだけど。ドレスがあんなことになったものだから、わたしのほうでウェディング保険に入れてあげたの。なにかあったときのための、セーフティネットとして。それがいくらかでも役に立つといいけど」

これで疑いは消えた——少なくともシャーリーンについては。

「ウィンを見なかった？」あたしは訊いた。

「帰ったわよ」と、シャーリーン。

「やっぱりね」戦利品を持ち去る彼の姿が頭に浮かんだ。あたしとデルに最後のパンチを見舞いつつ、壮大なジョークにおち《パンチライン》をつけたつもりなんだろう。

「ウィンがプレゼントを盗ったはずはないわ」シャーリーンは言った。「少なくとも式のあいだは。わたしたちとずっと一緒だったもの。それに、デルがあなたにキスした直後、彼はぼそりとつぶやいたの。終わった、って。式の最初から最後まで、ずっといたわよ」

「式のあとは？」

「ダフネを捜しにいった」

「ダフネを見つけなきゃいけないみたいね」あたしは言った。どのみち、次に目指すのは彼女だ。

ふたりで寝室を出るとすぐ、べつの濃紺のサテンのドレスが目に入った――ここからだと部屋の反対側で、言うまでもないけど、デルとあたしが調査を開始した場所だ。彼女は料理が並ぶテーブルのそばに立ち、グレイス大おばさんを乗せてきた、あたしのまたいとこだかみいとこだかとおしゃべりに興じてた。結婚式は幸運をつかむのにもってこいの場所だと、彼女は言ってたけど、どうやら目標にしっかり照準を合わせてるみたいだ。たしかに彼はすごくハンサムだけど、彼女には若すぎる気もする。

「行こう、デル」あたしは言った。「もう時間があまりないかも」

あたしとデルは彼女に向かっていっきに進んだ——つまり、右に左に向きを変え、足をとめてはまた歩くを繰り返した。デルが首からさげたカメラが大きく揺れ、男の人にぶつかって飲みものをこぼしてしまった。

ダフネのもとにたどり着くころには、デルはふたたび、悪い警官になり切っていたけど、途中でつまんだピッグス・イン・ア・ブランケット（フランクフルトをビスケット生地で巻いて焼いたもの）をもぐもぐ食べながらしゃべるせいで、悪い警官らしく見えなくなっていた。

「結婚式のあいだ、どこにいたんだ？」デルはものをほおばったまま訊いた。このときは写真を撮るふりをしなかった。

「やっと、わたしを捜しにきてくれたの？」ダフネは言った。「残念だわ、デル。あなたはチャンスをふいにしたわよ。わたし、既婚者はおことわりなの。でもルイーズ、あなたのいとこのジャスティンは、ただただチャーミングだわ」

「ダフネはすごく情熱的な人だ」ジャスティンが言った。「式で隣にすわったのはたまただけど、以来ぼくらはほとんどお互いのそばを離れてないんだ」

「ほとんど？」

「一度も、よ」ダフネはそう言ってウインクした。それから、デルの胸をぽんぽんと叩いた。

「いまさら嫉妬しないでね」

デルはほとんど反射的にあとずさり、そのとき、あたしたちとダフネのあいだを誰かが通り抜けた。人混みにぽっかり空いたスペースがあると、誰もかれもが目ざとく利用する。

デルはあたしのほうに体を傾《かたむ》けた。「彼女もシロかな？」と言い、残りのピッグス・イン・ア・ブランケットを口に放りこんだ。

「そのようね」あたしは答えた。「とにかくなにか食べるものを手に入れて、さっさと話そう」

デルはお皿を手に取ると、テーブルのまわりで列をつくる招待客に交じってママお手製のスプレッドの残りはどこかと探した。あたしはダフネとジャスティンのところに戻った。

「式のあと、ウィンがあんたを捜してたってシャーリーンに聞いたけど」あたしは言った。

ダフネの顔が真っ赤になった――まずいところを見つかったみたいに。

「ぼくたちと一緒にすわってた人？」ジャスティンが訊いた。

「ううん」とダフネ。「あとから遅れて来た人」

「ああ、もうひとりの相手か」ジャスティンはあたしに向かって指を振った。「きみが悲しませたという男だね」

「白状することがあるの、ルイーズ」ダフネが言った。「いま考えると申し訳ないけど、わたし、ウィンに持ちかけちゃったの。最後にもう一度、あんたにアタックするなら手を貸すって。あんたが彼とよりを戻せばいいなんて、全然思ってなかったし、あんたも知ってのとおり、わたしはつき合ってる人がいる相手を追いかけまわすのは許しがたいと思って――」

あたしは口をあんぐりとさせた。「本当に？」

「当然でしょ！」ダフネは言った。「まあ、例外はあるけど。でもウィンに頼みこまれちゃったし、全然知らない仲じゃないし、あんたたちが会って話をするくらい、どうってことないと思ったの」

「式のあと、どうして彼はあんたを捜してたの？」

「協力したことへのお礼を言うためよ」彼女は言った。「ウィンはいまも、あんたを本気で愛してるみたいよ、ルイーズ。幸せを祈ってると伝えてくれって頼まれた」

「そうとうつらそうだったな」ジャスティンが言った。「このままここで飲もうと誘ったけど、自分はいないほうがいいと思うってさ。ふたりで車まで送っていったんだ」

テーブルをひとまわりしてきたデルが、肘であたしを軽く突いた。「ルイーズ、きみのママの手書きの文字が読めなくてさ。これはチキン・サラダと書いてあるのか？　それともツナ？」彼はカードを掲げて、あたしに向けた。

　そのときはとくになんとも思わなかった。「それはママの字じゃないよ」あたしは言って、彼からカードを受け取った。「チキンって書いてある」デルはまた人混みに消えた。

「気をつけてよ、ハニー」ダフネはカードの端をつまみ、あたしから取りあげた。「まだインクが乾いてないみたい」

　あたしは自分の指に目をやった――ブルーブラックのインクがついていた。デルなら〝粘《ビ》着性《スカス》が高いインク〟と表現するだろう。しかも、〝悪意《ビシャス》〟もある、とあたしは心のなかでつぶやいた。

「ダフネ、このカードはあなたが書いたんだよね？」

「わたしが書いたんなら、インクの汚れがついたりしないわよ。バディが書いたの。彼の文字は、どこで見てもわかるもん。わたしにくれるおセンチなラブレターと同じで、しゃれた渦巻《うずま》き文字だのなんだのを駆使してるから。あの人、そういうカリグラフィの仕事を副業でやってるの」

メキシコ料理の店にバディが現われたとき、彼はダフネに手のこんだラブレターを送っているとシャーリーンが話してたのを思い出した。「副業？」ダフネに訊いた。

「そう。ダウンタウンで文房具屋をやってるの――あのクリーニング屋とメキシコ料理店のあいだにある店」

クリーニング店のすぐ隣ということは、ダフネがあたしのウェディングドレスを引き取るところがしっかり見える。ママがタンポポの柄のカードを買ったのは、おそらくその店だ。でも、どうしてバディがあたしとデルにいやがらせをしたんだろう？　そこで思い出した。ダフネがデルに気があるようなことを繰り返し言ったとき、バディが困惑の表情を浮かべてたことを。それに、デルにかかってきた深夜の電話は、〝おれの女〟に手を出すな、と警告してた――あたしはてっきり自分のことだと思ったけど、ダフネがデルにのぼせあがってたことを考えると……。

「バディはどこ？」あたしは訊いた。

「さあ」ダフネは手をひらひらさせた。「ようやっと、わたしのことをあきらめてくれたみたい。式のあいだは一緒にすわってた、というか、いつものごとく、わたしにつきまとってた。なんて言ったか覚えてないけど、彼ったら急に立ちあがっていなくなっちゃった。せいせいしたわ」

デルが二度めのテーブル一周を終えて戻ってきた。「行こう」あたしは彼の手からお皿を取りあげ、ダフネに渡した。あたしが裏口まで引きずっていく前に、デルはどうにかこうにかブロッコリー少々をつまみとった。

バディはとっくにいなくなってると思いこんでたけど、デルとふたりで彼を捜して外を歩いていると、庭の向こうにとまってるバンの後部扉から、ちょうど彼が出てきた。車体には〈スティード文具店〉と大きな文字で書いてある。ロゴマークは、救助に向かおうと疾走する馬だ。

誰かが助けを求めてる、とあたしは心のなかでつぶやいた――実際、バディはすでに、助けを求めてるように見えた。リネンのスーツはしわくちゃで布の塊《かたまり》と化し、髪の毛はぼさぼさだった。バンの後部でなにをしてたんだろう？

「バディ！」あたしは呼びかけた。彼はあたしたちに気づくと、踵《きびす》を返して運転席に向かった。自分のなかにあった疑いの気持ちがたちどころに確信に変わった。

つづいてデルがバディに呼びかけたけど、彼はすでにバンを始動させていた。エンジンがうなる。デルは彼を追って走りはじめたけど、あたしはその場を動かなかった。あたしにしろデルにしろ、たどり着いたときには、バディはいなくなってるだろうから。

そのとき、あたしたちのマスタングに目がとまった。ルーフはおろしてあって、ドアに赤いジェルみたいなもので書いた〝新婚ほやほや〟の文字が躍《おど》っている。両側のサイドミラーとリアスポイラーに飾りリボンがくくりつけられていた。何本もの紐がスポイラーからのび、先端に空き缶が結びつけてあった。

「デル！」あたしは大声で呼んだ。「こっち！」バディのバンが道路に出たときには、あたしとデルはすでにあたしたちのマスタングに向かっていた。

ママの家の前の田舎道は、走り屋の車や曲芸まがいの運転をする車がしょっちゅう走ってる。はるか昔には、密造酒の業者もここを通ったかもしれない。飲酒運転のドライバーが道をそれたり、蛇行《だこう》運転したり、急カーブを曲がり切れずに自爆事故を起こすこともあったかもしれない。若い子たちは直線道路でエンジンを全開にし、アクセルをベタ踏みして、どこまでスピードを出せるかたしかめたりもする。ていうか、最後のはあたしもやったことがある。それも一度ならず。

でも、この日のあたしたちがやったようなカーチェイスは、誰も見たことがないはずだ。あたしたちの車はタイヤを鳴らし、白煙を噴《ふ》きあげながら、庭から道路に飛び出した。デルは目に当たる飾りリボンを片手で払いのけつつ、もう片方の手だけで運転した。リボンはあたしにもぱたぱた当たり、髪が十八もの異なる方向に乱れた。うしろからは空き缶が立てるシンバルのようなやかましい音が聞こえてくる。

半マイルほど前方を行くバディのバンは、カーブを曲がるたびに右に左に大きくはみ出している。車全体が不安定なのだろう、いつひっくり返ってもおかしくない。ひときわ急なカーブに差しかかると、彼の車が見えなくなることもあるものの、直線道路を走るときには距離が縮まった。バディは直線道路でもバンを安定走行させるのに苦労していた。酔っ払っているんだろうか。

「バディというのは何者だっけ?」デルがうなる風に負けまいと叫んだ。「なんでおれたちはやつを追ってるんだ?」

「結婚祝いのプレゼントを盗んだ犯人だから!」あたしも叫び返した。あたしたちの車はバンに迫りつつあった。「ママのドレスをだめにしたから!」

「どうして?」

ダフネが、とあたしは言いかけた。でも、それではまだ充分に説明がつかないことに気づいた。あたしがなにか言うより先に、デルはバディを追い抜こうというのか、アクセルを踏みこんで猛然と左車線に移動した。バディの車が蛇行し、デルはブレーキを踏んだ。あたしの体は前につんのめって、すぐにもとに戻った。

「やつはどこに行くつもりなんだろう?」

「知らないわよ」あたしは答えた。

さっぱり見当がつかなかった。前に目を向けると、踏切で警告灯が点滅していた。遮断機はすでにおりかけている。バディがすり抜けようというのか、スピードをあげたけど、間に合わなかった。

電車が踏切に差しかかるのと同時に、バディはブレーキを強く踏みこみ、車はかなり斜めになってとまった。バンが線路に転がりこまなかったことに、あたしはいまも驚いてる。デルは空き缶をカラカラいわせながら、バンの隣にマスタングを寄せてとめた。バディはすでにバンから飛び出してたけど、デルもそれほど遅れを取ってはいなかった。あたしも。

あたしはバディが走って逃げるものと思ったけど、彼はくるりと振り返ってこぶしをかまえた。あまりに華奢《きゃしゃ》な体つきなので、怖い感じはまったくしない。しかもダンスしてるみたいに足を高くあげた恰好となればなおさらだった。彼は近づきながら、デルのお腹に向けてキックを繰り出した。そのとき、バディのブーツの先端には金属がついてるだけじゃなく、ナイフが飛び出しているのが見えた――マスタングのタイヤも切り裂けるくらい先が鋭かった。さらに言うなら、つづけてデルを突き刺すことだって可能だろう。

「デル！」あたしは叫んだけど、貨物列車がすさまじい音を立てて通りすぎていくせいで、声がちゃんと届いたかどうか自信がなかった。デルとバディは互いに立ち位置を変えながら、円を描くように動いていた。ナイフのせいで、デルが間合いを詰めるのはむずかしい。デルは何度もジャブを繰り出し、怒りに顔をゆがめたバディがキックで応酬すると、すばやく身をかわした。三度めのキックでナイフがデルのブレザーをとらえ、ママがあててくれた肘のあて布を切り裂いた。デルはくるりとまわり、いきおいそのまま地面に倒れた。バディもあやうくバランスを崩しそうになったけど、どうにか体勢を立て直し、地面にばったり倒れるのは避けられた。

貨物列車の最後尾が踏切を通り過ぎ、あとに静寂が残った。デルは目がまわったんだろう、アスファルトの上に倒れている。バディは両手をついて起きあがり、デルに向かった。ブーツを履いた右足をうしろに引いて、最後にもう一発、キックをお見舞いしようとした。

でも、デルが切られることはない——今度は。あたしが事態の打開に動くから。あたしはマスタングに結びつけた空き缶に手をのばし、強く引っ張ってリアスポイラーから引きちぎった。

「ちょっと!」あたしは大声を出しながら、バディの背後に駆け寄った。いきおいよく振り返った彼の顎に、あたしが顔めがけて振り出した空き缶が、絶好のタイミングでぶつかった。

「あたしの結婚式の日になにすんのよ! あたしのダーリンになにすんのよ!」

あたしは確実にのすため、もう一度彼に缶をぶつけた。

バディは立ちあがろうと思えば立ちあがれたかもしれないけど、そのとき、遮断機があがって、線路の向こうから保安官のパトカーがやってきた。

即座にアール保安官が車から飛び出し、銃をバディに向けた。

アール保安官は一般市民にこっそり近づくのが癖なんだろうか? このときばかりは大歓迎だったけど。

「最初に、結婚のお祝いが盗まれたという通報があってね」アール保安官はバディに手錠《てじょう》をかけながら言った。「その後、マスタングに乗った新婚カップルが配送用のバンとドラッグレースを繰りひろげているという通報が警察無線で入ってきた。このあいだ言ったとおりだ。きみにはいつもトラブルがついてまわっているようだ、ミスタ・デルウッド」

むっつりと押し黙り、あいかわらず誰かに蹴りを入れてやりたくてうずうずしてるようなバディを指さし、デルは言った。「少なくとも、おれじゃない証拠は手に入れたわけだ」

「しかし、動機はなんだ？」保安官は訊いた。「それがわからん」

バディが答えないので、あたしが代弁した。「ダフネよ」バディは怒りにゆがんだ顔をいっそうけわしくした。なにか言うことがあるのか口をひらきかけたけど、なにも言わなかった。

「あの美人がこいつをそそのかしたというのかね？」保安官は訊いた。

「そう仕向けたの」あたしは言った。「本人の知らないうちに」

「よくわかってるじゃないか」バディがようやく口をひらいた。「ダフネのぼくに対する態度、そいつについてあれこれ語る様子」バディはあたしのうしろに立ってるデルをきっとにらんだ。「そいつはもう婚約してるし、この町に来てひと月にもならない。なのに彼女は、熱っぽくやつの話ばかりするようになった――ぼくがすぐ隣にいるのに、全然、目に入らないみたいだった。やつがあのど派手なコンバーチブルを、まるでひけらかすみたいにぼくの店の真ん前にとめたものだから……」

「だが、ルイーズのドレスを台なしにしたのはなぜだ？」デルが訊いた。「コーラのものだったドレスを。ふたりともおまえになにもしてないじゃないか」

「ダフネのだと思うじゃないか」バディは吐き捨てるように言った。「彼女がドレスを胸の前で大事そうに抱えてるのを見れば。クリーニング屋の正面ウィンドウに映った自分をのぞきこんで、これを着たらきっとすてきだわとばかりにほれぼれながめてたんだから」

それを聞いてもあたしは意外に思わなかった。そうしてるダフネが目に浮かぶようだった。

「それで、彼女を取り戻したかったのね」

バディはうなずいた。

「きょうの式で、ぼくは彼女の隣にすわった」バディは話をつづけた。「そのときに、自分の結婚式はどうしたいかと訊いたけど、彼女はぼくの話なんか聞いてなかった——新しい誰かに媚《こ》びを売るのに忙しくてね。それも、会ったばかりの男だ。ぼくは彼女に自分のほうを向いてほしくて、もう一度訊いた。本当にそう訊いただけなんだよ。そしたら彼女はぼくが会衆席にいるのが目に浮かぶと答えたんだ——もっとも、招待されてたらの話だけどって」

シャーリーンはプロポーズされたけど、彼女が最初に言ったとおりだった。結婚式は人間の最悪の部分を浮き彫りにする。

「プレゼントはどうなったんだ?」デルが訊いた。

バディはバンの後部ドアにちらりと目をやったけど、すぐに、そんなことはしなかったふりをした。「そんなことをダフネに言われ、ひどい扱いを受けたから、かっとなってしまったんだよ。このくらいで勘弁《かんべん》してくれないか」

けれども、保安官は勘弁しようとしなかった。「バンのドアをあけてくれ、ミスタ・デルウッド」彼にそう言われ、デルはバンに向かって足を踏み出した。

バディの顔を見ていると、ふいにその顔から怒りがすっと引いた。けわしさが消えた。心の奥底にあるなにかが崩壊しつつあるみたいだった。

「あけなくていいよ、デル」あたしはそう言おうとした——けど、デルはすでにドアをあけていた。

なんでデルをとめようとしたかっていうと、中学のときのことを思い出したから。ジオラマをつくる課題——アメリカ史の重要な場面を再現するものだ——があって、みんなひとりでつくらないといけなかった。できあがったものは教室じゅうに並べられた。あたしは、星条旗を初めて作成したというベッツィ・ロスが旗を縫ってる場面を再現した。使ったのはバービー人形と、独立記念日に一ドルショップで売ってるたぐいの小型の星条旗。使ったのが現在の旗——星が多すぎる——だったからあたしは減点されてしまったし、手近にあるものを寄せ集めただけの、もっと出来の悪い作品もあったけど、担任のホイットル先生は、そんななかのひとりのジオラマを大げさなくらいほめちぎった。厚紙に手書きされた独立宣言書、段ボールでつくった机に集まる、レゴでできた男たち。男たちの頭には丸めたコットンが糊づけされてたし、独立宣言書に最初に署名したジョン・ハンコックが握ってるペンは、本物の鳥の尾羽根が使われてるように見えた。

ランチを終えて教室に戻ると、そのジオラマがあった場所がぽっかり空いていた。

ホイットル先生は誰が持ち去ったのか突きとめようと、校長先生の許可を取りつけ、生徒全員のロッカーをあけさせた。盗んだ子の名前は覚えてないけど、彼女の顔と、ロッカーがあけられる直前に口にした言葉——〝つい出来心で〟——だけは記憶に残ってる。あけてみると、レゴの男たちはばらばらになってて、ジオラマはつぶれ、ずたずたになっていた。厚紙には〝あんたなんか大嫌い〟と〝先生のいい子ちゃん〟と書かれてた。

バディのバンのなかのプレゼントは、あの女の子のロッカーに入ってたジオラマと同じに見えた。ねたみと怒りと憎しみからなるつむじ風にのみこまれたような状態だった。あたしたちが追いつく前からバディがけんか腰だったのも道理だ。

「きみもデルもほしいものをすべて手に入れたように見えた」バディは言った。「一方、ぼくにはなにがある？　なにひとつない。希望を持つことすら。ぼくのことが目に入らない女性、未来……」彼はアール保安官がかけた手錠に目を落とした。

もしかしたら、そこに未来が像を結びつつあったのかもしれない。

あたしたちがバディを追跡し、アール保安官に状況を説明するあいだに、ママはケーキをふるまっていた。三段のケーキだった。一段めにはママからのメッセージが書いてあった。〝おめでとう、ルイーズ〟と。二段めには〝しっかりね、デル〟。そして最上段には、新郎と新婦の人形が飾ってあった。足に鉄の玉のついた鎖《くさり》を巻かれてすわりこむ新郎と、鍵を手にその横に立つ新婦。

バディが手錠をかけられて連行されるのを見たばかりでなければ、もっと笑えただろう。少なくともシャーリーンは、べつの方法で雰囲気を盛りあげてくれていた。電飾で光る衣装を着たケンとバービーをケーキのそばに立たせていたのだ。年月がたってほんの少しくたびれてるけど、例の派手な衣装姿で、輝くときを待っていた。シャーリーンもきらきらに輝き、婚約したてのフィアンセと腕を絡め合っていた。

結婚祝いが盗まれたことにも、バディが逮捕されたことにも触れずにおくつもりだったけど、アール保安官がやってきたし、コンバーチブルでの追跡劇であたしの髪が乱れてしまったしで、ニュースを封じこめておくのは無理だった。誰にとっても、こんな話を聞くのは初めてだった——少なくとも経験したことはないはずだ。これまでになく記憶に残る結婚式だったと、あとになって誰かに言われた。帰ろうかと思ってたけど、なにがあったか聞けたから残っていてよかった、と話す招待客もいた。デルとあたしはまるでセレブ扱いで、それはアール保安官も同じだった。結婚祝いの品は全部、シャーリーンがかけてくれたウェディング保険で保障されるとわかり、ささくれた気持ちが穏やかになったから、みんなには好き勝手に騒いでもらえばいい。

「バディのことは前から変わった人だと思ってたけど、危険だなんて考えたこともなかった」ダフネは言った。「おためしで、デートくらいしてもいいかなと思ったこともあったのよ。そのくらい、かまわないわよね？　しなくて本当によかったわ」

ダフネがデートしなかったのはバディにとってよかった気もした——もちろん、すぐにそうでもないかと思い直した。いまは、ダフネにぴったりくっつかれているジャスティンが気の毒でならない。彼は自分がどんなことに足を突っこもうとしているのかわかってないのだ。

「ルイーズには感心したよ。すべてを解明するなんてさ」デルがビュッフェのテーブルから戻ってきて言った。今度こそ、料理をたっぷり盛りつけたお皿を手にしていた。

そのうしろにいるアール保安官は、デル以上に料理でお皿をいっぱいにしていた。「おれはコーラの料理にいたく感心するね」保安官がそう言ったところへ、ビスケットを載せたトレイを手にしたママがキッチンから出てきた。「このスプレッドは過去最高にうまいよ」

「お口が上手だこと」ママは鼻で笑った。

そう言いつつも、まんざらでもなさそうだったし、ふたりの顔には笑みが浮かんでいて、あたしは、ママと保安官のあいだに、なにが芽生えようとしてるのか気になった。

デルは次の仕事、あるいは次に住む場所をいろいろ調べたけど、〝価値のあるもの〟はなにひとつ見つからなかった——けれども、絶好の新婚旅行先を見つけてくれた。

デルが借りたのは海岸にあるコテージだった——しかも、ビーチが目の前だ。〝オフシーズンのスティール〟とデルは言ったけど、スティールは盗むって意味のほうじゃなくて、掘り出しものという意味のほうだ、当然。彼のこれまでがこれまでだから、そこははっきり言っておく。

ポーチの階段をおりて庭を突っ切ればよく、指のあいだには砂が入りこみ、コテージの裏庭の先には小さな丘があって、そこをくだっていけばビーチに出られた。年が明けて間もない時期だから、泳いだり日光浴をしたりするには寒すぎたけど、あたしたちはたいていの時間をビーチで過ごした。砂の上にタオルをひろげて、あたしは雑誌をぱらぱらめくり、その横でデルは〝目を休める〟と称して、いつの間にかいびきをかいている。彼はたまに腕をのばしてきて、あたしの手を自分の手に重ねた。

「あのときは見事な探偵ぶりだったな、ルイーズ」デルが言う。

「運がよかっただけ」あたしは答える。運――たくさんの意味を含んでいる言葉だ。

夜はのんびりと裏のポーチでワインを飲んだ（銘柄はホワイト・ジンファンデルだけど、そんなの誰が知ってようと、どうでもいい）。海に陽が沈んでいくのをながめるのが、夕方の儀式になった。ある夜、デルがまたなにか思いついた。

「まじめな話」彼は言った。「プロとしてやっていけるんじゃないかな。〈グレイソン・アンド・グレイソン調査会社〉」彼はあたしが新しい名字になったのを喜んでいた。

「〈グレイソンとその仲間〉にしようよ」あたしは言った。「で、あんたが〝仲間〟のほう」

「じゃなかったら、〈デル・アンド・ルイーズ、認可《ライセンス・》探偵《ディテクティブ》〉――懇切ていねいがモットーです、とか」

「〈ルイーズ・アンド・デル〉よ」あたしは指摘した。「でなきゃ、単に〈L&D、認可《ライセンス・》探偵《ディテクティブ》〉。ふたりのイニシャルでロゴマークをつくろう」

「ゴロがいいね。〈L&D、L《ライセンス・》D《ディテクティブ》〉」

もちろん、バディの件は、たまたま真相がわかっただけ。まともな調査なんかしてないし、手柄になるほどのものもない。デルの探偵仕事——指紋の照合——も、結果としては意味がなかった。でも、デルのようにこれからを夢見てる人がいるなら、その楽しみを邪魔しないのがいちばんだ。

年が明けて間もないこの時期でも、夕方や夜にビーチを散歩する人たちがいた。手を取り合ってぶらぶら歩いていくカップル、あたしとデルみたいに、オフシーズンの格安料金をおおいに活用してるひと組か二組の家族、ときおり見かける、全速力で砂の上を走っていくランナー。

デルはカメラを取り出し、毎日、陽が沈むころにここに来てるといわんばかりに、海の写真を何枚か撮った——光をきちんととらえられるよう、露出設定をあれこれ変えて。あたしはワインに口をつけ、満ちてくる潮を見つめ、風に乗って飛んでくるしぶきを感じていた。

「行こう」あたしはデルに声をかけ、ワインのグラスを持ってポーチの階段に向かった。

「どこへ行くんだ?」デルが訊いた。

「足の指のあいだに砂が入りこむのを感じたい」

そんなに遠くまでは行かなかった。せいぜい庭が終わる直前の、小さな丘までだ。あたしは丘のいちばん高いところに腰をおろした。みんながシーオーツをかき分けていく通り道の真ん中だ。

「あっちの椅子にすわるほうが快適なんじゃないのか」デルはそう言って、あたしにぴったたりと体をくっつけてきた。イバラの上にすわっているからだろう。あたしのほうは、イバラの上にすわってると、デルのノヴァを思い出した——ひさしぶりになつかしかった。ビーチにおりて、さらに大勢の人たちが行き来するのをながめた。今度は漫然とながめてたわけじゃない。これという相手を捜してた。

「ねえ、ちょっと！」あたしは貝殻をより分けてる少年に声をかけた。

少年は顔をあげた。あたしが自分に話しかけているのかわからないらしい。

「そう、そこのきみ」あたしは言った。「お願いがあるの」

やってきた少年は、やせっぽちで、顔じゅうにきびだらけ、ブロンドの髪は風でくしゃくしゃになり、そこに砂がもぐりこんでいた。彼の青い目を見て、あたしはベイビーボーイを思い出した。思い出さないわけないよね。

「なにを探してるの？」あたしは訊いた。

「コインです」彼は、まだ少し距離を取りながら答えた。

「集めてるのか？」デルが訊いた。

「なにが出てくるか、わからないんです」彼はそう言って肩をすくめた。「あそこにお宝が埋まってるかもしれないでしょ」

そう言ったとたん、少年はばかなことをしてるところを見つかったかのように、照れくさそうな顔をしたけど、デルはただこう言った。「そうだな」デルが腕をまわしてきて、あたしをぎゅっと引き寄せた——やけにセンチメンタルなことをするなと思ったけど、あたしが文句を言うと思ったら大まちがいだ。

「あたしたちの写真を撮ってくれる？」あたしは訊いた。「夫がカメラを持ってるの」

〝夫〟という言葉を口に出すのはあいかわらず変な感じがするけど、このときはしっくりきた。

デルは新しいカメラを少年に預けていいものか判断がつかないというように、驚いた顔であたしを見た。少年のほうも、ためらっていた。

「まさか、あの子がカメラを持ち逃げしちゃうんじゃないかって心配なの？」あたしは声をひそめて言った。

「その場合は、〈Ｌ＆Ｄ、ＬＤ〉が対処すればいいことだ」デルは言った。「どの設定がいちばんよかったか、思い出そうとしてるんだよ」

デルはボタンをいくつか調節し、どのボタンを押せばいいかを示しながら、少年にカメラを渡した。少年は照準を合わせようとうしろにさがった。

「ちがう、そこじゃないの」あたしは自分のうしろを指さした。「あっちから撮って。うしろ姿を」

少年は怪訝《けげん》な顔をした。「うしろ姿？」

「そう。あと、海もちゃんと入れてね」

あたしたちのうしろにまわるのに、少年はシーオーツの茂みを抜けなければならなかった。彼が通り抜けたとき、デルは含み笑いを漏らした。

「おまえのために手に入れたあの絵とは同じにはならないぞ」デルは言った。「霧も、なにもかも、カメラじゃ再現できっこない」

「そんなの、わかってる」あたしは言った。「でも、あの絵は……」あたしはデルに体をくっつけた。イバラがお尻に刺さる。砂がすごくざらざらしてるし、シーオーツの棘《とげ》が襲いかかり、あたしはこれこそ人生だって思った――物事は見かけほど楽じゃない。「あの絵は空想の世界で、ただの夢。でも、これは……これは現実。あんたとあたし」

「でも、あの絵みたいに撮ってほしいんだろう?」

背中でシャッターを切る音がした。

「当然」

謝辞

かつてぼくは、執筆はひとりでする作業と思いこんでいた。いまはちがう。

この物語をさまざまなバリエーションの草稿で読み、再読し、よりよい形になるよう、より内容が充実するよう協力してくれたみなさんに、まずお礼を述べたい。なかでもタラ・ラスコウスキー、カイル・センメル、ブランドン・ウィックス――ゆるいながらも長くつづいている作家グループのかけがえのない友人たち――および、ぼくが主宰し、いまは月に一度集まる作家グループのドナ・アンドリュース、エレン・クロスビー、ジョン・ギルストラップ、そしてアラン・オーロフに――なかでもアランは、記録的な速さで手書き原稿を読んでコメントをくれた。

本書に収録されている二編がまだ前の版だったときに掲載してくれた《エラリー・クイーンズ・ミステリ・マガジン》に感謝する――「ルームミラー」は二〇一〇年三月／四月合併号に、「手数料」は二〇一五年五月号に載った。また、《エラリー・クイーンズ・ミステリ・マガジン》の担当編集者であり、ミステリ界にぼくの居場所をつくり、何年にもわたってこれ以上ないほどにぼくを支え、励ましてくれたジャネット・ハッチングスには、さらなる感謝の気持ちを捧げたい。

ヘネリー出版のみなさんにも、ありがとうを言いたい。なかでもケンデル・リンとレイチェル・ジャクソンは、執筆の各段階で辛抱《しんぼう》強く編集上のすばらしいアドバイスをくれた――ケンデルにはまた、ミステリ・コンベンション、〈マリス・ドメスティック〉のパーティの席ですぐに親しくなったこと、その友情がここまで導いてくれたことでも感謝したい。こまかい点までていねいに見てくれたアート・モリネアーズにも、ありがとうを。

以下の方々にも感謝する。ジョージ・メイソン大学のビル・ミラー、ローラ・スコット、スーザン・リチャーズ・シュリーヴ、デブラ・ラッタンツィ・シュティカ、およびノースカロライナ州立大学のアンジェラ・デーヴィス＝ガードナーとジョン・ケッセル――彼らはみなぼくの心の師であり、応援団であり、友人である。ジョージ・メイソン大学でともに美術学修士の課程をおさめたロブ・ドラモンドとライアン・エフゲンは、ぼくたち全員に高い基準を設定してくれた。イェール大学でルームメイトのひとりだったデイヴィッド・フィニアーの独創性を徹底的に追求する姿勢からはいまも刺激を受けつづけているし、さらに高校時代までさかのぼれば、ヴァージニア州アレクサドリアのエピスコパル高校のグラント・コーンバーグは、ぼくの書く作品がいずれはものになるかもしれないという強い自信を、最初に持たせてくれた人物だ。

この謝辞で触れるべき名前は、ミステリ界にはまだまだたくさんある――多すぎて、そのすべてを記すことはできないが――ぼくを励まし鼓舞してくれた大切な誰かの名前を入れ忘れてしまうのは火を見るよりあきらかなので、思い切ってリストにすることもためらってしまう。とはいえ、ここで個人的に触れておかずにいられない人たちもいる——とくに強調したいのは、ミステリ界でのはじめての友人で、いまもぼくの最大の支援者のひとりでもあるマーガレット・マロンだ。その他、エド・アイマー、ルイス・ベイヤード、ポーラ・ゲイル・ベンソン、ダナ・キャメロン、カーラ・クーペ、デイヴィッド・ディーン、バーブ・ゴフマン、ダグラス・グリーン、トニ・L・P・ケルナー、ニック・コーポン、リンダ・ランドリガン、コン・ルヘイン、テリー・ファーリー・モラン、キース・ローソン、ダニエル・スタシャワー、スティーヴン・スタインボック、B・K・スティーヴンズ、マーシャ・タリー、そしてスティーヴ・ウェドルの名もあげておきたい。〈ミッドアトランティック・チャプター・オブ・ミステリライターズ・オブ・アメリカ〉と、〈チェサピーク・チャプター・オブ・シスターズ・イン・クライム〉のすべての会員のみなさんにも、友情、支援、そして熱意に対し感謝する。ぼくたち会員はまちがいなく幸運だと思う。

最後になるが、いちばん大切な感謝の気持ちを両親のジーンとジェニー、きょうだいのジェイソン、妻のタラ・ラスコウスキー、息子のダシールに送りたい。家族なしには、いまのぼくは——作家としても、個人としても——存在しなかった。心からの愛をこめて。

訳者あとがき

ニューメキシコ州の田舎町でひょんなことから恋に落ちた男女が、あらたな土地であらたなスタートを切ろうと旅に出る。アート・テイラーの『ボニーとクライドにはなれないけれど』は、そんなふたりの旅を描いた物語です。

主人公のルイーズがデルと出会ったのは、店員として勤めるコンビニエンスストアに彼が強盗として押し入ったのがきっかけ。スキーマスクをかぶったデルは銃を突きつけながら金を要求するのですが、すてきな声と緑色の目に魅了されたルイーズは、レジの現金を渡しながら、予想の斜め上をいく行動に出ます。なんと自分の携帯電話の番号を教えるのです。しかも後日、デルから本当に電話があり（!）、それをきっかけにふたりは愛し合うように。そして、デルのトレーラーハウスで一緒に暮らしはじめるのです。

実はデルはコミュニティ・カレッジでビジネスを学ぶ学生で、強盗も学費を稼ぐのが目的でした。学位を取得したら、カリフォルニア州ヴィクターヴィルで不動産業を営む姉のところで働き、強盗稼業からは足を洗う。彼としてはそのつもりでした。実際、ルイーズとふたり、姉のもとに身を寄せて、見習いとして働きだします。思い描いていた生活とはちがうと思ったルイーズは文句を言いますが、そんな彼女をなだめながらまじめに働くデル。けれども、ここでとんでもない事件に巻きこまれ、あらたなスタートを切るというもくろみはあえなく頓挫《とんざ》してしまいます。ルイーズとデルはやむなくヴィクターヴィルをあとにし、安住の地を求めてカリフォルニア州ナパ、ネヴァダ州ラスヴェガス、ノースダコタ州、ノースカロライナ州とアメリカ各地を転々とすることに。そして行く先々でなんらかの事件に関与してしまい、身を落ち着けることができません。はたしてふたりが安住の地を見つけるときは来るのでしょうか。

本作は六つの短編からなる連作短編という形を取っています。ふたりの出会いからニューメキシコ州をあとにするまでの顚末《てんまつ》が描かれる「ルームミラー」、カリフォルニア州ヴィクターヴィルでの事件を描いた「手数料」、立ち寄ったナパのワイナリーでワイン泥棒をはたらく「来歴」、結婚式を挙げようと訪れたラスヴェガスの教会で人質になってしまう「女王さまのパーティ」、石油ブームにわくノースダコタ州でのつらい出来事を描いた「極寒」、そして、ルイーズの実家があるノースカロライナ州での素人探偵ごっこと追跡劇が楽しい「ウエディングベル・ブルース」。ドタバタだったりシリアスだったりと、どれも少しずつテイストが異なっているうえ、並べ方が絶妙で、飽きることなく楽しめます。

どの短編も犯罪をめぐる物語ではありますが、本書はロードノベルとしても魅力的です。地図で見ていただけるとよくわかるのですが、デルとルイーズはかなりの距離を移動します。

メキシコとの国境があるニューメキシコ州を出発し、カリフォルニア州ヴィクターヴィルに向けて西に進み、そこから北上してナパへ。ナパではもちろん、ワイナリーでワインのテイスティングを楽しみ、ルイーズはちょっとしたワイン通に。そこからまた南に戻って向かったラスヴェガスは、ご存じ、カジノの街。きらびやかで派手でにぎやかな様子が描かれます。そこから今度はぐっと北に向かい、ノースダコタ州の北西部にあるウィリストンへ。バッケン・シェール層からの石油生産で活況を呈《てい》している町です。冬の凍てつくような寒さのせいで、物語のつらい展開がいっそうつらく感じます。そして最後は一気に東海岸へと移動し、ルイーズの故郷のノースカロライナ州へ。高校時代の友人や元カレとひさしぶりに顔を合わせ、思い出話に花を咲かせます。また、それまでは電話の会話とルイーズの回想にしか登場しなかった母のコーラが〝コーラ節〟を炸裂させ、デルとやり合います。こんなふうにそれぞれの土地の風景や人との交流の描写で読者を楽しませてくれるのです。

また、ラブストーリーとしてのおもしろさも忘れてはいけません。愛とはふたりが互いに見つめ合うことではなく、ふたり一緒に同じ方向を見つめること。これはルイーズが何度となくつぶやく言葉です。どこか夢見がちで子どもっぽいと思われがちなルイーズですが、実際はかなり賢くて、しっかりしたビジョンの持ち主なのがこの言葉からうかがえます。そして、その言葉どおり、〝あらたなスタート〟という同じ目標に向けて、ふたりがカップルとして成長していくのです。

ついでながら、邦題の『ボニーとクライドにはなれないけれど』のボニーとクライドとは、みなさんご存じ、一九三〇年代前半、世界恐慌下のアメリカで数多くの強盗事件を起こし、十人以上を殺害した実在の犯罪者コンビ、クライド・バロウとボニー・パーカーのことです。クライド役をウォーレン・ベイティ、ボニー役をフェイ・ダナウェイが演じ、『俺たちに明日はない』というタイトルで映画化されましたし、小説でも楽曲でもよく引き合いに出される名前です。日本でも宝塚歌劇団によって上演されるなど、亡くなって九十年たつというのに、いまも強烈なインパクトを放つふたりです。

本書でもルイーズが偽造免許証の名前としてボニーとクライドを選ぶシーンがありますが、どちらかの名前だけならどうということもないのに、ふたつ揃うと、うさんくさくて偽名としか思えなくなるのがおもしろいですね。ちなみに、原題は *On The Road With Del & Louise* で、訳せば〝デルとルイーズ、路上の旅に出る〟といったところ。名前の響きから映画『テルマ&ルイーズ』を連想してしまうのはわたしだけでしょうか。

クライムノベル、ロードノベル、ロマンス、ユーモア、人情話。それらがぎゅっとつまった物語を楽しんでいただければ幸いです。

さて、本書はアート・テイラーが二〇一五年に発表し、二〇一六年にマリス・ドメスティックが主催するアガサ賞の新人賞をとった作品です。アガサ賞は凄惨《せいさん》なシーンや過剰な性描写のないミステリにあたえられる賞ですが、対象が限定されすぎているためか、近年は長編賞にしろ新人賞にしろ、受賞してもなかなか日本での紹介に結びつかないのが残念です。

アート・テイラーはノースカロライナ州リッチランドの生まれ。名門のイェール大学のほか、ノースカロライナ州立大学とジョージ・メイソン大学に学び、現在はそのジョージ・メイソン大学で文芸創作を教えています。《エラリー・クイーンズ・ミステリ・マガジン》などの雑誌やアンソロジーに短編を寄稿し、二〇一九年には *English 398: Fiction Workshop* でアメリカ探偵作家クラブ（ＭＷＡ）賞最優秀短編賞を受賞しています。大学の創作講座を舞台にした、奇妙な味わいのメタフィクションです。「イングリッシュ３９８：フィクション・ワークショップ」のタイトルで《ミステリマガジン》の二〇一九年九月号に訳載されていますので、興味のある方はぜひ。その他のいくつかの短編でもアガサ賞、アンソニー賞、マカヴィティ賞を受賞しています。

また書評家としても活躍していて、《ワシントン・ポスト》紙などに数多くの書評を寄せていますし、*Murder Under the Oaks: Bouchercon Anthology 2015* や *California Schemin': The 2020 Bouchercon Anthology* などのアンソロジーを編纂《へんさん》し、前者ではアンソニー賞を受賞しています。ここ最近のアメリカのミステリの賞で本当によく目にする名前で、すでに大物の風格さえ感じさせます。もっと日本で紹介されてほしいところですが、わたしとしては『ボニーとクライドにはなれないけれど』の続編を期待しています。だってほら、最後のほうに次はその展開かしらと思わせる描写があったじゃありませんか。いつまでも待ちますよ、テイラーさん。

訳者紹介　英米文学翻訳家。上智大学外国語学部卒業。主な訳書にクレイヴン〈ワシントン・ポー〉シリーズ、ハート『川は静かに流れ』、ヴァン・ペルト『親愛なる八本脚の友だち』、ダーシー・ベル『ささやかな頼み』などがある。

ボニーとクライドには
なれないけれど

2025年3月21日　初版

著　者　アート・テイラー

訳　者　東《ひがし》野《の》さやか

発行所　（株）東京創元社
代表者　渋谷健太郎

162-0814 東京都新宿区新小川町1-5
電　話　03・3268・8231-営業部
　　　　03・3268・8201-代　表
URL　https://www.tsogen.co.jp
組　版　工友会印刷
印　刷　晩印刷・本間製本

乱丁・落丁本は、ご面倒ですが小社までご送付ください。送料小社負担にてお取替えいたします。

ISBN978-4-488-22308-3　C0197